반야

4

반야

제2부 | 조선의 별들

송 은 일 대하소설

문이당

차례

도끼자루 베네, 도끼자루 베네
그 법도 먼 데 있지 않네

—『시경詩經』

인사만사人事萬事

작년 봄에 왔을 때와 달리 어제의 유수화려는 이록을 점사 손님으로서만 대했다. 아침 묘시부터 진시 중간 참까지만 점사를 보므로 그 시각 지나 찾아든 손님을 만날 수 없노라, 딱 잘라 거절했다. 천한 것들이 감히 사람을 이리 대하느냐. 호통치고 싶은 맘이 다락같이 높았으나 이록은 참았다. 하릴 없이 쌍계사에 올랐고 산을 더 올라 불일암을 보고 그 아래 불일폭포를 구경하다 몸을 씻었다.

장터 객점에서 하룻밤을 묵으며 이번 행보에 동행한 외무집사 박은봉에게 화개장터 어름에다 주막 한 채를 은밀히 마련하라 일렀다. 박은봉이 팔도를 떠돌며 허원정의 재산을 관리하는바 곳곳에 거점이 될 만한 집들이 있으나 이쪽에는 없었다. 상림에서 멀다 할 수 없으므로 거점을 따로 마련치 않은 탓이었다.

중석이 작년 가을부터 점사를 재개했다더니 이른 아침부터 점사를 보기 위한 손님들이 여남은 명이나 된다. 그중에는 남정도 셋이나 끼어 순서를 기다렸다. 이록은 한 시진도 넘게 기다려 진시 중간 참에야 신당으로 들어선다.

중석은 평생 햇빛을 보지 못한 식물처럼 여전히 파리하다. 작년보다 더 허약해 보인다. 혜원의 인상은 좀 수더분해진 듯하나 필요한 말만 하기는 여일하다. 소소원까지 아우르면 벌써 세 번째 만남이건만 중석이나 혜원이나 처음인 양 군다. 작년 왔을 적에 복채를 쉰 냥이나 냈기에 이번에도 똑같이 준비해 온 이록에게 겨우 한 냥을 내라 한다. 하루를 기다리게 한 것보다 더 어이없는 일이나 이록은 은전 한 냥을 내고 혜원이 시키는 대로 중석 앞에 등을 대고 앉는다.

'나자색선백 공점이엄지 여피계명주 치지어정상 진언동법계 무량중죄제 일체촉예처 당가차자문 나무 사만다 못다남 남. 나무사만다 못다남 남. 나무사만다 못다남 남.'

나직한 「정법계진언淨法界眞言」과 함께 이록의 등에서 한참이나 머물던 중석의 손이 떨어져 나간다. 기이하게도 중석이 손을 댔다가 떼어 낸 자리에는 동공 같은 게 생겨 그 구멍 속으로 바람이 드는 양 서늘하다. 세 번째인데 세 번이 다 그렇다. 이록은 지정된 자리로 옮겨 앉는다. 주객 간의 거리가 전보다 훨씬 멀어져 있다. 예전에 중석은 신단을 등지고 앉고 손님은 문을 등지게 앉혔다. 이번에는 신단을 옆에 놓고 방의 양 끝으로 마주앉게 만들어 뒀다.

"자네 만나기가 임금 뵙기보다 어렵네."

"나리, 누군가를 찾고 계십니까?"

몸은 쇠잔해 보일망정 신기는 여전히 놀랍다. 산청에 갔다가 함양으로 돌아가는 대신 중석에게로 왔다. 두 달 전 함화루 마당 건너편의 곳집에 큰불이 나서 하속 여덟이 타 죽은 일이 있었다. 그 밤에 조엄이 상림에 왔다가 이록이 집을 비우는 바람에 그냥 돌아갔다고 했다. 이록은 그로부터 닷새나 지나 귀가했다가 화재 소식과 더불어 조엄의 방문에 관해 들었다. 이번 이록의 문정헌 방문은 그 밤에 조엄을 만나지 못한 것에 대한 답방이었다. 문정헌에 가서야 이록은 조엄의 여식이 지난 정월 눈 내리던 밤에 실종된 사실을 알았다. 불나던 밤에 조엄이 상림에 온 까닭은 혹시 아이가 거기 와 있지 않나 묻기 위함이었던 것이다. 조엄은 몇 개월의 걸친 근심과 체념으로 어두운 기운에 휩싸여 있었다.

"연전에 상림께서 소생의 여식을 굳이 보자 하신 적이 있기로, 소생은 여식이 혹여 그 댁에 가 있는 게 아닐까 희망하고 갔지요. 하필이면 그날 댁의 외곽에서 불길이 솟는 바람에 죄송했습니다."

이록은 조엄의 말을 듣는 순간 제꺽 화씨와 임집사를 의심했다. 불에 타 죽은 것으로 추정한 여덟 명의 하속 중에 할멈이 있었다. 죽은 할멈은 과거에 화씨, 임집사와 더불어 새 사자들을 생산하는 과정에 참여했다. 할멈은 두어해 전부터 망령기를 보여 모든 소임에서 제외되어 있었다. 혹여 그것들이 쓸데없는 짓을 한 것인가. 의심하면서도 믿고 싶지 않았다. 아랫것들이 설마 상전이 아껴 둔 아이를 상전도 몰래 집어 왔으랴. 더구나 만단사 각부에다 새 사자를 생산하는 과정에 가혹함을 줄이라고 명한 지가 여러 해 됐다. 잔인함과 가혹함으로 세뇌시키지 말고 설득하고 감화시킬 방법을 찾으라. 분명히 그리 명했음에도 다른 곳도 아닌 사령의 본원에서 그런 일이 벌어졌다면, 그리 우매한 것들에게 밥을 먹이고 일을 시켜온 이록의 현재는 사상누각과 다름없었다. 이제 돌아가 낱낱이 알아볼 것이로되 길을 한참 돌아서 중석에게 먼저 온 까닭은 답답해서다.

"한 아이를 찾네."

이록은 조선천지 수천 학인들 중에서 유일하게 조엄을 존경했다. 그가 벼슬을 내버리고 귀향하여 공부하며 후학들을 기르므로 그 담박한 성품에 매료되었다. 그런 조엄이 내 딸 당신 집에 있지 않냐고 물으러 온 건 이록을 의심했다는 것이다. 실상이 어떠하든 의심하거나 의심 받은 건 관계의 끝을 의미한다. 조엄을 상실함은 이록에게 드넓은 기반 한 곳을 잃는 것과 같았다. 한양 이남의 요소요소에 묻혀 있는 수백 사림士林을 움직일 수 있는 사람이 그였다.

게다가 조엄은 며칠 전 성상으로부터의 교지를 받은 참이라고 했다. 홍문관 교리를 제수 받았다던가. 조엄은 몇 년간 관직을 받을 때마다 고사하는 상소를 올려왔으나 이번에는 조정으로 들어갈 것이라 했다. 병을 앓던 여식이 어찌 집을 나갔든 죽은 것이 틀림없는데, 시골집에 앉아 책이나 읽자니 삶이 허망하여 바삐 살아 보기로 작심하였노라 말했다. 그는 한양으로 향할 채비를 하고 있었다.

"어떤 아이옵니까?"

"양딸로 삼고 싶던 아이였네."

솔직히 양딸 삼을 생각이 아니었다. 남모르는 신당을 차려 주어 그 신기를 피우게 하면 대놓고 무녀 노릇을 하지 않아도 될 터, 곱게 키우고 가꿔서 열다섯 살이 되면 정실에 들어앉힐 생각이 없지 않았다. 정실 자리를 비워 놓고 있던 까닭이었다. 그 계획을 아랫것들이 산산이 부서뜨린 것이다.

"부모가 없던 아이옵니까?"

"멀쩡한 부모가 계시지. 하나 그 아이는 미구에 제 집에서 내쳐질 만한 병을 지닌 아이였어. 무병을 앓고 있었거든. 부모가 아이를 키울 수 없으므로 내가 거두어 키울 참이었고. 자네가 짐작했을 것이듯 나 또한 한때 무병을 앓은 적이 있네. 해서 아이를 이해하고, 아이 부모를 이해하던 중이었지."

"그 아이가 혹여 반가의 아기씨이옵니까?"

"비슷하네."

"그 아기씨가 맞다면 그 혼령이 소인을 찾아온 적이 있나이다. 무병을 앓다 죽은지라 무녀인 소인에게 온 것이지요. 그 아기씨 혼령이 지난 이월 스무하룻날에 어떤 방에서 불에 타 죽었다 하더이다. 자신이 어찌 그 방으로 들어가게 된 줄도, 어찌 그리 무서운 일을 당하게 되었는지도, 어찌 불에 타 죽었는지도 모르는 채 소인을 찾아와 울더이다. 여러 사내들이 번갈아 아이를 능욕했다 하더이다. 제 신상을 한사코 말하지 않으면서 사대부이신 부친에게 누가 될까 저어하는 까닭이라 했습니다. 소인이 천도하였습니다."

"아이가 불에 타 죽기 전에 능욕을 당했다고?"

"그랬다 하더이다. 거듭거듭, 반복하여 여러 사내들이 그 작은 몸을 겁탈했다 하더이다. 아이는 불에 타기 전에 그 때문에 이미 죽은 것 같았습니다."

중석은 함화루 곳집의 화재를 가리키고 있다. 곳집 지하실! 이록은 그런 사실을 몰랐다. 몰랐으되 아이를 그 지경으로 몰아넣은 족속들의 수장은 자신이었다. 몰랐던 탓에 화재를 별일 아닌 것으로 여겼다. 죽은 자들의 숫자를 사라진 자의 숫자로 맞춰서 어림했을 뿐 별일 아니라 여겨 잿더미를 헤집어 보지도 않고 흙을 덮어 버리게 하였다. 그 흙에서 어느새 풀이 자라고 있었다. 기가 막힐 노릇이다.

"그 아이가 앙심을 품지는 않았고?"

"아직 어리고 무구하여 앙심 품을 줄도 모르더이다. 다만 자신이 어찌하여 그 꼴로 죽게 되었는지 궁금해하기에 소인이, 짧은 생애에서 일어난 일, 부모가 누군지도 말하지 않으면서 죽은 까닭을 알아 무얼하겠느냐고 달래어 보냈습니다."

"끝내 부모에 대하여선 입을 열지 않더란 말이지?"

"예, 나리."

다박다박 답하던 중석과 시선이 마주친 순간 이록은 흠칫한다. 분명히 시선이 맞닿았을 뿐만 아니라 눈빛이 서늘하지 않은가. 하지만 그리 느낀 순간 중석의 눈은 또 허공을 헤매고 있다. 언뜻 비친 그 눈빛이 영기인 것 같아 안타깝다. 이록은 상대방 영기의 높낮음을 느낄 수는 있으되 무녀의 신기의 크기를 계량할 눈은 없다.

"더 하문하실 사안이 계시옵니까?"

"내가 관직을 사임하고 향리로 돌아온 지 어느 새 육 년이 가깝네. 혹 가까운 날에 내게 관모의 수가 있는가?"

관직 따위가 필요 없는 미래를 준비하고 있으되 조엄이 조정으로 들어가게 된 현실에 불안을 느낀 것도 사실이다. 작금의 그가 대전 곁으로 간다고 해도, 대전이 환골탈태할 리 만무이지만 조엄은 누대에 걸친 명망을 물려받은 자였다. 그가 대전 가까이 간다는 건 조엄 가문의 명망을 따르는 유림들이 세자를 따르게 된다는 의미다. 조엄이 홍문관에 들어가게 된 까닭이고, 그를 불러들인 금상이 아직 멀쩡하다는 뜻이다.

"가깝다고는 할 수 없으나 관모의 수가 계실 듯합니다."

"언제쯤?"

"두 해 뒤쯤이지 싶습니다."

두 해 뒤쯤이라는 시간이 아무것도 없는 것보다는 나을지라도 너무 막연하다. 조정에서, 금상 주변에 가까이 지내야 할 필요가 있는 성싶으니 조급해지는 듯하다.

"일 년여 전 내가 자네와 마주앉아 나누었던 말들을 기억하는가?"

"예, 나리."

"그때와 현재의 내 운세가 비슷한가?"

워낙 어처구니없는 일들이 연이어 발생한지라 운세가 달라져서 그러한가 싶은 것이다. 조만간 제 아들을 말려 죽일 것이라 여겼던 금상이 어찌하여 자꾸 아들 주변에다 쓸 만한 위인들을 앉히는가. 지난 정초에 한양 갔을 때 알게 된 바 세자시강원에 새로 부임한 정사품의 필선弼善이 이무영이라는 자였다. 그는 숙종의 친누이인 명윤공주의 손녀사위이자 어영대장 이한신의 아들로 정시문과에서 장원 급제를 세 차례나 한 당대 최고의 수재다. 무엇보다 그는 젊다. 금상이 젊은 인재를 불민한 제 아들 곁에다 꽂아 놓은 까닭이 무엇이랴.

"비슷하시옵니다. 다만, 작년에도 말씀드렸다시피 사람들과 더불어 가실 길이므로 사람을 잘 거느리셔야 할 줄로 아옵니다. 운세란 변하기에 운세 아니겠나이까. 운세를 변하게 할 제 가장 큰 원인과 결과가 결국 관계에서 비롯되는 것일 테고요."

"인사가 만사라 했지."

"오늘 이 자리에서 소인이 나리께 드릴 수 있는 말씀은 이만큼인 듯하옵니다."

"하니, 물러가라?"

"목적하고 오신 한 가지와 그에 관한 사항들이 한 자리에서 나누어질 수 있는 이야기입니다. 혹여 소인의 점사가 또 필요하시면 다시 내방하여 주소서."

"그럼 가야지. 가기 전에, 작년에 물은 걸 다시 묻겠네. 내 딸아이의 스승으로 내 곁으로 와 주겠는가?"

"그때, 소인은 부처님과 신령들을 섬기는 까닭에 특정한 사람을 섬길 수 없다는 말씀을 드린 것으로 기억합니다."

"자네를 억지로라도 내 곁으로 데려가겠다 하면 어찌할 텐가?"

"소인을 억지로 끌고 가시면 무용지물이 될 것을 모르시지 않을 터, 그리하지 않으실 분임을 아나이다."

제 말대로 억지로 끌고 가서는 아무짝에도 쓸모없을 것이다. 길가에 핀 꽃가지를 꺾어다 내 화병에 꽂는들 그게 며칠이나 가랴. 가져가려면 실뿌리 하나 다치지 않게 파다 심어야 한다.

"재고, 삼고할 여지는?"

"보시다시피 소인, 신체의 눈이 없고 쇠약하여 앉은뱅이 점이나 치는 처지인지라 이보다 더 욕심을 낼 수도 없습니다. 욕심 부리는 순간 소인의 미약한 신기나마 수증기처럼 사라지거나 몸을 심히 다치게 됨을 이미 수차례 경험했나이다. 부디 혜량하소서."

불복하겠다는 선언이지만 제딴으로는 그럴 법하다. 오늘은 특히 집 밖으로 한 걸음 나설 기운이나 있을까 싶다. 이록은 일어서며 복채 한 냥을 꺼내고 남은 은전 주머니를 통째로 바닥에 놓는다.

"약방도 가깝더구먼, 보약이나 해 먹게. 다시 볼 때는 지금보다 강건해져 있기를 바라는 내 맘이네. 강건해진 다음에는 내게 와 줄 마음이 생겨 있길 바라고."

혜원이 주머니를 돌려줄 양으로 황급히 움직이려 하자 중석이 손을 올리며 막는다.

“감사히 받겠나이다. 내려주신 은전을 복채로 여기고 한 말씀 더 올리겠나이다. 혹여 이번 여름 웃녘으로 가실 계획이 계시면 음식을 조심하소서. 웃녘에서 귀신들이 준동하기 시작하는바 웃녘에 돌림병이 돌아칠 듯하기 때문입니다.”

“여름 돌림병이 돈다고? 웃녘에? 곧 여름인데?”

“단언하기는 어려우나 웃녘의 귀신들이 이 아랫녘으로 움직이는 걸로 미루어 그리 짐작하고 있습니다. 소인의 식구들한테 이번 여름에 조심하자는 당부와 그에 대비하면서 손님들께도 말씀드리는 중입니다.”

“돌림병이 돌 것이라 짐작한 귀신들이 먼저 움직이는 까닭이 뭔가?”

“사람살이와 같습니다. 사람살이가 각박하면 먹을 것을 다투느라 싸움이 일기 십상이고, 삶은 더욱 사나와지지요. 돌림병으로 떼로 죽는 사람들이 속출할 제 그들을 장사지내지 못할 것이고 결국 귀신들이 될 터인데, 제 숨줄 연명키도 바쁜 사람들이 귀신들에게 멀건 물 한잔이라도 차려줄 엄두를 내겠나이까. 구천에 들지 못하고 사람 사이에 떠도는 귀신들 세상에도 난리가 나는 겁니다. 난리를 지레 느낀 귀신들이 피하여 움직이는 것이고요. 도성에 사람이 제일 많은바 새 귀신도 제일 많이 생길 것이므로 기왕의 뜬것들은 도성에서 먼 곳으로 달아나는 것이지요.”

“딴은 그럴 법하구먼. 고맙네. 몸조심하기로 하지. 내 식솔들에게도 일러 주겠고.”

무녀가 돌림병에 대한 예고까지 하는 줄은 몰랐으되 걱정하여 해주는 말이 귀하지 않을 까닭은 없다. 온에게도 알려 주어 식구들을 미리 단속케 한다면 오늘 복채 값은 충분히 한 셈이다. 이록은 신당을 나와 유수화려를 나선다. 효맹은 집 밖의 때죽나무 그늘에 앉아 있다가 일어선다. 때죽나무 꽃이 하얗게 만발했다. 효맹이 물었다.

"원하시던 말씀을 들으셨습니까?"

"올여름에 돌림병이 돌 거라 하더구나. 돌림병 조심하라는 통문을 돌려야겠다. 온에게도 알려 대비하라 해야겠고."

"중석의 말을 다 믿으시옵니까?"

"안 믿을 까닭이 없잖느냐."

대답은 하지만 지금 이록의 문제는 돌림병이 아니다. 새 사람을 만들 수 없다는 것보다 이미 만들어 놓은 관계들이 자꾸 어긋나고 있는 것이었다. 조엄이 그렇고, 그 딸이 그러했다. 지난달에 전라도 강경으로 넘어가 만나고 온 거북부령 황환도 마찬가지. 동보의 아비인 그는 이록이 사령이라 깍듯이 예우했지만 한 푼어치의 존경도 비치지 않았고 한 오라기의 마음자락도 보여 주지 않았다. 그런 그에게 함께 낚시나 하지 않겠느냐고 한가로운 우정을 과시했으나 그는 그날이 제 내당의 기일이라는 엉뚱한 말을 하면서 알아듣지 못한 체했다. 그가 몇 년 전 내당을 잃고 척신隻身으로 지내는 것은 사실이었다. 그는 쉰 살이 넘은 데다 자식들이 즐비한 탓인지 소실조차 들이지 않고 살고 있었다. 황환은, 무슨 명이든 태감께서 내리시면 받들지요, 했으나 그 말에는 한 점의 진정도 담겨 있지 않았다.

효맹과 더불어 이록을 떠받치고 있는 보위부에는 여섯 명씩으로 이루어진 네 동아리가 있다. 네 동아리의 꼭두는 각부 부령들과 연결되어 있으며 봉황부의 홍남수, 거북부의 황동보, 기린부의 나경언, 용부의 김양중이 그들이다. 각부에서 들어와 있는 그들은 사령의 보위이자 각 부령들을 아우르는 인질이다. 동시에 그들은 부령들이 사령을 살피는 첩자들이다. 서로 인질이거나 첩자인 걸 알면서도 태연히 지내는 건 균형이 맞기 때문이다.

그동안 나름대로 균형을 맞추며 주변 건사를 잘 해왔노라 자신했건만, 십수 년이나 공을 들인 효맹이 키운 비휴에도 문제가 발생했다. 아이 둘이 사라졌지 않은가. 세 해 전 가평 불영사에서 키우는 무극無極 아이 둘이 도망쳤을 때는 그럴 수도 있으려니 했는데 같은 일이 다시 발생하고 보니 뭔가 잘못된 듯했다. 통천과 곡산에서 자라고 있는 비휴들과 단양에서 키우는 무극들까지. 그들을 너무 오래 방치해 왔는지도 몰랐다.

이록은 집에 도착하자마자 집안에 있는 모든 사람을 큰사랑 마당으로 모이라 명해 놓고 스스로는 사당으로 향한다. 사당 앞 석등의 불은 어두워지면 켜고 날이 밝으면 끈다. 하룻밤도, 이록이 있으나 없으나 여일하게 불이 꺼지지 않게 한다. 사당 안 제단의 촛불과 향도 해 지면 켜고 날이 밝으면 끄게 한다. 이록은 외출에서 들어올 때마다 사당에 먼저 들러 향을 피운 뒤 제단 안쪽으로 들어가 벽감을 연다. 벽감을 열면 일조 광해의 어진이 나타난다.

인조가 광해군을 축출하고 세자였던 질을 사사하고 난 뒤 옹주 현경과 원손이었던 린이 남았다. 현경 옹주는 박씨가로 시집가 살던 참이었다. 린은 현경 옹주의 모친이었던 숙의 윤씨에게서 자랐다. 사실상 현경 옹주의 품에서 자란 셈이었다. 현경 옹주의 집안이 만단사에 속해 있었다. 현경의 시모가 나중에 효종으로 등극하는 봉림대군의 장모와 자매간이었다. 린이 스무 살이 됐을 때 열여덟 살이었던 봉림대군은 심양에 볼모로 잡혀 있었다. 린은 심양으로 가서 봉림대군을 만났고 그 신하가 되었다. 그로부터 십이 년 뒤 봉림대군이 즉위했다. 린이 서른두 살 때였다. 효종은 재위 십 년 만에 저세상으로 떠나갔다. 그 아들 현종도 재위 십오 년 만에 돌아갔다. 이린은 왕 삼대를 아우르며 칠십오 년을 살았다. 칠십오 년을 사는 동안 자신이 폐조의 손자라는 사실을 스스로도 잊어버린 듯 몇 대를 이은 임금들에 충성을 바쳤다. 첩실을 두지 않았던 그가 떠나고 아들 호와 손자 연이 남았다.

광해의 어진은 그의 손자 린이 칠십 세 때 어린 날의 기억을 더듬어 화공에게 그리게 한 것이었다. 일 년에 걸쳐 완성되었다는 어진은 깊이 감추어졌다가 린의 아들 호가 이 상림을 마련한 뒤 사당을 짓고 벽 안에 감실을 만든 뒤에 모셔다 걸었다. 호와 연과 록을 걸치면서 같은 방식으로 모셔왔고, 록에게 아들이 없는바 온에게 똑같이 모시게 하고 있다. 이록은 일조를 향해 아홉 번을 절하고 나서 읍한 뒤 어진을 가리고 나와 사당 문을 닫는다.

이경이 가까운 때다. 이록은 마당을 빙 둘러 횃불을 꽂게 하고 화씨는 불러 옆에다 앉혔다. 서슬 푸른 이록의 집합 명에 보위부 무사들은 물론이고 하속들이 몰려 나와 마당에 엎드렸다. 그 사이 이록은 화씨가 장죽에 재워준 남령초를 화로에다 대 불을 붙인 뒤 연기를 깊이 빨아들인다. 조급함을 다스리기에 연초만 한 것이 없다. 몇 모금만 빨아도 가팔랐던 숨결이 내뿜는 연기와 함께 스러져 차분해진다.

집안 살림을 아우르는 임집사가 대청 아래서 읍하고, 반대편에 보위대장 효맹이 읍하고 섰다. 집사 임석수에게 함화루 안살림을 하게하고 보위부 대장인 정효맹에게 바깥 살림을 맡게 한 뒤 둘의 손발이 잘 맞는 것으로 여겼다. 그런데 문정헌의 아이를 데려다 그 짓을 했다면, 그 짓을 하기까지의 임석수에게는 문제가 있었다. 내 집안에서 일어나는 일조차 모르다니. 지금 이록이 분노하는 까닭은 또 드러난 균열 혹은 구멍 때문이다. 이록은 장죽을 화로에다 탕탕 쳐서 재를 턴 뒤 말했다.

"개진아비, 앞으로 나서거라."

대뜸 이름을 불린 개진아비가 떨며 나와 기단 바로 아래에 엎드린다. 그는 곳집 불로 타 죽은 할멈의 아들이다.

"지난 이월에 곳집 화재에서 네 어미가 타 죽은 게 확실하냐?"

"그날 밤 쇤네의 어미가 사라졌으므로 그리 여기나이다."

"네 어미에게 노망기가 생긴 뒤 곳집 출입을 하지 말라 일렀을 터인데 어찌 하필이면 그 밤에 그곳으로 갔다 여기느냐?"

"어미가 평생 그곳을 출입해 왔는지라 넋이 나간 참에도 습관이 남아 그날 밤에도 간 것으로 생각했나이다."

"네 어미가 거기 가서 뭘한 것이라 생각하느냐?"

"그저 곳집 마루를 쓸고 닦거나 처마 밑에 앉아 연초를 피우다 오겠거니 여겼나이다."

"그저 홀로?"

개진아비가 옆에 선 임집사를 힐긋 쳐다보고는 고개를 조아린다.

"네 어미가 노망들어 때로 주인도 몰라볼 지경이었으되, 나이든 내 식구로 대접하여 일도 면하게 했다. 나는 그리했으되 너는 네 어미를 돌보지 못한 죄가 막심하다. 개진어미, 앞으로 나오너라. 내외간이매 노모를 돌보지 못한 죄 값을 함께 치러야 하리라."

개진어미가 바들바들 떨며 나와 제 서방 곁에 엎드리더니 대번에 살려 주소서, 애원한다.

"며느리인 네가 노모를 대접치 않아 자꾸 밖으로 나돌다 보니 그리된 것 아니겠느냐? 네 시어미는 나를 위하여 평생 일해 온 나의 가솔이다. 헌데 너희들이 내 식구를 박대하여 그리된 것 아니냐 그 말이다."

"아니옵니다, 태감마님. 쇤네의 어미가 다시금 곳집을 출입하게 된 까닭은 지난 정월 초에 임집사가 쇤네의 시어미를 불러낸 이후부터이옵니다. 당시 태감께오서 도성에 가시었을 때이온데, 어느 날 임집사가 쇤네의 어미를 불러내어 갔고 어미는 이틀이나 지나서야 들어왔나이다. 쇤네가 어디 다녀오셨느냐고 물었더니 어미가 그날은 제정신인 듯, 새 사람을 데려왔다고 답하셨습니다. 쇤네가 어미에게 새 사람은 누구이며 어디에 두었느냐 다시 물었는데, 너는 몰라도 된다고 하시었고요. 그 즈음부터 어미의 곳집 출입이 잦아졌나이다. 부엌에서 음식을 들고 나가길 거듭하였고요."

이록은 개진의 어미아비를 제자리로 돌아가게 한 뒤 집사 임석수를 내려다본다. 그의 형 근수가 보원약방의 행수다. 그의 일가가 대대로 집안의 종이되 그 형제들이 사뭇 영민하고 그릇이 제법 커서 근수에게 보원약방을 맡기고 석수에게 상림 살림을 맡겼다. 하속들 간에도 직책에 따라 나름의 권력이 생기는바 석수는 이집에서는 나름의 권력을 행사해 왔다.

"이제 임집사 네가 말해 보아라. 어찌하여 내 허락도 없이 사리내로 가서 문정헌의 아이를 데려왔는지, 하여 그 아이를 가두고 무슨 짓을 하였는지."

임집사는 더 이상 발 뺄 곳이 없음을 짐작했는지 제 섰던 자리에서 부복하고 머리를 조아린다. 효맹은 딴생각을 한다. 곳집 화재는 어쩌다 보니 난 불이라고 할 수 없다. 화로나 연초 불의 실화로 커진 불이 그리 완벽하게 건물을 태워 무너뜨리고 아홉 주검의 뼈도 추리지 못할 지경이 되기는 불가능하다. 죽은 자들이 아무리 술에 취했기로 한 놈도 빠져나오지 못할 까닭이 무엇인가. 그 밤에 이 큰사랑 객방에 와 있었다는 아이의 부친 조엄. 그가 의심스러운 건 사실이지만 그가 꾸민 일일 수도 없다. 그리 재빠르게, 그리도 완벽하게. 그가 혹여 사신계라면 모를까. 하지만 조엄이 사신계라면 딸자식을 그 지경이 되도록 놔뒀을 리 만무이고, 정말 사신계라는 게 있는지 아직 확인하지도 못했다.

"말해 보라 하였거늘."

"죽여 주십시오, 태감마님. 소인 생각이 천박하여 일을 그르쳤나이다. 태감께오서 작년 여름 어느 날엔가 인재를 얻었노라, 하시며 그 아이가 어서 커서 와야 할 터인데, 하시는 말씀을 듣고 소인, 마님을 향한 충심에서 그 말씀을 오해하였나이다. 그 아기를 데려다 수련을 시킨 연후 태감마님 앞에 자랑스레 내어 놓으려 하였나이다. 아기가 정말 영특하게 잘 따라 왔사옵고, 잘 견디던 중에 그런 참변이 생겼사와 소인 차마 사실대로 고하지 못했나이다. 죽여 주시옵소서."

저자가 죽음을 자초하는구나. 돌아가는 상황을 지켜보던 효맹은 속으로 뇌까린다. 효맹이 비휴 둘을 잃고도 숨김없이 토설한 덕에 용서를 받았다. 임집사는 평생 사령의 종으로 살아왔으면서도 주인의 성정을 아직도 파악하지 못했다. 한번 만난 사람이나 들은 이름을 잊는 법이 없는 사령은 성정이 냉혹하지만 사람 그릇은 크다. 수하들의 어지간한 실책도 그러려니 한다. 자신을 속이려 들지 않는 경우였다. 사령은 자신을 속이려 드는 상대의 심사를 귀신같이 간파했다. 그런데 석수는 이 지경에도 얕은 수를 쓰며 모면하려 든다. 곧 죽어나갈 것이라 안됐기는 하나 효맹에게는 사사건건 걸리던 자였다. 그와 효맹은 안팎살림의 구분이 확실하다. 상대를 감시하는 것도 서로의 일이다. 감시, 견제는 그럴 수 있다 쳐도 임석수는 되지 못하게 효맹과 경쟁까지 하려 들었다. 제 영역이 좁아지는 것에 안달했다.

임석수가 정작 경쟁하거나 질투해야 할 사람은 효맹이 아니라 외무집사 박은봉이다. 박은봉은 상림과 허원정의 외곽 재원財源을 관리했다. 그는 임석수와 똑같이 상림의 종으로 태어났지만 속량되었다. 양민 호패를 지닌 채 팔도를 떠돌면서 팔도 곳곳에 깔려 있는 이록 집안의 돈을 거두어들였다. 임석수는 그 일을 하고 싶은지도 몰랐다. 이번 일은 그로 인한 과잉충성이 유발한 결과일 수도 있었다. 설령 그렇더라도 너무 멍청했으므로 화씨의 농간에 놀아난 결과라고 보는 게 맞을 터이다.

"아이가 수련을 영특하게 잘 따라왔다고?"

"예, 태감마님."

"아이에게 규칙 외의 짓을 한 적은 없고?"

"그런 일 없나이다."

"네 이놈, 뚫린 입이라고 다박다박 대답은 잘 하는구나. 원철, 경출이, 석호, 욱진이 나와서 저놈을 석등에다 거꾸로 세워 묶어라. 저놈 입에서 바른 소리가 나오는지 보리라."

보위부의 막내들 격인 원철과 경출과 석호, 욱진이 나와 석수를 붙들어 뒤집더니 석등에다 거꾸로 세워 붙이고는 오라로 칭칭 동여맨다. 욱진은 개진의 아우로 상림에서 출생한지라 고개를 들지 못하고 명을 따른다. 석수의 노모와 처자식들이 비명도 지르지 못한 채 울음을 삼킨다. 거꾸로 매달린 임석수의 시선이 사령 곁에 말없이 앉은 화씨에게 닿는다. 화씨는 자신은 이 모든 상황과 무관하다는 듯 딴전이다. 석수는 사령의 계집을 제거하기 위한 화씨의 계략에 말려든 게 확실한 것이다.

화씨는 무슨 수를 쓰든지 수태하여 이록에게 자식을 들이밀 심산인 듯 제 손에 닿는 사내들을 품으로 끌어들였다. 석수도 화씨가 품은 사내들 중 하나다. 그런 화씨가 석수와 할멈을 사주하여 문정헌의 아이를 데려온 이유는 뻔했다. 아이는 두어 해만 지나면 무녀로서는 물론 계집으로서도 어엿이 자랄 터. 그쯤 되면 화씨는 사령에게 무용지물이 된다. 어린 데다 신기를 지녔거니와 명문가의 딸이기까지 한 아이가 곁에 있게 될 것인즉 사령이 화씨를 지금과 같은 용도로라도 쓸 까닭이 없다. 허원정에 있는 금오당이 반족 여인임에도 과부 출신 소실이라 정실로 들이지 않는 사령이 아닌가. 그러므로 화씨는 아이가 자라기 전에 쓸모없는 물건으로 만들려 했던 것이다. 처음부터 아예 죽일 작정으로 데려온 것은 아닐 터이다. 죽일 작정이었더라면 여기까지 데려올 필요 없이 제 곳에서 그냥 죽이면 됐을 테니까.

석수는 화씨와 사통한 사실은 물론 아이를 데려오는 일이 화씨의 사주였노라고 말하는 순간 제 처자식들까지 모조리 죽을 것을 알아 입도 벙긋하지 못한다. 그걸 아는 화씨는 태평하기만 하다. 화씨와 사통하는 자들이 모두 그러했다. 화씨가 집안 사내들의 방을 찾아다니거나 그들을 불러들여 농탕질하는 사실을 서로 눈치채고서도 한통속으로 비밀을 지켜온 까닭이다. 근자의 화씨는 사내들을 품지 않았다. 외간 사내를 품은 일이 한 번도 없었던 양 요조한 마님으로 행세했다. 근자가 아니라 작년 백중 이후부터 조용해진 듯하니 벌써 꽤 되었다.

"내 네놈을 당장 쳐 죽일 것이로되 그 아이에게 무슨 짓을 했는지 바른대로 토설하면 목숨은 붙여 놓겠다. 앞으로 석수가 하던 일은 개진아비가 하게 될 것인즉 그리 알고 모두 물러가라. 물러가매 웃전의 명 없이 함부로 움직인 놈의 꼴이 장차 어찌되는지 유념하며 주시하거라."

사령은 화씨에 대해서도 의심했을 터인데 파고들지 않는다. 석수가 화씨를 걸고 들어가지 않으므로 그를 살려 놓기로 한 것 같다. 화씨는 근동 몇 개 군에 상주하는 칠성부 사자들을 관리하는 일성사자다. 그가 상림에 살며 생산한 만단사자가 오십여 명이나 되므로 칠성부의 큰 축을 담당했다. 일은 이미 벌어졌다가 끝났거니와 사령은 아직까지는 화씨가 필요하므로 그를 대신할 인물이 생길 때까지는 그대로 두려는 것이다.

싱겁게 상황을 끝낸 사령이 일어나 안채로 향한다. 화씨가 음전한 걸음새로 그 뒤를 따른다. 결국 문정헌 아이만의 문제가 아닌 것이다. 한갓 무녀 따위에서부터 거북부령에 이르기까지 사령을 몰아붙이고 있는지도 모른다. 사람 관리를 잘못해 왔다는 자책이 몰아치던 중에 아이 문제에서 불붙은 폭약처럼 터진 것이다. 그렇다면 이제 행보가 빨라질 터이다. 어디로 향하는 행보이든 간에. 어쩌면 놓쳐버린 조엄을 대신할 사람을 얻기 위해 새장가부터 들지도 모른다.

충청도 온양 땅 문암골에 조엄에 버금가는 명망을 지닌 학인이 있었다. 김창현이라는 늙은 선비였다. 아들이 없고 외며느리에 어린 손자 하나가 있을 뿐인 김창현은 일룡사자다. 그가 사령에게 며느리의 친정아우를 내비친 적이 있었다. 그 여인은 미혼과부로서 나이가 서른 살이 훨씬 넘었으므로 친가에서 살지 못하고 과부인 제 언니의 집에서 더부살이를 하고 있었다. 어쩌면 사령은 그 여인을 상림의 안주인으로 들일 생각을 굳혔는지도 모른다. 그 여인이 혹시 상림으로 들어온다면 화씨 얼굴이 볼만하겠군. 속으로 생각한 효맹은 보위들에게 각자 위치로 흩어지라고 수신호하고는 자신의 처소로 향한다. 봄이기는 했다. 화씨에게 넌지시 문암골 여인에 대해 알려 주는 것도 재미있을 것이다.

열 살짜리 계집아이의 등장은 화씨에게 참말 느닷없었다. 신기가 막 피기 시작한 아이라고 했다. 태감이 정작 눈독 들인 사람은 화개 무녀가 아니라 아이였던 것이다. 아이가 손녀뻘이든 증손녀뻘이든 사내들이란 제 손에 든 계집의 몸부터 취하기 마련 아닌가. 태감이 어린 계집아이를 키워 자신을 보좌케 하는 것은 물론 정실부인으로 삼으려 든다는 것을 깨닫는 순간 화씨의 눈이 뒤집혔다. 아이를 꼬여오기는 쉬웠다. 그리 쉽게 죽어 버릴 줄은 몰랐으나 화씨의 죄를 뒤집어쓴 자들과 더불어 죽어 주었으므로 다행이었다.

"곤하다."

먼 길 다녀와 아랫것들에게 한바탕 경을 치고 난 태감은 화씨가 준비해 놓은 목욕통 속으로 들어간다. 화씨는 자신의 긴 손가락에 부드러운 천을 감아 그의 몸 곳곳을 애무해 준다. 고단할 때 곁에서 한 마디라도 하는 것을 듣고 싶어 하지 않는 태감이므로 말은 하지 않는다. 그의 아랫도리 물건이 뻗치고 설 때도 모르는 척, 다리 사이를 문지르고 무릎을 쓰다듬고 발가락 사이사이에 천을 감은 손가락을 넣어 닦아 준다.

"들어오지."

태감이 그리 말할 때에야 화씨는 이미 물에 젖고 땀에 젖은 옷을 벗은 뒤 물을 끼얹고는 통 속으로 들어가 앉는다. 물이 출렁 넘쳐 차르륵 쏟아진다. 화씨는 태감의 뻗친 하초를 잡고 몇 차례 움직인 뒤 목욕통의 물마개를 잡아 빼며 그의 무릎에 앉으며 몸을 맞춘다. 사내들이란 한결같이 계집이 저로 인해 쾌락을 느낀다고 여겨야만 뿌듯해한다. 계집의 가랑이 사이에서 제 사내다움을 과시하는 걸로 힘을 가졌다고 느낀다. 태감도 다르지 않다. 화씨는 태감으로부터 충분한 쾌락을 얻는다. 거짓 쾌락을 꾸밀 필요가 없다. 화씨의 쾌락은 사내들을 쾌락에 이르게 만드는 것에도 있다. 사내의 물건이 풀죽은 자라목처럼 달랑거려도 그를 솟구치게 할 방법을 안다. 계집이 제 물건에 환장한다는 걸 느끼기만 하면 일어나는 게 사내다. 나이들어 일어나지 못할 때 굳이 일어날 필요가 없도록 화씨가 다해 줄 수도 있다. 태감이 지금까지 몇 명의 계집을 취했건 방사에 있어서만은 화씨가 월등하다. 아직까지는 그러했다. 오늘 밤 화씨를 몹시 거칠게 다루는 태감의 방사에는 분노가 담겼다. 화씨를 가혹히 다루며 자신의 분노를 다스리는 것이다.

목욕실에서 질펀하게 몸을 푼 뒤 방으로 들어온 태감은 화씨가 차려두게 한 술상 앞에 앉는다. 태감이 남령초를 피우는 사이 화씨가 술을 따랐다.

"불나던 밤에 아이며 할멈 등의 혼령을 봤는가?"

불이 났을 때 그 안에 아이와 할멈 이외에 일곱 놈이나 들어 있었던 것 뜻밖이었다. 아이를 능욕해도 되리라고 언질했으되 한꺼번에 그러는 줄도 몰랐다. 아무래도 상관없었으므로 알려 들지도 않았다. 집이 완전히 무너진 다음에 아이며 할멈 등의 혼령을 불러 보았다. 종적이 없었다. 함께 타 죽은 놈들의 혼도 찾아 보았지만 마찬가지. 누군가 거두어 간 게 틀림없으므로 즉각 화개 무녀를 의심했다.

"아무도 응답치 않아 기이하게 여겼나이다. 그 짧은 새에 누가 그들을 초혼하여 천도까지 했을까 의심스러웠고요."

"중석을 찾아간 일이 있고?"

중석이라는 이름은 화씨가 처음 들었으나 누굴 말하는지 알 것 같다. 화개 반반골 무녀의 이름이 중석인 것이다. 태감은 왕왕 본론을 말하기 전에 곁다리를 먼저 친다. 작은 거짓말이라도 하게 되면 큰 거짓말도 해야 하매 필연코 석수 꼴이 나고 만다.

"작년 백중 때 세석에서 화개 쪽으로 내려갔습니다. 쇤네가 태감의 자식을 낳을 수 있는지 물으러 갔사온데, 그건 핑계였고, 대감께서 그 무녀를 귀히 여기시는 것 같아 샘이 나서, 얼굴이나 보려고 갔습니다."

"갔더니?"

"아주 고우면서 담백하더이다."

"자네가 무녀인 걸 알아보던가?"

"알아보는 것 같아도 내색은 아니 하더이다."

"해서?"

"최소한 그 무녀가 저처럼 태감의 소실 노릇을 하러 오지는 않겠구나, 안심하며 돌아왔지요."

껄껄껄 웃은 태감이 술 두 잔을 더 마시고는 술상을 물린다. 석 잔에서 멈추는 게 그의 술버릇이다.

"문정헌 아이의 혼령이 중석을 찾아갔다 하더군. 중석이 천도한 모양이야. 밤이 늦었으니 그만 자도록 하지."

한 번 덮기로 한 일을 다시 파고들지 않는 그인지라 화씨가 저지른 일도 더 이상 거론하지 않는다. 담배를 끄고 죽염 묻힌 잇솔로 양치한 그가 자리에 눕는다. 그는 코를 골지 않고, 이를 갈지 않는다. 여름에도 이불 차 내는 법도 없이 점잖게 잔다. 곁자리에 이불을 펴게는 할망정 화씨와 한 이불 속에 눕는 일은 없다. 화씨도 그 품에서 자고 싶은 적은 없었다. 태감이 깊은 잠에 빠진 것을 확인하곤 일어나 불을 끄고 방을 나선다. 그가 집에 들어와 있는 날은 보위들이 처소 앞에서 번갈아 번을 선다. 화씨는 번을 서고 있는 네 보위를 냉랭히 쳐다보고 석수가 거꾸로 매달려 있는 큰사랑 마당 쪽을 일별한 뒤 자신의 처소로 향한다.

석등에 거꾸로 매인 석수가 얼마나 견딜지, 태감이 석수를 언제 풀어 줄지 알 수 없다. 살릴지 죽일지도 모르지만 화씨는 석수가 죽든지 살든지 관심 없다. 그로 인해 달라질 게 없었다. 대신 중석이 또다시 위험인물로 부각했다. 중석을 거론할 때의 그 그윽한 말투라니. 어떤 말도 그냥 하는 법이 없는 태감이 아이의 혼령까지 거론하며 중석에 대해 물은 까닭이 무엇이랴. 언젠가 키워서 데리고 살려던 아이가 사라졌으므로 그 무녀라도 데려와야겠다는 의미다. 그러니 그가 오면 찍소리 말고 받들며 살라고.

태감 곁에 잡풀처럼 돋아나는 계집들을 뽑고 뽑아도 또 돋아난다. 또 뽑아야 할 풀이 영감 곁에 자라 있었다. 아니 이번엔 풀 정도가 아니다. 맨손으로는 뽑을 수 없어 도끼나 톱이 필요할 나무다. 풀이든 나무든, 설령 거대한 암벽이라 해도 뽑아 낼 수밖에 없게 되었다. 태감이 다시는 중석을 들먹일 필요가 없도록 세상에서 치워야 하는 것이다.

"마님, 이제 오시어요?"

증심당 마루에서 시녀 순아가 하품과 함께 일어선다. 화씨의 처소는 내원 몸채 곁의 증심당이다. 증심당과 몸채 사이에는 낮은 내담뿐이다. 몸채는 김씨 부인이 죽고 온이 도성으로 떠난 뒤 비어 있다. 비어 있으므로 화씨에게 내줄 법도 하건만 태감은 말이 없다. 네 분수는 증심당에 맞는다는 것이다. 처음 강씨 부인이 죽었을 때도 그랬다. 안방이 비어 있음에도 영감은 그쪽으로 옮기라는 말을 화씨에게 하지 않았다. 그러더니 일 년여 지나 스물네 살의 김씨를 혼인식까지 치르고 데려와 안방에다 앉혔다. 용부 일룡사자의 딸로 어쩌다 혼기를 놓친 김씨는 그 스스로도 이룡사자였다. 안방에 앉은 김씨는 곧 부사령에 올랐고 만단사의 안식구들을 챙기는 일을 도맡았다. 작금 온이 차지한 만단사 칠성부의 초석을 김씨가 다졌다. 외형상 그러했고 실상은 화씨가 다했다.

화씨는 지금까지 태감에게 안방을 내어 달라 졸라 본 적 없고 내색도 해보지 않았다. 분하기는 했다. 그 분기를 때로는 집안 사내들을 품거나 술을 마시며 풀어 왔지만 대개는 증심당 뒤채에 차려놓은 신당으로 들어가 신장들한테 절하는 것으로 달래 왔다. 작년 백중 무렵 중석을 만나고 온 뒤로 사내 품기를 그쳤다. 술도 줄였다. 몸에 살기를 걷어내고 다사롭게 만들라기에, 하면 희망이 생길 거라기에 그리해왔다. 금욕했고, 맘씨며 말씨를 곱게 하려 애썼다. 귀신들을 쫒아 버렸고 부지런히 기도했다. 그 모든 게 쓸 데 없는 짓이었다.

"밤이 깊었다. 건너가 자거라."

"이부자리를 봐 놨사와요. 안녕히 주무시어요, 마님."

화씨는 마루를 지나 뒷마당을 건너 신당으로 들어선다. 저녁 예찬 때 촛불을 켜 놓았다.

– 상보왕진청옥기조소신相寶王眞淸玉炁祖霄神.

– 구천응원뇌성보화천존보상九天應元雷聲普化天尊寶相.

– 뇌성보화천존雷聲普化天尊.

화씨는 그림으로 모셔 놓고 있는 세 신장들의 제단 앞에 세 기의 향을 붙여 놓고 각기 합장 칠배한 뒤 절을 시작한다. 분노가 크고 깊을수록 주문을 외는 소리는 낮아지고 절은 길어진다. 천지현종天地玄宗으로 시작되어 부호진인覆護眞人으로 끝나는 「금광신주金光神呪」 서른여섯 마디마다 절을 한다. 금강신주 중간에 천둥과 번개로서 요귀와 정령을 물리치는 서른여섯의 신들이 들어 있다.

'제발경울 기히린왈 홈파결리 허튼운필 기리치오 루진회불 연존 억역 수호살흘 도라박리.' 신들의 이름을 부르며 나를 보호해 달라 간청한다. 함부로 부르면 안 되는 신들이시므로 주문의 처음부터 끝까지 외고 또 외며 절하고 또 절한다. 금광신주 일만 번을 독송해야 신의 가호를 받을 수 있으므로 일만 번을 향하여 밤새도록 절을 하기도 한다. 오늘 밤도 꼬박 새게 될 터이다.

부디 돌아오지 않기를

각 고을의 공학共學인 향교는 소과 과거에 응시하기 위한 필수 과정이다. 향교에 입적되어 있지 않으면 소과 응시자격이 주어지지 않았다. 학생은 열여섯 살부터 마흔 살 가까운 사람까지 다양했다. 유림들에 의해 운영되는 사학私學 서원의 학생은 대개 소과에 급제한 생원과 진사들이다. 그들은 서원에서 복시나 대과를 준비한다. 온양 향교와 온율 서원은 가운데 연못을 놓고 이웃해 있다. 양쪽에 속한 유생 수가 서른 명 안팎으로 비슷하고 연못을 가운데 둔 청송각淸誦閣과 시습재時習齋 등을 공유했다. 청송각에는 양쪽 유생들이 자유로이 드나들며 공부하거나 담소했다. 시습재에는 나이 어려 향교나 서원에 들지 못한 열 살 이상, 열다섯 살 미만의 학동들이 입재해 공부했다. 시습재에서 공부한 학동들이 몇 년 뒤에는 향교나 서원으로 들어가기 마련이라 자식을 시습재에 입학시키려는 부모가 상당수였다. 향교나 서원의 서생들이 그렇듯 시습재의 학동들도 인근 고을에서는 한다 하는 집안 자재들이었다. 매년 정월이면 시습재에 입재할 학동 열다섯 명이 정해졌다.

이극영은 열세 살이 된 올해 시습재에 입학했다. 시습재 학동들은 『동몽선습』, 『명심보감』, 『격몽요결』, 『소학』 정도까지는 읽은 뒤 입학한다. 그래서 시습재의 교과과정은 향교처럼 『소학』부터 시작됐다. 학동들의 학습 수준을 가늠하는 기준이 『소학』인지라 이월 한 달 동안 『소학』 강講을 통한 시험이 진행됐다. 독송과 암송, 받아쓰기와 문장 이해도를 가늠하는 평가는 통通, 약略, 조粗, 불不의 네 단계로 이루어졌다. 『소학』에 대한 독송, 암송, 받아쓰기, 문장이해 등의 네 가지 시험에서 모두 통을 받으면 『대학』을 시작할 수 있었다. 열다섯 학동 중 세 명이 모두 통을 받았다. 용문골 이 대감의 아들 극영과 온주동 정 참의댁 손자 부경과 문암골 부수찬댁 손자 김국빈이었다. 삼월이 되면서 세 학동은 『대학』 읽기를 시작했고 다른 열두 명은 『소학』 공부에 들어갔다.

극영은 용문골에서 시습재까지의 시오 리 길을 말을 타지 않고 걸어 다녔다. 작년 삼월에 용문골에 들러 간 큰언니가 말했다.

"몸이 가벼워야 하는 게 무예의 기본이다. 피치 못할 경우가 아니면 항상 걸어다니며 몸을 가벼이 하며 날래게 만들어라."

큰언니는 큰언니이면서 스승이므로 따라야 하는 말만 했다. 시습재에 든 뒤 극영이 걸어다겠다고 하자 홍외헌의 근심이 컸다. 극영이 재차 허락을 구하자 호종을 달고 다녀야 한다는 조건으로 승낙했다.

사월 스무이레날 아침, 집을 나온 극영은 서둘러 걸어 온양 행궁이 머지않은 사거리 닿은 뒤 걸음을 멈춘다. 사거리에서 남향 길로 가면 행궁이다. 임금님이 오시지 않아 궁문은 노상 닫혀 있어도 행궁의 네 방향 문들 앞에는 언제나 수직군사 둘씩이 서서 오가는 사람들을 구경하고 있다. 사거리에서 서향으로 가면 시습재가 나오고 동향 길로 들어서면 큰 저자거리고 저자를 지나 사오리쯤 가면 문암골에 닿는다. 시습재 학동 중 제일 어린 김국빈이 문암골에 산다. 열한 살인 김국빈이 시습재에 나오지 않은 지 아흐레가 지났다. 결석 첫날 아침 국빈을 데리고 다니던 할아범이 홀로 시습재에 와 도령이 심한 고뿔에 걸려 결석하노라 했다. 이후 종무소식이다.

"도련님, 어찌 아니 움직이시고 벅수마냥 먼 산보기를 하고 계시오?"

호종으로 따라다니는 두남은 열아홉 살이다. 아직 미장가이며 몸이 벅수처럼 크고 굼떴다. 기운은 셌다. 그 바람에 극영의 호종으로 지명된 두남은 날마다 삼십여 리 길을 걸어 다니게 된 것에 늘 불퉁거렸다. 극영이 공부하는 동안 저자거리를 쏘다니며 팽팽 놀면서도 생색내기 일쑤였다.

"문암골에 한번 가 보려고. 김국빈 알지? 문암 부수찬 댁 구경당九景堂의 손자. 그 아일 봐야겠어."

볼살에 밀려 숨은 듯이 작은 두남의 눈이 커진다.

"학당에 아니 들어가시고요?"

"네가 학당으로 가서, 내가 고뿔이 심해 오늘 결석하게 됐다고 훈도께 아뢰라."

"저더러 거짓부렁을 하란 말씀이세요? 훈장님들한테? 그리고 마님께도요?"

"어머님께는 나중에 내가 사실대로 말씀드릴 테니 우선 이른 대로 해. 그리고 문암골 구경당으로 찾아와. 딴 데로 새지 말고. 오늘도 딴 데 갔다간, 네가 저자거리의 투전판 기웃거리고 다닌다고 어른들께 다 이를 테다."

"그 무슨 억울한 말씀이오? 백주대낮에 어디서 무슨 투전판이 벌어진다고요? 그리고 투전판에 들려면 돈이 있어야 하는데 쇤네가 무슨 돈이 있어서요?"

두남의 아비가 홍외헌 집사다. 돈이 나올 구멍은 제 아비 주머니일 게 뻔했다. 제 언니 한남은 아비와 더불어 착실하게 집안 살림을 돌보고 제 아우 석남은 영특하여 한양 집과 용문골 집 사이의 인편 노릇을 한다. 두남은 만날 게으른 소처럼 허청거리고 다녔다.

"백주대낮에 네 몸에서 술 냄새, 연초 냄새 마구 나는 걸 모를 줄 알아? 나를 집에 데려다 놓고 밤에 다시 저자로 나온다는 사실은? 손가락 끝이 투전패 자국으로 번드르르 하지. 천치처럼 돈은 따지도 못하고 만날 잃기만 하고. 네 손끝에서 가뭇없이 사라지는 돈들이 다 어디서 나올까? 마성천 씨한테 물어볼까?"

제 아비 이름이 거론되자 두남이 찍소리도 못하고 털레털레 학당을 향해 간다. 히죽 웃은 극영은 문암골로 향한다. 국빈이 단순히 고뿔에 걸린 것 같지 않았다. 결석하기 전날 점심시간에 국빈이 몇 학동에게 에워싸인 것을 목격했다. 남산골 생원 집의 아들, 한실 봉사 집의 손자, 흰바위골 별검 집의 손자 등으로 『소학』을 끝낼 수 있을 것 같지 않은 장난꾼들이었다. 국빈은 나이가 어리고 몸집이 작은 탓인지 평소 어울리는 아이들이 없는데 그때는 그랬다. 그들과 어울려 노는 줄 알았는데 가만 보니 국빈의 얼굴이 사색이었다. 극영과 눈이 마주쳤을 때 국빈의 눈에 눈물이 그렁그렁했다. 극영은 어쩐지 분기가 생겨 그들 사이로 뛰어들었다.

"뭐냐, 왜 그래? 너희들, 애한테 무슨 짓을 하고 있어?"

극영의 사나운 기세에 놀란 장난꾼들은 달아났고 국빈은 고개를 젓고는 외면했다. 오후 공부 시작종이 울려 제각기 자리에 앉아 독송하는데, 『대학』 전문傳文 「격물치지格物致知」 편을 읊어야 할 국빈은 파리한 얼굴로 멍하기만 했다. 스승께서 「격물치지」를 강하실 때 알아듣지 못하는 것 같았다. 「격물치지」에서 치지致知의 전거를 대 보라는 스승의 질문에도 답하지 못했다. 학과가 끝난 뒤 무슨 일인지 물어보려 했으나 미시 말경에는 국빈네의 할아범이 데리러 와 있었다. 국빈은 즉시 할아범을 따라 가 버렸다.

두 번 길을 물은 끝에 극영은 문암골에 닿는다. 모내기철이라 논에 엎드린 사람들이 흔하다. 용문골에서도 모내기를 하느라 날마다 집 안팎이 떠들썩했다. 부수찬 댁을 물으니 그들이 흙 묻은 손길로 가리켜 주었다. 구경당은 홍외헌처럼 집안 내의 당호인지 대문에는 편액이 걸려 있지 않다. 대문은 활짝 열린 채 고요하다. 대문간 왼쪽의 담장 아래에 극영의 키보다 높은 불두화 나무가 국빈의 머리통만 한 꽃을 주렁주렁 달았다. 대문 어름에 아무도 보이지 않으므로 극영은 하는 수 없이 외친다.

"이리 오너라."

불두화를 쓰다듬고 있으려니 사람이 나온다. 국빈을 데리고 다니는 할아범이다. 허리가 살짝 굽었지만 소소원에 살던 아곱 할배만큼 나이가 많이 들지는 않았다. 큰언니에 따르면 아곱 할배는 도솔천으로 올라가셨다. 큰언니한테 그 말 들을 때 극영은 자신의 어린 날 아곱 할배의 나이를 궁금해했던 게 떠올라 돌아가실 때 몇 살쯤이셨냐고 물었다. 큰언니도 정확히는 몰랐다 하면서 효종임금 시절부터 살았다 하니 백 살은 훨씬 넘었을 거라고 했다.

"어디서 오신 도련님이십니까?"

국빈네의 할아범은 국빈을 시습재에 데려다 놓고 공부가 끝날 즈음에 데리러 왔다. 극영을 몰라보는 게 당연했다.

"시습재에서 국빈과 함께 수학하는 이극영입니다. 국빈은 어떻습니까? 많이 아픕니까?"

할아범이 주변을 둘러본다. 극영이 홀로 왔는지 학동들과 함께 왔는지 살피는 것 같다.

"도련님 홀로 오셨습니까?"

"그렇습니다."

"어느 댁 도련님이십니까?"

"용문골 홍외헌 아들 이극영입니다."

"하오시면 도련님, 잠시만 기다려주십시오. 우리 도련님한테 여쭤보고 나오겠습니다."

손님을 맞이하는 예법이 심히 어긋나지만 손님으로서도 점잖은 방문은 못됐다. 손님이 찾아들기에는 시각이 일렀다. 국빈의 병이 심하지는 않는 것 같아 극영은 안심하고 펄쩍펄쩍 제자리 뛰기를 한다. 몸이 가벼워지고 날래지면 제자리에서 도움닫기 없이도 자신의 키만큼 뛰어오를 수 있게 된다고 했다. 큰언니는 그게 가능했다. 소소원 시절의 스승들인 화산이며 천우, 해돌 등도 가능했다. 용문골로 내려와 산 뒤 가형이 된 이무영은 불가능했다.

지난 정초에 설 쇠러 용문골 집에 온 무영이 극영에게 목검 대련을 청했다. 대감도 함께 한 자리였다. 세자의 글 스승인 무영의 무술 실력은 극영과 비슷했다. 아들들의 대련을 지켜보던 대감은 극영이 훨씬 낫다고 치하했다. 공치사인 줄 알면서도 극영은 어깨가 으쓱했다. 낮이면 글공부 하고 밤이면 무술을 연마하는 보람이 있었다. 요즘은 예도銳刀와 권법에 재미가 들렸다. 오는 동짓달에는 삼품 승급에 도전할 참이었다. 대감이 큰사랑으로 들어가고 형제가 중사랑에 마주앉았을 때 이무영이 말했다.

“네가 이제 시습재에 들어가게 됐다니 가형으로서 몇 마디 하겠다. 이극영, 너는 아주 어릴 때부터 여러 스승들로부터 문무를 겸하여 사숙私塾한 덕에 네 또래에 비하면 제법 높은 실력이며 기량을 갖췄다. 그러하나, 남 앞에 내놓을 정도는 못된다. 내놓을 정도가 된다 해도 마찬가지. 실력이란 필요할 때 쓰기 위해 쌓는 것이지 남에게 보이기 위함이 아니다. 네가 선비로서 장차 소과, 대과를 치르게 될 터. 그때 외에는 글공부를 드러내지 말고, 무술을 연마하는 것은 더욱 감추어라. 알아들었느냐?”

극영이 약조하자 무영이 활짝 웃으며 덧붙였다.

“네가 이번 동짓달에 삼품으로 승급하면 겨울 동안 태조산 원각사로 보내 주겠다.”

겨울 동안 집중하여 무술을 수련할 수 있게 해준다는 말이었다. 극영은 원각사가 아니라 어머니한테 보내 달라는 말이 입안에서 맴을 돌았으나 차마 못했다. 어머니가 어디 계시는 줄 모르기는 형님도 마찬가지일 터. 알아도 알려 줄 리 없었다. 어른들이 알려 주는 것 이외에는 알려 하지 않아야 하는 게 계의 법도였고 계원인 극영도 그건 잘 알았다. 그 외에는 아는 게 없었다. 무녀인 삼덕 아주머니는 가마골에 그대로 사는데 같은 무녀인 별님께서는 어찌하여 세상을 떠돌아다니시는지. 눈앞의 책도 못 읽는 어머니는 어떻게 모르시는 게 없는지. 그런 어머니를 하늘처럼 높은 스승들께서 어찌 하늘처럼 떠받드시는지. 무녀의 아들인 한본이 어떻게 이한신 대감의 막내아들이 되었는지. 새침때기 누이 심경이 어찌 평양의 유릉원에 남아 살게 되었는지. 추석 때 용문골로 와서 설을 지내고 한양으로 올라가는 이무영의 아홉 살 딸 영로와 일곱 살 아들 긍로가 삼촌이라 부르며 무람하게 안겨오는지. 용인에 산다는 누이 이알영의 여덟 살 난 아들 우진이 외삼촌이라 부르며 따르는지.

"형!"

국빈이 나와 그렇게 불렀다. 극영은 양손으로 국빈의 턱을 받쳐 들고 낯빛을 살핀다.

"아픈 얼굴이 아닌데?"

"잠깐 아팠는데, 다 나았어."

"헌데 어찌 학당에 나오지 않고 게으름을 피우는 거야? 공부에 싫증났어?"

국빈이 볼을 붉히며 극영의 손을 떼어 내고는 대답한다.

"난 공부는 좋은데 학당은 싫어서 그냥 집에서 공부하기로 했어."

"왜?"

"들어와요, 형. 내 손님이 왔다고 하니까 어머니와 이모님이 형을 보고 싶으시데요. 조부님은 출타하셨어요."

국빈의 집은 홍외헌만큼 넓지 않아 보이지만 정돈이 잘 되어 말갛다. 식솔이 많지는 않은지 사뭇 한적하다. 안채에 이르자 국빈이 대청에 나와 있는 두 여인을 어머니와 이모라고 소개했다.

"어서 오시오."

국빈의 어머니 안씨는 극영을 맞이하다가 눈을 크게 뜬다. 안씨의 친정아우 영고당도 절하고 일어나는 극영에게서 눈을 떼지 못하고 톺아본다. 저희들은 모르는 것 같지만 두 아이의 얼굴이 제법 닮았던 것이다. 국빈이, 왜 그러시냐고 어머니와 이모에게 물었다. 구경당 안씨가 극영에게 질문했다.

"용문골 이 대감 댁의 도령이시라고?"

"예, 마님."

"우리 국빈보다 두 살이 위시고?"

"예, 마님."

"이 아침에 어찌 우리 집 찾아올 생각을 하셨을꼬?"

"국빈의 결석이 길어지기로 많이 아픈가, 걱정이 되어 왔나이다."

"지금쯤 학당에 계셔야 할 시각인데?"

"제 시자한테 학당으로 가 제가 고뿔에 걸렸다고 아뢰고 이 댁을 찾아오라 일렀습니다. 제 집 어른들께는 돌아가서 오늘 결석한 사실을 말씀드리려 합니다."

"맘씀이 다사롭기도 하지. 댁에는 어른들이 다 계시고?"

"자친께서 용문골에 계시고, 가친과 가형께서는 한성에 계십니다."

"맞아요. 들은 적이 있소. 가친께서 대사헌을 지내시다 어영청으로 옮기셨고, 가형께서 형조에 계시다가 세자시강원으로 가셨다고. 그런 댁의 도령께서 우리 아이를 동무로 여기어 찾아주시니 감읍이오."

"황송하옵니다, 마님. 말씀 낮추십시오."

"고맙소. 국빈의 방으로 가서 이야기 나누시구려. 내 맛난 것 차려 내겠소."

"아침 먹고 나선 지 한 시진 밖에 아니 되었습니다. 심려 놓으소서."

"참말 의젓하기도 하시지. 건너가서 놀아요."

극영이 반절하고 일어나 대청을 내려간다. 마루 아래 서 있던 국빈이 섬돌에 놓인 극영의 태사혜를 나갈 방향으로 놓아준다.

안씨는 그동안 국빈을 통해 극영에 대한 말을 여러 번 들었다. 시습재 학동들 중 공부가 제일 빠르고 가장 점잖으며 국빈에게 잘 웃어 준다고 했다. 두 아이가 나란히 마당을 건너 사랑채 쪽으로 향한다. 안씨가 아이들의 뒷모습을 지켜보며 다시금 고개를 갸웃한다. 두 아이가 닮은 게 아무래도 기이하지 않은가.

"형님, 홍외헌 도령이 우리 빈이와 닮지 않았어요?"

"뭘!"

안씨는 대번에 아우 말을 부정한다. 국빈은 안씨의 친생자가 아니다. 소식이 끊기기는 했어도 한양에 생모가 있다. 국빈의 아비가 군자감 직장으로 지내던 중 종무소식이 된 지 여섯 해째다. 당시 섣달에 일어난 일을 이듬해 이월에야 들었다. 포도청의 군관이며 군졸들이 국빈의 아비와 그의 종자 수복과 더불어 종적이 없어졌다. 국빈의 조부 김 생원이 상경했고 한양에서 두 달여를 머무르며 사라진 아들의 자취를 찾아다녔다. 김 생원이 알아낸 것이라곤 아들이 포도청 사람들과 함께 도적 떼를 잡으러 나섰다가 사라졌다는 정도뿐이었다. 김 생원은 국빈의 생모를 한양에 남겨두고 수복의 처며 시종들을 데리고 돌아왔다. 김 생원이 국빈의 생모에게 문암으로 가자했지만 아이에게 덕될 게 없는 어미이므로 홀로 살겠노라 했던 모양이었다. 국빈 아비의 실종 이후 그의 혼령이라도 찾아보기 위해 큰굿을 세 차례나 했으나 무녀들은 그의 혼령을 불러오지 못했다. 외아들을 잃어버린 시모가 그리 늙지도 않아 노망을 시작하더니 삼 년여 동안이나 며느리를 고생시키고 작년에야 세상을 떠나 주었다.

"모르는 사람들이 보면 형제지간인 줄 알겠잖아요."

"별 소리를 다 하는구나!"

극영이 국빈과 닮았다고 강조하는 영고의 말에 안씨는 화를 내고 만다. 사실이기 때문이다. 꼬리가 긴 눈매며 양끝이 살풋 올라간 듯한 입매. 국빈의 생모와 닮았다고 해야 할 것이다. 하지만 국빈의 생모가 국빈 전에 낳은 아이는 을축년 도고 관아 사건 때 죽었다고 들었다. 무녀 별님의 집인 미타원과 함께 별님의 식구들이 모조리 죽은 것으로 소문났다. 국빈이 태어난 지 반년이 채 못 됐을 무렵이었다. 헛소문일 리 없었다.

"전혀 남남임에도 더러 닮은 사람들이 있다는 말인데, 형님은 어찌 역정까지 내세요?"

열흘 전, 국빈이 시습재에서 충격을 받고 돌아왔다. 학동들이 국빈에게 너는 첩실 소생이잖냐고, 첩의 새끼는 서원에 들 수 없다고, 까불지 말라고 했던가 보았다. 학동들이 어린 국빈의 공부를 시샘한 것 같았다. 아이들 사이에서 일어날 수도 있는 일이나 안씨로서는 몹시 놀라고 근심했다. 아이들이 그런 말을 어디서 주워들었건 그 사실을 아는 사람들이 아직 있는 것이다. 반가의 남정이, 버젓이 지아비와 자식을 둔 무녀 집안의 아낙을 데리고 나와 낳은 아들이 국빈이다. 아이 생모가 소실이라는 것만도 큰일이거니와 그가 원래 무녀 집안의 사람이었다는 게 알려지는 날에는 아이에게 어떤 전도도 없었다.

안씨는 아이 앞에서 분연히 소리치며 부정했다. 그 무슨 천만부당한 말이냐고. 내가 천일기도 끝에 너를 낳았노라고 강조했다. 학당 아이들이 네 공부를 당하지 못해 샘이 나서 괜한 소리를 하는 것이라고. 그깟 정도밖에 아니 되는 놈들 틈에 애써 낄 필요 없으니 집에서 공부하라고. 어미의 완강한 부정 앞에서 아이는 환한 웃음을 되찾았다. 아이를 시습재로 보내지 않는 것에 김 생원도 찬성했다.

국빈의 조부 생원 김창현은 온율서원의 유사儒士다. 이십여 명의 유사들이 서원의 향사享祀며 서생들 공부와 입출학 등, 모든 걸 관리 감독하면서 서원을 유지했다. 임원 유사는 전국 서원의 임원 유사들과 일 년에 한 번씩은 회동했다. 누대로 임금들은 삼사三司의 신료들보다 서원의 임원 유사들을 어려워했다. 김창현이 현재 온율서원의 임원 유사였다. 그럼에도 김 생원은 조만간 시습재 훈도에게 아이를 퇴학시키겠노라 알릴 참이었다. 핑계는 아직 아이가 너무 어리고 허약하다는 핑계가 될 것이다.

"아이들한테 뭘 좀 내다 줄까요, 형님?"

아우의 질문에 후, 한숨을 내쉰 안씨는 대청을 내려와 부엌으로 들어선다. 영고와 수복네가 부엌으로 따라 들어온다. 영고는 미혼과부였다. 제 열여덟 살에 납폐단자까지 받고 혼례를 기다리던 와중에 과부가 되었다. 혼례는 올리지 않았으나 납폐를 받았으므로 법도로는 시댁으로 가서 살아야 맞았다. 놀랍게도 영고는 미혼과부로서의 시집살이를 결연히 거부했다. 집밖으로 한걸음도 나서지 못할 삶이라면 시집이 아니라 친가에서 살겠노라, 친가에서 못 살면 머리 깎고 중이 되겠노라 선언했다. 양가에서 큰 소란이 일었다. 친정어머니가 영고를 감싸 주었다. 친정어머니가 돌아가시자 친정에서도 살

수 없어졌다. 친정아버님이 처자를 재취로 들였고, 새 시모자리보다 나이가 훨씬 많은 올케는 친정에 얹혀 있는 영고를 봐내지 못했다. 갈 데 없어진 영고는 언니 집인 구경당으로 와 얹혔다. 생과부로 살다가 결국 과부가 된 언니와 혼인도 못하고 과부가 된 아우가 구경당의 살림을 함께 해나가고 있었다. 함께 길쌈을 하고 텃밭이나마 더불어 메고 바느질도 같이 한다. 아우가 안쓰럽기는 할망정 더불어 살며 속을 터놓을 수 있는 동반자가 있어 안씨의 삶은 그럭저럭 평화로웠다.

"계피 달인 물이 남았던가?"

안씨의 질문에 수복네가 살강에서 주전자를 들어내 열어 보더니 대답한다.

"두어 사발은 나오겠습니다."

"허면 불을 살리게. 영고당은 광에 가서 곶감 몇 개와 다식틀, 송화 가루, 쑥 가루, 오미자 가루 한 봉지씩 꺼내오고."

"아침부터 다식을 만드시게요?"

영고의 목소리에 성가셔하는 기가 역력하다.

"홍외헌 도령이 아침을 먹고 왔다니 밥상을 차릴 수는 없잖은가. 과일이 나는 철도 아니고, 당장 타래과를 만들 수도 없고."

"그렇기는 하네요만."

영고가 볼이 부어 나간다. 수복네가 아궁이에 묻어 뒀던 불씨에 쏘시개를 놓고 금세 불을 살려 낸다. 안씨는 꿀단지를 들어내 꿀 두어 숟가락을 푼주에다 떠 담는다. 가루들을 꿀에 바특하게 개어 다식틀에 찍어내기만 하면 되는 게 다식인데 그게 무슨 성가실 일이라고 볼이 부어 나가는지 모를 일이다. 온양 큰 장날이라 읍에 나가고 싶은데 못 나가 저러는 것일 게다. 영고는 제가 지니고 있던 패물을 진작 다 팔아먹었다. 더 팔아먹을 것이 없는데 돈 나올 구멍은 없었다. 안씨한테 시집올 때 가져온 것이며 시모한테 물려받은 금붙이 몇 개와 약간의 패물이 있긴 하나 아우한테 줄 수는 없었다. 장차 국빈이 장가들 때 며느리한테 줄 게 있어야 하지 않은가. 영고는 돈이 없어서 장에 나가지 못하는 것이었다.

시부께서 근자에 영고를 당신 딸인 양하여 시집보내면 어떻겠느냐고 안씨의 의견을 물어왔다. 미혼과부의 혼인이 법도로는 금지되지 않았다. 과부들에게 수절을 강요하는 세태가 넘치다 못하여 미혼과부들까지 수절하며 사는 게 풍속처럼 된 것뿐이라 세간의 비난과 눈총을 무시할 수만 있다면 혼인이 가능하다. 시부께서 영고를 당신 딸로 둔갑시켜 시집보내자는 건 여러 형편을 감안한 좋은 말씀이긴 했다.

상대는 시부가 오래 전부터 알고 지내온 남정이라 했다. 그가 재작년에 상처하고 홀몸이 된바 그 재취로 보내면 어떤가. 그 남정은 마흔 중반의 사대부라 했고 대단히 부유한 집안의 장주라고도 했다. 안씨는 아우와 의논하며 생각해 보겠노라 시아버지 앞에서 대답했으나 영고에게 그 말을 전하지 않았다. 시부가 말한 사대부가의 남정이 어쩐지 석연치 못하게 들렸거니와 지금의 안정이 흔들리는 게 싫었다. 시샘인지도 몰랐다. 더불어 쓸쓸함을 달래며 함께 늙어 가리라 여겼던 영고가 부유한 사대부가의 안방마님으로 시집가 사랑받으며 살게 되리란 가정이 안씨를 한층 외롭게 했다. 한편으로 영고의 성정에 대한 걱정도 있었다.

영고는 큰살림 하며 집안을 안온하게 꾸려나갈 덕성이 모자랐다.

자잘한 욕심이 많거니와 치장이 심했다. 심심찮게 나들이를 했다. 온양 큰 장 거리에 드나들기를 즐겼고, 남산골에 있는 보현사普賢寺에도 정기적으로 다닌다. 보현사는 비구니 절로서 아낙들이 무시로 드나드는데 안씨가 보기에는 사뭇 불경스런 절이었다. 영고는 그 절이 제가 속한 만단사라는 세상에 속해 있어 거기서 같은 세상에 든 여인들과 만나 공부하고 좋은 일을 한다고 했다. 그 좋은 일이 무엇인지 안씨는 알기 어려우므로 아우의 보현사 행이 마땅치 않았다. 물론 시부도 만단사자였다. 죽은 게 분명한 국빈의 아비도 생전에는 거기 속해 있었다. 그런데 그들이 만단사에 속해 있다손 삶에 도움된 일이 무엇인가. 안씨는 영고로부터 함께 보현사에 함께 다니자는 말을 들을 때마다 질색했다.

보아하니 영고는 색욕이 드센 듯했다. 집안에 젊은 사내가 둘 있다. 국빈의 아비와 함께 사라진 수복의 아우 정복과 청지기 할아범의 손자인 걱쇠였다. 정복은 혼인하여 자식이 셋이고, 열아홉 살인 걱쇠는 아직 미장가다. 영고는 가끔 정복과 걱쇠를 번갈아 제 처소로 끌어들이는 것 같았다. 보현사에서 자고 오는 날도 드물지 않으니 거기서도 사내를 품는다고 봐야 했다. 차마 입 밖에 내지 못할 일이라 몇 해를 두고 보다가 영고한테 경계의 말을 했다. 그 무슨 흉한 말이냐고 영고가 펄쩍 뛰었다. 그깟 종놈들이 사내로나 보이는 줄 아느냐고 눈물바람을 했다. 안씨는 내가 잘못 아는 것인지도 모른다고 스스로를 다스려야 했다. 하지만 분명했다. 경계의 말을 들은 뒤 정복은 품지 않되 걱쇠는 여전히 처소로 불러들였다.

저러다 어느 놈의 씨를 뱃속에 담기라도 하면 어쩌나. 요즘 안씨는 그게 걱정이었다. 애를 배게 되면 사통이 드러날 것이고 소문이 퍼져나가면 시부께서 영고를 한집에 둘 수 없을 터였다. 또 누군가가 관에다 발고라도 하게 되면 영고는 죽은 목숨이 되거니와 이 집안도 결딴이 나고 만다. 반족 여인들의 행실에 관한 법은 그만큼 엄중했다.

그쪽에서 혹시라도 정식으로 혼담이 온다면 그때는 어쩔 수 없을 것이긴 했다. 그렇게 영고를 치워 버리면 외려 홀가분할지도 몰랐다. 시집가서 어찌 살든 내 눈으로 보지 않으면 걱정도 덜할 게 아닌가. 하지만 그게 피붙이로서 할 생각인가 싶기도 해 자책감이 생긴다. 이래저래 안씨는 부디 아무 일도 생기지 않기를 속으로 빌며 지낼 뿐이다. 혹여 시부가 재취하겠노라 나서지 않기를, 국빈이 다 자랄 때까지 현재의 일상이 깨지지 않기를, 소망했다. 무녀 별님이건 국빈의 생모건, 부디 옛날의 인연들이 되돌아오는 일이 없기를 바랐다. 저세상에 가 있는 게 분명한 지아비가 되살아나 돌아오기를 바라지도 않는다. 그들 모두가 국빈의 앞날에는 득 될 게 없는 사람들이었다.

돌림병

이번 역질은 황해도 금천에서 발발한 것으로 알려졌다. 역질은 금천의 경계 가까운 강원도 장단을 넘어 도성으로 퍼져 들어왔다. 사월 하순이었다. 칠 년 전, 기사년 겨울 돌림병에 육십여 만, 이듬해 경오년 여름 돌림병으로 사십여 만의 백성을 잃은 조정과 내의원이 또다시 난동하는 돌림병에 소스라쳐 신속히 대처했다. 그때는 공기를 타고 번지는 돌림병이어서 속수무책이었다. 이번 돌림병은 물과 신체 접촉을 통해 번진다는 사실을 어렵지 않게 파악해 냈다. 역질이 도성 안에서 발견되기 전에 돌림병 경계령이 대대적으로 반포되었다. 역질에 대처하는 사십 개 항목이 조보의 별지에 정음으로 쓰여 배포되었고 고샅마다 방으로 나붙었다. 순군들과 나군들이 연신 돌림병 주의령을 외치고 다녔다.

원행을 삼가고, 모든 음식은 익혀 먹고, 냉수를 마셔서는 아니 되며, 씻을 때도 끓인 물만 사용하라. 겸상치 말며, 악수하지 말 것이며 방사도 금하라. 사람 많은 곳에 가지 말 것이며, 감염이 의심되는 자는 즉시 식구로부터 떨어져 나와 각 동리에 마련된 병사病舍로 스스로 들어서라. 즉각 입사入舍할 제 치료가 가능하나 발병 뒤 하루가 지나면 치명됨을 유념하라. 감염된 자를 발견한 자는 당장 신고할 것이며, 감염자를 발견하고도 방치, 유기한 자는 누구를 막론하고 즉시 참수형에 처하리라.

조정에서는 마치 알고 기다렸던 듯 재빠르게 대처했으나 역질은 한 달여 만에 도성과 경기도 전역과 충청도까지 퍼졌다. 양반들의 의료기관인 전의감이나 평민들의 그것인 혜민서 할 것 없이 소속 의원들이 제생원의 약재를 들고 각 동리에 마련된 병사로 나섰으나 한계가 있었다. 제생원은 관에서 운영하는 약방이매 약재 창고가 금세 바닥을 드러냈다. 사방에서 내버려진 주검들이 저자에서 먼 곳으로 들려 나가 태워지거나 파묻혔다. 저자거리에는 물론 민촌의 고샅에서도 인적이 드물어졌다. 돌림병 난리 와중의 한 지역, 보제원거리의 사람들만 겉으로 비명 지르고 속으로 환호했다. 약방거리 사람들과 약방거리에 온갖 약재며 갖은 물자를 납품하는 사람들이었다.

돌림병이 도는 동안 보제원 주변에 자리한 백여 개의 크고 작은 약방들은 재고나 비축되어 있던 약재들을 모조리 풀었다. 당연히 모자랐으므로 최대한의 새 약재들을 구해들이면서 돌림병 증세에 필요한 약을 만들어 냈다. 고열을 내리고, 염증을 치료하고, 통증을 진정시키고, 부기를 빼고, 호흡을 순환시키는 흔한 약재들이 이번 돌림병의 약이었다. 감염된 순간 치솟아 오르는 고열과 그와 동시에 시작되는 발진이 또 다른 감염을 유발하는 것이라 혹여 모를 위험에 대처하여 약을 구입해 두는 것도 중요했다. 육칠 년 전의 돌림병에 워낙 데였던 사람들이 이번에는 속수무책 당하지 않겠다는 듯이 너나없이 약을 찾았다. 약이 필요한 사람들과 약상들, 각처의 작은 약방들이 도성 안 약방거리로 몰려들었다.

소독제를 대량 생산하고 있던 보제원거리의 사대 약방인 보원약방, 우원약방, 금강약방, 화엄약방 등은 유달리 바빴다. 손이나 몸에 소독제를 바르면 감염 위험이 낮아진다는 사실이 알려지면서 숱한 사람들이 소독제를 구하러 왔다. 보원약방 소독제는 향료를 만들기 위한 것이었던지라 특히 독했다. 효과가 탁월하다는 소문이 났다. 보원약방 소독제를 바르면 역질이 생기지 않는다는 소문이 돌았고, 그건 보원약방의 여타 약들에도 파급되었다. 약재가 아닌 완제 약들이 밤낮 없이 어지럽게 팔려나갔다. 정신없이 약을 만들어 내야 했다.

보원약방주 이온은 이삼 년에 걸쳐 연구하고 준비한 향료를 생산하지 못하고 있던 차였다. 향료 생산을 위한 증류주의 농도 조절에 실패해 부향율을 맞추지 못했다. 선후가 바뀌었는지도 몰랐다. 작년에 이어 올가을 출시할 작정이었던 향료며 미향수를 내놓지 못하게 되었고 연이어 실패한 향료를 고형비누로 처리했다. 몇천 냥어치의 증류주가 하릴없이 묵어가던 그때 역질이 돌았다. 향료 실패가 오히려 호재가 됐다. 쌓아 두고 있던 이백오십여 말의 증류주가 곧 소독제였다. 그 많은 소독제가 며칠 만에 동났거니와 허원정 주정실과 약방 증류실에서 각기 날마다 열 말씩 만들어 내도 모자랐다. 향료를 담기 위해 만들어 두었던 일만 개의 향료병이 증류주 병으로 쓰였다. 온은 돌림병 소식을 듣자마자 도성 안팎 도자분원 열 곳에 소독제 병을 주문했다. 역질에 대처하는 방법에 관한 방이 나붙기도

전이었으므로 어느 약방보다 빨랐던 조처였다. 향료병처럼 모양낼 틈이 없거니와 그럴 필요도 없었으므로 기존 소독제 병인 한 홉짜리 대롱 모양으로 만들게 했다. 열 곳에서 만들어 낸 소독제 병들이 번갈아 약방으로 들어왔고 소독제가 담긴 즉시 팔려나갔다.

지난 두 달가량 선일은 온의 호위라기보다 약방 일꾼처럼 지냈다. 선일은 일손이 급한 방마다 찾아다니며 거들었다. 약방 일꾼들의 숙련된 솜씨를 따라하지 못해도 단순 일꾼이 할일은 차고 넘쳤다. 환약 방에서 선일의 활약은 특히 도드라졌다. 환약을 만들 때는 약재 가루가 팥알만 한 알갱이가 될 때까지 체를 돌려 굴려야 했다. 그 일에 힘뿐만 아니라 솜씨도 필요했다. 얼쑤얼쑤 춤추듯, 부드러이 체를 돌릴수록 가루가 단단하고 빠르게 알갱이로 지어졌다. 한 달여 만에 선일은 환약 만들기의 일등 일꾼이 되었다. 온의 호위며 보좌로서만 약방을 드나들다가 함께 일하게 되니 일꾼들의 시선이 달라졌고 대접도 달라졌다. 일꾼들이 선일을 비로소 동료로 맞아들인 것이었다. 더러 선일에게 눈웃음을 지어 보이는 처자들이 생길 정도였다.

양연무에서 매달 초이레 밤에 갖는 비휴들의 모임은 이루어지지 못했다. 자선과 선축, 인선과 선묘가 관청에 임해 있어 감염자들을 색출하거나 관리하는 일로 온 관청의 군졸들도 노상 초비상 상태였다. 약방거리에서 일하고 있는 선진과 사선, 선오와 미선은 자신들이 속한 약방에서 아예 나오지도 못했다. 약방거리의 하속들과 일꾼들이 모두 그러했다. 밖에 나가면 돌림병이 묻을 수도 있으므로 연금되다시피 각기 속한 약방들 안에서만 살았다. 그래서 오월 초이레와 유월 초이레 밤 비휴들의 모임은 도선사에 있는 선유와 술선, 선일만으로 치렀다.

유월 중순이 되니 도성 안의 역질이 수그러들었다. 유월 말이 되면서 역질은 충청도 조치원 근방에서 잦아들었다. 입추가 가까워지면서 오뉴월 염천 더위가 꺾인 덕이었다. 몇 천인지 몇 만인지. 당장은 집계조차 될 수 없는 주검들이 쓸려나가길 거듭한 두 달여간이었다.

온과 임 행수 등을 보좌하며 장부 정리를 거들어 온 선일은 보원약방이 여느 때 사오 년간에 벌 돈을 두 달 사이에 벌었다는 걸 알았다. 모든 약재비와 자재비, 인건비를 충분히 제하고도 남은 돈이 그랬다. 향료 실패로 인한 소독제가 있었던 것은 물론 소염제와 진통제 약재를 미리 준비했던 덕분이었다. 그렇게 미리 준비할 수 있었던 건 사령의 돌림병에 대한 예고 덕이었다. 사령이 어떻게 돌림병이 돌 것을 미리 알 수 있었는지는 불가해했다.

온이 장부를 소리나게 닫으며 말한다.

"임 행수, 오늘은 내 그만하고 돌아가야겠소. 남은 건 내일 마저 합시다."

칠월 초사흘이다. 낮은 길고 해는 아직 남았다. 이제 한숨 돌릴 만하다 여기는 것이다. 온은 지난 두 달여간 새벽같이 일어나 한밤중까지 일했다. 임시로 들인 날삯 일꾼 육십여 명과 백여 명에 이르는 보원약방 하속들과 의원들, 허원정의 식구들이 거의 그렇게 살았다. 약을 제조하는 일 거개가 불과 관련되어 있었다. 염천 더위에 집과 약방 처처에서 불을 때며 일하므로 돌림병이 아니라 더위에 삶겨 넘어갈 지경이었다. 일꾼들의 살이 몇 근씩 땀으로 빠져나갔다. 두 달 내내 아예 남복을 입고 지낸 온도 눈에 띄게 야위었다.

허원정에는 정효맹이 와 있다가 온을 맞이했다. 온이 정효맹의 인사를 받는 대신 사비와 선일에게 배석하라는 듯 수신호를 하고는 사랑채 대청에 올라앉는다. 어차피 마주해야 할 사람이므로 아예 일을 끝내고 쉬겠다는 표정이 역력하다. 선일과 사비가 대청을 등지고 기단 끝에 선다. 효맹은 온의 맞은편에 앉는다.

"많이 야위셨습니다, 아씨. 큰일 치르시었지요?"

"그대와 내가 사담을 나눌 처지는 아니지 않는가?"

수하들이며 가솔들에게 자못 너그러운 온이 효맹에게는 편벽될 만큼 냉정했다. 새삼스러울 것 없으므로 효맹은 웃음 짓고 만다. 그럼에도 온이 귀엽고 예쁘다.

"상림 소식은 지난달 다녀간 개진이한테 소상히 들었으니 아버님 말씀이나 전하시게."

함화루 곳집 화재의 원인을 만든 임집사는 큰사랑 마당의 석등에 거꾸로 묶인 채 사흘 밤낮을 지낸 뒤 구멍마다에서 피를 내뿜게 되었고 그러고도 하루가 더 지나 풀려났다. 목숨은 붙어 있으나 사람 노릇은 못하게 되었다. 그 덕에 함화루의 안살림을 도맡은 화씨의 기세가 높았다. 사령은 조엄을 잃고 조급해 진 듯했다. 조엄은 현재 홍문관 교리였다. 그 때문인지 사령은 주변 사람들, 그들이 이끄는 사람들에게서 균열이 생겼다고 보고 그 파장을 줄이려 하는 참이었다.

"예, 아씨."

효맹은 품안에서 서찰을 꺼내 탁자에 놓는다. 사령으로부터 칠성부령에게 내려진 공식 서찰이다. 온이 밀랍으로 봉인된 봉투를 열고 서찰을 읽는다. 효맹은 상경하는 동안 밀봉을 조심스레 열어 내용을 살폈다. 칠월 중으로 사신계 칠성부령의 실체를 파악하고 칠성부령을 제거한 뒤 어떤 무녀가 다음 칠성부령에 오르는지 지켜보라는 내용이었다. 명령서를 읽는 온의 얼굴이 희누레하게 질린다. 다 읽고 효맹을 바라보는 눈에 의문이 가득하다. 사령이 칠성부령 이온에게 내린 명령이 그만큼 황당했다.

"이게 정녕 태감의 말씀이시란 말인가?"

"속하는 태감께오서 아씨께 어떤 말씀을 내리셨는지 알지 못하옵니다."

효맹의 말이 거짓이라는 건 피차 안다. 온은 거짓말 말라고 소리치는 대신 효맹을 노려본다. 목이라도 따고 싶어 하는 눈빛이다. 이록이 현재 사신계 칠성부령이라 추정하는 이는 양평 흔휜사의 무녀 향업이다. 향업이 팔도 무격들 중 가장 넓은 집에서 숱한 식솔을 거느리며 산다는 사실 때문에 그리 추정한 것이지 확인된 건 없다. 그나마도 여러 해 동안 효맹이 수소문하며 짐작하여 보고한 사항이다.

효맹의 보고를 바탕으로 사령은 사신계 실체 찾기에 착수했다. 만파식령이라는 물건이 허황한 게 아니라 실존하는 것이라면 그건 만파식령만큼이나 허황한 사신계가 가지고 있을 것이고, 사신계 중에서도 칠성부령이 지니고 있을 것이므로 그 두 가지를 좇는 작업을 딸에게 지시했다. 흔휜사 도무녀 향업을 죽인 뒤 그들이 어떻게 움직이는지 파악하여 대처하라. 사령이 칠성부령한테 공식적으로 내린 첫 명의 내용이 그랬다.

"내리신 말씀 잘 들었노라 전하도록."

항심抗心으로 얼굴은 잔뜩 굳었는데 말은 반듯하다. 온이 삼킨 말은 효맹이 알아듣는다. 사신계가 있다 치자! 향업이 사신계 칠성부령인지 아닌지를 확인하기 위해 죽여 보라니! 향업이 정말 사신계 칠성부령이라면 어찌하시려고? 만단사와 사신계가 서로에 대해 모르쇠 할 수는 없되 상대를 전면적으로 치지 않는 것은 불문율 아니었던가. 사신계를 칠 필요가 무엇이며 그럴 때인가. 수백 년 동안 이쪽저쪽이 서로의 존재를 알지 못할 만큼 따로 살아왔는데 파란을 일으켜 뭘하자는 말인가.

"사비야, 들어가자."

온이 서찰을 든 채 쌩하니 큰사랑을 나간다. 사비가 따라가고 선일은 중문간에서 대청으로 돌아온다.

"쌀쌀맞기가, 참 한결같으시구나. 아씨가 너한테도 이러하시냐?"

효맹은 온이 난감한 명을 받고 어쩌면 좋겠는가 하며 도움을 청해 주길 기대했다. 향업을 찾아가 죽이든 몰래 잡아다 문초를 하든, 하다못해 향업이 어찌 생겼느냐고 물어봐 주기라도 바랐다. 그러면 내가 대신해 드리겠다고 할 참이었다. 무슨 일이든 다해 주겠노라고.

"필요한 말씀은 하십니다. 이번에는 스승님, 얼마나 머무십니까?"

효맹은 사령으로부터 세자시강원과 세자익위사에 든 사람들 중 세자의 최측근으로 지내는 자들에 대해서 파악하라는 명을 받았다. 특히 시강원의 필선 이무영과 익위사의 김강하를 소상히 살피라고 했다. 이무영이 어영대장의 아들이며 좌의정의 사위로서 시강원으로 들어갔다. 금년에 서른두 살이라던가. 효맹은 진장방 사온재 앞에서 이무영을 본 적이 있었다. 사령이 어영대장 이한신에 대해 궁금해하므로 몇 번인가 사온재를 살폈고 그중 한번 이무영의 퇴청하여 집 앞에 닿은 광경을 봤다. 작년 가을이었다. 정효맹보다 두 살 아래라지만 비슷한 나이의 그였다. 신분은 비교할 수 없었다. 애초에 비교 불가하므로 그의 신분에 대해서는 오히려 무덤덤했다. 그가 제 집 대문 앞에서 가솔들과 그 아이들의 열렬한 환영을 받는 모습에는 질투했다. 대문 바깥마당에서는 가을걷이 해들인 나락을 말리는지 덕석이며 가마니가 줄줄 했다. 누가 하속인지 주인인지 알 수 없게 어우러진 식구들이 말린 나락을 가마니에 담던 중에 퇴청한 이무영을 맞이하고는 너나없이 반기던 모습.

김강하는 중인 출신으로 작년 무과시에서 장원 급제하고 세자익위사에 든 자였다. 사령이 평양의주 유상의 아들인 김강하를 주목하게 된 연유가 뭔가. 효맹은 한참 머리를 굴려보고 나서야 깨달았다. 사령은 보위부의 네 동아리에게 각기 다른 일들을 시키고 그 결과를 보고 받을 때 보위대장 효맹을 배석시켰다. 배석시키지 않을 때도 있었다. 자신이 배석치 않을 때 효맹은 사령이 어떤 정보를 갖게 되는 줄 몰랐고 보위부의 조장들도 효맹에게 보고하지 않았다. 효맹은 사령의 속내를 미루어 어림해야 하는 경우가 많았다. 사령이 김강하를 주목하게 된 까닭도 그랬다. 중인 출신인 그가 세자익위사에 들어가 신분이 바뀌었으므로 혹시 사윗감으로 쓸 만한지 눈여겨보고 있는 것이다. 온이 미혼과부인 데다 이미 나이가 많으므로 비슷한 족벌 가문과는 어차피 연을 맺을 수 없음에, 생각을 달리 하게 된 것이라 봐야 했다.

"한 달의 말미로 명받아 왔으니 도성 안에서는 한 보름 체류하게 될 것이다."

"이화헌李花軒에서 묵으십니까?"

이화헌은 정선방에 있는 이록의 또 다른 집이다. 백여 년 전에는 이현궁李峴宮이라 불렸던 집으로 폐조 광해가 세자로 책봉되기 전에 살았던 집이라 했다. 즉위한 광해군이 폐위된 뒤 유배지를 전전하다 죽었을지언정 폐족되지는 않았으므로 이현궁은 그 후손들에게 물려졌고 세월이 지나면서 이화헌으로 바뀌었다. 이록의 부친 이연대감이 이화헌에서 첩실과 함께 유원과 유곤을 낳고 살았다. 이연대감과 첩실이 돌림병으로 죽고 집이 빈 뒤 사령의 별저이자 사령보위부의 한양 청사로 쓰이고 있었다.

"그리되겠지. 며칠 뒤에는 도선사로 한번 넘어가 보련다. 양정스님을 좀 뵙고 싶기도 하고. 이번 이레 날에는 상황 봐서 밤에 양연무로 건너가 보든지 할 테다. 그 전에 내게 따로 할 말이 있느냐?"

"지난 두 달간, 돌림병으로 인해 바빴던 탓에 양연무에 모이지 못했습니다. 제가 도선사로 가서 선유하고 술선만 만났습니다. 수련에 열심인 것을 보았고요. 조만간 선유와 술선을 양연무로 데려와 따로 할 일을 찾게 하는 게 어떨까 생각했습니다."

효맹은 비휴들에 대해 물은 게 아니라 온에 대해서 보고할 게 있는지 물었다. 그걸 모를 리 없는 선일이 모르쇠 한다. 온의 호위로 들여 놓은 지 일 년 반째, 선일은 효맹의 사람이 아니라 온의 사람이 되어가고 있었다. 진작부터 느꼈던 것이나 떼어 내기에는 늦었다. 더구나 선일이 사령의 명에 의해 양연무의 비휴들을 관리하고 있으므로 그들 또한 효맹이 손을 벗어난 셈이다. 통천과 곡산에서 자라고 있는 비휴들은 애초에 효맹의 손에 들어와 본 적도 없다.

"그럴 것이라 짐작했다. 양연무의 일은 네가 잘 꾸리리라 믿는다. 그리고 네게만 알려 줄 게 있다."

알려 줄 게 있다는 효맹의 읊조림에 선일이 다가든다. 땀 냄새가 난다. 스물세 살이라 땀 냄새조차도 맑다. 그 젊음에 효맹의 가슴 한쪽이 아릿하다. 젊음에 대한 질투다.

"강원도 통천과 황해도 곡산 땅에 너희와 같은 아이들이 있다."

"저희 같은 아이들이라면 비휴들이 두 군데나 더 있다는 말씀이십니까? 통천과 곡산 어디에요?"

통천 우동산 속의 국사암에 있는 비휴들은 전부 새 매 이름을 가지고 있다. 제일 큰아이가 송골매다. 곡산 대각산 속의 달마암에 있는 비휴들은 산 이름을 가졌고 첫째가 백두다. 양평 땅 불영사의 무극들은 꽃 이름을 가졌고 큰아이가 박하다. 단양 땅 실경사의 무극들은 나무 이름으로 되었는바 첫째가 자귀다. 속속들이 가르쳐 줘도 될 터이나 효맹은 운만 떼 놓기로 한다. 지금으로서는 선일이 모두 알아 그 자신에게 득 될 게 없다. 더하여 정효맹이 아는 걸 윤선일이 똑같이 아는 건 효맹 자신에게 이롭지 못하다.

"언젠가는 만나게 될 터, 우선은 그만큼만 염두에 두고 살아라."

"염두에 두라는 건 어떤 의미이신지요?"

"글쎄다. 굳이 말하자면 우리의 어른께서는 아무도 믿지 않는 분이시니 우리가 더 잘 해야 한다는 의미쯤 되겠지?"

"예, 스승님."

선일은, 사령이 아무도 믿지 않으므로 우리 또한 사령을 믿어서는 안 된다는 뜻을 알아듣는다. 효맹이 선일에게 다른 비휴의 존재에 대해 일러준 까닭은 첫 제자인 선일이 자식과 다름없는 존재이기 때문이다. 자식과 다름없는 선일이 제 상전인 온의 편으로 돌아서는 중이라 해도 별 수 없었다. 이온이 언젠가 정효맹의 사람이 될 것인바 섭섭하지도 않다.

"특별한 일이 없다면 이렛날 밤에 보자꾸나."

"곧장 나가십니까? 곧 저녁이 나올 텐데 자시고 가시지요?"

"만날 사람이 있다."

세자익위사에 국치근이라는 정육품의 벼슬아치가 있다. 그가 만단사 기린부의 이기사자二麒嗣者라는 사실을 효맹은 이번에야 알았다. 국치근도 사령 개인이 뒤를 봐주며 키운 자 같았다. 국치근의 선대가 반족 부스러기가 되어가던 즈음 사령의 부친인 이연 대감이 그 집을 보살폈다. 대감의 비호 속에서 지내던 국치근이 무과에 급제하면서 제 집안을 일으켰다. 그 또한 짐작일 뿐이다. 효맹은 사령 곁에서 평생을 살아온 셈이어도 그의 사람들의 반도 모른다. 효맹도 사령에게 자신을 감출 수밖에 없는 까닭이다.

국치근에 따르면, 김강하는 스물두 살로 세자 익위들 중 가장 젊다. 필동에 집이 있는 것 같은데 삼내미에도 자주 드나들므로 정확한 거처가 어딘지는 잘 모른다. 김강하의 집이 어디든 얼굴을 알아야 그를 뒤쫓아 볼 수 있겠기에 효맹은 국치근에게 김강하의 얼굴이 어떻게 생겼느냐고 물었다. 국치근이 답했다.

"유시 중경에 세자익위들의 교대가 이루어지오. 김강하는 오늘 번이 아니므로 유시말경에 선인문으로 나오게 될 게요. 익위사 사람들은 늘 그 문을 통해 등청하고 퇴청하기 때문이오."

"어찌 생겼는지 알려 주셔야지요."

"쉽소. 딱 보매 눈이 훤해지는 자가 김강하요."

"눈이 훤해지다니요?"

"눈이 훤해질 만큼 헌칠하게 생겼다는 뜻이오. 키가 육 척도 넘을 만치 크면서도 날렵하게 생겨서 대번에 눈에 들어오오. 오늘은 흰 철릭에 푸른 전립을 쓰고 푸른 가슴띠를 매고 있습디다."

국치근이 말한 대로다. 익위 제복이 아닌 흰 철릭을 입고 갓 대신 푸른 전립을 쓰고 푸른 가슴띠를 매고 선인문을 나온 김강하. 그는 저물녘의 어스레한 빛 속에서도 대번에 눈에 띌 만큼 환하다. 효맹의 가슴이 씀벅, 베이는 것 같다. 이번에는 젊음에 대한 질투가 아니다. 이무영을 보며 아무리 기를 써도 넘지 못하는 것이 신분이라 여겼는데, 김강하를 보고 있자니 타고난 생김새야말로 어쩌지 못할 유일한 것인 듯하다. 사내의 용모에 질투를 느끼기는 처음인 성싶다. 천민으로 태어났어도, 나이가 많아도 저 정도 용모를 타고났다면 이온의 눈길과, 마음을 받을 수 있을지도 모르지 않은가.

김강하는 벼슬아치라면 누구나 달고 다니는 종자도 없이 재빠른 걸음으로 태묘 담을 따라 운종가로 나선다. 육조거리까지 곧장 걷더니 송교松橋에서 창의문 쪽으로 향한다. 창의문을 나서서 가마골로 들어서더니 동리의 끝자락에서 어느 집 안으로 들어갔다. 옹기장이 집이다. 집 안쪽으로 거대한 옹기를 엎어 놓은 듯한 신식 벽돌가마가 있는 집인데, 낮은 사립으로 가린 마당의 평상에 안팎 늙은이들이 둘러앉아 있다. 처마에 매달린 등불 한 개가 깜박거리며 빛을 발하고 평상 근방에 피워 놓은 모깃불에서 연기가 피어 퍼진다. 생 쑥대를 태우는 내음이 향기롭다. 김강하는 그 집에 들어서자마자 밥 먹으러 들른 사람인 양 저녁 밥상을 받아 홀로 저녁을 먹는다. 밥을 먹는 김강하한테 늙은 여인이 부채질을 해준다. 손자를 맞이한 할머니 같다.

옹기장이 집 앞을 지나다니는 사람들이 있는 데다 근방 시내에서는 아이들이 논다. 옹기장이 집안을 마냥 지켜보기에는 이목이 많다. 효맹은 그 집 앞에서 벗어나 시내 건너 숲으로 스며든다. 밑동이 한 아름은 될 법한 소나무 위로 높직이 올라앉는다. 옹기장이 집의 풍경이 불빛만큼 건너다보인다. 설마 저 집에 살 리는 없는데 김강하는 식구인 양 스스럼없이 어울린다. 그가 무슨 말을 했는지 늙은 여인들이 몸을 흔들며 웃는다. 웃음소리가 높다. 효맹은 나뭇가지에 눕듯 기댄 채 여염의 초저녁 풍경을 지켜본다.

정효맹은 서른네 살이 되도록 식구는커녕 동무 한 사람을 두지 못했다. 스물네 명의 사령보위부원은 수하일 뿐이다. 비휴들은 더 이상 가르칠 게 없어 만날 일도 드문 제자들이다. 상림이나 허원정의 하속들은 그들이 저희들과 내남 없는 처지로 대하려 하므로 효맹 쪽에서 거리를 두었다. 이래저래 속내 드러내도 될 만한 사람 없이도 쓸쓸한 줄 모르고 살아왔다. 근자에는 자꾸 조급해졌다. 손 뻗으면 닿을 곳에 있는 성싶던 것들이 죄 신기루 같았다. 이온이 그러하고 사령 자리가 그러하며 만단사가 그러했다. 언젠가는 그 모든 것을 잡기 위해 부단히 움직이면서도 과연 가능할지 의심스러웠다.

옹기장이 집안에 있던 김강하가 벗었던 철릭을 다시 걸치고 전립을 쓴 뒤 사립을 나선다. 내를 건너더니 냇가를 따라 몇십 보를 걷다가 산길로 접어든다. 나무에서 내려선 효맹은 뜸을 두었다가 김강하를 따른다. 산길은 캄캄하지만 앞서 걷는 김강하의 기척은 느낀다. 그는 익숙하게 걷고, 효맹도 어려울 것은 없다. 두어 마장이나 올랐을까. 불빛 몇 점이 나타났다. 김강하가 맨 아랫집을 지나 두 번째 집으로 들어갔다. 통판의 대문이 안쪽으로 열려 있고 문간 처마에는 등롱이 매달렸다. 그가 들어서자 그의 종자인 듯한 젊은 놈과 청지기일 법한 할아범이 나와 맞이했다. 들어올 사람이 다 들어왔다는 뜻인지 늙은이가 등롱을 떼어 들고 안으로 들어가 문을 닫는다. 김강하는 필동이나 삼내미에 사는 게 아니라 이 가마골 웃실에 사는 것이다. 효맹은 담장을 넘어 위채 뒤란으로 몸을 들인다.

아직 날이 더운지라 방방의 문들이 환히 열려 있고 군데군데 화로에 담긴 모깃불이 연기를 피웠다. 문마다 모기를 방지하는 생사生絲 모기장을 발처럼 드리웠다. 김강하를 비롯한 식솔들의 움직임이 훤히 느껴진다. 김강하는 저녁 먹고 올라왔노라 할멈에게 일렀고 샘에서 옷을 훨훨 벗어 종자에게 내밀고는 몸을 씻는다. 소매 없는 적삼을 걸치고 씻느라 풀어헤친 상투를 다시 틀지 않고 긴 머리를 늘어뜨린 채 몸채 한 가운데의 방으로 들어간다. 책을 찾아 들고는 서안 앞에 앉더니 책을 읽는 대신 눕는 기색이다. 누운 채로 사지를 푸는 것 같다. 모기장 드리운 방안에서 종자가 곁에서 부채질 해주며 말을 시킬 때마다 김강하는 꼬박꼬박 대답해 준다.

"이번 돌림병으로 가마골에서만 몇 명이 잘못 됐는지, 서방님 아세요?"

"몇 명이나 당했대?"

"아랫골에서 여덟, 가운데 골에서 열넷, 웃골에서 아홉 명이나 죽었답니다."

"돌림병을 직통으로 맞은 셈이네."

"그렇지요. 식구 잃은 여러 집들이 가마골을 떠날 채비를 하는 모양이에요. 근데 그 사람들은 가마골을 떠나면 어디로 가서 무얼 해 먹고 살까요? 그보다, 식구를 잃으면 집을 버리고 싶어지는 걸까요?"

"가업을 주관하던 가장과 가장을 대리할 만한 사람까지 잃어버린 경우겠지."

방안에서 주종 간에 주고받는 말을 뒤란의 나무 밑에 앉아 듣던 효맹은 목이 말라 샘 쪽으로 몸을 옮긴다. 샘 옆 아래채 마루에서 안늙은이가 두 손에 방망이를 들고 다듬질을 하고 바깥늙은이가 늙은 안해한테 부채질을 해주고 있다.

손으로 물을 떠 마시려던 효맹은 문득 자신의 손을 내려다본다. 김강하가, 자신이 미행당한 것은 물론 미행자가 집안으로 따라 들어온 것을 눈치챘음을 이제야 깨친 것이다. 어디서부터 미행을 알아챘을까. 그건 알 수 없되 지금 너무나 태연한 기색이며 아무렇지도 않는 대화만 아무렇지 않게 주고받는 사품이 그렇다. 분명히 듣는 귀를 의식한 말투다. 무수히 누군가의 뒤를 밟고 탐찰하며 들킨 적 없는데 지금 그런 일이 발생했다. 김강하가 무과시에서 장원 급제를 했으므로 몸이 날랠 것은 당연하나 이건 예사롭지 않다. 더구나 그가 온의 배필로 등장한다면 그를 죽여야 할 것이로되 그 또한 쉽지는 않을 듯하다. 효맹은 아래채 뒤란을 통해 김강하의 집을 빠져나온다. 저녁이 늦은 탓에 속이 쓰릴 정도로 허기가 진다.

선일은 효맹이 선인문 밖 함춘원 숲에서 누군가를 만나는 걸 지켜봤다. 효맹보다 나이가 훨씬 더 들어 보이는 그는 익위사 복색을 하고 있었다. 효맹이 만난다는 사람인 듯했다. 두 사람이 이야기를 나누다가 익위 복색이 선인문 안으로 들어갔다. 효맹은 그 자리에 남아 누군가를 기다렸다. 한참이 지난 뒤 선인문 안에서 흰 철릭의 젊은 사내가 나왔다. 먼빛으로 봐도 키가 크고 몸피가 날렵했다. 그가 걷는데 땅에 발을 딛지 않고 미끄러지는 듯 몸짓이 가벼웠다. 효맹은 흰 철릭을 따라 가마골 웃실로 올라갔다. 그자의 집까지 들어갔다가 나왔고 창의문 안쪽의 주막으로 들어갔다. 주막에서 늦은 저녁을 먹는 기색이더니 방에 불이 꺼졌다. 선일은 돌아서지 못한다. 주막 사립문 모퉁이의 나무그늘에 몸을 들이며 바위처럼 주저앉는다.

왜 스승의 뒤를 밟아 봐야겠다는 생각이 들었는지 알 수 없다. 미행을 들킬 수도 있으리라 우려하면서도 따랐다. 스승이 느닷없이 또 다른 비휴들의 존재를 알려준 이유가 궁금했던가. 사령께서 무슨 명을 내리셨기에 온의 얼굴이 그리 사색이 되었는지 알고 싶은 것인지도 몰랐다. 아니, 사령이 칠성부령에게 봉함서신으로 내린 명을 효맹을 통해 알 수 있을 턱이 없으므로 스승의 뒤를 밟고 있는 자신의 심사를 짐작하기는 여전히 어렵다. 멀리서 통금을 알리는 인경 종이 울린다. 주막 주인이 나와 등불을 떼어 들고 사립을 닫고 들어간다. 주막의 불이 다 꺼지고 주막 근방의 인적이 끊긴다.

선일이 깜박 조는 참에 움직임이 느껴진다. 효맹이 들어간 주막의 방문이 소리 없이 열린다. 그가 도깨비 그림자처럼 사립을 훌쩍, 소리없이 넘어온다. 주막에서 나온 효맹은 골목을 돌아 필운방의 어느 기와집 대문 앞에 이른다. 사람을 부르려는가 하였더니 대문을 지나 서쪽 담장을 훌쩍 넘어간다. 선일은 골목 맞은편 집의 초가지붕 위로 올라와 눕는다. 두터운 솜이불에 누운 듯 등이 푹신하다. 작년 겨울에 이엉을 갈지 않은 지붕인지 골삭은 짚 내가 짙다. 그래도 여름을 견뎠으니 오는 초겨울 새 이엉을 얹을 때까지는 무난히 버티겠다. 날이 흐려 하늘에는 별조차 뜨지 않았지만 어둠에 눈이 익어 어둡지 않다.

오늘 밤 효맹이 만나고 좇은 자가 누군지 모르는 선일은 지금 스승이 복면을 하고 들어간 집이 누구의 집인지도 모른다. 사령을 모시므로 그 명을 수행하고 있는 것이라 여길 뿐이다. 그러면서도 효맹의 거동이 괴까닭스레 느껴지는 이유를 몰라 돌아서지 못한다. 두 손으로 머리 뒤를 받치고 효맹이 넘어간 담장을 한사코 지켜보는 까닭도 모른다.

이슥고 효맹이 타고 들어간 담장 위에 나타나더니 뛰어내린다. 도깨비가 움직이듯 발소리는 나지 않되 그가 손에 든 자그만 짐에서는 옅은 소리가 났다. 쇠붙이, 혹은 은금붙이 소리다. 그가 복면을 벗어 소맷부리에 넣고는 들어온 골목의 반대 방향으로 들어간다. 그 뒤를 선일은 멀찍이 좇는다. 스승은 초저녁부터 자정 가까이 계속된 미행을 전혀 눈치채지 못한다. 그게 이상하려니와 스승이 담 넘어 들어갔다가 나올 때까지의 시간이 일각도 걸리지 않은 건 이상하다. 흡사 도둑 같지 않은가. 그럴 리가 있나 하면서도 뒤를 쫓다 보니 이화헌이 있는 정선방 방향이 아니라 서부 지역 인달방의 초입에 닿는다.

삼거리에 이른 효맹이 오른쪽과 뒤쪽으로 숲을 지고 다른 집과 거리를 두고 있는 어느 집 앞에 이르렀다. 양쪽에 방 두 칸씩을 단 대문채의 규모로 보면 서른 칸이 넘는 집이다. 효맹은 이번에도 대문을 두드리거나 설렁줄을 당기는 대신 대문 왼쪽의 고샅으로 들어선다. 또 월담을 하려나 했더니 담장 끝에 달린 쪽문을 밀며 들어간다. 복면도 쓰지 않은 채 익숙하게 들어가 안에서 쪽문의 빗장을 지른다.

선일은 잠시 기다린 뒤 쪽문에 연결된 담을 넘어 집안으로 들어섰다. 안채의 옆쪽으로 우물이며 장독대 등이 나타난다. 앞쪽에서 불빛이 느껴진다. 효맹은 안방으로 들어간 듯했다. 소란한 기색은 전혀 없다. 집주인이 밤늦게 먼 길에서 돌아와 자신의 방에 불을 밝힌 것 같을 뿐이다. 안방에 불을 밝힌 효맹이 인광노를 들고 나와 건넌방으로 들어가더니 또 불을 밝힌다. 옷을 갈아입는 것 같다. 선일은 안채와 사랑채 사이의 중문간 그늘에서 한 식경 정도 건넌방을 지켜본다. 효맹은 나오지 않는다. 나오지 않을 뿐만 아니라 그 안에서 소리 내어 책을 읽는다. 선일은 건넌방의 창밑까지 다가들어 귀를 기울인다.

'그러므로 거울에 얼굴을 비쳐보고 얼굴에 흉터가 있다는 것을 알았다 하더라도 거울에 죄가 있는 것은 아니며, 옛 성현의 도에 비쳐보고 자기의 과실을 알았다 하더라도 도를 원망할 수는 없는 것이다. 만약 눈이 있어도 거울이라는 것이 없다면 수염이나 눈썹을 바로 다듬을 수가 없으며, 또 자기의 언행이 도를 잃게 되면 어떠한 과실이 있어도 이것을 알 수가 없다 …….'

『한비자韓非子』 같다. 『한비자』의 어떤 대목인지는 떠오르지 않지만 선일도 읽은 적이 있는 문구다. 도둑처럼 어둠을 틈타 골목을 꿰뚫고 다니며 예사로 남의 집의 담장을 넘나든 다음 자신의 집으로 돌아와 『한비자』를 읽는 이상한 사람. 그를 어찌 생각해야 할까. 선일은 자신이 넘어왔던 우물 쪽 담장으로 몸을 옮기며 생각한다. 그러니까 창의문 쪽에서 인달방에 이른 첫 번째 삼거리 골목에 자리한 이 집은 효맹의 집이 분명한 것이다. 설마 했던 의혹이 사실이 된 것 같다. 일 년에 한두 차례씩 도성 안에 출현한다는 그림자도둑. 그가 출현할 때마다 조보에 오름으로써 도성 안에서 그 존재를 모르는 사람이 없는 회영晦影. 효맹이 회영이었던 것이다.

매달 초사흘 밤이면 보현정사에서 만나자. 작년 동짓달 보름밤에 김강하와 그리 약속했다. 그로부터 일곱 번의 초사흘이 지나갔다. 그 일곱 번의 초사흘 밤 중 온이 보현정사에 간 건 두 번이다. 처음 갔을 때 김강하가 남긴 편지 한 장을 담장 기와 밑에서 발견했다.

그대가 오라 하면 나는 오는데
나를 오라 한 그대는 오지 않는구려.

정음으로 쓰인 짧은 편지, 시였다. 그뿐이었으나 온의 마음이 뜨거웠다. 충분했다. 종이나 먹소용을 지녀 가지 않아 답장을 쓸 수 없었으므로 쌍검 중 왼검을 담장 기왓장 속에 놓고 왔다. 그 다음에 갔을 때 편지와 시든 타래붓꽃 한 송이가 온의 왼검에 눌려 있었다.

바람 불 적마다 문이 열리니 문 열릴 적마다 꽃향기입니다.
향기 먼저 보내오신 그대 지금쯤 삼문 밖에 이르셨을지.

역시 짧은 편지였으나 그 안에는 온이 듣고 싶은 말이 다 들어 있었다. 온은 검을 집어든 자리에 써 간 편지를 놓았다. 그립다고, 짬이 나면 보원약방에 손님인 양 들러 달라고, 미래가 어떠하든 잠깐 얼굴이나마 보고 싶노라, 쓴 편지였다. 그게 사월 초사흘 밤이었다. 시든 타래붓꽃에서 풍기는 향기가 어둠만큼이나 짙고 감미로웠다. 오월 초사흘에는 꼭 만나려니 했다. 돌림병이 돌았다. 선일을 떼어내고 은밀한 밤나들이를 하기는커녕 홀로 숨쉴 겨를도 없었다.

오늘은 만날 수 있을 것 같았다. 돌림병이 얼추 수그러든 즈음이므로 일찌감치 집으로 돌아갔다. 무복이 아니라 화사한 여름옷을 입고 화장도 하고 보현정사에 가려는 생각으로 설레면서 집에 도착했더니 정효맹이 와 있었다. 효맹에게서 전달받은 사령의 명령에 분통이 터져 그 분을 삭이느라 아무도 범접치 말라고 소리쳤고 홀로 방에 들어앉았다. 사신계를 확인하기 위해 흔훤사의 도무녀를 죽이라니. 아무리 부친이신들 어찌 이런 명을 내리실 수가 있는가.

만파식령이든 자명령이든 개천설화에서 비롯된 것이다. 설화는 허황한 이야기가 아닌가. 사신계 칠성부에 그 물건이 있다는 가정이야말로 허황하다. 그걸 모를 리 없는 부친이 어쩌자고 살인을 명하신단 말인가. 정효맹, 그자가 부친께 헛된 말을 시부렁거린 게 틀림없었다. 사신계의 칠성부령이 무녀라면 작금 조선에서 가장 큰 굿당을 운영하는 흔훤사의 도무녀가 그일 가능성이 크다고.

허원정 방안에 홀로 앉아 상림에 계시는 부친께 화를 내 봐야 소용없는 일, 온은 집을 빠져나왔다. 보현정사 증축을 시작했다. 지난 사월부터 보현정사 터다지기를 시작했다, 현재의 법당을 살리면서 필요한 전각들을 짓기로 했다. 공사판이 된 보현정사 주변이 어둠 속에서도 어지러울 뿐 김강하는 와 있지 않았다. 사월에 온이 놓아둔 편지에 대한 답도 놓여 있지 않았다. 서운하다 못해 서늘했다.

김강하 한번 만나기가 이렇게 어려운 까닭은 인연이 아니기 때문인지도 몰랐다. 그는 이온이 어디 있는지 훤히 알고 있지 않은가. 이온은 일정한 시각에 약방에 나가 종일 일하고 해 질 녘이면 귀가한다. 한번쯤 약방에 오거나 길목에 나타날 법하지 않은가. 편지에도 썼다. 손님을 가장하고라도 들러 달라고. 하루에도 수백 명씩 드나드는 약방에 저 한번 찾아오기가 그리 어려울 게 뭔가. 더구나 제 집안의 약방이 코앞에 있으니 핑계는 얼마든지 있지 않은가.

저는 그리움이 덜하다는 것인가? 소문이 그리 무섭고 내 아버님이 그리 무서워? 겁쟁이 같으니라고.

그에 대한 서운함과 그에 대한 그리움은 별개다. 서운함은 그와의 인연이 불가한 것임을 자꾸 상기시킨다. 급기야는 그를 피하는 것이 상책 아니냐는 생각까지 하게 한다. 그를 사지로 몰아넣고 싶지 않고 온 스스로도 그 때문에 죽고 싶지 않다. 사령은 아무 해도 끼치지 않는 향업 무녀를 사신계가 정말 있는지 확인해 보자는 이유만으로 죽일 수도 있는 사람이다. 김강하를 위해 별의별 생각을 다 해보지만 그는 오지 않는다. 그가 와서 바람에 흔들리는 꽃송이처럼, 나뭇가지처럼, 파도처럼 춤추고 싶건만 인경이 울려도, 새벽이 되어 파루가 울려도 그는 오지 않는다. 온은 동이 틀 때에야 보현정사를 나선다.

불문율을 넘다

온은 지난 두 달여간 고생하며 수나롭게 약을 만들어 낸 하속들과 일꾼들한테 치하금을 내렸다. 허원정에서 증류주 생산을 주관한 온양댁과 약방 향료실 색장인 매디에게 서른 냥씩의 공로비를 주었다. 온양댁을 도와 일한 칠성부원 열 명에게 열 냥씩의 치하금을 주고 제자리로 돌려보냈다. 사비와 선일에게 스무 냥씩, 아지와 그 어미와 그 오라비 병지에게도 닷 냥씩을 내렸다. 여타 가솔들에게는 한 냥씩 주었다. 날마다 일삯을 내줬던 약방의 임시 일꾼들에게도 한 냥씩의 행하를 안겨 해산시켰다. 임 행수와 약방 수의首醫 도손에게 서른 냥씩 주고 다른 의원이며 각방 색장들과 하속들에게는 석 냥씩의 행하를 똑같이 내렸다. 그리고 내일부터 닷새간 휴원하겠노라 공포했다. 공포하며, 닷새간 잘 쉬고 나와 다시 일하고, 추령시에도 잘 대비하자 말했다. 달포 뒤 한가위를 지내고 나면 추령시가 시작되기 때문이었다.

"예, 아씨."

하속들의 대답소리가 몹시 높았고 온은 뿌듯했다. 불만인 사람이 없지 않은 건 느꼈다. 백여 명의 약방 하속 중에 다달이 백 전이나 이백 전을 받는 단순일꾼이 육십여 명이었다. 그들에게 석 냥은 아주 큰돈이었다. 반면 한 달에 삼백 전이나 한 냥을 받는 중간 일꾼과 두 냥이나 두 냥 반을 받는 높은 일꾼에게는 약간 큰돈일 터이고 석 냥에서 넉 냥을 받는 열 명의 의원들과 각방 색장들에겐 오히려 서운할 금액이었다.

불만인 측들은 형평에 어긋나다 여기는 것이다. 형평이란 위아래 할 것 없이 똑같이 대하는 게 아니라 각자의 위치에 준한 비율에 의해 이루어지는 것이었다. 온도 그걸 모르지는 않았다. 형평이니 뭐니 따지고 싶지 않았을 뿐이다. 온은 수십 날의 염천 더위 속에서 땀 뻘뻘 흘리며 약방 내의 모든 방을 돌아다니며 일했다. 모든 방의 일이 똑같이 힘들었다. 형평을 따지는 것이 오히려 우스웠다. 고정 삯은 각기 다를지라도 지난 두 달간 밤낮 모르게 일한 것은 똑같으니 행하는 그냥 똑같이 주자고 쉽게 결정했다.

온은 일꾼들의 불만에 대하여 아무것도 느끼지 못한 척 약방 집무실에 들어앉아 지난 약령시들의 장부를 꺼내 펼친다. 시간을 때우기 위함이다. 내일부터 닷새간 약방에 나오지 않을 것이므로 오전만 앉았다가 일단 집으로 들어갈 참이다. 아무것도 하지 않고 아무도 보지 않고 먹지도 않으며 닷새 동안 잠만 잤으면 싶지만, 그리 한가하지 못했다. 칠석날인 내일은 칠성부 일성사자들의 연례 회합이 예정되어 있었다. 행사를 허원정에서 치르기 위해 금오당이 준비 중이었다. 회합이야 어려울 것이 없다. 정작 큰일은 사신계 칠성부령을 파악하라는 사령의 명이었다. 그 명을 어떻게 수행할 것인가.

"아씨!"

문 밖에서 부르는 선일의 목소리다.

"왜?"

"우원약방의 박 행수, 화엄약방의 정 행수, 금강약방의 천 행수께서 뵙기를 청하십니다."

"왜들?"

"아씨께서 내리신 행하가 온 약방거리에 소문이 난 듯합니다."

"그게 왜?"

"글쎄요. 어찌하리까?"

"들어들 오시라고 해. 그대도 들어와 수직하고. 난 그 늙은이들 무서워."

약방거리는 보제원 앞쪽에서 사방에 걸쳐 있다. 약방거리에서 사대 약방의 하나로 불리는 보원약방은 보제원 정면인 남쪽에, 우원약방은 서쪽에 위치했다. 화엄약방은 동쪽에, 금강약방은 북쪽이다. 네 약방들의 거리가 그리 멀지 않아도 서로 마주보이지는 않는다. 앉은 방향이 각기 다른 데다 약방의 부속 건물들로 가려져 서로의 측면이나 후면의 담장만 보인다. 박 행수, 정 행수, 천 행수와 안면이 없지 않으나 약방거리에서의 문제라면 임 행수와 의논해야 맞다. 세 행수들이 들어오고 임 행수가 따라 들어온다. 맨 나중에 들어온 선일이 문 옆에 선다. 책상 앞 의자에 앉았던 온이 행수들에게 원탁 앞 의자를 권하며 마주앉는다. 우원약방 박 행수가 소맷부리로 땀을 닦고 나서 입을 연다.

"아씨, 하속들 전원에게 행하 석 냥씩을 내리셨다는 게 사실입니까? 날삯꾼들에게도 한 냥씩의 행하를 내리셨고요?"

박 행수의 말투가 사뭇 불손하다.

"그리하였습니다. 왜요? 지난 두 달간 염천 더위 속에서 죽도록 고생한 내 식구들을 위로코자 행하를 내렸습니다. 그게 무슨 문제입니까?"

"아씨, 이 거리 약방 주인들 사이에는 규칙이 있고, 불문율도 있습니다. 약재값이나 약값, 고정이든 비고정이든 일꾼들의 일삯을 얼추 맞추며, 다른 약방에서 파는 약재들에 간섭치 않는 것 등이 규칙이고, 이번처럼 큰일을 치르고 나서 특별한 행하를 베풀 때 일꾼 각자의 열흘 일삯에 해당하는 금액을 넘지 않는 건 불문율입니다."

사령께선 부사령이자 칠성부령인 온에게 실재하는지도 의심스러운 사신계와의 사이에 수백 년 지켜온 불문율을 넘으라 명하셨다. 약방 행수들은 온이 수십 년 지켜온 약방거리의 불문율을 넘었다고 따지러 왔다.

"그렇습니까? 불문율은 문서가 없으니 하는 수 없고, 규칙은 문서로 작성되어 있나요? 제 할머님이나, 우리 임 행수님, 또는 이전 우리 행수들께서 수결한 문서가 있느냐는 것입니다."

"있지요."

"있습니까? 저는 못 봤는데. 임 행수님, 그런 문서가 있습니까?"

온의 질문에 임 행수가 머뭇머뭇 입을 연다.

"문서고 어딘가에 있기는 할 터인데 소인도 따로 꺼내 본 적이 없나이다. 찾아보오리까?"

"있다니 있겠지요. 우리한테 있는 문서는 나중에 찾아 확인해 보기로 해요. 당장은 행수들께서 가져오신 게 있을 테니 그걸 보죠. 가져들 오셨지요, 행수님들?"

온이 다 내놓아 보라는 듯 손바닥을 내밀자 박 행수와 정 행수가 당황하여 두리번거린다. 금강약방 천 행수만 품속에서 주섬주섬 누렇게 바랜 봉투를 꺼내더니 속지를 빼어 내민다. 이번 돌림병 덕분에 보원약방만큼, 어쩌면 보원약방보다 더 많은 돈을 번 곳이 금강약방일 터이다. 온이 날마다 필요한 약제를 대기 위해 땀을 뻘뻘 흘릴 때 금강약방에서는 훨씬 더 전부터 예비하고 있기라도 했던 양 필요한 약제며 소독제를 술술 풀었다. 온이 부친으로부터 돌림병에 대비하라는 당부를 들은 것처럼 금강약방도 누군가로부터 그에 대한 예고를 들은 게 분명했다.

천 행수가 내민 문서에는 단기 사천사십구년 병신년丙申年 오월에 보제원가 칠십육 인의 약방주가 수결한 규칙이라고 적혔다. 올해가 사천팔십구년이니 딱 사십 년된 문서이고 보원약방주 녹은당 김씨의 수결은 세 번째에 있다. 첫 번째 수결자는 금강약방주 김재한이라 적혔다. 김강하의 조부일 것이다. 수결한 순서가 약방의 규모에 따른 것이라면 사십 년 전에는 금강약방 규모가 가장 컸던 것으로 볼 수 있다. 지금은 보원약방이 가장 큰 것으로 알려져 있다.

"문서 내용은 좀 전에 행수들께 들은 것과 비슷하고, 행하에 관한 언급은 보이지 않네요. 금강약방 천 행수님, 어떻게 사십 년이나 된 이걸 금세 찾아 들고 오셨습니까? 저를 그리 벼르셨습니까?"

온의 농담에 문서를 지니고 와서 내놓은 천 행수만 웃는다.

"문서 잘 보았습니다, 천 행수님. 저한테는 태고적으로 느껴지는 사십 년 전 것입니다만, 여기 분명히 제 조모님의 수결이 있으므로 저도 이 거리 사람으로서 거리의 규칙을 따라야지요. 하지만 지금은, 제가 제 하속들에게 한 일이, 규칙을 어긴 게 아니라 불문율을 위반한 게 문제인 것 같으니 불문율에 대해 얘기해 보죠. 그러니까, 제가 이 거리의 불문율을 어기고 일꾼, 하속들에게 지나치게 많은 행하를 줌으로써 여타 약방의 주인들을 곤란케 했다 그 말씀이시지요?"

정 행수가 나선다.

"그렇습니다, 아씨. 그리 높은 행하를 베푸시는 건 이 거리의 관행과 질서를 흔드는 일입니다. 당장 각 약방의 의원이며 하속들이 제 주인들을 원망하지 않겠습니까. 보원약방 사람들과 똑같이 고생했는데 왜 우리는 그만치 주지 않나. 누군가 불만을 터트리면 그 옆에서 동조하게 될 것이고요. 태업, 태만하게 될 테고 한 푼이라도 더 준다는 약방으로 쉽사리 옮기는 풍조가 생기겠지요. 일꾼들이 그처럼 옮겨 다닌다는 건 각 약방의 비법들이 옮겨 다니는 것과 같은바, 그런 풍조가 온 거리에 퍼진다면 무슨 수로 약방들을 운영하겠으며 이 거리가 어찌되겠습니까?"

"정 행수님, 지금 하시는 말씀의 초점이 맞지 않습니다. 행하 얘기를 하다가 일삯을 운운하는 게 일관성도 없으시고요. 저는 제 하속들한테 일삯을 올려 주겠다 약속한 바 없습니다. 규칙을 어긴 게 아니지요. 그러니 행하에 대해 이야기하자는 것입니다. 행하가 무엇입니까? 행하란 나를 위해 뭔가를 해준 누군가에게 내가 주고 싶은 대로 주는 돈 아닙니까? 약방거리에서뿐만 아니라 세상 모든 일에 그렇지요. 주막에서 서 푼짜리 국밥 한 그릇 먹고 나서도 맘이 동하면 한 냥도 내밀 수 있는 게 행하 아니냔 말입니다. 그런데 어찌하여 이 거리에 행하에 관한 불문율이 생기고 그걸 따릅니까? 물론 약방 주인들이 돈을 더 많이 벌기 위함이지요. 돈을 벌어 맘대로 쓰기 위함이고요. 이번에 돈 좀 번 저도 제 맘대로 쓴 거예요. 맘대로 멋대로, 흔전하게 한 천 냥 쓰고 나니 이게 돈 버는 맛이구나, 싶습니다. 그 맛에 돈 더 벌고 싶고요. 이런 것에 어떻게 불문율을 따집니까? 그리고 솔직히 좀 부끄럽지 않습니까? 자기 주머니에 몇천, 몇만 냥씩 넣으면서 몇십 전에 허리 휘게 일하는 일꾼들에게 몇 푼 줬다고 따지러 다니는 게?"

"아씨께서는 이 보원약방의 주인이시므로 그리 말씀하실 수 있을 텝니다. 하오나 우리와 같이, 주인을 대신하여 약방을 운영하는 이 거리 대다수 행수들한테는 이게 작은 일이 아니기에 부러 찾아와 말씀드리는 겁니다."

"하니, 이미 낱낱이 쥐어 줘 버린 행하를 어찌하라는 말씀입니까? 도로 토해내라고 윽박지르며 뺏기라도 하리까?"

박 행수가 나선다.

"그렇게까지는 못하시더라도, 이번에 아씨께서 베푸신 행하가, 두 번 다시없을 이례적인 것임을 하속들에게 주지시켜 주시기를 바랍니다."

이자들이 지금 내게 강요하고 있지 않은가. 온의 비위가 와락 뒤틀린다. 비록 거리에 나와 장사치 노릇을 하고 있을망정 행수들의 주인들과 이온은 타고난 자리의 높낮이가 엄연히 다르다. 제 주인들과도 격이 다른데 그 하속인 행수들이 이온 앞에서 머리를 빳빳이 세우고 핏대 올린다. 온의 심기가 터지기 직전인 것을 눈치채지 못한 박 행수가 더 보탠다.

"그도 아씨께서 못하실 양이면 임 행수가 대신하여도 괜찮겠지요."

온이 탁상을 탁 내리친다. 놀란 행수들이 정색하고 자세를 고쳐 앉는다.

"시방 나더러 내 하속들에게, 내가 아침에 그대들에게 내린 행하는 어쩌다 보니, 미쳐서, 실수로 나간 것이니 다음 같은 건 일절 기대치 말라! 다른 약방 하속들에게도 널리 전하라! 그리 말하란 말이오?"

"아씨, 그런 뜻이 아니오라……."

"무슨 뜻이건! 나는 그리 못하오. 그리 아니 하겠소. 새겨들 들으세요, 행수님들. 나는 앞으로도 이번과 같은 큰일을 겪게 되면 똑같이 행하를 베풀 것이고, 그리 큰일이 아닌 여느 때라도 일 잘 하는 내 일꾼한테 틈틈이 행하를 내릴 겁니다. 규칙이요? 춘추필법春秋筆法이라고 했어요. 규칙에도 대의명분이 있어야 한다는 뜻 아니리까? 주인들의 잇속 채우기가 대의명분이오? 십 년이면 강산이 변한다고 했습니다. 사십 년 전 규칙도 변할 때가 되었지요. 앞으로 나는 일 잘 하는 내 일꾼들의 일삯을 내 맘대로, 내 멋대로 올려줄 것이오. 그게 일꾼들 사이에서 소문나 다른 약방 일꾼들이 나한테 오면 기꺼이 그들을 받아들일 테요. 그들과 더불어 더 좋은 약 만들어, 더 잘 팔 것이오. 돈도 더 많이 벌 것이고요. 아시겠소, 들? 이런 내게 불만이 있으면 물외한인物外閒人으로 담수지교淡水之交 중이실 그대들의 주인들더러 직접 날 찾아오시라 하시오. 뜻이 맞으면 새 규칙을 만들면 될 일이오. 맞지 않으면 흥하든 망하든 각자 사는 것이고. 그만들 나가 보세요. 선일, 행수들을 배웅해 드려라. 길 잃지 않도록 잘들 배웅해 드리고!"

마흔 넘고 예순 가까운 행수들이 온의 행패에 놀라 정색하다가 낯빛을 붉히며 일어나 나간다. 덩달아 따라 나가는 임 행수에 대고 온이 소리쳤다.

"임 행수는 남으세요! 선일은 말 대령하고."

어떻게 이렇게 화가 나는지 알 수 없다. 다 내던지고 때려 부수고 싶다. 뭐든지 내 맘대로 할 거라고 고래고래 소리쳤지만 내 맘대로 되는 게 뭐가 있는가. 두어 달 사이에 삼만 냥을 벌었다고 치자. 그 돈으로 내가 하는 일이 무엇인가. 하고 싶은 일은 무엇이고. 보현정사 한 번 가는 것도 이리 어려운데, 대체 뭐가? 칠성부를 키워서 무엇하며 만단사를 가꿔서 무얼한단 말인가. 그게 내 맘대로 살기 위함이야? 내 맘대로 사는 게 뭔데? 내게 아무런 해도 끼치지 않는 향업을 죽이는 게 내 맘대로의 삶이야?

"아씨, 어찌 그리 역정을 내십니까?"

임 행수의 목소리가 사뭇 낮다. 이 거리의 누구도 모르는 사실일 것이나 임 행수는 상림 태생이다. 종이 속량되는 경우란 주인에게 돈이 필요할 때 돈을 받고 면천시켜주는 경우뿐이다. 상림에서는 종들의 능력과 재주에 따라 일을 맡기고 그 일과 책임에 따라 대접하여 속량을 시킨다. 임 행수는 속량되어 상민이 되었고 중인이거나 상민인 이 거리의 대다수 약방 행수들과 어깨를 나란히 하여 일한다. 종이 버는 돈은 주인의 것이되 보원약방에서 일하는 상림과 허원정 외거 노비들에게는 삯일꾼에 준하여 새경을 준다. 물론 임 행수도 여느 약방 행수들이 받는 만큼 받는다. 그 덕인지, 임 행수는 녹은당을 지성스레 섬겨왔고 지금은 온을 극진히 섬긴다.

"내가 과했지요?"

"과하셨습니다. 그냥 알았노라, 하셔도 됐을 것을요."

"그러게, 고단하여 신경이 돈은 듯하오. 허나 내가 잘못한 건 없지 않소?"

"잘못하시다니요. 잘하셨습니다. 이 거리의 모든 하속들이 우리 약방이며 아씨를 추앙하고 공경하게 될 겝니다."

"그러나, 그렇게까지 짖어대지 않아도 됐을 일이다?"

임 행수가 흐흐, 웃는다. 온도 따라 웃는다. 사실 그리할 일은 아니었다. 어찌되었든 같은 업종 사람들을 적대하여 좋을 일은 없다. 서로의 속내를 뻔히 아는 터라 적이 된 자들이 어디서 찌르고 들어올지 모른다. 보원약방이 공식적으로 거래할 수 있는 앵속의 수십 배를 유통시키는 걸 약방거리 사람들 거개가 안다. 보원약방이 세비를 가장 많이 내는 터라, 어쩌면 뇌물도 가장 많이 바칠 거라 모른 척할 뿐 내의원과 보제원에서도 그 사실을 다 알고 있었다.

"그렇더라도 내가 그들을 찾아가 사과하고 싶지는 않소. 사과하러 가서 더 큰 사고를 칠지도 모르고. 임 행수가 나를 대신하여 조금 전 세 행수들에게 사과의 말씀 전하구려. 사과를 하는데 맨입으로는 쑥스럽고, 세 행수에게 무명 한 필씩이라도 가져다주면서 부인들에게 드리라 하시오. 그러면서 이온이 그런 행하를 베풀 일이 또 있겠느냐고, 있어서도 안 되는 일 아니겠냐고, 내 철없음을 들어 그들을 다독여 주고. 사실 내가 철이 덜 들긴 했잖소?"

"무슨 그런 말씀을요. 황송합니다, 아씨. 알겠나이다. 섭섭함이 길어 좋을 게 없으니 소인이 지금 다니겠습니다. 아씨께서는, 그만 들어가시어 좀 쉬십시오."

"그리하려고요. 신열이 이는 게 몸살이 날 것 같기도 해요."

약방 대문 앞에는 두 필의 말과 선일이 나와 있다. 날이 흐리다.

시장기가 느껴지는 것으로 보면 사시巳時쯤 되었을 터이다. 집으로 가기 싫다. 집으로 가면 오늘 밤 필경 보현정사로 가고 말 것이다. 칠석날의 일성 회합은 칠성부령 이온이 치러야 할 가장 중요한 행사다. 그에 대한 대비를 하며 나름 마음을 다스리고 있어야 할 밤에, 선일을 상대로 나무칼을 휘두르며 지난 초사흘 밤에 나타나지 않은 김강하를 향해 분풀이를 하게 될 터다. 저는 사내이자 호종들을 달고 다니지도 않으니 그 밤에 못 올 까닭이 뭔가. 동쪽 궁 숙직 번에 걸렸다손, 초사흘 밤 약속은 작년 동짓달에 이루어졌던 것, 번을 바꾸면 될 일이 아닌가. 홀로 더럭더럭 화를 내고 있을 게 뻔하다.

양평 흔휜사. 그 안의 향업 무녀.

사흘 전 효맹으로부터 사령의 명을 전해 받고 하남의 광주에 거하는 일성사자 은광에게 통기했다. 흔휜사에 칠성부 사자를 잠입시킬 방법을 찾으라. 도무녀를 납치하든지 도무녀의 시봉 무녀를 잡든지. 그도 아니면 감쪽같이 없앨 방법을 궁리하라고 사비를 보냈다. 은광이 흔휜사에 사자를 잠입시켰는지, 여의치 못해 아직 사자를 잠입시키지 못했는지, 내일 은광과 사비가 회합에 와서 일의 경과를 보고해야 알 수 있다.

그런 명령을 내려놓은 온 스스로는 아직 흔휜사에 찾아가 본 적이 없다. 내일 은광과 사비를 만나서 보고해 오는 내용에 따라 움직일 계획이므로 아직 가 볼 때도 아니다. 하지만 말을 타고 미친 듯 내달아 보고 싶으니 그곳이나 한번 가 봄직하다. 가다가 길을 틀어 가평 불영사로 가 무극無極 아이들을 만나도 될 것이다. 박하와 마타리가 스무 살이 되었을 터, 그들을 데리고 나올 때가 되기는 했다. 온이 말에 오르며 선일에게 말한다.

"우선 흔훤사 가서 점이나 한번 쳐 보자. 내 앞날에 대해 뭐라고 하는지."

흔훤사는 크게 무원巫圓과 약원藥圓으로 나누어졌다. 온과 선일이 도착했을 때, 점사를 보기에는 시각이 늦어 있었다. 지금까지 온이 겪어본바 오후에 점사 보는 무녀는 드물었다. 무녀들은 대개 오전에 점사를 보았고 새벽에만 점을 보는 무녀도 있었다. 흔훤사의 무녀 향업은 새벽부터 묘시 말까지만 점사를 본다고 했다. 보통 사람들이 아침 먹을 즈음에 저는 하루 일을 끝내는 것이다. 그 이후 손님들은 그의 제자 무녀들에게 점사를 볼 수 있다고 한다. 온은 내일 아침까지 기다리기 싫어 향업의 제자 노고지리에게 점사를 청했다. 해 질녘에 마주앉은 노고지리는 스물댓 살이나 됐을 듯하다. 검정색에 분홍 회장을 단 저고리에 회색 치마 받쳐 입은 모습이 나이보다 성숙해 보인다. 온은 자신의 사주를 밝히고 곧장 묻는다.

"내 아직 시집을 못 갔네. 시집을 가긴 하겠는가? 간다면 언제이겠는가?"

"이미 한 번 인연을 잃으신 적이 있지 않습니까?"

노고지리가 뜻밖으로 아는 소리를 한다.

"그대가 말씀하시는 잃은 인연의 의미가 무엇인가?"

"부부지연에 대해 말씀드렸습니다."

"내 어린 날 정혼한 적이 있으나 그와 혼인치 못했네. 그걸 부부지연이라 말할 수 있나? 부부지연이란 혼인하여 함께 산 경우에나 붙일 수 있는 말 아닌가?"

그때 정혼했던 도령은 얼굴도 보지 못했다. 당시 오위도총관의 셋째 아들로 동갑이며 집이 견평방이라는 것만 알았다. 그의 집이 어디건 살림 규모가 어떻건 상관없었다. 그가 셋째 아들인바 혼인한 뒤 데릴사위로서 허원정으로 들어와 살기로 된 터였다. 그가 혼인을 며칠 앞둔 밤에 급사한 뒤 온은 칠성부령으로서의 수련을 위해 가마골로 들어갔고 김강하를 만났다. 김강하가 첫 사내이자 지금까지 유일한 사내였다.

“소인은 아씨의 사주를 통해 읽은 것을 말씀드렸사온데 그리 따지고 드시면 소인이 어찌하겠습니까.”

“하면 내게 다른 부부지연이 있는가? 지아비가 생기겠느냐는 말이네.”

“아씨의 사주에서 다른 지아비 인연을 볼 수는 없으나, 운세란 의지에 따라 바뀌는 것 아니겠습니까. 아씨 스스로 인연을 만들어 내실 듯하옵니다.”

날은 이미 어두웠고 선일에게 향업의 처소를 알아보라 한 참이므로 온은 좀 더 지체할 필요가 있었다.

“운세가 바뀐다는 것을 확신하나?”

온이 따지듯 묻자 노고지리가 빙긋 웃는다.

“아씨께서도 그리 믿고 계시지 않나이까?”

확실히 좀 볼 줄 아는 무녀다. 유수화려의 중석이 생각난다. 작년 삼월 상림 회합을 끝내고 화개로 다시 갔어야 했다. 몇 날이고 엉겨붙어 제자로 받아 달라고 떼를 썼더라면, 그의 마음을 얻고 사제지연을 맺었더라면 오늘 여기 오지 않아도 됐을지 모른다. 온은 물론 부친이 두 번이나 더 찾아가 스승이 되어 달라 청했으나 거절했다는 무녀 중석은 이제 어쩌면 강제로 상림에 입성하게 될지도 모른다. 온이 아는 한 부친은 목표한 바를 포기하는 법이 없다. 목표를 세웠으되 이루지 못하면 대상을 없애 스스로의 목표를 없앤 뒤 방향을 틀었다.

"내가 애써 그리 여기며 사는 것은 맞네. 애쓸 뿐 믿지는 못하지. 어린 날 정혼했던 사람이 죽었는데 납폐단자 받은 것 때문에 과부로 취급되어 혼담 같은 것은 들어오지 않네. 그게 현 세상의 법도라, 그 엄혹한 법도 속에서 한 계집일 뿐인 나의 의지가 무슨 힘이 있는지 알 수 없기 때문이지."

"의지란 결국 어떤 것에 대한 거스름이며 대항이 아닐는지요. 자신이 지닌 것을 하나도 포기하지 않은 채, 무엇을 거스르거나 무언가에 대항할 수 없지 않습니까."

"의지는 어찌 가지게 되는 것이라 보나?"

"내가 간절히 원하는 일이 있으나 그 염원이 현실의 벽에 가로 막혀 있다면 그 벽을 뚫거나 넘거나 우회하기라도 해야지요. 그게 의지일 것이고요. 어떻게든 벽을 지나고 나면 나라는 존재가 어떤 양상으로든 달라져 있지 않겠습니까."

노고지리 무녀는 꼭 만단사자 같다. 만단사의 강령을 말하고 있는 것 같지 않은가.

"의지를 행하지 않으면 운세도 바뀌지 않는다는 말은, 솔직히 아무것에나 걸면 걸리는 것 아닌가? 그 정도는 무녀 아니라도 할 수 있는 말이잖아."

"사람살이가 대개 그렇다고, 소인의 스승들께 배워가고 있는 중입니다. 아씨, 정작 묻고자 하는 바가 따로 있으십니까?"

"내 언제 시집갈 수 있겠느냐 물었고, 사주대로라면 내가 시집가기 어렵다 들었으므로 달리 궁금한 건 없네만, 노고지리 무녀. 한 가지 더 묻겠네. 대개의 무녀들은 사람 수명을 볼 줄 아나?"

"소수의 무녀만 사람의 전생이며 수명을 볼 수 있다 들었사옵고, 소인은 그 소수에 들지 못하나이다."

"그대의 스승이라는 이 무원의 주인은 사람의 수명이나 전생을 볼 수 있나?"

"소인의 생각에는 보실 수 있을 듯한데, 스승께서 수명이나 전생에 대해 말씀하시는 것을 들은 적은 없습니다. 그런 경지에 이르신 어른들께서는 워낙 말씀을 아끼시는지라 당신들께서 보시는 것의 태반을 내놓지 않으시지요."

"손님의 앞날에 대해 알아도 말하지 않는다면, 그게 올바른 점사인가?"

"필요하다 싶은 만큼은 말씀하시겠지요."

"그럴 때의 필요와 불필요의 경계가 뭔데?"

"손님의 미래에 득이 되는지 해가 되는지를 가늠하는 무녀의 판단이겠지요."

"결국 같구먼. 또 한 가지, 내가 두어 해 전에 만난 적 있는 어떤 무녀를 다시 보게 되면 물으려는 사안인데, 그이를 언제 다시 만날지 알 수 없으니 그대에게 물어보겠네. 내가, 사람이 태어나는 이유가 무엇이라 생각하나?"

"사람이 태어나는 이유, 왜 태어나 사는지, 소인도 알지 못합니다. 하여 스승들께서 말씀하시는 바를 믿으며 살지요."

"그대의 스승들께서는 사람이 태어나는 이유에 대해 뭐라고 하시는데?"

"태어남에 따로 이유가 있는 것은 아니라고 하시더이다. 그러므로 사람이 왜 태어났는지를 천착하려 들 것이 아니라 이미 태어나 삶이 주어졌으므로 그 삶을 어찌 살 것인지를 궁구하며 살아야 한다고요."

"태어난 대로 살아야 한다면, 아무리 억울한 처지에 놓여도 아무의 탓도 할 수 없지 않나? 가령 그대처럼 무녀로 태어나 천민으로 살면서 나와 같은 자들이 와서 이렇게 애먼 소리를 해대도 꼼짝없이 들어 줘야 하는데, 분하지 않겠어?"

"소인이야 이 일이 업이고 소임인바 손님께서 어떤 말씀을 하시든 억울할 것은 없습니다만, 처처에 억울한 일을 당하여 피눈물 흘리며 사는 사람들이 숱하겠지요."

"헌데도 태어난 대로 살아야 한다는 말인가?"

"소인이 스승들의 말씀을 빌려, 이미 주어진 삶을 돌이켜 왜 태어났는지를 천착할 것이 아니라 한 말을, 아씨께서 곡해하신 듯합니다. 삶이 주어졌으므로 어찌 살 것인지를 궁구해야 한다고 했을 때 거기에는, 각자의 의지가 발동하고 고비 고비마다 선택이 생기는 것 아니겠습니까. 하여 한 사람의 삶이 이루어져 가는 것이고요."

"결국 온전히 스스로 책임져야 한다는 것이잖아?"

"결국 그렇지요."

"사람이란 제각기 제 먹을 것을 지니고 태어난다는 말이 있는데 그에 대해서는 어찌 생각하나? 그 말이 자신의 삶을 책임진다는 말과 같다고 보나?"

"느닷없는 질문이십니다만, 사람 아랫것으로 살고 있는 제 생각을 말씀드리자면, 사람은 제 먹을 것을 지니고 태어나는 듯합니다. 다만 제 먹을 것을 스스로 찾을 수 있을 때까지 앞서 태어난 사람들, 가령 부모가 길러야 하는 세월이 여타 짐승들보다 훨씬 길어 칠팔 년, 제 발로 굴러다니며 구걸을 할 수 있을 때까지라도 돌봐 줘야겠지요. 그럼에도 제 밥그릇을 찾지 못하는 사람들이 흔하고 흔한 까닭은 수백, 수천 사람의 밥그릇을 깔고 앉은 이들이 많기 때문이라 생각합니다."

"지금 말은 스스로 책임져야 한다는 말과 전혀 다르지 않은가?"

"다르다 여기시면 그렇겠지요."

"알겠네. 내 팔자가 사납다는 말이 언짢아 내가 과했네. 이름이 노고지리라고?"

"예, 아씨."

"좋은 말씀들, 잘 들었네."

"별 말씀을요, 아씨. 신열이 있으신 듯한데, 약원으로 가시어 청하시면 심신을 편케하는 차 한 잔 내드릴 것입니다. 살펴 가시옵소서."

노고지리에게도 온이 오늘의 마지막 손님인지 배웅하고는 안에서 여운 없이 문을 닫는다. 닫힌 문을 보며 온은 쌀쌀맞기는, 하고 뇌까리다 피식 웃는다. 제가 직접 약원으로 가서 차 한 잔 내주려니 여겼던 것이다. 선일이 다가와 속삭인다.

"도무녀 향업의 처소는 신당 후원에 있는 별채인 성심습니다. 아직 사비나 은광께서 다녀간 것 같지는 않고요."

이대로 흔훤사를 나가기에는 너무 이르다. 가평 불영사로 가고 싶지도 않다. 선일은 아직 불영사의 무극들에 대해 모른다. 선일을 계속 곁에 두자면 무극들에 대해서도 알려 주는 게 마땅하지만 그가 효맹의 사람인바 조심스럽다. 하릴없이 어둠 속을 배회하며 약원에 이른다. 언뜻 보이는 약원의 전각만 해도 다섯 채나 된다. 그중 두 채의 불이 밝다. 여섯 간으로 이루어진 가운뎃집에 갈담당葛覃堂이라는 편액이 붙었다. 갈담당은 환자들이 드나들기 용이하게 하렴인지 기단이 낮다. 기단 양쪽에 반원형의 경사 낮은 길이 만들어진 것도 걷기 힘든 환자들을 위한 배려 같다. 배울 만한 점이라고 끄덕이며 올라선 기단에서 갈담당 안을 살짝 들여다보던 온은 눈을 크게 뜬다. 이십여 여인들이 누워 있고 그 만큼의 여인들이 누운 여인들을 상대로 침을 놓고 있지 않은가. 눕고 앉은 여인들 사이를 누비는 다섯 명의 여인이 있고 그들 중 한 명이 강학하는 중이다.

"자, 이제 짝지들끼리 위치를 바꿔라. 조용히, 가만히들 움직여야지. 우리가 의원이매, 일어나고 눕는 것 정도는 미풍처럼 부드러워야 하지 않느냐? 누운 사람은 조금 전 자신이 짝지한테 시침한 위치가 어디였는지, 그 위치가 맞는지 생각하여라. 시침할 사람은 자신이 방금 짝지로부터 침을 맞을 제 그 위치가 어떠했고 내게 바늘이 꽂힐 때의 기분이 어땠는지를 생각하여라. 지금 가정하는 환자의 증세는, 놀람에 의한 불안증이다. 환자가 어떤 일엔가 몹시 놀랐다. 놀람이란 잠시 지나면 가라앉기 마련인데 이 환자는 좀체 가라앉히질 못하다가 결국 병이 되었다. 자라 보고 놀란 가슴 솥뚜껑 보고 놀라는 것도 한두 번, 이 환자는 일 년째, 혹은 십 년째 놀라고 있다. 약은 쓸 만큼 썼고 앞으로도 쓸 것인즉 그대들은 지금 침술로서, 널뛰듯 뛰는 환자의 심장을 차분히 만들어야 한다. 이제 그 증세에 맞는 자리를 찾아 침을 놓아라. 침놓을 자리를 찾았으되 자신이 없다면 선생들을 불러 혈자리가 맞는지 확인 먼저 하라. 누누이 말하거니와 몰라서 묻는 것은 부끄러운 일이 아니다. 모르고 자신 없으되 알량한 자존심으로 엉뚱한 곳에 침을 놓는 것이 부끄러운 일이다. 시작하라."

여인의 말에 앉은 자세인 이십여 명의 여인들이 예, 스승님, 합창한다. 그리고 환자 격으로 누운 여인들의 몸 곳곳을 짚어 보기 시작한다. 갈담당은 의녀 수련생들의 학당인 것이다. 이 학당과 수련생들이 만약 사신계 칠성부에 속해 있는 것이라면 사신계는 얼마나 장대하며 또한 강력한가. 온은 실체를 확인한 적 없는 사신계에 대한 질투와 선망으로 심장이 꼬이고 불안증으로 떨리는 것 같다. 실제 몸살기가 덮쳐오고 있는 것 같지만 지금은 몸살기 때문이 아니라 미구에 치러야 할 살생 때문이다. 흔훤사의 무원에서 살고 있는 향업이 정말 사신계 칠성부령이라면, 그리고 이 흔훤사가 참말 사신계 칠성부령의 본거지라면, 그들을 건드리고 나서 어찌될 것인가.

"방금 스승으로서 수련생들을 아우르던 그이가 누구지?"

온이 갈담당에서 물러나며 선일에게 물었다.

"흔훤사의 수의녀 모올입니다. 작금 오십육 세로 젊은 날 십 년 가까이 내의원에서 재직했다는 소문이 있습니다. 근동 십여 고을의 병이 중한 환자들, 특히 여인 환자들은 이 흔훤사로 찾아온다 하고, 병이 더 중하여 내왕하지 못하는 여환자들은 흔훤사의 의녀들에게 왕진을 청하는 것으로 알려져 있고요."

"향업 무녀와의 관계는?"

"도무녀 향업은 귀신들이 침범한 병을 보살피는데, 주문이나 진언으로 다스리지 못할 병들은 모올에게 보내는 듯합니다. 모올이 치료치 못하는 환자는 향업에게로 가는 것이고요. 두 사람의 관계는 형과 아우인 듯 상보적인 셈입니다."

"누가 형인데?"

"모올이 몇 살 많은 듯합니다."

"모올은 언제부터 여기서 살았는데?"

"모올의 젊은 시절, 이곳에는 흔훤 만신이라 불린 무녀가 있었다 합니다. 흔훤 만신 생전에 그 곁에서 의술을 펼치다가 흔훤 만신 사후에 도무녀 향업과 같이 이 흔훤사를 연 것 같습니다. 그 무렵에 현재와 같이 규모가 커졌고요."

"그대는 어찌 그리 소상히 알지?"

선일은 대답이 막힌다. 상전들의 명을 이행할 때는 선후가 있다. 두 가지 명이 한 상전에게서 나왔을 때는 급한 일부터 수행하면 된다. 두 가지 명이 두 상전에게서 나왔을 때는 선후를 정해야 하는데 선일에게 앞서는 것은 스승인 효맹의 명이다. 이온의 일거수일투족을 톺으며 살면서 특이한 사항은 내게 고하라. 그 명을 받고 온의 호위로 들어섰다. 온의 모든 것을 따르는 게 소임이되 두 상전이 요구하는 게 다르므로 문제가 생겼다. 스승이 예전에 흔훤사의 향업을 살피라 한 건 칠성부령 이온을 돕자는 의도가 아니었다. 사령보다 앞서 흔훤사의 내막을 알아내기 위한 것이고, 온이 혹시라도 효맹에게 해가 될 일을 벌이는지 감시하기 위함이었다.

"어찌 소상히 아느냐고 묻지 않아?"

"살핀 적이 있습니다."

"효맹의 명으로?"

이번에는 대답하기 어려운 게 아니라 못 한다. 어떤 명이든 피치 못해 수행치 못할 수는 있으나 그 내용을 발설할 수는 없다. 돌아오지 않은 선신과 선해가 살아 있다면 그들도 입 다물고 살 것이다. 할 말이 없는 선일은 다시금 사라진 아이들을 떠올린다.

"묵묵부답인 것을 보니 그런 모양이군. 알았어. 일단 주막으로 가지."

새치름하게 돌아선 온이 약원과 무원 사이에 난 흔훤사 대문 밖으로 쑥 나선다. 일단 주막으로 간다는 말은 밤이 깊어 다시 온다는 뜻일 터. 광주 칠성부로 간 사비 등을 기다리지 않고 직접 일을 치려는 모양이다. 사령의 명이 태산같이 무거워 서둘러 내려놓고 싶은 것이다. 선일은 그리하지 말고 사비 등에게 맡기라, 하고 싶지만 말을 건네지 못하고 온을 따른다. 온은 내처 어둠 속으로 걸어간다. 어차피 이 밤으로 떠나지 못할 것이라 여겨 아랫마을 주막에 방을 얻어 놓고 올라왔다.

너덧 마장 거리의 주막까지 걷는 동안 온은 한 마디도 하지 않는다. 주막에 이르자 나와 맞는 주막 주인을 쳐다보지도 않고 방으로 쑥 들어간다. 선일은 온의 신발을 방 앞 툇마루에 나갈 방향으로 사려두고 마당 가운데 놓인 평상에 앉는다. 사립문 쪽 처마에 달아 놓은 등불 덕에 아주 어둡지는 않다. 주인이 다가온다.

"향업 만신은 못 만났지요?"

"예, 다른 무녀한테서 점사를 봤습니다."

"헌데 왜, 방으로 아니 들어가시고? 뭐 좋잖은 말씀이라도 들으셨답니까?"

주막 주인은 두 사람을 내외지간으로 보았다. 나란히 말 타고 들어와 겸상하여 밥 먹은 데다 방 하나를 얻었으니 당연했다. 그가 그리 여길 뿐 선일은 온과 겸상하지 못했다. 이렇게 함께 다닐 때마다 늘 온이 먼저 먹고 수저를 내리면 선일이 먹었다. 방을 쓰는 것도 마찬가지. 남녀가 원행하며 내외로 보이는 게 편할 때 방 한 칸을 얻기도 하지만 같이 쓰지는 않는다.

“새벽에 다시 올라가 볼 참인데, 답답하여 잠시 별이나 감상하다 들어가렵니다. 주인장께서는 들어가시어 쉬십시오.”

“새벽 인시면 웃대절에서 파루 소리가 나고 그에 맞춰 흔훤사에서도 예참이 시작됩니다. 그때 얼른 가셔야 향업 무녀의 점사 순번을 받을 수 있어요. 허니 늦지 않게 쉬십시오.”

흔훤사를 지나 산을 올라가면 관음사가 있다. 절 아래 동네 사람들이 대개 그렇듯 이 동네 사람들은 관음사를 웃대절이라 부른다.

“그리 크지 않은 마을에 주막이 서너 개는 되어 보이는데, 주막들에 손님이 많이 듭니까?”

“웃대절과 흔훤사에 예불드리러 오는 사람이 많은 날은 집집의 방이 차지요. 초사흘과 보름의 전날 밤이 대목인 셈입니다. 오늘 밤은 한가한 날이고요. 서방님, 어디서 오셨습니까?”

“도성 삽니다. 주인장께서는 예서 오래 사셨습니까?”

“오십여 평생 살고 있지요.”

“흔훤사에서 굿판이 자주 벌어집니까?”

“열흘에 한 번꼴로는 굿을 하지요. 민촌에서 벌이기 힘든 굿을 흔훤사에서 하니까요.”

“흔훤사는 원래 그리 컸습니까?”

아는 사실임에도 하릴 없이 또 묻는다.

“원래 큰 편이었는데 모올 의녀가 흔훤사 안에다 약원을 차리면서 지금처럼 되었지요. 인근 고을 환자들이 흔훤사로 오지요. 멀리서도 오고요. 그래서 이번 돌림병 때도 이 동네 사람들이 아주 죽을 맛이었어요. 아픈 사람 안 아픈 사람이 죄 흔훤사로 몰려드니 중간에 있는 우리는 피난을 갈 수도 없고, 가만있자니 불안하고."

"이 동네도 병자가 많이 생겼습니까?"

"큰 약방 아래 사는 덕에 우리는 돌림병 소문날 때부터 예방을 했지요. 지금까지 우리 동네서 돌림병으로 넘어간 사람은 없었어요. 해서 돌림병이 한 번씩 지나갈 때마다 동네에 사람이 늡니다. 피난 왔다가 눌러 사는 사람이 생기기 마련이라서요."

"이래저래 흔훤사 덕을 크게 보며 사시는 거네요."

"사실은 그렇지요. 무료하시면 술이나 한잔 드리리까?"

은근히 물어온다. 저녁 밥값과 방값을 벌써 치른 터다. 선일은 주머니에서 십 전을 꺼내 내민다.

"주세요. 주시되 방에 있는 사람은 제가 술 마시는 걸 질색하니 살짝 내다 주고 들어가 쉬세요. 우리는 잠깐 졸다가 일어나 흔훤사로 올라가거나 그대로 떠날 것이니 개의치 마시고요."

다섯 닢이면 넉넉할 탁주 한 병에 열 닢을 받아 든 주인장이 히힛 웃고는 돌아서 간다. 선일은 평상 한쪽에 길게 누워 눈을 감는다. 자는 줄 아는가. 주인장이 선일 곁에다 소반을 살짝 놓는다. 시큼한 술내와 고소한 지짐이 냄새가 풍긴다. 오늘 밤 손님이 더 들지 않으리라 여기는지 주인이 사립짝에 달아 놓았던 등을 끄고 안으로 들어가는 것 같다. 지짐의 고소한 냄새 탓인지 금세 괭이가 다가드는 것도 느껴진다. 괭이는 괭이처럼 다가들어 소반 위 접시에 얹힌 지짐을 끌어내린다. 젓가락이 떨어져 평상에서 구른다. 괭이는 소반 곁에 누운 사람을 바위로나 여기는 듯 달아나지도 않고 먹는다. 놈이 먹는 사이에 다른 괭이가 크릉 소리를 내며 평상 위로 뛰어오른다. 둘

사이에 으르렁거리는 다툼이 인다. 나중 온 놈이 먼저 온 놈을 내쫓고 남은 지짐을 먹는다. 다 먹었는지 평상을 내려가 사라진다.

괭이들이 지짐을 먹고 사라지는 동안 선일은 스승 효맹을 생각했다. 그가 도성 안 사람들을 상대로 벌이는 도적질과, 인달방에 있는 그의 집과, 그가 읽던 『한비자』와 이온을 취함으로써 만단사를 차지하려는 그의 야망을. 그가 언제부터 그런 꿈을 꾸기 시작했을지를. 사령보위대장인 정효맹의 야망과 칠성부령인 이온의 야망은 언제 어떻게 부딪칠 것인가.

온은 보현정사 증축을 시작했다. 궁궐 개보수 공사에 불려 다니는 부중 제일의 대목大木 우가에게 일을 맡겼다. 돌림병의 와중에도 보현정사 주변의 터다지기가 제법 진척되었다. 무수한 나무들이 베이고 뿌리들이 잘려 뽑히면서 사려지고 땅이 판판해져 가는 즈음이다. 소나 말이 끄는 수레들이 흙과 돌덩이를 실어 나르며 축대를 쌓는다. 그렇게 다져진 터에 집들이 들어설 터이다. 현재의 법당을 살리고도 예닐곱 채의 큰 전각이 보현정사 주변에 세워질 것이라 했다.

초가을 밤벌레들의 노래 소리가 그악스럽다. 저들의 한 생이 끝나기 전에 제 몫의 노래를 다 부르고 가려는 것이다. 귀를 세워가며 선잠 속으로 빠져들던 선일은 방에서 들리는 기척에 발딱 일어난다. 검은 무복武服을 입은 온이 소리 없이 나왔다. 갈아입은 옷을 봇짐으로 진 걸 보면 이대로 주막을 떠날 작정인 것 같다. 선일이 툇마루에 올려놨던 신을 신고는 토방으로 내려선다. 하늘 가운데 흐릿하게 뜬 반달을 보면 자정을 약간 넘었을 시각. 온은 이 밤으로 정말 일을 치려는 것이다. 사립에 매어 있던 말을 타지 않고 어둠 속을 걷는 걸음이 재빠른 것 같으면서도 흔들려 보인다. 아픈 사람 같다. 잠을 못

잤는지도 모른다.

"아씨."

선일의 부름에 온이 우뚝 섰다.

"꼭 이리 하셔야 겠습니까?"

온이 대답없이 노려만 본다.

"제가 다른 방법을 찾아보겠습니다."

역시 답이 없다. 선일은 하는 수 없이 나선다.

"정히 실행하시겠다면 제가 홀로 다녀오겠습니다."

"아니! 내 일이야."

"제가 해도 아씨가 하시는 거지요. 금세 다녀올 터이니 말들과 함께 예 계십시오."

"피하기 싫어."

짧게 답한 온이 길 옆 소나무에다 제 말을 맨다. 선일도 같은 나무에 말을 매는데 온이 위로 내닫는다. 금세 흔훤사 대문 앞에 이른 온이 무원 쪽 담장을 따라 돈다. 담장 한 면의 길이가 한 마장은 됨직하다. 담장이 숲과 만나는 끝 지점에서 선일이 먼저 담장 위로 올라섰다. 약원 쪽은 보이지 않고 어둠에 잠긴 무원은 신당 앞마당에 석등 한 점 켜 놓고 있을 뿐이다. 선일의 마음이 진탕에 잠긴 몸처럼 무겁다. 흔훤사의 경계가 너무 허술한 탓이다. 허술한 정도가 아니라 완전히 무방비다. 빈 집과 사람이 잠든 집과 깨어 있는 사람이 있는 집은 기가 다르다. 지금 드넓은 흔훤사에 깨어 있는 사람은 기껏해야 서너 사람이나 될까. 그나마 그저 깨어 있는 사람들일 뿐 경계를 서고 있는 기세가 전혀 아니다. 그들은 한 줄기의 긴장도 없는 평온한 밤을 지내고 있을 뿐이다.

온이 올라와 한차례 훑어보더니 복면을 꺼내 쓰고는 먼저 뛰어내린다. 선일도 복면을 쓰고 내려선다. 이 밤에 흔휜사에서 죽는 사람은 방비할 필요조차 느끼지 못하는 무고한 사람이다. 무고한 사람을 죽이고 난 뒤 온은 지금까지와 같은 사람일 수가 없어진다. 선일은 온의 손에 피가 묻게 하기 싫지만 말릴 방법이 없다.

한 채가 통방으로 이루어진 집. 방이 넓다. 잠든 사람은 뜻밖에도 셋이나 된다. 안쪽에 홀로 누운 여인, 방문 쪽에 나란히 요를 펴고 모로 누운 여인 둘. 온이 오른쪽 여인을 반듯이 눕히는 동시에 비중혈에다 단검을 꽂아 넣는다. 그때서야 낯선 기척을 느낀 왼쪽 여인이 퍼뜩 몸을 일으킨다. 그 찰나 선일이 왼쪽 여인을 안으면서 목을 그었다. 여인을 내려놓으면서야 그이가 향업임을 깨닫는다. 나이든 여인이기 때문이다. 그쯤 안쪽에 누웠던 여인이 부스스 몸을 일으킨다. 온이 여인에게 다가들려는 기색에 선일이 먼저 그이를 향해 단검을 쏜다. 억, 소리와 함께 여인이 무너졌다. 선일이 다가들어 아직 꿈틀거리는 목에서 검을 회수했다. 아직 절명하지는 않았으나 비중혈을 찍힌지라 비명은 지르지 못한다. 그사이 온이 윗목의 문갑으로 다가든다. 문갑 위에 놓인 물건을 더듬거리다 뚜껑을 열어 보고 닫는다. 돈궤인 모양이다. 강도로 위장하려는 것이다.

들어갔던 길을 되돌아 나오기까지 일각一角의 반도 걸리지 않았다. 말 앞에 이르러 선일은 검으로 땅을 헤집어 돈궤를 묻는다. 강도의 행각으로 보이기 위해 돈궤를 들고 나오긴 했어도 그렇게 보일 턱이 없다. 해 질 녘에 두 사람은 흔휜사에서 열 명 이상에게 얼굴을 보였다. 흔휜사가 사신계 세상이라면 이온과 윤선일은 이제부터 그들에게 쫓기게 될 것이다.

돈궤를 파묻은 잠깐 사이에 온은 제 말을 끌고 앞서 가 보이지 않는다. 주막 근처에 이르러서야 말을 끌고가는 검은 움직임이 보인다. 온은 주막을 지나쳐 동리를 다 빠져나와서야 말에 오른다. 선일도 말에 올라 그 뒤를 따른다. 달리지는 않는다. 흐린 반달 빛만으로는 마구 달릴 수도 없다. 가는 방향을 알기도 어렵다. 온은 말에 얹힌 석상처럼 말이 없고 선일은 그 뒤를 따를 뿐이다. 어느 결에 강변길에 접어들었다. 흔흰사로부터 백 리쯤 멀어졌을까. 부연 안개에 잠긴 새벽이 다가오고 있었다. 나루터에 닿으니 주막이 나타났다. 주인이 사립문을 밖으로 내어놓는 중이다.

"내자가 갑자기 편치 않습니다. 반나절쯤 푹 쉴 만한, 한적한 방이 있습니까?"

선일이 방을 얻고 돈을 내는 사이 온은 주인이 가리킨 뒤채의 방으로 들어간다. 선일은 두 필의 말을 사립의 설주에 맨다. 매놓고 보니 사립 아래쪽이 빨갛다. 나리꽃이다. 늦여름이나 초가을에 피는 하늘나리. 어린 순은 뜯어 나물로 먹고 비늘줄기는 약으로 쓰는 식물이다. 짙게 붉은 여섯 꽃잎 안쪽에 자주색 반점들을 지닌 꽃. 십여 년 살았던 화도사 근방에도 흔했다.

선일은 하늘나리꽃 한 송이를 꺾어 뒤채로 향한다. 뒤란에 따로 지어진 객방이 좁고 길다. 온은 아랫목에 누워 있다. 선일은 뒷벽 봉창의 뚫린 구멍에다 꽃을 꽂아 놓고 방문 앞에 눕는다. 방이 좁아 팔만 뻗으면 온에게 닿겠다. 선일은 문쪽으로 바짝 몸을 붙인다. 아무 일도 하지 않은 것처럼, 어제 초저녁부터 내도록 선잠을 자고 있던 것처럼 몸이 무겁다.

깜박 잠들려는 참에 기침 소리가 난다. 모로 누운 온은 아랫목 벽에 붙어 있다. 요만 깔고 이불을 덮지 않았다. 선일이 차마 손을 대어 보지 못하고 이불을 내려 덮어 주는데 온이 돌아눕는다. 베고 잔 베개가 불편한지 쑥 밀어내고 제 팔을 베고 또 잔다. 고단하기는 했을 터이다. 지난 두 달여간 스스로를 얼마나 혹사했는지. 간밤에 한 짓은 또 어떻고. 지금쯤 흔휜사에서는 난리가 났을 것이다.

선일은 온이 밀어낸 베개를 꾹꾹 눌러 편편하게 한 뒤 머리를 살짝 들고 베개를 넣어준다. 언뜻 스친 이마에 열이 있는 것 같은데 다시 베개를 벤 온이 몸을 잔뜩 웅크린다. 새벽공기가 서늘하다. 아직 방에 불을 넣을 철은 아닌 터라 방안 공기도 선듯하다. 돌아서 여틈하게 열어 놓은 방문을 닫는데 클럭, 기침 소리가 난다. 연이어 잔기침을 해댄다. 선일은 앉은걸음으로 다가들어 온의 이마에 손을 대어 본다. 열이 좀 있는 것 같다. 다 지나간 돌림병일 리는 없고 급기야 몸살이 난 모양이다. 어제 이곳으로 올 일이 아니라 집으로 가서 푹 자야 했던 것이다. 애초에 한밤중 흔휜사에 들어가지 말자고, 은광과 사비한테 맡기자고 더 적극 뜯어 말렸어야 했다.

"추워."

열이 높으므로 오한도 들 것이다. 이마를 한 번 더 짚어 보는데 뜨거운 손이 와서 얹힌다.

"열이 높습니다. 몸살이 나신 것 같은데, 차라리 지금 돌아가는 게 어떻겠습니까?"

"그이였어, 노고지리."

제 손에 넘어간 여인이 어제 초저녁에 점사를 봐 준 노고지리 무녀였던가 보다. 말이 통하는 듯 제법 오래 마주하고 나왔던 것 같았다. 하필이면 그 사람이었다니.

"이제 잊으세요. 잊고 떠나는 겁니다. 저녁에 회합에도 드셔야 하고요."

"지금은 아무 데도 못가. 몹시 아파."

몸살기뿐만 아니라 두려움에도 휩싸여 있다. 안고 다독여 재워 주고 싶다. 하지만 스승 효맹이 온을 자신의 여인이라 못박았다. 그 말을 몹시 부당하게 여겼으되 스승이 그렇게 말한 이상 온은 그의 여인이었다. 호위로서의 선을 넘을 수도 없다. 허공에 뜬 선일의 손이 어째야 할 줄 몰라 망설이는데 온이 경계를 쑥 넘어와 제 머리를 선일의 무릎 위로 올려놓는다. 순간 선일은 자신 안에 있던 정효맹의 제자가 거꾸러지는 걸 느낀다. 거꾸러진 그를 일으킬 새는 없다. 선일은 온의 머리를 받쳐 안은 채 눕는다. 온이 선일의 팔을 베고 그 품에 바싹 달라붙는다. 쾌자만 벗고 다 입은 옷이되 얇은 무명 속의 호리한 몸이 여실하다. 치마가 아니라 바지를 입은 탓에 치맛말기로 죄어 놓지 않은 가슴이 동긋이 밀착되어 온다. 선일은 자신의 심장 소리가 목탁 소리인 양 크게 들려 꼼짝도 할 수 없다.

"우선 이마에 물수건이라도 대야겠습니다."

듣지 못하는지 온의 손이 선일의 옷섶을 헤집고 가슴팍으로 들어온다. 달궈진 인두 같은 손바닥이 선일의 심장에 닿아 멈춘다. 온은 제정신이 아니다. 어쩌면 흔훤사에 들어가기 전에도 제정신이 아니었을지 모른다. 선일이 제 몸의 뜨거움을 견디지 못하여 온의 손을 잡아낸다. 잡아낸 손을 놓지 못하고 온의 몸을 안은 채 두 몸을 뒤집는다. 자신의 몸 위로 올려놓는다. 대련할 때 다치기 직전 온의 몸을 받치는 것과 같은 자세다. 보호해야 할 사람이므로 보호하려는 것이다.

"접니다, 아씨. 선일이에요."

"알아."

아는데 이러시느냐, 반문하며 떨쳐내야 하는데 생각뿐 선일은 온의 손에 이끌려 그의 긴 저고리의 짧은 옷고름을 풀고 만다. 그 다음은 아무 생각도 못한다. 저고리와 바지를 벗기고 속저고리와 속바지를 걷어내고 젖가리개를 풀고 속곳을 풀고 버선을 벗겨낸다. 온의 온몸을 핥으며 자신의 옷들을 벗는다. 둘 다 제정신 아니라 할지라도 이미 시작된 일, 어쩌면 이 한번으로 그만일 터이므로 선일은 천천히, 온이 신열이 아니라 색정으로 달아오를 때까지 핥고 물고 쓰다듬는다. 온의 입술이 벌어져 더운 단내를 풍겼을 때 선일은 그 입술을 물며 제 혀를 넣는다. 뜨거운 혀와 깊이 엉겼을 때 가랑이 사이에 손을 넣어 본다. 뜨겁되 부드러이 젖어 있다. 검지와 중지를 밀어 넣고 헤집으며 입구를 엄지로 쓰다듬는다. 혀가 뒤엉킨 채 온이 몸을 뒤틀며 신음한다. 선일은 놓아주지 않은 채 온이 절정에 오를 때까지 집요하게 건드리며 스스로는 인내한다. 온이 땀을 흘리며 비등점에 닿은 물처럼 끓어 넘치기 직전 자신의 몸을 온의 몸안으로 밀어 넣는다. 선일의 입에 막힌 온의 비명이 두 몸을 진동하며 퍼진다. 선일은 온이 몸부림을 쳐도 놓아주지 않고 그 중심에 꽂은 자신의 중심을 흔든다. 극도의 쾌락으로 터지려는 자신의 신음을 온의 혀로 전해 준다. 두 혀가 뒤엉켜 아아아, 긴 신음을 뱉어낸다. 선일은 사출하지 않은 채 인내하며 스스로를 물린 뒤 한바탕 겪은 온의 절정이 식기 전에 다시 진입한다. 입술로 입술을 막으며 온의 중심을 파고들어 움직이다 마침내 사출한다. 눈앞이 캄캄하다.

낙타들의 행방

지난 칠월 초사흘 밤, 강하는 보현정사에 가지 못했다. 퇴청길에 미행이 붙었다는 것을 깨달았기 때문이다. 뒤를 밟아오는 몸놀림이 몹시 기민한 데다 어둡기까지 해 미행자의 모습을 볼 수는 없었다. 미행을 느끼면 모르는 체했다가 역으로 미행하여 미행자의 정체를 밝히는 게 사신계 무사들의 탐찰 원칙인데 그리 못했다. 희한하게 미행자에게도 미행이 붙어 있었다. 선인문에서부터 뒤따른 자보다 그를 뒤따른 자의 몸놀림이 훨씬 가벼웠다. 누굴까. 궁리하다 보니 그날 퇴청 시각 전에 우사어右司禦 국치근이 기별지를 받고 사청을 나갔다 왔던 게 생각났다. 어쩌면 국치근과 연결된 대전의 사람들일 수도 있으리라 싶었다. 미행을 미행하는 자가 몹시 궁금했으나 이중 위험을 감수하면서 그들을 뒤따르지는 않았다. 국치근을 눈여겨보기로 했을 뿐이다.

팔월 초사흘 밤에는 보현정사에 갔다. 매월 초사흘 밤이면 만나자는 약속이 매번 어긋났을지라도 아직 유효한 것으로 여겼다. 애초에 약속한 이경보다 이르게 도착했다. 보현정사 주변에서는 대공사가 진행되고 있었다. 나무들을 베어 내고 언덕을 깎아 축대를 쌓고 낮은 곳을 메우며 터를 다지는 참이었다. 벌써 와 있던 온은 혼자가 아니었다. 제 호위 선일과 대련하는 온은 어디선가 지켜볼 시선을 충분히 의식한 듯했다. 합과 합 사이에서 이따금 곳곳의 어둠을 바라보곤 했다. 그렇게 한눈팔아도 선일이 자신을 다치게 하지 않으리라는 자신감이 깃든 몸짓이었고 실제 그러했다. 선일은 제 손에 들린 검을 방어용으로만 사용할 뿐 온을 공격하지 않았다. 어둠 속에서도 그들이 예사 사이가 아님을 느꼈다. 상전과 호위로서만이 아닌 모종의 친밀감이 그들이 나누는 초식에 배어 있었다. 그들에게 대련은 유희이며 휴식이었다. 한편으로 김강하를 향한 과시였다. 너와 끝났다는 온의 선언이었다.

온에게 마음을 주었던 것 같았다. 그가 애달팠고 지켜 주고 싶었다. 그 몸을 아낀 것도, 그를 향해 수시로 달려가고픈 몸을 한사코 붙들었던 것도 위험하게 만들고 싶지 않아서였다. 그 마음을 먼저 싹둑 베어 버린 온은 제 휘하를 단속하고, 보현정사 증축을 독려하고 추계 약령시를 지휘하며 석 달여를 보냈다. 그리고 이레 전인 시월 이십구일에 도성을 떠났다.

약방거리에는 보원약방주 이온이 사은겸동지사 일행을 따라 연경으로 갔다는 소문이 났다. 그동안 준비하다 실패한 향료를 연구하러 떠났다는 것이었다. 이번 사은겸동지사 사신단의 정사正使는 장계군長溪君이고 부사는 조명채이며, 서장관은 홍낙순이다. 홍낙순은 홍문관의 전한典翰으로 만단사 봉황부령 홍낙춘의 형이다. 그리고 사신단의 통문관 중 한 명이 명일이었다.

사신단이 한양을 떠난 지 열이틀째 되는 어젯밤, 명일로부터 소식이 왔다. 명일에 따르면 도성을 출발한 사신단은 닷새 만에 의주에 도착해 의주역관에서 청국에 보낼 방물方物들과 상단들이 모두 도착하기를 기다렸다. 평양의주 상단은 이미 당도하여 있었으므로 명일은 거기서 상단에 끼어 온 심경을 만났다. 심경은 이번 원행 상단행수로 나선 김중하의 시자, 금복으로 분장하고 나타났는데 명일이 보기에는 전혀 사내아이 같지 않았다. 그럼에도 금복이 스스로는 사내아이나 된 줄로 알고 으스댄다고 명일은 걱정했다. 장무슬이 금복의 호위로서 딱 붙어 다니므로 그나마 다행이라 덧붙였다.

사신단이 의주역관에서 묵은 지 나흘 만에 청국 황실에 올릴 물건들이며 상단들의 물품이 모두 모였다. 사행단이 역관을 출발하려 할 때 서장관 홍낙순의 곁다리 일행으로 사신 행단에 끼어든 이온이 신열을 앓았다. 이온의 시자가 서장관한테 저희 일행은 하루 더 묵은 뒤 사신단을 따르겠다고, 책문에서 합류할 것이라 하고 남았다. 이튿날 사신단이 책문 앞에서 국경 넘는 수속을 벌이느라 지체하고 있을 때 보원약방 일행이 책문에 도착했다. 자세히 보니 이온과 윤선일이 빠졌더라고, 그러함에도 그들은 일행 속에 온이 있는 양 행동한다고 명일이 전해왔다.

강하가 아는 건 거기까지다. 책문을 넘어가면 사신단이 돌아올 때까지 인편이 오지 못한다. 의주에서 처진 온이 어디로 갔는지 알 도리도 없다.

"이봐, 김강하!"

생각에 빠져 있는 강하를 역시 생각에 빠진 듯 묵묵하던 소전이 불렀다. 영화당 앞이다. 단풍이 스러진 저물녘 초겨울 궐 숲은 색채를 씻어낸 그림처럼 소쇄하고 애잔하다. 추위가 시작되면 부용지芙蓉池가 꽁꽁 얼 것이다.

"예, 저하."

"회영이라는 도둑에 대해 알아?"

소전은 김강하를 무과시의 장원으로 뽑아 익위사로 불러들여 놓고도 어떤 친밀감도 나타내지 않았다. 하명은 있어도 독대할 일은 없었다. 그 때문인지 익위들 사이에서 따돌림은 면했다. 처음 몹시 경계했던 익위들이며 별감들과의 관계가 무던해졌다. 강하가 입격한지 일 년여 만에 정팔품의 우시직으로 승차했지만 시샘하는 사람도 나타나지 않았다.

"소문 들었나이다. 그자가 그제 밤에 또다시 가회동에서 범행하였다는 소식은 어제 조보에서 읽었습니다."

행적이 남지 않아 그림자도둑이라 불리는 회영이 가회동에 사는 내수사 부전수의 집을 침범해 칠천 냥 가까운 금품을 강탈해 갔다. 도적놈이 전례 없이 부전수의 온 식구를 꽁꽁 묶어 두고 제 강도질이 세상에 드러나게 만든 것도 문제지만 종육품의 내수사 부전수 집에 도적한테 강탈 당할 칠천 냥어치의 금품이 있었다는 것이 더 큰 문제였다. 좌우 포도청이 회영을 잡기 위해 혈안이 된 지 오륙 년이 지났는데 그 사이 궐내 물자를 다루는 내수사에서는 내부에다 도적을 키우고 있었던 것이다. 부전수가 그러할 제 다른 인사들이라고 정직했으랴. 조정에서 조보서를 통해 내보내는 조보에다 소식을 덧붙여 필사해 내는 자들이 그리 써대고 있었다.

회영은 도적질을 통해 궐 내 비리를 밝힘으로써 대놓고 의금부와 포청을 비웃고 조정을 야유하고 임금을 조롱했다. 온 백성들이 그리하고 있었다. 내수사 부전수는 칠천 냥을 강탈 당하고도 의금부와 형조로부터 그간 내수사에서 저질러 온 횡령의 족적을 취조당하기 시작했다. 더불어 온 내수사가 감찰을 받느라 난리가 났다. 내수사에서 벌어지는 비리를 척결하라. 소전이 명했기 때문이었다.

"그놈을 잡아야겠어."

그 말을 하기 위해 해 질 녘에 춘당대에서 목검대련을 하자며 후원으로 넘어온 모양이다. 오늘 오전에 소전은 편전에 있다가 대전께 불려 갔다.

"도성 안에 도적놈이 날뛰는데도 눈뜨고 보고만 있느냐. 혹여 그 도적놈을 네가 기르는 것 아니냐?"

그리 어이없는 꾸중을 듣고 나온 소전은 내내 침울했다. 오후 내 편전에 앉아 정무를 보면서도 몇 마디 하지 않았다. 그 사이에 도적을 잡으리라 결심한 것이다. 하지만 잡겠다고 작정하여 잡힐 놈이었으면 벌써 잡혔을 터이다. 잡히지 않을 놈이매 의금부와 좌우포도청 인사들을 불러 한바탕 닦달이나 하면 될 텐데, 소전은 몸소 나섬으로써 또 무리수를 두려한다. 부왕에게 스스로의 존재가치를 주장하고 싶은 것이다.

소전은 대전 앞에서 숙맥처럼 오그라들되 자신의 거처에서는 행패 부리기 일쑤였다. 더구나 근자의 그에게는 의관을 정제치 못하는 새로운 병이 생겼다. 가슴에 울분이 차오르면 온몸이 근지럽다고 발광하듯 옷을 벗어부쳤다. 아직은 처소에서만 발생하는 일이라 밖에는 쉬쉬하고 있지만 조만간 그 말이 대전까지 들어갈 것이고, 아드님의 하는 일마다 책잡기 좋아하는 대전에서는 또 무슨 성화로 아드님의 병을 부채질할지 몰랐다.

지난여름 돌림병이 도성 인근 다섯 도에서 멈추고 사망자가 이만여 명에 그친 까닭은 소전이 기민하고 과감하게 대처한 덕이다. 도성에서 돌림병이 발견되기 전에 소전에게 돌림병에 대해 알린 사람이 강하였다. 강하는 평양 집에 다녀오다 돌림병 소문을 들은 것으로, 이번 돌림병이 물과 접촉에 의한 것이라는 소문을 들었노라, 소전에게 아뢰었다. 당시 강하가 나흘 수유를 얻어 평양을 다녀온 건 사실이었다. 영혜당이 편찮아서가 아니라 심경과 무슬을 보러 갔다. 무슬은 의술 공부를 착실하게 하고 있었고, 심경은 연경 갈 생각에 부풀어 청국 말을 익히고 있었다.

어쨌든 소전은 강하의 돌림병 말에 즉시 내의원과 보제원과 혜민서 등에 역질의 원인을 파악하라 지시했다. 소전의 재빠른 용단 덕에 도성에 돌림병이 발견됨과 동시에 그 예방법과 대처법 등이 방으로 나붙었다. 돌림병이 가신 직후, 각처 둔전에서 지대의 법정액수를 무시하고 과한 지대를 징수하여 백성들이 농사를 기피하게 만든 관헌들을 징치한 사람도 소전이다. 소전은 정무에 관한한 이미 대전보다 훨씬 나았다.

그래서인지 대전이 소전의 흠을 잡는 일은 정무에 관한 게 아니라 하나같이 일신상의 것들이었다. 옷차림이 단정치 못하다, 절하는 모양이 요상하다, 걸음걸이가 경박하다, 네가 무슨 큰일을 한다고 익위들을 그리 많이 거느리고 다니느냐 등등. 그런 하찮은 사안의 꾸지람들을 궁인들이며 대신들이 많은 자리, 하다못해 애첩 앞에서까지 거침없이 해대니 익위들마저 궁 안에서는 숨도 크게 쉬지 못할 지경이었다.

"포청, 의금부 등이 속수무책이니 내가, 우리가 잡아야겠다고."

"하명하시옵소서."

"회영이 한 놈인 것 같아, 여러 놈이 한 놈인 양 움직이는 것 같아?"

"여러 놈이었으면 여러 해 동안 그리 흔적 없이 움직이긴 어려울 터입니다."

"그렇겠지?"

"예, 저하."

"놈의 출현이 부정기적이니 언제 다시 나타날지 알 수 없지?"

"예, 저하."

"허나 나는, 놈이 다시 출현하기까지 마냥 기다릴 수 없어. 해서 하는 말인데 김강하, 그대가 놈을 잡아. 연내에, 가능하겠어?"

동짓달 십일 저녁이다. 두 달도 안 남은 금년 안에 누구인 줄도 모르는 도적놈을 무슨 수로 잡으랴.

"망극하오나 저하, 소신 삼가 아뢰옵니다. 소신, 연내에 놈을 붙잡아 대령하겠노라 자신하기 어렵나이다. 말미를 더 주시옵소서."

"말미를 얼마나? 한 달? 아니 석 달쯤? 명년 삼월까지는 가능하겠어?"

"혼신을 다하겠나이다. 하온데, 소신 저하께 청이 있사옵니다."

"말해 보아."

"저하께옵서 소신에게 회영을 잡으라 명하신 사실을 비밀에 부쳐 주소서."

"그대 홀로 어려울 것이라 위사들과 별감들을 동원하라 할 참인데?"

"이 사실을 여럿이 알면 조만간 도성민 전부가 알게 될 거고, 그리

되면 회영이란 자가 깊이 숨어 버릴 위험이 있습니다. 또한 저하께옵서 그자를 잡으실 수 있는지 모두가 주목할 것입니다."

주목만 하랴. 소전이 대전에 들 수 있을지에 대한 내기까지 한다고 했다. 이제 소전이 회영을 잡겠노라 나섰다는 말이 나가면 야유하고 조롱하고 내기 거는 자들이 생길 것이다. 궐 안팎의 인사들이 그리할 제 저자거리에서 조차도 소전을 두고 웃음거리로 삼을 것이다. 강하는 소전이 그런 지경이 되는 꼴을 보고 싶지 않았다. 누군가를 지근에서 받들며 살다 보면 연민이 생길 수도 있는 것 같았다. 부왕 앞에서 다리 밑으로 들어가는 동냥치처럼 쪼그라져 나오는 소전을 볼 때마다 강하는 소전이 가여우면서도 부아가 났다.

"내가 그놈을 잡겠다 나선 사실을 함구하는 것이야 어렵지 않지. 그러나 그대가 놈의 행적을 좇게 되면 결국은 알려질 터인데, 비밀히 그자를 어찌 잡으려고?"

"그동안 회영이 침입한 집들과 그 행적을 낱낱이 되짚어야 하므로 의금부며 포도청의 기록을 샅샅이 훑어야 할 것입니다. 소신 홀로는 어려울 터이고요. 그런 기록을 소신보다 임의롭게 살필 수 있고 더불어 분석할 수 있는 몇 사람과는 함께 해야겠지요."

"지금 생각나는 사람들이 있어?"

익위사의 좌익찬左翼贊 설희평과 세자시강원의 필선弼善 이무영이 있다. 이무영은 오래도록 형조에서 일하다 세자시강원으로 왔고 설희평은 내금위에서 시작해 오위를 거쳐 익위사로 왔다. 의금부에 도사 최갑이 있고 우포청에 포도군관 백일만이 있다. 그들에게 도움을 청하면 머리와 힘을 모아줄 것이다.

"함께 할 사람들을 숙고하여 며칠 뒤에 아뢰겠나이다. 혜량하시옵소서."

"하기는 그렇지."

"하옵고, 저하. 내일이라도 한성판윤, 포도대장, 의금부 판사 등을 불러 회영을 속히 체포하라, 엄히 하명하시는 게 마땅하지 않을까 싶나이다."

"그자들이, 잡을 수 있는 도둑을 몇 년씩이나 방치했겠어?"

"잡든지 못 잡든지, 그들이 회영의 지나온 행적을 들쑤시면, 놈의 행적을 좇는 소신 등의 행적은 가려지지 않겠나이까."

"아하, 그런 뜻이야? 알았어. 내일 조당에서 내 오늘 대전께 당한 분을 한바탕 풀어 보지. 최대한 요란스레 하는 게 좋겠지?"

강하가 크, 소리 줄여 웃고는 답한다.

"예, 저하."

"누구와 더불어 일을 하든지 도적놈에 관해서는 그대 재량 대로 해. 간간히 경과를 알려 주고. 이제 퇴청하지?"

마흔아홉 명의 익위 중에 정오품의 좌우 익위부터 정구품의 좌우 세마까지 품계를 지닌 자가 열네 명이고 나머지가 무품계 별감들이다. 열네 명의 익위가 둘씩 짝짓고, 서른다섯 명의 별감들이 일곱씩 한 조를 이루어 한 달에 서너 차례 야간 번을 섰다. 해 질 녘 퇴청 시간에 당직 번들과 교대했다. 김강하는 간밤 당직 번을 섰으므로 이제 퇴궐하고 내일 하루는 입궐하지 않아도 되었다.

"예, 저하. 하옵고, 소신 내일부터 사흘간 훈련원의 습진習陣에 참여하게 되어 나흘 뒤에 뵈옵겠나이다."

훈련원의 주요 임무는 무과취재를 관장하고 군사들의 무예 훈련과 병서兵書를 습독하고 병조 군영들의 병기를 검열하는 것 등이다.

전군의 군사력을 유지, 발전시키기 위한 일로 매월 두 차례씩 이루어지는 습진習陣도 훈련원에서 한다. 습진은 팔도에 포진한 각 군영의 지휘관들이 훈련원으로 들어와 전술에 대한 교육을 받는 과정이다. 사실상 전군의 교육을 맡고 있는 기관치고는 품계를 지닌 관헌이 많다 할 수는 없으므로 삼십 명의 습독관이 관헌들을 보좌하며 실무를 처리한다. 하여 훈련원에서는 습진의 실전훈련과 강학하는 교관들을 병조 각 아문에서 일시적으로 차출한다. 훈련원에서 임시 교관을 차출할 때는 대개 무과 취재에 입격한 젊은 무관을 지목하기 마련이다. 강하는 이번에 두 번째로 차출되었다.

"그렇다고 했지. 알았어. 어쨌든 김강하! 그대가 아는지 모르나 그대는, 내 의지로써 내 곁으로 당겨온 유일한 인물이야. 하지만, 지난 두 해 가까이 그러했듯 앞으로도 내가 그대를 따로 불러 이런 의논하는 모습, 다른 자들이 보기는 어려울 거야."

세상천지에 믿을 자가 없으나 자신이 뽑은 김강하는 믿어 보기로 했다는 뜻이다. 사실 소전이 아니었으면 김강하는 입직할 수 없었다. 당시 함께 급제한 스무 명 중에 관직에 들어선 사람은 장원이었던 김강하와 방안으로 뽑혔던 김제교뿐이다. 무과 급제하여 품계직을 받기가 그만치 어려웠다. 병조아문의 품계조차도 문관들이 차지하기 일쑤이기 때문이었다.

그러한 취재 동기 김제교가 십여 년 전, 미타원을 불태우고 나서 동마로의 손에 죽은 김학주의 아들이라는 사실을 설희평으로부터 들었을 때 강하의 심장이 아팠다. 하필이면 등과 동기로 그를 만나다니, 횡액 같았다. 방방례 이후 그를 만날 일이 없는 게 그나마 다행이었다.

반족 출신인 김제교는 입격하고도 일 년이나 된 지난여름에야 군기시軍器寺의 참봉으로 갔다. 같은 병조兵曹에 속했으되 군기시 참봉은 종구품이고 익위사의 좌세마는 정구품으로 한 급이 높다. 세자가 아니었더라면 중인 출신의 김강하가 세자익위사에 들기는 어림도 없었을 것이고 들었다고 해도 승차 같은 건 꿈도 꾸지 못했을 것이다. 더구나 김강하는 급제한 지 일 년여 만에 두 품계나 뛰어올라 정팔품으로 승차했다. 돌림병에 관해 알린 공을 인정받은 것이기는 해도 전례에 드문 빠른 승차였다.

"예, 저하."

"하면 나는 통명전으로 들어갈 터이니 그대는 교대하고 퇴궐해. 몸이 으슬으슬한 게 고뿔이 오는 것 같다."

소전이 통명전으로 가기 위해 몸을 돌린다. 걸음이 몹시 빠르다. 강하는 통명전까지 소전을 따랐다가 익위사청인 계방桂坊으로 돌아온다. 계방 마당에 당번 위사들과 별감들이 도열해 있었다.

교대식이 끝난 뒤 강하는 국치근과 함께 세자궁을 나선다. 서른여덟 살의 국치근이 세자익위사에 임한 지 칠 년이 가까웠다. 그가 내금위內禁衛에서 보낸 햇수도 그 정도 되었다. 국치근은 소전의 사람이 아니라 대전의 사람이다.

지난 사월, 국치근은 강하가 평양 다녀오다 들은 돌림병 소문을 익위사내 상관들에게 먼저 고하지 않고 소전에게 직접 아뢴 것에 대해 대놓고 위계를 무시했다고 호되게 야단쳤다. 사실 그때 강하는 대놓고 위계를 무시했다. 위계 따지고 절차를 밟는 동안 돌림병이 걷잡을 수 없어질 것이라 여겼으며, 한편으로는 소전이 뒷북치지 않게 하기 위해서였다. 강하가 익위사내 상관들에게 돌림병을 알리고 그 상관들이 내의원에 고하고 내의원에서 소문의 진위를 헤아리는 동안 대전에서 알게 될 건 당연지사. 그렇게 되면 소전은 또 대전으로부터 네가 밥먹고 하는 일이 무어냐는 질타를 당할 게 뻔했다. 강하는 그 꼴을 보고 싶지 않았다.

선인문 앞에 국치근의 시자가 말을 대령했다. 강하의 시자 격인 다루는 화개에 갔다. 지난 시월 보름에 떠났으므로 얼추 돌아올 때가 되었다. 국치근이 말에 오르기 전에 묻는다.

"화양華陽께옵서 자네를 춘당대까지 끌고 가시어 무슨 말씀을 하신 게야?"

별처럼 환하고 아름다운 꽃이라는 뜻의 화양은 익위들 사이에서 통하는 소전의 별명이자 암호다. 소전이 움직일 때는 별이 움직인다고, 소전이 어딘가에서 머물 때는 어느 곳에 꽃이 피었다고 표현한다. 국치근이 물어올 것이라 예상했으므로 강하는 짐짓 망설이며 대답을 미룬다.

"왜? 내가 들으면 아니 될 말씀을 하신 게야?"

"잠행을 하시겠다고, 날을 잡아 보라 하시었습니다."

"화양의 잠행이 드문 일도 아니신데 그 말씀을 자네한테 따로 하셨다고?"

"나리께서는 저하의 스승 격이시잖습니까. 아무래도 조심스러우시겠지요. 말리기도 하실 테고요."

"하여 또래 격인 자네하고 더불어 거둥하시어 뭘하고 싶어 하시는데?"

강하가 웃음으로 얼버무리니 국치근 스스로 짐작하며 눈살을 찌푸린다. 소전이 궐 곳곳에 여인들을 두고서 밖에서도 계집을 찾으려 한다고 생각하는 것이다. 강하는 국치근이 오해하도록 내버려둔다. 소전의 밀명을 국치근이 알게 하기보다 젊은 혈기를 주체하지 못하는 것으로 오해하는 게 낫다. 소전이 노상 그러하므로. 빈궁전과 양제 처소나 드나들면 좋으련만 어찌 그리 질정이 없는지. 오늘 밤에는 아마 왕대비전으로 갈 것이다. 왕대비전 침방나인인 병희 때문이다.

그 나인을 왕대비께서 사뭇 귀애하시는 바, 문안하러 갔다가 병희를 발견한 소전이 대번에 눈에 들였다. 그만치 병희의 미색이 뛰어났다. 병희를 본 이후 소전은 핑계만 있으면, 핑계가 없으면 만들어서라도 집상전을 드나들더니 급기야 병희를 품었다. 그것도 큰일이었다. 근자에 자주 편찮으신 왕대비전의 묵인 속에 이루어지는 일이라 할지라도 대전에 알려지게 되면 경을 치게 될 터이다. 더구나 병희는 만단사령 이록이 들여보낸 나인이다. 허원정의 온양댁에 따르면 병희는 이록의 서매庶妹라고 했다. 부친이 여종을 통해 낳은 딸일망정 이록에게는 누이인데, 누이의 출신까지 바꿔 궐에 밀어넣은 까닭이 무엇이랴. 이록은 병희가 대전이든 소전이든 눈에 띄기만 하면 총애 받으리라 예상했던 것이고 그의 뜻대로 되었다. 병희는 갈라질 대로 갈라진 부자 사이를 한층 더 이간할 수 있는 위험한 존재였다. 이래저래 소전의 앞날이 가시밭길이었다.

비연재로 돌아온 강하는 담을 넘어 혜정원의 함월당으로 들어선다. 방산은 뜻밖에도, 스스로에 어울리지 않는 수틀을 마주하고 있다. 찬바람 속에서 방안으로 들어서니 금세 덥다. 강하는 도포를 벗으며 장난스레 묻는다.

"스승님, 수도 놓으십니까?"

"내 사십여 년 살면서 온갖 짓을 다 해봤으나 수놓아 볼 틈은 없었다. 그래 한 번 해볼 양으로 덤볐다. 저녁은?"

"먹어야지요. 이리 들여 달라 했습니다. 무슨 그림을 그리시는데요?"

강하의 물음에 방산이 수틀을 뱅글 돌려 그림을 보여준다. 하얀 허공과 연황색의 땅과 그 땅위를 걷는 듯한 미완의 갈색 짐승. 그 짐승이 낙타인 것만 짐작할 수 있을 뿐인 어정쩡한 그림이다.

"뭘 수놓고 계시는 건데요?"

"낙타라는 짐승을 본 적이 있니?"

"있지요. 산해관에서 한 번, 연경에서 한 번. 스승님은요?"

"나는 본 적 없다."

"헌데 낙타 생김새를 어찌 아시고 밑그림을 그리시고 수를 놓으세요?"

"우리 침선방에 쇠꽃님이라고 수놓는 솜씨가 아주 뛰어난 스승이 계셨다. 원래 함자가 꽃화에 임할임, 김화임이신데 그분 젊은 날 작품이 소소원 신당에 있던 팔도 지도다. 지금은 퇴직하여 여주서 사시는 그분이 그림 솜씨가 뛰어날 뿐만 아니라 옛날이야기도 많이 아신다. 얼마 전에 쇠꽃님을 뵈러 갔다가 들은 얘기다. 그 옛날, 고려조 초에, 만주의 거란족이 천 마리의 낙타를 고려로 들여온 적이 있다고 한다. 낙타는 열흘쯤 물을 마시지 않고도 모래벌판을 걸을 수 있다던가. 까닭이 제 등에 진 혹 때문이라 하더라. 혹에 저장한 물인지 기름인지 모를 것을 사막을 걸을 때 빼어 먹는 것이지. 그 얘기 듣고 나니 낙타를 수놓아 보고 싶더구나. 밑그림을 그려 달라고 했지."

"수그림은 그렇다치고요, 그런 이야기는 금시초문인데, 거란족이 들여온 낙타 천 마리는 다 어디로 갔기에 이 땅에서는 구경을 못한답니까? 고려와 조선에 사막이 없어서 낙타들이 못 살고 돌아갔을까요?"

"모조리 굶겨 죽였다더구나."

"잡아먹은 것도 아니고 굶겨 죽여요? 누가요?"

"누구긴, 당시의 임금과 대신들이겠지."

"왜요? 낙타가 무슨 죄를 지었기에요?"

정색하고 쳐다보던 방산이 나지막이 강하를 부른다.

"아가, 강수야."

방산 엄양희가 강수를 처음 만났을 때 지금처럼 불렀다. 아가, 강수야! 강하의 열 살 봄이었다. 미타원의 어머니를 잃고 소소원으로 왔던 그 즈음. 하늘은 노릿겨하거나 거무튀튀했고 바람은 탁하거나 뜨거웠고 별님께선 정신을 잃고 계셨다. 방산이 아가, 강수야 하며 강수가 나아가야 할 바를 적시해 주었다. 목검을 던져 주며 세상과 대적하는 법을 배워라, 했다.

"예, 스승님."

"우리가 이해할 수 없는 일들도 그 일을 행하는 사람들에게는 나름의 이유가 있다는 것을 수긍해야 한다."

흔휜사의 무녀 셋을 죽인 이온에게도 나름의 이유가 있을 것이다. 또 김강하가 중인이라 맺어질 수 없다던 이온이 상민인 윤선일의 씨앗일 게 뻔한 아이를 태중에 담은 채 은거에 들어간 이유도 있을 것이다. 이해하기는 어렵다. 아니 도저히 납득할 수 없다. 이해할 수도, 납득할 수도 없으니 불쑥불쑥 화가 치밀었다.

"그리되면 세상 모든 일이 다 나름의 명분을 지니고 있으므로 모조리 이해하고 용서해야 합니까? 그저 그러려니 해요?"

"비약이 심하구나. 세상의 모든 일과 그 일을 행하는 사람들에게는 각기의 명분이 있을 것이로되, 그 명분이 타인에게 해가 될 제 명분이 성립되지 못함을 알지 않느냐? 어찌 억지를 부려?"

방산이 강하에게 내보였던 수그림을 자신 쪽으로 돌려 앉히더니 수를 놓기 시작한다. 강하가 곁에 있다는 걸 잊은 양 수십여 땀을 놓은 뒤에야 바늘을 꽂아 두고 고개를 세운다.

"네가 어찌 이러는지 짐작은 한다. 나도, 내 나름 잘 키웠노라, 어디 내놔도 자랑할 만하다 자부하는 제자 겸 아들이, 계집아이한테 팽당한 게 분하기 그지없다. 하지만 이왕 그리된 걸 어쩌겠느냐. 그에 대한 미련을 접어라."

"미련 없습니다만 마음은 아픕니다. 그 사람 앞날이 어찌될까 싶은 걱정도 있고요. 솔직히 화도 납니다."

"그게 인지상정이다. 어떻게 시작되었든 그에게 맘을 주었지 않느냐. 맘 줬던 여인과 맺어지지 못했다고 연민조차 없으면 아니 되지. 화는, 그쪽을 향한 게 아니라 네 자신을 향한 것이겠으나, 그러지 마라. 남녀지정이 어긋남에 화를 내는 건 자신이 손해 봤다고 여기는 소인배 심보야. 상사想思에 손해가 어딨어. 그건 다정을 나눈 게 아니지. 욕심 부리다 그 욕심이 채워지지 않아 화를 내는 것이야. 맘보가 글러먹은 게지."

"수놓으시면서 도도 닦으시는 거예요?"

"나도 젊은 날 겪어 봤으므로 하는 말이다."

"이온은, 대체, 무슨 생각으로 그리했을까요?"

"누구나 자신이 생각한 대로 살아지는 게 아니지 않느냐. 우리가 납득치 못하나 제 나름으로는 어쩔 수 없는 일이었겠지. 어떤 이유였든 제가 선택하여 벌어진 일이니 결과도 그 스스로 책임지게 될 테고."

남희가 강하의 저녁상을 들고 들어왔다. 온과의 인연이 어긋났는데 강하가 소소강원에서 지내야 할 까닭이 없어졌다. 필동에 있는 완유헌琓流軒이 김상정 도방 일가가 도성에 오면 머무르는 유릉원의 별저이지만 방산은 강하를 비연재로 들어와 살게 했다. 비연재가 혜정원에서 떨어져 나갈 때 유릉원의 영혜당이 값을 치르고 평양 유상의 별저로 만들어 놓은 터라 강하의 집이기도 했다. 퇴청한 강하는 방산에게 꼭 들르기 마련이라 저녁은 대개 함월당에서 먹었다.

"젊은 놈 먹는 게 어찌 그리 시원치 않아. 낼부터 추운 데 나가서 떨어야 할 터인데 푹푹 좀 먹지 않고."

"잘 먹고 있지 않습니까. 스승님은 수나 놓으세요."

방산으로서는 혜원이 강하에게 이온의 마음을 사로잡으라는 명을 내렸다 했을 때 염려했던 바였다. 이온이 흔훤사를 치고 들어가 무녀들을 죽이는 무리수까지 둘 것이라고는 예상치 못했다. 이온이 앉은 자리가 그런 턱없는 일을 감행할 수도 있을 만큼 제 나름으로는 막중했던 것이다. 방산은 강하를 염려할 수밖에 없었다.

향업 무녀는 짐짓 칠성부령인 것처럼 보이도록 그 자리에 존재했던 이였다. 향업 무녀와 모올 무진이 함께 하는 선원에 전대 칠요의 이름을 빌어 흔훤사라는 현판이 붙은 게 그런 의도였다. 고래로 전대 칠요가 거했던 집과 그곳에 남은 전대 칠요의 제자가 현 부령인 것처럼 위장되어 왔다. 사신계 칠성부가 칠요라는 존재를 숨기기 위한 방책이었다. 반야 칠요 사후 반야의 제자 중 한 무녀도 다음 칠요를 대신하여 부령인 양 위장될 것이었다. 어쨌든 향업과 노고지리와 지수는 현 칠요이며 칠성부령인 반야를 대신하여 그 자리에 있었고, 죽었다. 그들이 죽던 순간 천 리 멀리 자신의 방에서 잠을 자던 칠요는 일어나 통곡으로 유수화려를 깨웠다고 했다. 그날 밤 칠요의 신당지기는 연덕이었다. 호위들이 신당으로 뛰어 들어갔을 때 연덕의 옷이 피투성이였다고 했다. 연덕에게 안긴 칠요의 목에서 피가 터져 나오고 있었던 것이다.

이온이 왜 그런 느닷없는 도발을 했을까. 그로 하여 피울음까지 토했던 칠요는 어찌하여 이온을 가만두라 하는가. 방산은 흔휜사에 가서 모올을 만나 몇 시간 동안이나 토론했다. 결론은 이온의 독단이 아니라 만단사령 이록의 지시라는 것이었다. 이록이 드디어 사신계의 실존을 의심하기 시작한 것이고 그 실체를 찾기 위해 일을 낸 것이라고. 자신들이 그리 움직이매 사신계가 어찌 나오는지. 그리고 칠요가 이온을 그냥 두라 하는 까닭은 온이 회임할 것이기 때문이리라 짐작했다.

실제로 이온은 수태했다. 온양댁이 알려온 바에 따르면 넉 달가량 됐다고 했다. 흔휜사 사태 즈음에 회임한 것이다. 이번에 이온이 동지사 행단을 따라가는 척하다 빠져나온 까닭도 그 때문이었다. 차츰 배가 불러올 것이므로 은거하기 위해 향료 제조법을 배우겠다는 핑계로 사람들 시선에서 사라진 것이었다. 강하한테 그 모든 이야기를 해줄 수 없는 게 안쓰럽기는 했다.

밥을 다 먹은 강하가 상을 물리면서 남희에게 말한다.

"제가 스승님께 따로 의논드릴 일이 있습니다."

함월당 앞에 아무도 얼씬거리지 않게 해달라는 당부다. 놈에게 또 무슨 일이 생겼나. 아니면 또 무슨 일을 쳤는가. 방산은 불안을 느끼면서도 모르쇠, 바늘땀을 꽂는다. 강하는 차분하고 고요한 성정을 가졌으되 평양 감영의 옥청을 깨고 들어갈 만치 무모한 일면이 있다. 계 밖의 목숨 하나를 건지기 위해 수십 명의 목숨을 끌고 들어간 셈이거니와 수천의 생계를 책임지고 있는 유릉원을 위험지경에 빠뜨릴 뻔했다. 박고준이라는 자를 소소원에 데려다 놓았다는 경위를 듣던 자리에서 방산은 강하의 종아리를 쳤다. 그 종아리를 칠 때 방산은 내 살처럼 아팠으나 눈 질끈 감고 징벌했다. 젊은이들의 다급지경을 이해 못할 바 아니나 놈들은 김 도방과 의논을 했어야 했다. 네 놈 중에 강하의 품계가 가장 높은바 잘못도 제일 컸다. 한 번으로 끝낼 징벌이 아니었다. 방산은 김상정 도방과 수국사의 무량스님한테 용서해 달라고 강하 대신 청원을 넣었다. 김도방은 강하를 용서하겠으며 고준의 어미와 누이를 구하겠노라 통기해 왔다. 무량스님은 당신의 제자 셋을 데리고 상경하였고 강하의 종아리는 결국 피를 흘렸다. 놈이 한 일은 하지 않을 수는 없었으되 그처럼 큰일이었다.

"스승님, 회영이라는 도적에 대해 들어보셨어요?"

도적놈 소리에 속으로 한숨을 내쉰 방산이 고개를 든다.

"도성 사람은 다 아는 이름 아니냐. 그놈이 왜?"

"우리 세상 사람은 아니겠지요?"

"아닐 것이라 믿는다만, 세상에 장담할 수 있는 일이 없으니 모르지. 에두르지 말고 말해라."

"그놈을 잡으라는 밀명을 받았습니다."

"작은 임금한테서?"

"예."
"허면 잡으려무나. 헌데 신출귀몰하다는 놈을 어찌 잡으려고?"
"스승님께서 잡아 주셔야죠."
"뭐?"

반문하던 방산은 놈이 농담한 것을 알고는 소리 내어 웃는다. 강하도 웃는다. 며칠 동안 깎지 않은 수염이 거뭇거뭇 하건만 어여쁘기도 하다. 가만 쳐다보고 있노라면 가슴이 저릴 만큼 아름다운 사내. 아들 삼은 제자만 아니라면 늙어가는 방산마저도 설레며 가슴 아플 법하다. 이러니 삼내미의 처자들이며 젊은 아낙들이 놈을 쳐다보며 어쩔 줄을 모르는 것이다. 계집이라면 누구나 저에게 시선을 주는데 강하는, 더하지도 덜하지도 않게 모두에게 범절이 바를 뿐 아무에게도 곁을 내주지 않았다. 혈기 왕성할 나이임에도 고자나 되는 양 계집들을 모르쇠 했다. 술을 마시고 흔들려 보기를 할까. 입궐했을 때를 제외한 시간의 강하는 특별한 일이 없는 한 제 처소에서 책을 읽거나 무예를 수련하고 수직방 무사들의 무예 수련을 돕고 비번인 날에는 삼내미 학당 아이들에게 기초무술을 가르쳤다.

방산은 이온이 강하를 놔두고 난데없이 수태한 까닭을 이해할 것도 같았다. 강하 제 나름으로는 마음 주고 정성 들였노라 여길지 몰라도 이온은 서운했던 것이다. 과감하게, 어쩌면 목숨 걸고라도 다가들어 저를 잡아채 주기를 바랐을 텐데 강하는 너무 반듯했다. 결국 마음이 모자랐던 것이다. 모자람은 왕왕 아예 없는 것보다 못하다. 이온은 제 자신을 도저히 버릴 수 없는 처지에서 강하를 탐내다 못하여 허방을 짚고만 것인지도 몰랐다.

"적선방으로나 넘어가 볼까 합니다."

"수풍과 의논할 참이야?"

수풍은 좌익찬 설희평의 호다.

"수풍재는 물론 우륵재와도 의논할 생각입니다. 우선 그 두 분께 의논하여 방법을 찾아보려고요. 적선방으로 가기 전에 도성 한 가운데 계신 스승님께 여쭤 보려는 건, 회영이 어떤 주기로 나타났을까 하는 점입니다. 혹시 그런 생각해 보신 적 있으세요?"

혜정원에는 백여 개의 크고 작은 객방이 있고 여덟 개의 연회 방이 있으며 안팎 일꾼이 현재 백십일 명이다. 하룻밤 동시에 치러낼 수 있는 손님은 삼백 명가량이다. 사실상 삼내미 전체를 차지하고 있는 혜정원은 도성에서 제일 큰 객관일 뿐만 아니라 조선 제일 규모의 객관이다. 과거시험 날짜가 공고되면 팔도의 한다하는 집안 선비들과 시자들이 시험 한 달 전부터 도성으로 올라와 육조거리 맞은편에 자리한 혜정원에서 묵으며 공부했다. 도성 안에 사는 한다하는 사람들도 공식적인 회합은 혜정원에서 치렀다. 어지간한 사람들은 모두 수행을 달고 다니므로 손님은 항상 넘쳤다. 더하여 혜정원은 외부에서 열리는 각종 연회며 계회契會들을 대신 수발해 주는 것으로도 명성이 높다. 기로회耆老會, 기영회耆英會, 동갑회同甲會, 도반회道伴會 등, 한 집에서 치르기 어려운 모임들을 수발했다. 각종 음식, 가무 기생, 온갖 물품들까지 모임 유사가 주문한 대로 원하는 장소에다 차려주는 것이다.

도성 안의 떠도는 말들은 물론 팔도의 소식을 가장 먼저 수합할 수 있는 사람이 작금의 혜정원주 방산이다. 덕분에 사신계 내의 중요한 소식도 방산 무진을 통해 건너다니기 일쑤다. 혜정원이 몇 대의 무진을 거치는 동안 육조 거리 건너 삼내미에 있는 이유이고 혜정원 일꾼들이 모두 삼내미에 사는 까닭이다. 일꾼들이 모여 살므로 학당도 삼내미 자체로 운영한다. 퇴역한 노인들이 아기들을 돌봤고 아이들은 나이별로 모여서 제 수준에 맞게 공부한다. 정음과 천자문과 기초무술을 익히면서 적성에 맞는 일을 찾으면 그에 맞는 선생들에게 맡겨지고 수련하면서 입계한다. 낮이면 비기 일쑤인 삼내미 내의 집들이 번갈아 아이들 공부 단계에 알맞은 학당으로 쓰였다.

"내 일이라고 여기지 않아 놈에 대해 따로 생각해 본 적 없다. 그저 도둑놈치고는 쓸 만하다, 농담한 적은 있지. 돈 있는 집을 귀신같이 침범하되 그 돈 있는 집들이란 게 하나같이 사리사욕에 눈먼 벼슬아치들 집 아니겠느냐. 그렇지만 이백여 년 전 도성을 휩쓸고 다녔다는 활빈당 두목 같지 않는 건 분명하다. 이야기 속 홍길동은 의적 흉내라도 냈지만 회영은 백성들과 연관되었다는 소문이 일체 없으니 말이다. 놈은 그저 도적놈일 뿐이다. 도적질을 즐기는 놈이라 할 수도 있겠지."

"회영이 도적질을 시작한 지가 얼마나 되었을까요?"

"소문이 나지 않았을 뿐, 이 함월당에 삼로 무진께서 계실 때 분명히 회영의 도적질이 있었다. 십이 년 전인가, 당시 한성판윤 집에 아주 몹시 날랜 도적놈이 침범하여 금은붙이와 보석 등 삼천 냥가량을 강탈해간 사건이 있었다. 그때 판윤은 김광욱이란 자였지. 몇 년 뒤 그 아우 김승욱이란 자가 소소원의 별님을 한사코 파고들어 우리가 없앤 일이 있지 않느냐. 하여튼 도적놈에게 금품을 빼앗겼으므로 당연지사 포도청에 신고해야 할 일인데, 당시 판윤 집에서 아무 소리도 내지 못했다. 까닭은 판윤의 처와 며느리가 놈에게 능욕을 당했기 때문이다. 놈은 판윤의 목에 칼을 대놓고 처와 며느리에게 옷을 벗으라 협박했던가 보더라. 실제 겁간을 당하지 않았어도 외간사내 앞에서, 가솔들이 지켜보는 곳에서 늙은 처와 젊은 며느리가 옷을 모조리 벗어야 했으니 겁간에 버금가는 능욕이었지. 도적놈이 금품만 가지고 나간 뒤 판윤이란 놈은 제 처와 며느리에게 자결을 강요했다더구나. 늙은 처는 죽지 않았지만 며느리는 자결했고. 그때가 갑자년 봄으로 현 빈궁이 세자빈에 책봉되던 해였으니 분명하다. 판윤은 입도 벙긋 못하고 판윤 직에서 물러났으나 도성 안에 소문은 날 만큼 났지. 그러고도 김광욱은 나중에 다시 한성판윤에 등용되었고, 제 아우 승욱이 죽고 삼 년 뒤쯤에, 그러니까 재작년 초에 죽었다."

"김광욱도 우리가 죽인 겁니까?"

"아니, 병으로 저 혼자 죽었다."

"놈이 한성판윤 집부터 시작했는데도, 몇 년이나 지나 놈에 대한 경계가 시작된 까닭이, 놈의 범행 방식 때문이랄 수 있겠군요?"

"떳떳치 못하게 재물을 쌓는 자들의 집에 침입하여 입 밖에 내지 못할 방식으로 강탈해 가니 강도를 맞은 거개의 집들이 쉬쉬하고 넘어간 까닭이지. 그러니 얼마나 간교한 자이냐."

"그때 판윤 집을 침범한 놈이 당금의 회영이라고 보시는 겁니까?"

"난 그놈이 그놈일 것이라 믿는다. 그놈은 한성판윤 집을 터는 것으로 도적질을 시작할 만치 자의식이 강하다. 제 능력을 과시하고 싶은 치기가 만만찮은 것이지. 그럼에도 지금까지는 아주 몹시 조심했던 셈이고. 아, 또 있다. 부중에 알려지지는 않았으나 지난 칠월 초사흘 밤이었던가, 돌림병이 막 수그러든 즈음이었지만 아무도 아직 안심치 못하고 웅크리고 있던 중에, 필운방 역관 집에 회영이 들었던가 보더라. 그 집, 역관의 처가 고리대 놀이로 돈을 모았던 모양이야. 돌림병이 만연하니 돈놀이를 멈추고 은금붙이를 틀어쥐고 있었겠지. 와중에 놈이 들어 제가 그림자도둑이라고, 돈 있는 거 다 알고 왔으니 순순히 내놓으라 했다더라. 놈이 제 입으로 자신이 회영이라고 떠벌린 게 그때가 처음인 성싶은데, 똑같은 일이 그젯밤 가회동에서 또 일어났으니, 놈은 이제 제 도적질을 자랑까지 하고 나선 폭이지. 놈에게 그럴 만한 이유가 생겼다고 짐작할 수 있지 않겠니?"

지난 칠월 초사흘 밤이라면 강하가 미행을 당해 보현정사에 가지 못한 때다.

"십여 년 전부터 시작했는데 여전히 날래다면 나이가 그리 많지는 않을 것 같은데 놈이, 비리 저지르며 돈을 모은 벼슬아치들을, 가령 그젯밤 놈에게 당한 내수사 부전수 같은 자들을 무슨 수로 알아내는 걸까요? 필운방에 사는 역관의 처가 고리대 놓는 사실 따위를 어찌 알고요."

"놈이 돈 냄새를 귀신같이 맡는 것도 있겠으나, 다수의 벼슬아치들이 부패한 현실을 그놈이 방증하고 있는 거겠지. 어쨌든 그리하기 위해서는 벼슬아치들 가까이서 지내는 놈이라 볼 수 있겠고. 제가 벼슬아치이든지. 마흔 살이 넘지는 않았을 테다."

"놈은 범행하고 나서 어떻게 그리 흔적 없이 사라질 수 있을까요? 놈이 강탈한 돈이야 그렇다 쳐도 금품들은 장물이 되는바 그걸 처리하려면 어딘가에 행적이 남을 수밖에 없을 텐데요. 장물이 나타난 적이 일체 없다지 않습니까?"

"도성에 살지 않는 자인 게지. 이따금 도성에 들어와 도적질을 하고 난 뒤 떠나는 자. 도성에 들어오고 나갈 때 당당할 수 있는 자나 그런 자의 측근이겠지. 도성 밖, 제 사는 곳으로 돌아간 뒤 금은 금끼리, 은은 은끼리 녹여 버리고 보석들은 모양을 바꿔 버릴 수 있는 비밀한 곳을 가졌을 수도 있겠지. 꼭꼭 숨겨 놓고 있는지도 모르고."

"부정기적으로 도성을 드나든다면, 경관직京官職이든 외관직外官職이든 현직에 있는 자는 아닐 것 같은데요. 현직도 아니면서 벼슬아치들의 면면을 잘 아는 자라면, 뭘하는 자일까요? 도성에 와서는 어디서 머물까요? 그런 자가 노상 객점에서 묵는다면 결국 눈에 띄었을 텐데요."

"도성에 제 집을 가진 자이겠지. 벼슬을 지낸 적이 있고, 앞으로도 벼슬할 가능성이 있는 자일 테고. 그런 조건을 갖춘 자의 주변인물일 수 있고."

"그렇게 전제했을 때, 그에 부합하는 인물이 누군지, 스승님, 당장 떠오르는 사람 있습니까?"

"가령, 어제 저녁 우리 풍연당 연회실에서 벼슬아치 여덟을 대접한 상림 이록 같은 자이지. 제 반듯함을 보이기 위하여 요정料亭이나 기생집으로 가지 않고 우리 집으로 손님을 청한 뒤 점잖이 모여앉아 공자가 어떻고 순자가 어떻고 논하던. 그러면서 대전이 어떠시네, 소전이 어떠시네 하면서 임금 부자를 주전부리로 삼던. 허나 이록은 아닐 테지. 이록의 몸이 그리 가벼울 수 없거니와 그의 집안이 누대에 걸쳐 팔도에 깔아 놓은 돈을 다 모으면 나라도 살 만한 큰 부자이니 도적질할 까닭이 없잖니?"

무심결에 말하던 방산이 눈을 크게 뜬다. 강하도 눈을 크게 뜨다가 으흐흐 웃는다. 방산이 눈살을 찌푸린다. 강하의 질문에 다박다박 대답하다 보니 용의자가 쑥 솟아올랐지 않은가.

"네 이놈, 또 손도 안 대고 코를 푼 게 아니냐."

지난봄 유수화려에서 전국 사신계 선원에 여름 돌림병 경계령을 내렸다. 물귀신들이 많이 보이니 물을 주의해야 하는 돌림병일 것이라는 구체적인 경계였다. 사신계원들만 조심하라는 게 아니라 주변 사람들도 최대한 조심시키라는 명이었으므로 방산은 강하로 하여금 소전에게 알리라 했다. 소전은 강하의 말을 제꺽 수용함으로써 자신의 백성 수만 명을 살린 셈이었다. 한 번 발생할 때마다 삼사십만여, 오륙십만여 명씩 죽어나간 예전 돌림병들 규모를 따져보면 수십 만을 살린 것일 수도 있었다. 강하가 돌림병을 사전에 아뢴 공이 워낙 높고 뚜렷한지라 소전은 강하를 두 품계나 높은 우시직으로 끌어올렸다.

"제가 승차한 건 화개 오두막 주인의 작품이시고, 오늘 스승님의 추정은 아직 확인된 것이 아니잖습니까. 스승님께서 유추하신 대로 회영이 상림 주변에 있는 자라고 확인되면!"

"확인되면? 내게 뭘해 줄 테냐?"

"뭘해 드릴까요? 운혜 한 켤레 사 드릴까요?"

"겨우 신발 한 켤레? 어림 턱도 없다, 이놈아."

"허면요?"

"내 소원을 들어다오."

"스승님 소원이 뭔데요?"

"장가들어라."

"그게, 스승님 소원이십니까?"

방산은 강하가 청죽처럼 젊은 나이에 홀로 지내는 것이 안쓰러울뿐더러 불안했다. 설희평에 따르면 강하를 향한 화완 옹주의 눈길이 너무 노골적이라 했다. 화완이 딸을 낳았다고 들은 지 두 달째였다. 물론 궁 안에서 낳았고 궁녀들이 키우므로 저는 옷 한 겹 벗듯 가벼워져 나댔다. 여염에서야 계집이 꼬리치다 불미스런 사태가 발생하면 계집 자신에게 멍에가 씌워지지만 왕녀한테 적용되는 법도는 다르다. 화완 저는 그저 재미삼아 하는 짓일지 모르나 강하에게는 치명적인 사건으로 비화될 수도 있다.

작금의 화완은 대전이 유일하게 귀애하는 딸인 데다 소전 또한 어여뻐하는 누이다. 화완이, 저자가 나를 능욕하려 했노라고 한 마디 헛소리라도 내뱉으면 강하는 죽은 목숨이다. 근자에 원동院洞 옹주궁에 사는 화완의 지아비가 앓고 있다고 했다. 제 집에서 지아비가 죽을 둥 살 둥 앓는데 화완은 간병하러 간 게 아니라 오라비의 익위를 거느리고 문병이나 하고 다닐 만큼 철이 없었다.

"그게 내 소원이다. 네 자식이 태어나면 얼마나 어여쁘리, 가끔 상상하곤 한다. 네 자식은 내게 손자손녀가 될 터이니 말이다. 요새 별님께서는 그 재미를 흠뻑 보고 계신다 하지 않니? 내게도 그 기쁨을 맛보게 해다오. 별님께도 기쁜 일을 더 안겨 드리는 것이니 그 얼마나 좋은 일이냐."

"알겠습니다. 무얼 걱정하시는지 모르지 않고요. 제가 따로 명을 받은바 당분간 저하께서 제게 누이 호위 하라는 명을 내리지는 않으실 터이니 심려 놓으세요. 장가들겠습니다. 당장은 아니고요. 조금만 더 기다려 주세요. 할 일 좀 하고 나서 장가들여 달라고 청할 게요."

"할 일이 그칠 때가 없는데 언제까지?"

"우선 회영을 잡을 때까지라고 해두죠."

"약조한 게다."

"약조합니다. 저는 하루라도 빨리 그놈 잡을 궁리를 해야겠습니다. 수풍재에 다녀올게요. 늦을 것 같으면 그 댁에서 자고 새벽에 나오겠습니다."

"그리해. 몸조심하고."

강하가 나가고 나니 방안이 텅 빈 듯하다. 후, 한숨 쉰 방산은 수틀을 끌어당겨 바늘을 꽂는다. 강하를 누구에게 장가들일까. 장가를 들여 어디서 살게 할까. 유상의 한양 저택인 완유헌은 신접살림에 과하다. 비연재에서 살게 하자면 집을 좀 손봐야 할 것이다. 멀리 보내고 싶지 않다. 조석으로 들여다볼 수 있는 곳에 두고 싶다. 그러자면 어떻든 계원 집안의, 이미 입계한 규수한테 장가들면 좋을 것이다. 제가 관복을 입어 그 길로 나아가야 할 소임을 맡았으므로 이왕이면 강하의 전도를 이끌어줄 아비가 있는 규수라면 좋겠지. 설희평에게 딸 인모가 있으나 이제 겨우 열한 살이다. 말이라도 건네 보기에는 너무 어리다. 장통방 순일당의 딸 재신이 살았더라면 열일곱 살인데, 경오년 환란 때 제 부친과 함께 쓸려가고 말았다. 주변의 딸 가진 사람들을 고루 떠올려 보던 방산은 혼자서 클클 웃는다. 아낙들이 자식의 혼사에 한량없는 욕심을 부리곤 할 때 속으로 온갖 흉을 봤건만 자신이 그리하고 있지 않은가.

적선방 수풍재 사랑에는 앞선 손님이 들어 있었다. 우포청 군관 백일만과 열댓 살 되어 보이는 소년이다. 강하가 인사하고 앉자 백일만이 소년을 소개했다.

"내 조카인 동수네. 열다섯 살이고. 지금 수풍재께 제자 삼아 달라고 조르는 중일세. 동수야, 이 사람은 김강하라고, 세작익위사에 계시는 나리시다. 인사 올려라."

동수가 절하려 일어나는 것을 강하가 주저앉히며 손을 내밀었다.

"얼굴 보는 것으로 대신합시다. 반갑소."

동수가 강하의 손을 두 손으로 잡으며 씩 웃는다. 말은 없다. 백일만의 조부는 삼십여 년 전 선왕 대에 황해도 병마절도사를 지내다 옥사에 연루되어 죽었다. 역적질을 한 것은 아니었으므로 죽은 뒤 호조판서에 추증되었으나 집안은 그때를 기점으로 기울었다. 백일만은 그 집안의 직계 손이다. 동수는 방계이거나 서얼일 것이다. 백일만이 이미 입계해 있을 조카를 동무들 앞에 내놓은 건 작정하고 키우겠다는 뜻이다. 그만한 인재일 터. 동수는 아직 어린데도 과묵하고 겨울 들판처럼 휑한 인상을 풍긴다. 흡사 그놈 같다. 평양 서문 약방 장 의원의 셋째 아들로 살고 있는 무슬. 지금쯤 심경을 따라 청국 땅을 움직여 다니고 있을 것이다.

"내일 훈련원에 나갈 사람이 이 밤에 웬일인가?"

설희평의 질문에 강하는 백일만을 바라본다. 계원임은 분명할지나 아직 어린 사람앞에서 해도 되는 이야기일지 몰라서다. 긴한 이야기를 하러 왔다는 걸 짐작했는지 백일만이 동수한테 말했다.

"오늘 밤은 이 댁에서 자고 갈 것이니 인준이 방으로 가거라."

인준은 설희평의 아들로 열세 살이다. 설희평은 혼인이 늦어 인준이 맏이다. 인준 아래로 딸 인모가 있다. 동수가 세 사람을 향해 읍하고는 방을 나갔다.

"화양華陽으로부터 밀명을 받았습니다."

화양은 익위들 사이에서 통하는 세자의 별명이지만 함께 어울리는 백일만이나 이무영도 그쯤은 알고 있다.

"나도 동수 따라나가야 하는 게야?"

백일만의 질문에 강하는 웃음을 터트리며 고개를 젓는다. 두 사람 가까이 다가앉아 세자의 밀명에 대해 낮은 목소리로 설명했다. 듣고 난 설희평이 묻는다.

"그렇게 명을 받았으니 수행해야 할 터인데, 그 그림자를 어찌 잡으려고? 실체를 모르는데?"

"선생님들께서 잡아 주셔야지요."

"뭐야?"

반문하는 백일만의 말투가 영락없이 방산 무진과 같은지라 강하는 다시 큰소리로 웃는다. 거듭하여 웃고 나니 막중한 명을 받으며 한없이 무거웠던 마음이 풀쳐지면서 길이 열려가는 것 같다.

"이 사람 보게. 제 일을 남의 일인 양 내놓고 나서 신났다고 웃고 있네. 난 빼!"

아직 같이 해주십사고 정식으로 청한 것도 아닌데 자신을 빼라고 나선 백일만의 말에 설희평이 정말 빠지려느냐고 약을 올린다. 서른다섯 살 백일만이 눈을 껌벅이며 입맛을 다실 뿐 정말 빠지겠다고는 하지 않는다. 강하가 말했다.

"오늘 밤 예서 나리를 뵙지 못했으면 내일 저녁에 뵙자는 통기를 넣으려 했습니다. 그 그림자를 어찌 잡을지, 선생님, 함께 궁리해 주십시오."

"뭐, 그래 보든지."

마흔 살 설희평이 백일만의 무릎을 쥐어박는다. 정육품의 좌익찬, 종육품의 포도군관이매 밖에서는 근엄한 얼굴에 매서운 눈을 하고 다니는 그들이 동무들로 모였을 때는 놀이판의 소년들처럼 장난스러워진다. 강하는 시강원의 이무영과 의금부의 최갑에게도 함께 해달라고 청하려다는 의중을 밝히며 방산 무진과 나누었던 이야기를 했다.

부소갑 정 처사

지난가을 내내 온은 양평에서의 그 아침이 존재하지 않았던 양 어떤 내색도 하지 않고 자신의 일에 미쳐 지냈다. 양평에서 돌아온 날 칠성부 회합을 주재했고, 이튿날부터는 가을 약령시를 대비했다. 약령시가 열리는 달포 동안 만오천 냥어치의 약재를 사들여 일 년을 준비했고, 그만치의 약을 팔았다. 그 바쁜 와중에 심양 행을 선포했고 부친에게 허락 받아 여섯 달간의 외유를 준비했다. 출발은 연경으로 향하는 동지사신단을 따랐지만 온의 목적지는 심양 운진약방이었다. 공식적으로 그러했다.

사신단 일행이 의주 역관驛館에서 묵고 압록강 건널 채비를 할 때 온의 몸에 열이 높았다. 사신단에 이틀만 뒤처지겠다고, 책문에서 합류하겠노라 고하고 남았다. 사신단은 책문에서 사나흘 체류하는 게 보통이었다. 사신단이 얼어붙은 압록강을 넘기 위해 떠난 뒤 반나절을 자고 일어난 온이 수행들을 불러들였다. 매디는 보원약방 향료실의 책임자였다. 도손은 매디의 지아비로 보원약방 수의首醫였다. 매디와 도손의 딸 선덕도 보원약방에서 일하며 의원 공부를 하고 있어 그도 동행했다. 스무 살의 박하와 마타리는 지난 팔월에 온의 보위로 들어온 삼성사자三星嗣子들이다. 봉황부 사봉사자四鳳嗣子인 열아홉 살의 삼호는 임 행수의 아들이자 도손의 제자였다. 온이 두툼한 봉서를 사비에게 건네며 말했다.

"선일은 나와 남고, 사비와 박하와 마타리는, 매디와 도손과 삼호와 선덕을 호위하여 심양으로 간다. 선덕의 몸피가 나랑 비슷하니 내 옷을 입고 내 시늉을 하면 될 거야. 예정하고 계획한 대로 심양의 운진약방을 찾아가라. 운진약방 주인의 딸 지안위엔江原도 의원인바 그이한테 이 서찰을 전하면 향료에 관해 배울 곳을 알선해 줄 거야. 다 같이 착실히 배워오되, 특히 선덕은 향료 제조 과정을 글로 기술해 오고, 박하와 마타리는 향료 제조의 모든 과정을 그림으로 세밀하게 그려 와. 사비는 귀환 뒤에 청호약방으로 나가게 될 것인즉 틈나는 대로 심양성 내 약방들의 이모저모를 관찰하여 기록해 오고. 내년 사월 말경까지 귀환하되, 도성으로 곧장 들어오지 말고, 혜음령 역관 이웃에 있는 적치객점으로 오라. 나와 선일이 맞이할 것이야."

혜음령은 사신단이 반드시 거치는 고개였다. 거기 역관 주변에다 온이 적치객점을 만들어 일성사자 판순에게 운영케 하였다. 지난여름 돌림병으로 떼돈을 벌었던 온은 그 돈을 칠성부원들을 지원하고 보현정사를 증축하는 데 쓰고 있었다. 돈을 쓰는 만큼 온의 칠성부의 영토가 넓어졌다. 사비도 심양을 다녀오면 일성사자가 되어 수원도호부 청호역참 거리에 만들고 있는 청호약방을 맡아 나갈 것이다. 보원약방이 생산하는 남령초의 연초밭과 연초 공장 한 곳이 청호역참 지근에 있었다. 팔도에 퍼져 있는 역참마다 보원약방의 분원을 세우겠다는 포부를 펼치고 있는 온이 청호역참에도 약방을 만들고 있는 것이다.

의주 역관에서 온의 명령은 어이없는 것이었으되 상전의 명인지라 다들, 대체 왜 이러시냐 따지지 못했다. 심양으로 떠나는 일곱 사람을 배웅한 뒤 온은 말머리를 한성을 향해 돌렸다. 의주를 나와 용천과 철산과 선천을 지나 곽산에 이르러 하룻밤을 잤다. 곽산을 나와 정주와 가산과 순안과 평양을 지나 중화에서 밤을 났다. 중화에서 황주와 봉산과 서흥과 평산과 금천을 지나 개성부開城府 내의 태평관에 들었다. 말을 모는 온의 속도가 느린 탓에 의주에서 개성까지 사흘이나 걸렸다. 해 질 녘에 객방에 들어간 온은 소세 물을 청하더니 씻고, 밥은 마다하고 잠이 들었다. 날이 밝자 밥을 먹고는 다시 잤다. 선일은 하릴없이 남겨졌다.

지금은 개성이라 불리는 송도는 고려 도성이었다. 송도는 고려시대부터 인삼으로 유명했다. 조선에서 생산되는 인삼은 청국에서 아직도 고려인삼으로 통한다. 조선인삼의 육할을 송도에서 생산하고 송도 인삼의 일할을 개산정皆産亭에서 만들어 낸다는 말이 있다. 송악산 밑에 있는 개산정은 만단사 일귀사자一龜嗣者 한우식의 집이다.

선일은 온이 자는 사이에 개산정皆産亭 둘레를 탐찰했다. 집 안에 있는 이층 누각의 당호가 개산정인데 개산정의 창문 유리가 집 뒤쪽 숲에서도 보일 정도로 반짝였다. 송도 최고의 부잣집답게 개산정은 드나드는 사람이 많았다. 호위무사도 수십 명은 되어 보였다. 한우식에게는 첩실이 셋인 것 같았다. 서자들이 여럿이매 그중의 하나인 한부루가 사령의 보위대에 들어 있다. 한우식의 장자 한태루는 제 부친과 같은 일귀사자로서 가업을 운영하고, 한태루의 처 옥산당은 칠성부 일성사자다. 선일이 짐작하기에 사령은 한우식을 거북부령으로 올릴 계획인 듯했다. 현 거북부령 황환과 일귀사자 한우식의 연배가 비슷하므로 한우식을 거북부령으로 올리자면 황환이 죽어야 한다. 두어 해 전 나주목사를 지내던 용부령 이하징이 역변에 연루당해 제거된 뒤 김현로가 나주목사가 되고 용부령에 오른 것처럼.

개산정 일대를 둘러보던 선일은 집에서 나오는 한태루와 그 수하들의 뒤를 따라 보았다. 그들이 닿은 곳이 벽란도다. 고려 시대 전국 최대 항구였던 벽란도는 조선이 한양으로 천도한 이후 쇠락했어도 여전히 한수 이북의 최대 항구다. 겨울임에도 벽란도는 흥성하다. 청국을 드나드는 배들은 물론이고 서역까지 오가는 배들이 있다더니 한우식이 들어선 포구 언저리의 객점에 이색인들이 이따금 보인다. 서툰 조선말을 뇌까리는 양인들과 낯선 언어로 말하는 조선 사람들. 큰 방으로 들어간 한태루는 이방인과의 사이에 통역을 대놓고 거래를 하는 것 같다.

새로운 세상을 잠시 들여다본 선일이 태평관으로 돌아오니 온은 아직 자고 있다. 어슬녘에야 일어나더니 소피를 보고 밥을 먹고 소세한 뒤 또 잠이 들었다.

아침에 일어난 온은 밥 먹고 세수와 양치를 하더니 다시 눕는다. 자려고 심양을 포기한 사람 같다. 선일은 저자거리로 나와 어슬렁대다 책방을 발견한다. 안으로 들어서니 책방의 규모가 제법 크다. 세책貰冊하는 책들이 점포 앞쪽에 진열되어 있고 파는 책들은 안쪽 서가에 칸칸이 놓여 있다. 선일은 병서들을 제법 읽은 편이지만 독서가 잦은 편은 못된다. 책방에 있는 대개의 책들이 낯설다. 판매용 서가에 두 권이 꽂혀 있는『삼국유사』도 처음 보는 책이다. 어느 삼국인가 하고 첫 권을 들춰 보니 신라 백제 고구려에 관한 내용이다. 책자 서지書誌에 원래 다섯 권으로 이루어졌다고 쓰여 있다.

주인은 세책용 서가와 판매용 서가 가운데에 책상을 두고 그 곁에 놓은 난로에 한 손을 쬐며 책을 읽다가 눈이 마주치자 웃는다. 마흔 살쯤 되어 보인다. 선일은 책을 뽑아 들고 주인장한테로 다가간다.

"이『삼국유사』라는 책, 원래 다섯 권이라고 쓰여 있는데, 여기는 두 권만 있군요?"

"뒤의 세 권이 지난달에 나가는 바람에, 지금 필사 중인데, 필사장이가 손에 병이 드셨는지, 게으름이 나셨는지 소식이 돈절합니다. 필요하시면, 오늘이라도 기별해 알아보겠습니다."

"어떤 분이 앞의 두 권을 두고 뒤의 세 권을 사가셨는데요?"

"사갔다기보다 필사장이가 가져갔지요. 그분이 두 부씩 필사해서 한부는 예다 가져다 둘 것이고 한 부는 자신이 가지게 될 텝니다. 원래 그리하시거든요."

"어떤 분이신데요?"

"진봉산에 사는 정 처사라는 분인데, 책도 쓰고 필사도 하는 분입니다."

"책 쓰는 분이 필사도 합니까?"

"책 써서 밥은 못 벌지 않습니까. 필사하면 공임이 나오는 것이고요. 그래서 정 처사 같은 분들은 자기가 쓴 책을 스스로 필사해서 저 같은 책장수한테 파는 셈이지요."

"정 처사께서는 어떤 책들을 쓰셨는데요?"

크음. 주인이 헛기침을 하고는 선일을 유심히 본다.

"어찌 말씀하시다 말고 쳐다보기만 하십니까?"

"교서관에서 암행 나오신 나리이신가 싶어 봤습니다."

"그리 봐 주시니 고맙습니다만 저는 관직과는 전혀 무관합니다."

"손님이 들고 계신 그 『삼국유사』가 지닌 사연이 사뭇 복잡한데, 손님께선 『원삼국유사』라거나 『비급유사』라는 책이름을 들어본 적이 없으신가 봅니다."

"못 들어봤습니다."

"일연스님이 쓰신 『삼국유사』는 두 가지로 전해진답니다. 하나가 일연스님 당시의 원본을 그대로 낸 『원삼국유사』이고 다른 하나가 지금 손님께서 들고 계신 그냥 『삼국유사』입니다."

"두 가지가 어떻게 다른데요?"

"『원삼국유사』의 원본은, 고려조 일연스님의 제자였던 무극스님이 스승의 뜻을 익히느라 두 질을 필사하고 난 뒤에 그중 한 질로 판각본 책자를 냈더랍니다. 그 판각본들 중 수백 년을 전해 온 게 몇 질은 있었을 터이죠. 그중 한질이 『원삼국유사』가 되어 십여 년 전에 나왔다가 몇 해 만에 금서가 되어 숨어 버린 형국이고, 지금 우리 눈앞의 『삼국유사』는 일연스님의 책자들이 숱한 판각을 반복하고 필사되면서 수백 년 전해져 온 것들이지요."

"『원삼국유사』와 『삼국유사』는 내용이 많이 다릅니까?"

"쓰인 내용은 비슷하지만 현재 유통되는 『삼국유사』에는 『원삼국유사』에 있던 항목들 중 빠진 게 많지요."

"필사하거나 재 판각할 경우, 앞선 본과 똑같이 하는 게 원칙 아닙니까?"

"원칙은 그렇지만, 문서로 쓰인 나라 법도 지키고 싶은 사람들만 지키는데, 문서로 쓰이지 않은 원칙이 지켜지는 경우가 어디 그리 흔합디까? 이름 좀 알려진 책들마다 이본異本이 수두룩한 이유가 무엇이겠소?"

그렇긴 하다. 살인하면 안 된다, 도둑질하면 안 된다 등등이 법에 쓰여 있다지만 할 사람은 다 하지 않는가.

"원래『삼국유사』에서 어떤 항목들이 빠져나갔는데요?"

"고구려와 백제에 관한 항목들이 상당 수 빠져나갔고, 여인들에 관한 대목들도 대폭 빠졌지요. 남은 내용들 중에서도 달라진 대목이 숱하게 많고요."

"고구려와 백제에 관한 항목들이 어찌 빠져나갔을까요?"

"낸들 알겠소마는, 고구려와 백제를 멸망시킨 게 신라고 신라와 고려가 합해져 조선이 되었으니 긴긴 세월 동안 저절로 그리된 거 아니겠소이까. 기록이라는 건 이긴 자, 남은 자들의 입장에서 쓰이기 마련이니까."

"여인들에 관한 대목은요?"

"계집들이 사내 위에서 움직이는 대목들이 빠지거나 달라졌지요."

"그게 무슨 뜻인데요?"

"말 그대로지. 계집이란 사내에 속해서 고개 숙이고 살아야 하매 그 반대로 계집이 사내들과 세상을 좌지우지 하는 꼴들은 삭제되거나 변질된 것이지. 호녀의 딸과 웅녀의 아들이 만든 옛조선 이야기 못 들어보셨나? 곰 겨레가 달강, 범 겨레가 달강 하는 애들 노래 있잖습니까?"

"신단수에 제석이 내렸네요, 하는 그 자장가 말입니까? 그게『삼국유사』하고 무슨 관련이 있습니까?"

"거 참, 어디서부터 어디까지 설명해야 할지 모르겠습니다. 아예 정 처사를 찾아가서 들어보십쇼."

"제가 무식하다 보니 이렇습니다. 진봉산은 어디 있는 산이고 정 처사라는 분은 어떤 분이십니까?"

"진봉산은 우리 송도 동남쪽에 있고 그 중턱 월대月臺에 사는 정 처사는 재가在家 중이지요. 비승비속非僧非俗이랄까."

"스님이시라고요? 연치가 얼마쯤 되셨는데요?"

"이순이나 되셨으려나. 머리를 길어 늘어뜨리고 다니니 행색으로는 중이 아닌데, 주먹만 한 불상을 모셔 놓고 홀로 지내니 중이 맞는 것도 같고. 승도 아니고 속도 아니고. 해서 재가 중인가 보다 하는 게지요."

"월대에 있다는 정 처사 댁에 쥔장께서도 가 보셨습니까?"

"너무 오래 보이지 않으면 살았는지 죽었는지 확인하느라 한 번씩 가 보지요. 그나저나 손님, 어디서 오셨습니까?"

"도성에서 왔습니다. 태평관에 들어 있는데, 낯선 사람한테도 책을 빌려주십니까?"

"며칠이나 계실지 모르겠지만 읽을 만한 것을 골라 보시구려. 멀지도 않은데 빌려드리겠소."

선일은 들고 있던 『삼국유사』를 다시 들여다본다. 원래 책보다 내용이 허술해졌다 해도 필사본의 필체가 부드러워 마음에 든다. 읽고 가지고 돌아가 양연무에 꽂아 놓으면 아우들도 읽을 수 있을 것이다.

"며칠이나 있을지 알 수 없으니 이 두 권을 사겠습니다. 나머지 세 권도 가능하면 가져다 놓으십시오. 내일이라도 다시 와 보겠습니다. 주인장께서 태평관으로 기별을 해주셔도 좋구요. 저는 윤선일입니다."

"그럽지요, 윤선일 서방님."

"허면 내일이라도 다시 뵙지요."

"시간 나고 무료하시면 그 월대 가서 술이나 한 잔 얻어 잡수시구려. 아니, 그 댁에 지금쯤 술이 떨어졌을 것이니 가시려거든 술을 지니고 가는 게 공덕이 될 겝니다. 『원삼국유사』에 관한 이야기도 청해 들으시고, 필사가 다 됐으면 받아오시면 좋겠고요."

"술만 가지면 아무나 찾아가도 됩니까?"

"정 처사는 책을 쓰는 분이라 책 좋아하는 사람을 사뭇 좋아합니다. 이 엄동의 고적에 책 좋아하는 사람이 술을 들고 찾아 주면 그 아니 반갑겠습니까."

"정 처사께서 술을 좋아하십니까?"

"없어서 못 먹지요."

"정 처사께서는 무슨 책을 쓰셨습니까? 여기 그분 책이 있습니까?"

"『일연대사전一然大師傳』, 『아도승전阿道僧傳』, 『자명령自鳴鈴』 등이 있지요. 『일연게송』과 『부소갑사扶蘇岬史』도 있고요."

좀 전 서가에서 『삼국유사』의 근방에 있던 책들이다. 선일은 서가로 돌아가 주인장이 읊은 다섯 종류의 책자들을 뽑아 낸다. 뽑다 보니 『자명령』을 제외한 책들의 저자가 정의목鄭宜牧이다. 정 처사의 이름이 정의목인 것이다. 『자명령』의 저자는 그저 정 처사로 돼 있다.

"『자명령』의 저자만 정 처사로 되어 있는 까닭이 뭡니까?"

"『자명령』이 금서라 그렇습니다."

"금서를 서가에다 버젓이 올려놓고 계십니까?"

"금서로 지정된 지가 십 년이 훨씬 지난 탓에 관헌들도 『자명령』이 금서인 걸 잊어버렸지요. 사실 금서든 권서든 유심히 보는 관헌도 없고요. 같은 금서라도 『원삼국유사』나 『조선영인록』 같은 책은 있지도 않고, 있어도 못 내놓지만 『자명령』은 이야기책이라 둔 겁니다."

"『조선영인록』도 정 처사의 책입니까?"

"그건 고구려 때 아도스님이 쓴 책이랍니다. 진짜, 교서관에서 나온 관헌은 아니시지요?"

선일이 흐흐 웃고는 대꾸한다.

"제가 교서관 관헌이라면 주인장께서는 금서인 『자명령』을 꽂아두신 것만으로도 이미 큰일이 나셨겠지만, 저는 아니니까 걱정 마세요. 저는 장사치의 하속일 뿐입니다. 어쨌든 『조선영인록』이 왜 금서인데요?"

"숨어 읽어야 하는 탓에 『비급유사』가 돼 버린 『원삼국유사』하고 같은 까닭이지요."

"그 까닭은 뭔데요?"

"청국에서 못하게 하기 때문이지요."

"청국에서 왜요?"

"옛날 조선이 세워졌던 땅 신시가 지금은 청국 땅이라 청국이 싫어한답니다. 아이구우, 손님! 이리 마주선 채로 책들을 다 섭렵하시렵니까?"

"죄송합니다. 부소갑은 뭡니까?"

"부소갑은 이 송도의 고구려 때 명칭이지요. 그나저나 이 책들을 다 사시게?"

"상전이 움직이겠노라 하실 때까지 역사공부나 좀 하렵니다. 그리고, 상전 형편에 따라 월대의 정 처사님을 한번 찾아가 뵙든지 하렵니다."

"부디 그러시구려."

주인장이 체머리를 흔들곤 자루에다 책들을 담아 건넨다. 다시는 오지 않았으면 싶은 표정에 대고 내일이라도 다시 오겠다는 말을 남긴 선일은 자루를 들쳐 메고 책방을 나선다.

선일이 태평관으로 돌아오니 온은 여전히 자고 있었다. 객점 시비에 따르면 선일이 나가 있는 사이 아씨가 잠깐 일어나 요강을 비우라 명했다고 한다. 아이가 요강을 비워 씻은 뒤 다시 들어가니 아씨는 어느새 또 주무시고 계시더라고.

태평관에 술 닷 되와 안주감을 청해 놓고 이른 점심을 먹고 난 선일은 다시금 온을 들여다본다. 실눈을 뜨는 사람한테 나갔다가 오겠노라 하니 고개를 끄덕이며 또 잠이 든다. 잠 못자 죽은 귀신이라도 씐 것 같다,

진봉산은 송도 동남쪽으로 십 리쯤 거리에 있다 하고 월대는 청교현의 배양골 뒤쪽으로 가면 될 것이라 태평관 청지기가 알려 준다. 선일은 술통과 안주를 등에 지고 말에 올라 월대를 향해 나선다.

진봉산의 월대는 이름답게 편평한 골짜기로 너와집 세 채로 이루어진 소박한 마을이다. 두 채가 이웃해 있고 그 뒤쪽으로 한 채가 있는데 그곳이 정 처사의 집이라 한다. 정 처사의 집은 다듬지 않은 통목들을 기둥으로 세우고 얼기설기 서까래를 얽고 나무껍질 판을 얹었다. 편액 같은 게 없는 대신 출입문 위 판자벽에 난입즉사亂入卽死라는 문구가 전각돼 있다. 함부로 들어오면 즉시 죽는다는 무시무시한 말인데 장난 같아 귀엽다.

"계십니까?"

출입문을 몇 번이나 두드리며 인기척을 내자니 안에서 무슨 소리가 난다. 들어오라는 소리 같다. 판문을 열고 들어서니 어스레할 거란 예상과 달리 밝은 편이다. 글을 읽고 쓰므로 빛이 많이 들어야 할 터, 군데군데 난 들창의 안쪽에 종이를 발라 빛을 들였다. 추운 지방의 집들처럼 벽 안에 살림이 다 들어 있는 구조다. 출입문 안 양쪽이 허청으로 장작이며 농기구들이 걸렸다. 허청에서 마주보이는 본채 격의 왼쪽이 솥이며 살강이 걸린 부엌 같고 가운데다 마루를 둔 두 방이 있다.

목소리를 낸 집주인은 왼쪽 방에서 문을 열고 내다보고 있었다. 등허리까지 늘어진 긴 머리가 한 올도 남김없이 새하얗다. 머리카락 때문인지 검은 눈썹이며 눈이 유난히 까맣다. 선일과 눈이 마주친 순간 그가 손에 들고 있던 연적을 휙 날린다. 이마를 향해 날아오는 연적을 선일이 무심코 잡는데 손아귀의 충격이 상당하다. 이마를 맞았더라면 골이 깨졌을 것이다.

"손님 맞으시는 방법이 특이하십니다, 선생님?"

"누구냐?"

"소생은 윤선일이옵고, 송도 부중 책방에서 정 처사에 관한 말씀을 듣고 찾아 왔나이다."

"내 무엇을 듣고?"

"오전에 소생이 책방에 들렀다가 『삼국유사』 일이 권을 샀는데 삼사오 권을 선생님께서 가져가셨다기에 궁금하여 소생이 이모저모 여쭀나이다. 『원삼국유사』 대한 얘기를 약간 들었고요. 선생님께서 『원삼국유사』에 대해 잘 알고 계신다고 하던데, 원본을 가지고 계셨던 겁니까?"

"그랬지. 원본 다섯 권을 방 안 책궤 속에 넣어 책궤를 벽장 안에 두고 지냈는데 지난가을에 한 열흘 집을 비웠다가 돌아왔더니 그 새에 양상군자들께서 『원삼국유사』가 든 책궤에 구멍을 뚫고 들어가 산산이 쏠아 폭신히 깔고 새끼를 일곱 마리나 까 놨더군. 그 쥐새끼들이 다 커서 나간 담에야 가루가 된 종이들을 펴 보니 쥐 오줌에 쥐똥, 쥐 털이 뒤엉켜 있더라고."

"아예 못 쓰게 된 겁니까?"

"못 쓰게 됐지."

"그리되기 전의 그 책에 대한 얘기를 해주십시오. 그런 얘길 듣고 싶어, 핑계를 만드느라 선생님의 『일연대사전一然大師傳』, 『아도승전阿道僧傳』, 『자명령自鳴鈴』, 『일연게송』, 『부소갑사扶蘇岬史』 등을 샀습니다."

"너 좋아 산 책들로 생색낼 건 없고, 지고 온 게 뭐냐?"

"두문주杜門酒 닷 되와 안주입니다."

"그래? 그러면 대환영이다. 어서 펼쳐 봐라."

졸지에 스승 시봉하는 제자처럼 된 선일은 공순히 방으로 들어선다. 손에 든 연적을 서안에 올려놓고 그 곁에다 다섯 개의 술통과 종이에 싸 소쿠리에 담은 말고기 육포와 굴비 세 마리, 찬합에 담긴 노각 장아찌와 무말랭이 무침 등을 펼친다. 선생이 방구석에 있는 다구 쟁반에서 찻잔 두 개를 들어와 앞에 놓는다. 선일이 선생 앞의 잔을 채우고 자신의 잔에도 술을 따른다. 선생이 크음, 헛기침을 하며 목을 가다듬고는 술 한 잔을 맛나게 비운다. 다시 잔을 채워 주자 또 비우고 나서야 선일에게 마시라며 손짓을 한다. 선일이 술잔을 비워 내려놓자 선생이 술병을 잡고 양 쪽 잔을 채우고 비로소 미소를 짓는다.

"자그마치 열흘 만일세."

"술이요?"

"지난번 빚은 술이 떨어진 게 그렇단 말이지."

"다시 빚으시지 않고요?"

"누룩이 없고, 누룩을 만들 보리도 없고 술밥을 찔 곡식도 없더라고."

"댁에 양곡이 전혀 없단 겁니까?"

"귀리가 한 됫박이나 있고 도토리와 메밀가루도 한 됫박은 있고 호박도 십여 덩이 있지. 감자도 있고, 마도 있고, 옥수수와 미숫가루도 좀 있고. 양식은 많은데 내 재주로 술 빚기는 어려운 것들이란 게지."

"책을 많이 쓰신 것 같은데, 술 빚을 양곡은 못 사두셨어요?"

"책 써서 돈이 벌리는 줄 아나?"

"허면 무엇으로 생계를 꾸리십니까?"

"필사하거나 대신 글을 써 주는 일로 양식을 마련하지. 어쩌다 벗이 양곡을 보내 주기도 하고. 그리그리 마련한 양식으로 술 빚어 마시는 셈인데 열흘 전이 마지막이었던 거란 말이야. 어쨌든지 간밤 꿈에 진봉산 산신령이 납시어 삿대질을 마구 하시더니 자네가 찾아들 선몽이었던 모양이야. 윤선일이, 자네 몇 살인가?"

"스물셋입니다. 선생님 연치는 어찌되십니까?"

선생이 한 잔을 마시고 잔을 채우며 대꾸한다.

"난 쉰다섯이네. 말투를 봐하니 자넨 도성에서 온 모양이지? 송도

엔 웬일로?"

선일도 잔을 비우고 채운 뒤 답한다.

"의주 다녀오는 길에 상전께서 몸이 편치 않으시어 며칠 쉬기로 하였습니다."

"자네 상전께서 뭘 하시는 분인데?"

"장사를 하십니다."

"자네는 종인가?"

"새경 받는 하속입니다."

"장사치의 하속이 책방에 들러 『삼국유사』를 찾아내고 역사 관련 책자 일곱 권을 일거에 산다? 과거 볼 것도 아닐 터, 뭘하려고?"

"아무 생각 없이 책방에 들렀다가 인연이 되어 구입한 것뿐입니다. 술을 좀 마시고 싶던 차에 선생님 말씀을 들어 술친구 찾듯이 찾아뵌 것이고요. 오면서 선생님께 『삼국유사』에서 빠진 『원삼국유사』의 항목들에 관한 이야기를 청해야겠다는 생각을 했는데요, 제가 오늘 그 책을 처음 본 데다 아직 읽지 못했기 때문에 그 청은 나중으로 미루기로 했습니다. 혹시 선생님께서 『원삼국유사』를 재현하시어 책으로 내놓으신다면 그때 사서 읽겠습니다. 다시 쓰실 거지요?"

"이미 있는 책을 또 쓰나?"

"어디에도 없다면요?"

"자네 눈에 오늘 띄지 않았을 뿐 있을 곳엔 다 있어. 도성에 가서 찾아봐."

"『원삼국유사』가 그처럼 곳곳에 있는데 『삼국유사』를 가져오신 까닭이 뭔데요? 어딘가에 있는 『원삼국유사』를 빌려다가 필사하시면 되지요."

"금서가 돼 버린 책을 뭣하러 필사해?"

"『원삼국유사』가 변형된 『삼국유사』를 책방에서 가져오셨지 않았습니까?"

"있던 게 사라진 자리가 허전해 외상으로 가져온 게지."

"외상이셨어요?"

"세 권을 필사해 주기로 했으니 외상이지. 언제 갚을지는 알 수 없고."

"지금은 어떤 책을 쓰시는데요?"

"안 쓰고, 못 쓰고 있지. 요새는 붓 대신 전각 칼 가지고 노는 재미에 빠져 있으니까. 내 외상은 어쨌거나 자네 얘기 좀 해봐. 자넨 무술 좀 익힌 성싶은데 장사치인 상전을 호위하는 일 말고, 혼자서는 뭘 즐기나? 책을 읽나?"

내가 즐기는 게 뭔가. 선일은 술잔을 비우며 생각해 본다. 온이 약방에 가면 약방 일을 하고 온이 집에 돌아오면 수직청의 처소에서 책을 읽거나 마당에서 몸을 단련하다 잔다. 온이 일을 시키면 그 일을 하고 가끔 틈을 내어 양연무에 가서 아우들과 시간을 보낸다. 홀로 있는 시간에 자주 하는 일이 즐기는 것이라고 보면 독서라고 할 수밖에 없다. 하지만 책은 그저 읽을 뿐 즐긴다고 생각해 보지 않았다.

"홀로 있을 때 대개 책을 읽는 것 같기는 한데, 아무거나 주변에 있는 책을 읽을 뿐이라 즐기는 것인지는 모르겠습니다."

"그게 즐기는 것이지. 장가는 들었나?"

"미장가입니다. 선생님께선 어찌 홀로 지내십니까? 시동侍童 하나도 없이요?"

"자네 나이만 할 때 장가들었는데 일 년이 채 못되어 처를 잃었네.

뒤이어 부모도 돌아가시고 혈혈단신이 되고 말았지. 저쪽 봉명산 밑에서 살았는데 홀로되니 집에 정이 떨어지더구먼. 이리 들어와서 내도록 살고 있네."

"재취 아니 하시고요?"

"가진 게 없으니 와서 살려는 여인이 없거니와 여인 먹여 살리기도 난감해서 재취하지 않았네."

"문하생은요?"

"훈장 노릇을 하고 싶은 염사가 없어서 그 또한 두지 않았지. 시동도 마찬가지고."

"문하생으로 저 하나 두십시오. 그리하시면 찾아뵐 때마다 술 닷 되씩 지고 오겠습니다."

"술 얻어먹으면서 자네한테 뭘 가르치게?"

"아무것에도 매이지 않고 홀로 잘 사는 방법을 가르쳐 주십시오."

"그런 건 배우지 않아도 돼!"

"제자로 거두어 주실 수 없다는 겁니까?"

"자네가 『만령전』, 『군아전』이라는 책을 쓴 여인을 데려오면 제자로 삼아주지."

"『만령전』과 『군아전』은 저도 읽어서 아는바 저자가 월정月汀이던데요? 월정이 여인일 것이라고 어찌 단정하시고요?"

"읽었다면서 저자가 여인인 걸 몰라?"

"여인이라 치고, 제가 그이를 데려오면 선생님께선 뭘하실 건데요?"

"장가들까 싶어 그래."

"아, 그러십니까?"

실없는 소리를 주고받으며 술잔을 기울이다 보니 어느새 한 병이 비었다. 세 병이 빌 때쯤 겨울 해가 저문다. 선생이 나가 아궁이에 불을 지피면서 물에 불려 놓은 귀리와 옥수수를 솥에 안친다. 선일은 말을 출입문 안쪽으로 들여놓는다. 온을 호위하게 되면서 타게 된 말의 이름을 죽음을 피하라는 뜻의 출사出死라고 붙였다. 온의 말에는 표표飄飄라는 이름을 지어 불렀다. 선일이 표표라 부르니 온도 그리 칭했다. 두 해 넘게 더불어 움직이다 보니 출사는 물론 표표와도 정이 들었다. 표표는 지금 태평관 마사에서 말지기가 주는 여물을 먹으며 겨울 저녁을 맞고 있을 것이다. 선일은 아궁이의 불을 때면서 판자벽 사이로 새어드는 냉기로 시각을 가늠해 본다. 유시는 되었음직하다. 태평관의 상전께서 일어나셨을지. 잠시 온이 떠올랐다가 스러진다. 깨어났어도 찾지는 않을 터. 내일 아침에 돌아가면 되는 것이다. 고작 십 리 거리만큼 멀어졌을 뿐인데 취기 때문인지 이 집 바깥의 세상이 아득하다.

호녀의 딸, 웅녀의 아들

태평관으로 돌아와『자명령』을 다 읽고 잠들었던 선일은 불현듯이 눈을 떴다. 자는 내내 웅녀의 노래를 들은 것처럼 귓전에서 달궁가가 울린다.

신단수에 제석이 내렸네요.

신시가 열렸어요.

곰 겨레가 달궁, 범 겨레가 달궁.

아침나라가 달궁달궁 맺히네요.

문밖에 동이 터오고 달궁달궁 맺힌 아침에 객점이 깨어나느라 수런거린다. 문을 열어보니 눈발이 날린다. 싸라기눈이다. 선일은 소피를 보고 난 뒤 온의 방 앞으로 가서 방문에 귀를 대고 방안의 기색을 살핀다. 밖의 인기척을 느낀 듯 안에서 부르는 소리를 난다.

"양연, 일어났으면 좀 건너와."

나흘 만에 듣는 목소리다. 간밤『자명령』을 읽을 때 태백혈에서 삼칠일 만에 뛰쳐나온 호녀가 이온과 닮았다고 여겼다. 호녀는 웅녀와 다른 선택을 했을 뿐 실패한 것이 아니었다. 견딜 수 없는 걸 견디지 않기 위해서는 강력한 의지가 있어야 하는바 호녀는 웅녀에 못지않게 강한 여인이었다. 호녀가 웅녀와 똑같이 천군의 자식을 낳을 수 있었던 까닭이었다. 무엇을 이루려 함에 인내만이 중요한 게 아니라 어느 순간에 어떤 선택하느냐는 점도 못지않게 중요하다는 뜻인 듯했다. 각기 삶의 방식을 선택한 끝에 천부인을 가진 호녀는 군아를 낳고 천부령을 가지게 된 웅녀는 단군을 낳았다.

세월이 흐른 뒤 웅녀의 아들 단군은 호녀의 천부인을 이어받았고, 호녀의 딸 군아는 웅녀의 천부령을 이어받았다. 천부령이 곧 자명령이었다. 천부인은 형태이고 천부령은 내용이매 둘은 하나이고 둘이 있어야 하나를 이룰 수 있다는 걸 『자명령』이 말하고 있었다. 『원삼국유사』에 포함된 「조선 왕검」 편의 내용이 그러했던 것이다. 『조선영인록』 내용도 그러할 터였다. 『원삼국유사』나 『조선영인록』이 현 조선의 금서가 될 만했다.

"오늘이 며칠이지?"

"동짓달 보름입니다."

"나 자는 동안 뭐했어?"

"포구며 저자 구경하다 책 몇 권을 사왔고 어제 종일토록 책을 읽었습니다."

"어떤 책들인데?"

"고려조의 일연이라는 스님이 지은 『삼국유사』를 먼저 읽었는데, 사천여 년 전에 단군왕검이 고운 아침나라 조선을 세운 이야기부터 신라, 백제, 고구려의 시조 왕들이 태어난 이야기, 그 나라들에서 벌어진 기이한 일들에 대한 내용입니다. 원래 다섯 권짜리랍니다. 책방에 일이 권만 있기에 두 권만 읽었는데, 태반이 신라에 관한 내용이더군요. 어쨌든 곰과 호랑이가 사람이 되려고 쑥과 마늘을 먹었다는 이야기가 『삼국유사』에서 나왔다는 걸 알았습니다. 아씨 주무신 덕에요. 푹 쉬신 것 같습니까?"

"푹 잤어. 내 덕에 그대는 역사 공부를 한 셈이네."

"시간 때우기였는걸요. 혹시 아씨도 그런 책들 읽으셨습니까?"

"무슨 책들? 『원삼국유사』, 『만령전』, 『자명령』, 『군아전』 같은 금서들?"

"괜히 여쭤봤네요."

온은 자명령의 원래 이름이 천부령이라는 것을 이미 알고 있으므로 선일이 더 말할 필요가 없게 됐다. 온이 호녀와 닮은 것 같다는 느낌은 더욱 말할 일이 아니다. 그런 이야기를 자분자분 나누는 버릇이 두 사람에게 없기도 했다.

"그저께 밤에는 여기서 아니 잤지?"

"진봉산에 있는 암자에 가서 잤습니다."

"어떻게, 거기 아는 사람이 있었어?"

"책방에서 사귄 사람을 따라간 셈입니다. 그나저나 아씨, 이제 어쩌실 겁니까?"

"여기서 몇 군데 명승지나 돌아보며 지내다가 스무날 밤에 도성으로 들어가기로 해."

"엄동설한에 무슨 유람을 합니까. 더구나 이 송도에는 한우식 일귀의 선원이 있지 않습니까. 그 아들이 한태루 일귀이고 며느리가 아씨 휘하의 일성一星인 옥산당이고요. 아씨를 알아볼 사람이 여럿이란 말입니다."

“그들이라고 이 엄동에 만월대나 목청전이나 고려 성균관이나 선죽교를 다니겠어?”

“그곳들이 외지 사람들한테는 경승지일지 몰라도 이곳 사람들한테는 일상입니다. 삶터라고요. 어디서 마주칠지 어떻게 압니까? 이리하시는 까닭을 일러 주십시오.”

시선이 마주친다. 푹 자고 일어난 사람의 얼굴이 보시시하지 않고 까칠하게 야위었다. 눈은 맑다.

“여인이 회임하여 몇 달 만에 아기가 태어나는지, 그대 알아?”

원래도 유체스런 사람이긴 하지만 지금 질문은 괴이하다. 타관 객점에 앉아 아침 댓바람부터 여인의 회임이라니.

“열 달 만에 태어나는 것 아닙니까?”

“아니, 좀 이르기도 하고 좀 늦기도 하지만 정상적인 출산은 만 아홉 달 안팎에 이루어지는 거야.”

“그렇군요. 헌데 이 이른 아침에 그 말씀을 하시는 까닭은 뭔데요?”

“양연, 그대가 몇 살이야?”

선일은 어이가 없어 웃는다.

“스물세 살입니다. 제 나이는 왜요?”

“나 회임했어. 넉 달쯤 된 것 같고.”

그게 무슨 말이냐 반문하려던 선일은 아찔하여 입을 열지 못한다. 넉 달 전 새벽. 온은 앓았고, 앓으면서 선일의 품을 파고들었다. 그 몸에 깊이 들어 있던 색정이 신열을 타고 깨어나 마구 피어난 듯했다. 허기에 시달리는 아귀들처럼 몇 번이나 연이어 몸을 섞었다. 그리고 허원정으로 돌아가 간신히 일성 회합을 치렀다. 일성사자들이 허원정에서 잠든 밤에 보현정사로 둘이 달려가 법당에서 새벽까지 서로를 물고 뜯고 삼키며 난장을 쳤다.

낮에는 멀쩡하게 일하고, 밤에는 서로의 몸을 탐하며 이레를 지내고 나서야 색귀에 들린 듯한 욕정이 잦아든 듯했다. 그 이레 사이에 남녀가 교합함에 수태할 수 있다는 생각을 선일은 한 번도 못했다. 아마 온 스스로도 못했을 터이다. 그리고 넉 달이 지나는 동안 그런 이레가 둘 사이에 있었다는 사실을 잊을 만큼 바쁘게 살았다.

"나도 내 몸에 이상이 생긴 걸 안 지 한 달가량밖에 안 돼. 그 한 달 동안 천 번쯤 생각하고 궁리했어. 어찌해야 하나. 어떻게 할까. 어쩌면 좋을까. 몸이 약한 여인들은 저절로 유산도 한다지만 나는 몸이 약하지 않고, 유산할 시기도 이미 지났어. 이제 곧 표나게 배가 불러올 테고, 사람들이 알게 될 터이지. 그럼 어떻게 되겠어? 그래서 심양을 못 간 거야. 아무도 모르게 아이를 낳아야 하니까. 보통이라면 내년 사월 중순쯤에 아이를 낳게 돼. 물론 내가 키울 수 없다는 건 잘 알지?"

반족 여인과 상민 남정과의 혼인이 불가하거니와 반족 여인이 사통하여 아이를 낳은 게 세간에 알려지면 그 집안이 망한다. 물론 그리 되기 전에 윤선일은 세상에서 사라질 터이다.

"그대가 혼인을 하면 어떨까 하는 생각도 했어."

"예?"

"사비나 박하나 마타리, 선덕이나 다른 누구하고든지. 그대가 혼인을 한 뒤 그대의 내자로 하여금 내가 낳은 아이를 키우면 어떨까."

"말이 됩니까?"

"말이 안 될 건 없지. 하지만 내가 싫더라고. 나중엔 어떨지 몰라도 지금으로선 그대가 다른 여인과 혼인하는 게 아주 싫거든. 어쩌면 앞으로도 싫을 거야."

뻔뻔하기 그지없지만 온이 그런 여인인 걸 알면서도 선일은 맘에 들였고 그 맘이 여전하다.

"허면 어찌하시려고요?"

"그대는 어찌했으면 좋겠어?"

온이 회임할 수 있다는 가정을 해본 적이 없는데, 낳은 아이를 어찌 키울지에 대한 마련이 있으랴. 저를 태어나게 한 어미아비가 어찌할 줄 모르므로 개똥의 자식은 어디에도 속하지 못한 채 결국 개똥이로 굴러다니게 될 것이다. 아이가 개똥이로나마 굴러다닐 때까지 목숨을 부지할 수 있을지도 알 수 없다.

"제가 키우겠습니다."

"어떻게?"

"어떻게든 방법을 찾겠습니다."

"도선사, 혹은 양연무로 데려가 비휴로 만들게? 그대와 내 자식인 걸 정효맹이 모르게? 날 감시하라 그대를 나한테 보낸 효맹이, 아이가 누구 자식인 것도 눈치 못 챌 만큼 우둔한 사람인가?"

노상 보며 사는 사람이라서인지 선일은 온이 부사령이며 칠성부령이라는 사실을 자주 잊긴 한다. 온이 칠성부령에 오른 지 두 해가 채 못되어 열한 명이던 일성사자가 열아홉 명으로 늘었다. 열아홉 명의 일성사자가 거느린 칠성부 사자가 사백 명이 넘었다. 그들 모두가 온의 눈이고 귀이며 손발이다. 더하여 박하와 마타리가 가세했다. 박하와 마타리는 꽤 오랜 시간 고도의 수련을 거친 무사들이다. 그러므로 그들은 비휴들처럼 누군가를 죽이는 과제를 수행한 뒤 온

곁으로 온 가평 불영사의 무극일 것이다. 단양 실경사에도 무극들이 있다고 했다. 불영사와 실경사도 칠성부 선원임이 분명하므로 온의 힘은 선일이 파악한 것보다 훨씬 큰 것이다.

"더 큰 문제는 정효맹이 내게 흑심을 가졌다는 것이겠지. 내가 혹시라도 혼인하겠노라 나서면 그 상대를 죽여서라도 나를 묶히겠다고, 그리하여 언젠가 나를 제 처로 삼아 만단사를 차지하려 하는 걸, 그대가 모르지는 않겠지? 그런 얼굴 할 것 없어. 그건 그동안 내가 효맹을 보며 짐작한 것뿐이니까. 정효맹의 나에 대한 흑심은 아마 내가 미혼과부가 되면서 생겼을 거야. 내가 보통으로는 다시 혼인하기 어려우리라는 알게 되자 그런 생각이 들었겠지. 그가 혼인하지 않고 버틴 이유도 그 때문일 테고. 어쨌든 나는 그자의 야심에 맞춰줄 생각이 추호도 없으나, 그자를 대리하여 내 곁에 있는 그대가 나와 더불어 자식을 만들었다는 사실을, 그자가 알게 되면 그대는 죽은 목숨이지. 그대의 아이도 마찬가지고. 나한테도 득 될 건 없지. 이래저래, 내가 낳을 아이는 세상에 나오기도 전에 목숨이 간당간당해. 태어날 수 있을지도 알 수 없고. 헌데, 나는 이미 생긴 이 아이를 멀쩡하게 낳기로 했어. 내 손으로 키우지는 못하더라도 멀쩡하게 제 한 생을 살아가게 할 것이고."

"어디서, 어떻게요?"

"한 달여 전, 내가 회임한 걸 나보다 먼저 알아챈 사람이 있었어."

"아씨 유모님이요? 아니면 금오당 마님?"

"다행히 유모나 금오당이 아니라 온양댁이었어. 그이가 할머님과 내 저녁상을 수발하다가 무슨 낌새를 느꼈던지 밤에 내방으로 건너와 묻더군. 혹시 몸에 이상이 있느냐고. 근자에 몇 번이나 밥상 앞에서 음식을 역해하는 게 이상하다면서. 그 덕에 내가 알게 됐고, 그이가 먼저 눈치챘으므로 그이한테 사실을 말했어. 도와달라고 청했고."

온양댁은 진중하고 인정이 있었다. 유곤과 늠름을 지극하게 돌보는 것은 물론 허원정의 어린 하속들에게도 고루 다정했다.

"내가 출산할 때까지 머물 집이며 유모 문제 등을 온양댁하고 의논했는데, 우선 애오개에 있는 온양댁의 집으로 들어가 은거하려고 해. 그대도 나와 함께 숨어 지내야겠지. 오는 스무날 밤에 온양댁 집으로 들어가기로 해. 거기서 차후의 일을 결정하자고."

당장 무슨 수가 있겠는가. 차후로도 무슨 수가 나기는 할지 선일은 의심스럽다. 실감도 나지 않는다. 혼인을 생각해 본 적 없듯 자식이 생길 수도 있으리라는 가정도 못 해보았다.

"우선은 그래야겠지요. 헌데, 두렵지 않으십니까?"

"어떤 게?"

"현재의 이 상황, 미래의 일들이요."

고개를 약간 숙이곤 방바닥에 해답이 적히기라도 한 듯이 내려다본다. 흐트러진 머리로 골똘한 생각에 잠기는 것 같던 온이 고개를 든다.

"그대는 두려워?"

두렵고 불안하여 물은 것인데 반문을 받고 보니 정작 두려운 게 뭔지 떠오르지 않는다. 모든 게 두렵다는 게 맞을 것 같은데 앞에 앉은 여인의 몸속에 들었다는 씨앗 하나로 느껴본 적 없는 두려움이 생긴다는 건 어불성설이 아닌가. 사지 멀쩡한 어미아비가 있는데 설마 아이 하나를 못 키울까 싶기도 하다.

"잘 모르겠습니다."

"난 괜찮은 거 같아. 내 손으로 키우지는 못할지라도 내 자식이잖아. 우리 세상을 거론할 필요 없이 사사로이 말하자면, 난 이온이고, 광해 임금의 육대손이야. 나는 조선 제일의 부자는 아닐지라도 누구나 아는 큰 부자이긴 해. 수백 명의 노비를 거느렸어. 무엇보다 나는 몸이 튼튼해서 그 모든 일을 해낼 수 있어."

둘 다 아는 사실만 말할 뿐 선일이 원하는 방향의 대답은 나오지 않았다. 아니 선일은 자신이 온으로부터 무슨 답을 듣고 싶은지 알 수 없다. 대꾸할 말도 생각나지 않는다.

"우선은 소세 먼저 하고 아침을 먹어야겠어. 실컷 자고 났더니 몹시 시장해. 밥 먹고 어디서 무얼하며 시간을 보낼지 궁리하기로 해. 벽란도에 한번 가 볼까? 아니 눈이 내리면 먼 길은 불편할 테고 그대가 하룻밤 잤다는 그 암자에 가 보는 것도 괜찮겠네. 어딜 가든 머리쓰개 푹 눌러쓰고 목도리로 얼굴 가리면 나를 알아볼 사람은 없지 않겠어?"

온의 방을 나온 선일은 객관의 시비에게 소세 물을 들여가라 이른 뒤 눈발이 날리는 마당을 거닌다. 새벽부터 날린 눈이 이미 소복하게 쌓였다. 발밑에서 눈이 사박거린다. 시비가 온의 방에서 나와 대야의 물을 마당가에 뿌린다. 뿌려진 물에서 부연 수증기가 일다가 금세 스러진다. 곧 얼어붙을 것이다. 뭐든지 얼어붙을 것 같은 아침이다. 아이는 동지섣달 길고 긴 엄동을 보낸 뒤 내년 사월 중순쯤에 태어난다고 한다. 봄이 왔다고, 꽃이 피었다고 꽃 반기듯 좋아할 수 없는 아이이므로 다행이라 여길 수는 없다. 제 스스로 위험한 목숨이거니와 제 모친을 나락으로 끌어내릴 수 있는 아이가 아닌가. 그 모친은 두렵지 않다고 하지만 선일은 두렵고 막막하다. 사통의 씨앗과 어쩌면 죄의 증거일지도 모를 아이를 몸에 담고도 두려움 없는 여인과 살아가야 할 앞날이.

"서방님, 아씨께서 들어오시랍니다."

온의 방에 아침상을 들여놓고 나온 찬모와 시비가 말을 전하고는 안으로 들어간다. 방 윗목에 겸상이 차려져 있고 온은 아랫목 쪽으로 앉아 기다리고 있다. 더불어 아이를 만들었다고 더불어 혼인하여 아이를 키울 수 없듯, 겸상이 차려졌다고 함께 먹을 수는 없다. 언제나 그렇듯 온이 먹고 난 뒤 선일이 먹는 것이었다. 그래도 온은 세수하고 머리채를 다듬고 옷을 갈아입었다. 모처럼 보는 여인 복색이 곱다. 다른 세상에 와 있는 것 같다. 선일은 한숨을 삼키며 상을 들어다 온 앞에다 놓는다.

마지막 떠오를 얼굴

이래저래 가을을 울적하게 보낸 칠요가 겨울이 깊어진 지금 느닷없이 국사암國師庵으로 칠일기도를 가겠노라 했다. 국사암은 쌍계사에서도 사오 리는 올라야 하는 암자다. 칠요한테는 봄가을 좋은 날씨에도 무리일 제 이미 한겨울이다. 혜원은 칠요가 하겠다는 일을 말릴 수 없지만 가끔은 말려야 한다. 이번에 하겠다는 칠일기도도 그랬다. 반반골에 중석이 없을 것이므로 그 사이에 점사 손님이 들지 않도록 장터에 소문은 내놓았지만 혜원은 아무래도 안 되겠다 싶어 신당으로 들어왔다.

"쌍계사도 아니고 굳이 국사암으로 가시겠다는 까닭을 여쭙습니다."

"나를 죽이러 올 사람들이 있을 듯하오."

농담인 양 말하고는 양팔에 안은 달솔을 어른다. 태어난 지 여섯 달된 쌍둥이들은 젖살이 올라 둥글둥글했고 벌써 무거웠다. 칠요는 쌍둥이뿐만 아니라 미사나 동읍도 신당에 들면 아이들이 방을 떠날 때까지 번갈아 안으며 놀았다.

"우쭈쭈, 그래, 달솔도련님. 당신도 사람이라고 웃을 줄을 알아요? 또 웃어요? 아이고, 나무관세음보살!"

아기와 눈을 맞출 수 있는 그 환희에 몸서리까지 치고 난 반야가 무릎 앞에 누워 있는 진솔의 손을 잡아 흔들며 혜원을 건너다본다.

"이 핏덩이들이 있는 집에서 피비린내가 나게 할 수는 없지 않소. 집을 피하자는 것입니다. 큰 절도 마찬가지고요. 내가 국사암으로 기도하러 떠났다는 사실을 그들이 알게 하여 그곳으로 따라오게 하세요."

"이온일 리는 없고 또 이록이리까? 그자도 아직 도성에 있을 텐데요."

"작년 백중 즈음에 다녀간 이록의 소실이 아닐까 싶소. 사흘 전 손님 중에 제 시어미의 수명이 얼마나 되느냐고 묻던 이가 있었잖소?"

"그랬지요."

"그에게서 이록의 소실과 연결된 살기를 느꼈어요. 이록의 소실이 무리를 데리고 올 듯하오. 해서 스무날에 집을 나서자 한 게요."

사흘 전 손님 중에 시집살이가 너무 고되어, 예순 줄의 시어미 수명이 얼마나 되는지나 알고 싶다던 아낙이 있었다. 서른한 살이라던 아낙은 시집살이 고통의 자심함을 토로하는 여인치고는 무던했다. 순박해 보이기까지 하던 얼굴이라 혜원은 사람이 하는 말과 인상이 어긋나는 것에 기이함을 느꼈다. 그러려니 했을 뿐 유념치 않았는데, 간자였다. 간자까지 보내어 사정을 살필 정도면 이록의 소실은 기어이 반야를 죽일 심산인 것이다. 살피고 간 게 사흘 전이니 지금쯤 이쪽으로 올 채비를 마쳤을지도 모르겠다. 아니 다 채비해 놓고 간자를 보낸 것이라면 이미 가까워졌는지도 모른다.

"알겠습니다, 아씨. 잠시 아이들 데리고 노소서."

반야는 가만있는데 저희들 스스로 찾아와 온갖 것을 털어놓으며 저희 삶에 대해 이러쿵저러쿵 묻고, 듣고 돌아가서는 죽이려 찾아든다. 반야를 죽이고자 나서는 족속들이 모두 그러했다. 증심당이라 불린다는 이록의 소실. 그 계집이 이번에 반야를 죽이려는 이유는 이록 때문일 것이다.

이록은 한 달 전에도 찾아왔다. 도성으로 가는 길이라며, 설을 지내고 내려오다 다시 들를 것인즉 그때는 함화루로 함께 가자 완강히 청했다. 청이 아니라 사실상 선언이었다. 반야한테 상림의 안방을 내어줄 것이며 유수화려의 모든 식구들이 상림에서 편히 살 수 있게 해 줄 것이라 말했다. 무녀 중석을 정실부인으로 맞이하겠다는 뜻이었다. 증심당이 이록의 그런 의중을 알아챘다면 눈이 뒤집힐 만했다.

"그들을 맞이하는 건 알아서 하시되 혜원, 그들을 죽이지는 마세요."

살수가 몇이나 될 것인가. 호위로서 상전에게 그것까지 물을 수는 없다. 호위의 체면이 있거니와 그러기에는 반야가 너무 가여웠다. 반야는 어느 날 문득 바람 따라 사라지거나 금세 바스러질 가랑잎처럼 몸이 약했다. 스스로 허약한 걸 알므로 한 수저의 죽이라도 더 먹으려 애썼다. 안도와 연덕이 지어 주는 보약도 물리치지 않으려 노력했다.

혜원은 칠요 반야의 그런 모습도 기뻐할 수만은 없었다. 다음 칠요의 재목이 나타날 때까지 버티고 있는 듯이 보이기 때문이다. 다음 칠요가 정해지면 이생에서 자신이 할 일 다했노라 여기고 연기처럼 스러질 것 같았다. 그만큼 이생에 대한 애착이 없어 보였다. 그리고, 다음 칠요가 준비되어가는 성싶었다. 누군가의 일생에 대해 말하지 않는 칠요이므로 혜원 스스로 짐작할 수밖에 없지만 조이현의 혼령이 만단사 칠성부령 이온에게 들어갔지 않은가. 그 옛날 흔훤 칠요가 유을해라는 여인의 몸에 반야를 심고 태어나게 했듯 반야 칠요는 조이현의 혼령을 하필이면 이온에게 심었다. 그게 무슨 뜻이겠는가.

"알겠습니다, 아씨."

혜원에게 반야의 금생은 자신의 생만큼 중요하다. 아니 생 자체다. 태조산 원각사에서 칠요를 처음 뵙고 이태 뒤 그의 곁으로 가기까지 하루도 그에 대해 생각지 않은 날이 없었다. 혜원에게는 반야 칠요가 첫정이었다. 그전까지 살아 있으므로 그저 살았다. 세상만물은 회색빛이었다. 빛나는 건 아무것도 없었다. 재미있는 것도 없었다. 그나마 책을 읽노라면 시간이 잘 갔다. 그래서 책벌레로 살았고 독을 공부하며 컸다. 반야를 만난 이후 세상이 달라졌다. 사람이 아름다웠다. 아름다운 걸 오래 지켜보며 살고 싶으니 애써 살아야 할 이유도 생겼다. 세월이 한참 흐른 이제금 반야가 새벽잠에서 깨어나지 않는다거나, 가노라, 하고 눈을 감아도 따라 죽지는 않을 것이다. 혜원 자신의 수명이 다할 때까지 자식들 키우고 지아비 섬기며 제자들도 가르치며 살게 될 터였다. 그건 칠요가 잠에 들듯 이생을 마감했을 경우였다. 살수들에게 칠요를 앗기고서는 가당한 일이 아니었다.

"계수와 연수한테 아이들 데리고 들어오게 하세요. 일 치르고 나면 그 기운 다 떨어내고 돌아오기까지 며칠 걸릴 텝니다. 그 사이 못

볼 터이니 아이들과 자주 놀렵니다. 봄에는 또 먼 길 떠나야 하고."

"예, 아씨."

반야에게서 달솔을 안아내어 바닥에 눕히고 읍하고 일어서는 혜원의 심장이 드세게 뛴다. 지아비인 화산에 따르면 혜원은 혼인하고 회임하고 쌍둥이를 낳는 동안 성정이 변했다고 했다. 이전의 혜원이 차가운 피를 가졌다면 지금은 피가 더워진 것 같다고. 그 말이 맞았다. 이전의 혜원은 분노를 몰랐다. 분노해야 할 때 머리가 싸늘해지면서 어찌 대처할지를 생각했다. 칠요를 향해 다가오는 살기를 어떻게 막을 것이며 그들을 어떻게 죽일 것이며 뒤처리는 어떻게 할 것인가. 가마골을 떠나기 몇 달 전 관군과 명화적을 처단할 때, 그들 모두를 독침으로 죽이고 사체들을 옹기가마로 옮겨 태운 뒤 재조차도 남지 않게 했다. 그때도 혜원은 분기를 느끼지 않았다. 지금은 분노한다. 그들이 죽이려는 칠요의 목숨은 혜원과 화산을 어미아비로 둔 쌍둥이의 목숨이기도 하다. 자식 둘을 한꺼번에 낳고 나서 혜원은 비로소 자신의 목숨이 소중해졌다.

"계수, 연수. 성星아와 아기들을 데리고 신당으로 들어가거라."

남녘의 겨울은 웃녘의 겨울보다 덜 춥다. 해 바른 날에는 아이들이 밖에서 놀고 싶어 했다. 미사와 동읍을 안고 번갈아 그네 타며 놀던 계수와 연수와 성아가 혜원의 엄한 말투에 놀라 눈을 크게 뜬다. 계수가 물었다.

"왜요, 스승님?"

"고뿔 귀신이 쳐들어온다는구나. 어서들 신당으로 들어가."

"예, 스승님."

성星은 영락없는 천치로 보이는데 반야는 아이가 사뭇 높은 신기를 타고났다고 했다. 무녀가 되어야 할 뭇기가 아니라 신기가 높다는 것이었다. 성아가 물속으로 내던져지고도 살아날 수 있었던 까닭이 제 영한 신기로서 살려 달라는 위급 신호를 보낼 수 있었기 때문이라는 것이다. 저 죽을 것을 미리 감지한 아이의 영기가 반야의 영기와 만났던 것이라고. 그 영기가 뭇기로 발전할 것 같지는 않지만 아이가 특별한 기운을 가진 건 분명하다고 했다. 어쨌든 부모가 버린 게 계집아이한테는 다행일 수도 있었다. 덕분에 반야의 딸로 자라게 됐지 않은가.

아이들을 신당으로 들여보낸 혜원은 숨을 가다듬으며 분노를 가라앉힌다. 위급 상황을 분석하고 대응하되 상황을 내 쪽에서 주도하려면 냉정해야 한다. 언젠가는 만단사와 정면으로 맞닥뜨려야 할지도 몰랐다. 새봄이 되면 칠요가 움직일 것이므로 그때 전쟁이 시작될 수도 있었다. 지금 상대는 기껏해야 이록의 소실과 그 조무래기들일 뿐이다. 이깟 도발에 도망칠 수 없거니와 인근 계원들을 불러들일 수도 없다. 이만 일에 계원들을 동원하려면 칠요 호위무진이 이끄는 호위대가 존재할 필요가 무엇이랴. 반반골에 아무 일도 일어나지 않았던 것처럼, 살수들을 세상에서 고요히 사라지게 만들어야 했다.

문제는 칠요가 그들을 죽이지 말라 명한 것이다. 칠요는 그만큼 너그러워졌다. 한편으로는 자신의 호위들이 적들을 죽이고 살리는 일을 계량할 수 있으리라 믿었다. 나를 죽이러 온 상대를 죽이지 않고 제압하기가 얼마나 어려운지 모르므로 그리 명할 수 있는 것이다. 그들을 살려 놓았을 때 먼 뒷일까지 염두에 두어야 하므로 절차가 얼마나 복잡해지는지. 그들을 살리기 위해 얼마나 많은 준비가 필요한지. 작년 봄 강수를 떠나보낼 때 열 가지 종류의 독침을 주어 보낸 것도 그 때문이었다. 그의 무공을 몰라서가 아니라 죽여 마땅한 자를 살려 둬야 할 상황에 맞닥뜨렸을 때 제 몸을 보호하면서 상황을 주도하라는 의미였다.

"명이시니 받들어야지."

혜원은 신호 바위로 올라서서 호각을 분다. 낮에는 약방이며 마사馬舍까지 호각 소리가 퍼진다. 삐이익, 삑. 길고 짧게 세 차례 소리 내면 하던 일 마무리 지어놓고 모이라는 뜻이고 삐이익, 삐이익, 긴 음만 연달아 불면 화급 신호다. 화급 신호가 들리면 마사에서는 단숨에 뛰어올 것이고 약방에서는 화개객점을 향해서 호각 신호를 보내놓고 내달아 올 것이다. 지금 약방에서는 안도와 연덕, 자인 등이 병자들을 돌보고 약을 짓고 있었다. 외순과 두레와 복분과 단아는 객점에 내려가 있었다. 남정들은 반반골에서 마사를 지나 구례 쪽으로 난 오솔길을 길을 넓히는 중이다. 이틀 전 한양에서 돌아온 다루도 그쪽에 있었다.

다루가 가져온 방산의 편지에 따르면 연경으로 향해 가던 온이 의주에서 돌아선 것 같다고 했다. 온이 수태하여 몸이 무거워지기 시작하므로 연경 행을 포기한 것이라 짐작할 만했다. 어쨌든, 강수가 온과 맺어져 혼인하고 자식도 낳기를, 그리하여 온이 만단사자로서의 날개를 접고 사신계로 들어오기를 바랐던 혜원의 바람은 무위가 되었다. 강수를 위해서는 다행일 수도 있으나 일은 원래 정해진 대로 착실히 나아가는 성싶었다. 이온이 조이현의 혼령을 품어 아기를 낳게 될 것인바 아기를 위해서 온을 보호해야 하고 그리하기 위해서는 만단사와 싸워야 하는 것이다. 다행히 칠요가 만단사와의 전면전을 생각하지는 않는 것 같았다. 각개격파라 해야 할지, 내부분열 조장이라 해야 할지. 그 일에 반야가 직접 나설 참이었다.

칠요는 내년 봄에 국상이 날 것이라 예시했다. 궐에서 누가 죽을지 모르지만 칠요가 상경하겠다는 건 온의 아이를 보호하기 위함이다. 그전에 칠요는 전라도로 건너가 강경에 거하는 만단사 거북부령 황환과 접촉할 것이다. 그 계획을 전주에 본원을 둔 사신계 백호부령 진하원이 맡았다. 그가 내년 이월 초에 고희를 맞이하는바 이번 겨울에 백호부령 자리에서 물러나겠노라 선언했다. 종신이 원칙이지만 나이 너무 들어 중책을 운영하기 어렵다는 이유였다. 백호부에는 새 부령이 날 것이고 진하원은 백호부령이 아닌 일반 계원으로서 칠요와 황환을 만나게 할 계획을 세우고 있었다. 그가 고희연을 크게 열 것이므로 그 즈음하여 전주에서 신임 백호부령을 아우른 사신계 오령들이 회합하고, 칠요는 황환과 따로 접촉하게 되는 것이다.

만단사 거북부령이자 강경상단 도방인 황환은 고희를 맞이할 진하원과 오래전부터 알고 지낸 사이라 했다. 서로가 만단사와 사신계에 속해 있을 뿐만 아니라 이끄는 사람들이라는 것을 평생 모른 채 살아왔다. 재작년 봄 황환이 만단사 회합에 참석함으로써 사신계도 알게 된 사항이다. 어쨌든, 칠요가 황환과 만나 어찌하려는지, 또 한성으로 가서 어찌할지는 그때 돼 봐야 안다. 칠요가 직접 나서는 것이므로 혜원은 요즘 그 생각들로 머리가 복잡했다. 짐작하기로 칠요는 미인계를 쓸 요량인 듯했다.

"나는 내 얼굴을 본 일이 많지 않은데, 언젠가 모올께서 말씀하시기로 내가 어여쁘다 하였어요. 혜원, 내 얼굴이 아직 봐줄 만한가요?"

칠요가 그렇게 물으며 웃었던 것이다. 아직 봐줄 만한 정도가 아니었다. 서른세 살의 칠요 반야는 밖으로 나설 때 장옷이나 너울을 씌워 놔야 할 만큼 아름다웠다. 그 아름다움을 직접 쓰겠다고 작정한 게 틀림없으므로 혜원은 그에 맞춰진 계획을 세워야 했다. 칠요가 황환과 만나는 과정까지는 계획을 세울 수 있었다. 그 다음 일은 알지 못한다. 그게 혜원은 몹시 답답했다. 편집증이라 할까. 애착이라 할까. 칠요의 모든 행보를 다 꿰고 모조리 계획하고 일마다 같이 하고 싶었다. 이왕이면 혜원 자신이 짜놓은 판에서만 칠요가 움직였으면 싶었다. 옳지 못한 욕심임을 알기에 수시로 머리를 털며 욕심도 털어내곤 했다.

식구들에게 차분히 모이라는 신호를 보내 놓고 등성이를 내려온 혜원은 신당을 지나 우물 쪽으로 향한다. 우물에서 물을 받아 부엌으로 들어선다. 차분하게 모이라 했지만 금세 몰려들 터다. 일하다 달려올 식구들에게 따뜻한 차라도 내고 싶은 것이다. 호위들은 틈만 나면, 집에서 말을 타고 구례 쪽으로 속발하게 나갈 수 있는 탈출로를 넓혔다. 한편으로는 편편한 능선을 따라 칠요가 수시로, 홀로도 걸을 수 있는 산책로를 닦는 것이기도 했다.

천지가 개벽하듯 반야가 개안한 줄 알았더니 그건 아니었다. 눈이 조금 밝아졌다고는 하나 반야는 원근과 경사를 구분하지 못했다. 입체감도 없었다. 가만히 앉은 상태에서는 사물도 가만히 있는지라 어지간한 것은 구분하는데 자신이 움직이기 시작하면 사물도 덩달아 움직인다고 했다. 움직이는 그것들은 모두 백지에 그려진 그림이 제멋대로 나부대는 것 같다고도 했다. 젓가락으로 반찬을 집으려 들면 방금까지 얌전하던 반찬이 눈앞에서 동동 떠 움직이는 바람에 집지 못했다. 눈을 뜬 채 걸어보려 들면 땅이 푹 꺼지거나 불쑥 솟구쳐 주저앉거나 넘어졌다. 익숙한 곳에서는 눈을 감아야 더 잘 움직였다. 산책로를 닦는 까닭이었다. 장터와 나루터 쪽으로 난 길은 칠요에게 너무 가팔랐고 굴곡이 심했다. 홀로는 한 걸음이나마 걸을 수 있는 길이 못되었다. 여전히 장님인 반야가 눈감고도 홀로 걸을 수 있도록, 적당한 곳에서 멈춰 눈을 떴을 때 강을 건너다보고, 강 건너 촌락을 보고, 그 뒤의 산들을 볼 수 있게 하기 위하여 반야의 호위들이 노상 길을 닦고 있었다. 그렇게 애써 닦는 길들을 얼마나 사용하게 될지는 미지수다.

“무슨 일입니까, 무진?”

마사 쪽에서 동읍의 아비 천우가 맨 먼저 달려와 묻는다. 평소 사신계의 직책이며 품급에 대해 입에 올리는 일이 없는데 집합 신호에 놀라 그마저 잊은 모양이다. 천우의 손에 창대에 끼운 긴 낫과 톱이 들렸다. 그 뒤로 화산과 해돌과 다루와 한돌할아범이 따랐다. 모두 흙투성이에다 땀을 뻘뻘 흘리고 있는데 혜원은 불쑥 으하하 웃음을 터트린다. 산길을 닦느라 톱이며 도끼, 낫과 곡괭이와 가래를 든 남정네들의 행색이 민란군들처럼 어설퍼 우스운 것이다. 식구들의 어설픔이 이토록 다정하게 느껴지는 건 뜻밖이다. 다행이다. 어디로 옮겨가게 되든지 함께 겪으며 살아갈 사람들이 정다우므로 앞날이 밝지 않은가.

솜 두고 누빈 하얀 두루마기에 검은 옷고름 드리우고, 검은 매화꽃이 수놓인 흰 아얌을 쓰고 검정 결은신을 신은 중석이 반반골에서 장터로 내려왔다. 눈 밑으로는 흰 너울을 드리웠다. 혜원은 흰 고름 달린 검은 두루마기를 입고 장식 없는 검은 아얌을 쓴 채 중석을 부축했다. 중석 일행이 장터로 들어섰을 때, 사람들로 북적이던 겨울 장터가 차츰 고요해졌다. 주변이 고요해지자 주변의 소곤거림이 들려온다.

'어느 쪽이 무녀래? 흰옷이 무녀지. 미색이라는 소문이 자자하잖아. 미색인지 자색인지는 너울을 벗겨 봐야 알겠구먼. 귀신같잖아. 참말 귀신을 본다던데? 저이, 정말 소경이래? 더듬더듬 걷는 거 보니 참말 소경이 맞구먼. 옆에서 부축하고 있잖아. 반반골에서 한 발짝도 안 움직이고 산다더니 웬일이래? 국사암에 기도하러 간다고 하던데? 에고, 소경 걸음으로 국사암까지 어찌 올라가? 길이 얼마나 험하다고? 권속이 많잖아. 업고 가면 되겠지.'

온갖 소곤거림 속에서 장터를 벗어난 중석이 말에 올라앉고 쌍계사 쪽으로 향한다. 할아범이 말고삐를 잡았다. 그 뒤로 혜원과 한 젊은이가 따랐다. 반반골에 들어 사는 족속들 모두가 중석의 하속들이라는 게 다 알려져 있다. 그 넷만 움직일 리는 없으므로 화씨는 그들 뒤를 한참 살핀다. 화개객점 할멈의 아들과 손자가 등짐을 지고 따른다. 중석의 하속 몇 명은 먼저 국사암에 가 있는 것이다. 그 정도는 화씨도 충분히 예상했다. 데리고 온 만단사자 스물네 명 중 스무 명을 이미 국사암으로 보내 놓았다. 봉황부 이급사자인 복태를 수장으로 하여 국사암으로 향하는 그들에게 형세를 자세히 살피며 잠복하고 있으라 했다.

한 달여 전, 태감이 한양으로 갔다. 딸아이 온이 향료 연구를 위해 심양을 다녀오겠다는 청을 해온바 딸을 배웅하러 간 것이었다. 딸이 비운 한양 집을 당분간 지키며 설을 쇠고 내려올 것이라 했다. 그 사이 상림은 화씨의 세상이었다. 문제는 그가 돌아올 때는 화씨의 세상이 끝난다는 것이었다. 그가 도성을 향해 나서기 전에 말했다.

"내 돌아오는 길에, 중석을 데려올 것이야. 집안을 정갈하게 가꾸고, 안채를 화사하게 꾸며 놓도록 하게."

화씨는 치가 떨려 몸서리를 쳤다. 반반골을 습격하여 중석을 죽일 계획을 세웠다. 사람을 모았다. 함화루를 나서기 전에 집안 아낙에게 화개 무녀의 동정을 살피고 오라 보냈다. 돌아온 아낙이 소식을 전했다. 중석이 스무날에 국사암으로 칠일기도를 하러 간다는 소문이 화개장터에 퍼져 있다는 것이었다. 화씨가 반반골을 치려던 날짜와 맞아떨어지므로 짜릿했다. 신장들로부터 무슨 일이든 네 뜻대로 되리라는 비답을 들은 것 같은 환희였다.

중석이 모종의 위기를 느껴 반반골을 떠나는 것은 아닌 게 분명했다. 위기를 느꼈다면 몰래 몸을 피할 터, 칠일기도하러 떠날 터이니 그 사이에 점사 손님 들지 말라고 장터에 소문냈을 리 없지 않은가. 화씨에게는 오히려 잘됐다. 사실 신당에 앉은 중석을 죽일 일이 꺼림칙했다. 결계가 쳐진 것도 아닌데 귀신들은 반반골로 들어가지 못했다. 그쪽에 귀신들이 전혀 없으므로 꾀어 볼 귀신도 없어 내막을 알아볼 도리도 없었다. 때문에 화씨는 중석의 신력이 어느 정도인지 알지 못했다. 그이가 제 신당에서 무슨 조화를 부릴 수 있는지도 몰랐다. 무엇보다 반반골이 장터와 가까운 탓에 소리 소문 없이 일을 행하기가 쉽지 않았다. 그런 참에 저절로 외진 곳으로 향해 주니 이 또한 신장들의 가호였다.

쌍계사로 향하는 중석 일행은 뒤따르는 자들이 주니가 날 정도로

느리다. 이러다 겨울 해가 지겠구나 싶을 때에야 쌍계사 입구에 도착했다. 입구에다 말을 매 놓고는 걸어서 절 안으로 들어갔다. 국사암으로 난 지름길은 쌍계사 안에서 시작되거니와 말을 타고 오를 수 없기 때문이다. 화씨는 절 마당을 가로지르기도 꺼림칙하여 담장을 우회하여 국사암으로 향한다.

쌍계사에서 국사암까지는 사오 리 길이다. 길이 꽤 험하기는 해도 외길이라 앞서 걷는 중석 일행의 기척을 느낄 만하다. 그들이 이쪽의 기척을 느낄 것을 저어하여 화씨 일행은 걸음을 더 늦춘다. 산속의 겨울 해가 일찌감치 저물기 시작했다. 앞선 중석 일행은 등을 켜 들었다. 화씨 일행은 불을 켜지 않은 채 어둠 속에서 중석을 따랐다. 마침내 국사암 근방에 이르러 중석 일행이 암자로 들어가자 천지가 어둠에 잠겼다. 스무날이라 한밤중이 되어야 조각달이라도 뜰 것이나 화씨의 눈은 어둠에 익숙해졌다. 섬진강에서 올라온 안개와 화개계곡의 안개에 노상 휩싸인다는 국사암 골짜기가 오늘 밤은 맑다. 밤공기는 비수 날처럼 얼굴을 엔다.

국사암 아래 평평한 숲에 잠복하고 있던 복태와 만단사자들이 화씨 주변으로 모여들어 상황을 보고한다. 국사암은 깊은 숲 가운데의 너른 지대에 앉은 암자다. 자그만 전각이 네 채이고 법당이 앞쪽에 앉았다. 법당 옆쪽 건물이 대중방과 작은 방 두 칸이 달린 요사이다. 국사암에는 중이 네 명 있는바 쉰 살 남짓한 주지승과 상좌승과 행자 둘이다. 그들은 중석이 앞서 보낸 하속들과 안면이 있는 것 같고, 더불어 방을 준비하는 모습으로 보아 요사의 왼쪽 방이 중석의 처소이다. 오늘 밤의 중석은 법당에서 백팔배만 하고 잠자리에 들었다가 내일 새벽 예불부터 기도를 시작할 것 같다.

“내 이미 말했다시피 대응해 오는 자들을 상황 따라 제압하되 될수록 죽이지는 마세요. 특히 중석은 사로잡으세요. 상림으로 데려갈 것이니 험하게 다루지 마시고요. 다시 한 번 말씀 드리지만 태감의 명이십니다. 우리가 오늘 내내 이 순간을 지루하게 기다렸으므로 이제 더 기다릴 필요 없겠지요. 중석의 시자들 중 혹여 대응해 오는 자가 있을 수 있고, 그런 자들은 나름 무술을 할 것이므로 조심들 하세요. 법당에서 저녁 예불이 시작되는 것에 맞춰 진입하지요.”

제압하되 죽이지 않을 방법은 무엇일까. 저쪽이 단짝 엎드려 목숨을 구걸한다면 모를까, 제압하되 죽이지 않기는 어렵다. 그러므로 중석을 살려 두라는 화씨의 말은 허언이다. 화씨는 오늘 밤 반드시 중석을 죽이기로 작정했다. 반반골에 사는 사내들의 곱절이나 되는 사자들을 데리고 온 이유가 그 때문이다.

땅그랑 땅그랑. 일곱 번의 종소리가 나더니 목탁 소리가 울리기 시작한다.

“당장 칩니까?”

복태가 물었다. 이번 일을 태감의 명으로 사칭하여 복태를 비롯한 상림 인근의 사자들을 불렀다. 태감이 화개 무녀 중석을 참모로 쓰기 위해 수차례 청했음에도 무녀가 도도히 불복하는바 중석을 데려다 사령의 사람으로 만들기 위함이라고. 태감의 명이라는 건 거짓이지만 아주 헛된 말은 아니다. 상황 따라 중석을 상림으로 데려갈 생각이 없지는 않다. 데려다 놓고 어찌 처신하는지 보고 싶은 호기심도 있다. 어쨌든 태감이 돌아오면 한차례 수선스런 일을 겪을 터이다. 그는 한양에서 돌아오는 길에 화개에 들러 중석을 끌고라도 올 작정을 하였으므로 중석이 사라졌다는 걸 알면 어찌 나올지 뻔하다.

문정헌의 어린 계집아이 하나 죽은 것으로도 그 난리를 쳤는데 그냥 넘어갈 턱이 없다. 각오했다.

"치세요."

화씨의 명에 복태가 사자들을 지휘했다.

"한 조는 계곡에 면한 암자의 왼쪽으로 올라 앞에 있는 법당으로, 한조는 오른쪽으로 올라 요사로 진입한다. 눈에 띄는 자들은 일단 모두 제압한다."

화씨는 법당으로 향하는 복태의 조를 따른다. 법당 문을 거칠게 열고 들어선다. 아무도 없다. 조금 전까지 종이 울리고 목탁소리를 내던 법당이 텅 비었다. 본존불 앞에 놓인 세 촉의 촛불과 향로에서 피어나는 향 연기만 꼬물거린다. 화씨의 머릿속에 써늘한 한기가 들이차는데 사자들이 법당 안팎을 살피며 우왕좌왕했다. 이웃한 요사에서도 비슷한 일이 일어난 듯했다. 복태가 소리쳤다.

"함정이다. 모두 물러나라. 암자를 벗어나라."

방향 없이 칼을 겨눈 사자들이 뒷걸음질로 법당에서 물러나 요사 쪽으로 향했다. 요사에 진입했던 사자들도 안팎을 뒤지며 다니다가 마당으로 몰려나온다. 석등 하나가 밝혀진 마당에 스물네 명의 사내와 화씨가 모였다. 복태가 다시 소리쳤다.

"흩어져라. 아까 그곳에서 다시 모이라."

사자들이 흩어지기 시작했다. 담장이 없으므로 아무 데로나 뛰어내리면 되었다. 암자주변 숲이 깊되 그리 가파른 형세가 아니라서 마당을 벗어난 순간 곧 은신할 수 있었다. 계곡도 깊다. 화씨도 일단 물러나기로 한다. 뭔가 잘못되었는데 뭐가 잘못된 것인지 알 수 없으므로 잘못된 것이다. 계량을 다시 하는 수밖에 없었다.

화씨가 한숨 쉬며 몸을 돌리는데 뭔가가 날아와 목 오른쪽에 콱 박힌다. 버드나무 이파리처럼 긴 화살촉이다. 온몸이 두툼한 옷에 싸여 있으되 목에는 비단목도리 한 장 감고 있는데 유엽전柳葉箭이 목도리를 뚫고 박혔다. 그 충격으로 주저앉으면서 화씨는 버들잎 화살이 날아온 방향을 가늠해 보았다. 요사와 법당 지붕 위에서 버들잎 화살이 낙엽처럼 연거푸 날아내려 사자들을 넘어뜨리고 있었다. 저들이 침입자들을 모두 죽일 작정은 아닌 듯 피바람이 난무하지는 않는다. 사자들이 화살을 칼로 내치거나 화살을 피해 처마 밑이나 숲으로 뛰어내리는 게 보인다. 화씨에게 박힌 화살도 그리 깊게 박히지는 않았는지 목이 따끔한 것 같을 뿐 통증이 거의 없다. 지붕 위에서 귀신같은 자들이 날아 내린다. 진짜 귀신들인지도 모른다.

화씨는 화살을 뽑아내고 싶어 손을 든다. 들었다고 여긴 손이 움직이지 않는다. 팔도 고개도 움직이지 않는다. 화씨는 모로 넘어진 채 눈을 크게 뜨고 눈앞에서 벌어진 일들을 바라본다. 화살을 피해 처마 밑으로 들어갔던 사자들이 쓰러지며 마당으로 굴러 내렸고, 숲으로 뛰어들었던 사자들이 귀신같은 자들한테 주검인 양 들린 채 법당 마당으로 들어와 짐짝처럼 부려진다. 눈 깜짝할 사이였던 것도 같은데 평생 봐온 장면처럼 익숙하다.

어느 사이 횃불이 군데군데 걸렸고 혜원이 법당 앞의 기단에 나타나 있었다. 오후에 장터에 나타났던 중석처럼 흰 두루마기를 입고 흰 아얌을 썼다. 장터에서 혜원은 분명히 검정 두루마기 차림이었다. 지금 혜원은 중석의 옷을 입고 있는 것이다. 그러므로 화씨는 쌍계사 이후부터 중석이 아닌 혜원을 뒤따라 국사암까지 올라온 것이었다. 혜원이 외친다.

"나란히 눕히고 혹여 경각인 자가 있는지 꼼꼼히들 살피세요."

목숨이 경각에 다다랐는지 살피라는 걸 보면 죽은 자들이 없거니와 죽이지도 않으려는 모양이다. 혜원의 명을 받는 족속이 할아범까지 아울러 열쯤 되는 것 같다. 화개객점 노파의 아들과 손자까지 함께 했다. 반반골로 오르는 길목의 화개약방 의원과 국사암의 젊은 중과 행자들도 있다. 화개객점과 약방과 이 암자까지도 중석의 속하에 있었던 것이다. 그런데 어떻게? 화씨는 갑작스레 찾아든 의문에 시달린다. 일개 무녀의 하속들치고는 하는 짓이 너무 터무니없지 않은가. 화씨 스스로는 무술을 익히지 않았으나 노상 무술하는 자들을 보며 살아온 터라 지금 이들의 하는 짓이 사령 보위부 무사들의 움직임에 준하는 수준임을 짐작한다. 어떻게? 왜? 그렇다면 이들은 말로만 들은 사신계, 그들이란 말인가?

오래전 신모의 신모로부터 들었다. 사신계라는 것이 있고 그 안에 칠성부가 있으며 그들이 만파식령을 가지고 있다는 옛이야기를 들었노라고. 헌데 그들이 실재했고, 중석이 사신계였어? 사신계 칠성부? 중석에게 만파식령이 있었다는 거야? 화씨는 대체 어떻게 이와 같은 상황이 벌어졌는지에 대해 소리쳐 묻고 싶다. 생각뿐 목소리는 나오지 않는다. 목을 바위처럼 누르고 있는 화살을 뽑으면 소리가 나올 것 같지만 손가락 하나 움직일 힘이 없다. 아주 몹시 춥다. 몸이 덜덜 떨리는 것 같은데 실제로 떠는지는 알 수 없다. 혜원이 다시 말한다.

"침입자들은 귀를 열고 똑똑히 들어라. 나는 만수산의 명화당 무녀를 모시는 진화다. 무녀 명화당은 부처님과 만산 신령들의 가호를 받는 큰 신력을 가지셨다. 때문에 너희들은 절대, 죽었다가 다시 태어난다고 해도 명화당을 죽일 수 없다. 그게 너희들이 지금 널브러져 있는 이유다. 너희들은 현재 모두 살아 있다. 움직일 수는 없을 터이다. 너희들이 맞은 버들잎 화살촉에 독이 묻은 까닭이다. 우리를 죽이고자 온 너희들을 나는 모조리 즉살시켰을 것이로되, 우리 명화당께서는 너희들의 목숨을 살려 주라 하시었다. 그 덕에 아직은 너희들의 목숨이 붙어 있는 것이다. 아직이라 했느니. 너희가 당장 해독 침을 맞으면 이삼일 뒤에 운신이라도 가능할 것이나 이대로 두면 이삼 각 안에 숨이 끊길 것이다. 하여 단서를 붙이겠다. 지금부터 너희들이 다시는 우리 명화당은 물론, 무고한 사람들의 목숨을 노리지 않는다는 맹세의 의미로, 살려 달라 말하는 자에게는 해독 침을 놓아 줄 것이다. 독기 때문에 움직일 힘이 없고 목소리도 나오지 않는 자들은 우리가 곁으로 다가들 때 눈을 뜨고 있어라. 눈을 뜨고 있으면 항복의 표시로 알고 해독 침을 놓아 주겠다. 해독 침을 맞고 해독약을 먹고 난 너희들은 오늘 이곳에서의 일을 기억치 못할 것이고, 지금까지와 같은 모습으로도 살 수는 없을 것이다. 그래도 살게는 된다. 그러니 살고 싶은 자들은 눈을 뜨고 있으라. 그대로 죽고 싶은 자들은 눈을 감고 있으면 된다. 죽고 싶음도 의지이고 소망일 수 있으므로, 그 뜻을 존중하여 어떠한 모욕도 가하지 않을 것이며 주검도 함부로 다루지 않겠다."

중석의 시녀 혜원이 이곳을 만수산이라 하고 자신을 진화라고 칭한다. 중석을 명화당이라 부른다. 혜원이 자신을 진화라 칭하는 까닭이 뭘까. 그걸 알 수 없어도 그 긴 말을 듣는 동안 화씨는 자신의 생이 끝났음을 느낀다. '상보왕진청옥기조소신相寶王眞淸玉炁祖霄神, 구천응원뇌성보화천존보상九天應元雷聲普化天尊寶相, 뇌성보화천존雷

聲普化天尊.' 그 세 신을 섬기며 평생을 살았다. 삼십팔 년이 아니라 삼백팔십 년처럼 길었던 평생이 마침내 끝에 다다랐다. 후회란 미래에 기대하는 바가 있을 때 하는 것일 터, 화씨는 자신의 일생에 후회는 없다. 매순간 죽을힘을 다해 살았으므로 반성도 없다. 강원도 통천에 하마 살아 계실지도 모를 신모가 그립기는 하다. 당당히 무녀 노릇을 못하는 무녀는 아무 것도 아니라 하셨던 분. 신모 말씀이 맞았다. 이록을 따라 상림에 든 이후 화씨는 아무것도 아니었다. 그 아무것도 아님을 견딜 수 없어 발악하다 끝났다. 눈앞이 환해진다. 횃불 든 처자를 데리고 다가온 진화가 화씨 곁에 앉아 말한다.

"당신을 따라온 이들은 다들 살고 싶어 하는군. 살고자 하는 그들은, 이전처럼은 아니어도 숨은 붙어 살게 될 것이야. 화씨, 당신은?"

화씨라는 이름을 알고 있다. 처음부터 다 알고 있었던 것이다. 그렇다면 지난봄 함화루 곳집에 난 불과 계집아이의 혼령이 사라진 것도 이들의 행사였을지 모른다. 화씨는, 말을 할 수 있다면 묻고 싶다. 대체 이 모든 일이 어떻게 일어났는가. 그대는 어찌하여 명화당을 그리 깊이 섬기는가. 명화당은 누구인가. 묻고 싶은 게 너무 많아 입을 열 수 없다. 화씨는 진화를 향해 미소 짓는다. 진화가 화씨의 얼굴을 한참 바라보다 알아들었소, 한다. 부디 편히, 좋은 곳으로 가시구려, 덧붙인다. 알아들었다는 말, 좋은 세상으로 가라는 말이 이처럼 좋은 말인 줄 모르고 평생 살았다. 더 일찍 알았다면 좋았겠지만 이제라도 알아 다행이다. 화씨는 한 번 더 웃어 보이고는 눈을 감는다. 다시 눈을 뜨고 싶지 않거니와 눈꺼풀 들어 올릴 힘도 더 이상 없다. 아들이 떠오른다. 아기 때 이름이 즈믄이었다. 젖을 떼자마자 버렸던 아들. 아이가 어떻게 생겼던가. 생각나지 않는다.

가짜 회영

그림자도둑 회영을 잡기 위해 좌우포청과 의금부와 오위도총부까지 수선을 피우는 와중에 세자익위사의 설희평과 김강하, 세자시강원의 이무영과 의금부의 최갑, 우포청에 있는 백일만 등이 동아리가 되었다. 화양의 동아리라는 뜻으로 화양동반華陽同伴이라 자칭하고 화반華伴이라 약칭했다. 화반들이 각기 조사하고 함께 검토, 분석한 결과 그림자도둑 회영의 정체는 정효맹인 것으로 결론이 났다. 정효맹이 이록을 보위하거나 심부름을 위해 도성에 들어온 때와 드러난 범행의 시기가 일치했다. 회영은 일 년에 두세 차례 강도질을 해왔다. 놈은 강도질하되 살인을 하지 않고 부녀들의 몸을 취하지 않는 등 나름의 규칙이 있었다. 그런데 그건 석 달 전 김강하가 소전으로부터 밀명을 받은 날 방산 무진이 유추해 낸 결론이자 각 관서의 문서에 다 나타난 내용이었다.

와중에 소전이 마마귀신이라 불리는 천행두天行痘에 걸렸다. 지난 동짓달 하순이었다. 소전에게 접근할 수 있는 사람들은 어릴 때 천

행두를 앓아 다시 걸리지 않을 내관이나 내인들, 의원들뿐이었다. 소전이 병을 이겨내기 위해 이불 속에서 고군분투 할망정 화반들에게는 시간이 남아돌았다. 천행두한테 넘어갈 소전이 아니므로 그가 병을 이기고 방을 나섰을 때 잡아 놓은 도둑놈이나 대령하고자 다짐했다.

이쪽 맘이 아무리 바빠도 도둑놈은 움직이지 않았다. 화반들은 회영을 효맹과 꿰어 맞추느라 시일을 허비하는 대신 덫을 놓기로 했다. 놈이 나름대로 규칙을 지키고 있으므로 그 규칙을 깨뜨리기 위해 가짜 회영을 만들었다. 놈의 자존심을 건드리자는 발상이었다. 이록은 시월 말에 도성에 들어와 아예 설 명절을 지내고 갈 참으로 허원정에 머물렀다. 집안과 약방을 다스리던 온이 심양에 갔으므로 도성 체류가 길어진 듯했다. 이록은 이따금 혜정원에 나타나 사람들을 만나고, 보원약방에 나타나 하속들을 단속하고 심지어는 보제원 거리의 큰 약방들을 방문하기까지 하며 시간을 보냈다. 정효맹도 덩달아 도성에 머물렀으므로 그 점을 이용했다.

이왕지사 회영을 흉내내어 강도질을 할 바엔 육조거리를 뒤집어 놓기로 했다. 평판이 좋지 않은 여섯 기관의 수장들 집을 골랐다. 강도짓은 김강하와 최갑과 백일만이 각기 두 번씩 했다. 김강하가 내시부內侍府의 상선 집에서 칠백 냥어치, 상서원尙瑞院의 판관 집에서 사백오십 냥어치의 금품을 빼어 나왔다. 최갑이 사재감四宰監 제조의 집에서 오백오십 냥과 제용감濟用監 도제의 집에서 천이백칠십 냥어치를 탈취했다. 백일만이 내수사內需司 전수의 집에서 육백칠십 냥, 전의감典醫監 제조의 집에서 사백팔십 냥어치를 빼어가지고 나왔다.

동짓달 하순부터 섣달 지나 정월 초까지 들쭉날쭉하게 저지른 강도짓은 어렵지 않았다. 한밤중이나 새벽에 검은 옷에 검은 복면을 쓰고 회영이라 적힌 머리띠를 이마에 두르고 표적 삼은 집의 안채로 들어가 칼을 들이대면 됐다. 말을 하여 목소리를 노출할 필요도 없었다. 회영이 그만큼 유명한 덕이었다.

의도했던 대로 도성 안이 회영의 강도질로 들들 끓었다. 회영한테 털린 놈은 죄 국록 먹는 도적놈이라거나, 털린 놈이 회영보다 더 큰 도적이라거나, 회영은 의적이라거나 다음번에는 누구 집이 털릴지에 대한 말들로 겨울 도성이 후끈 달았다. 한 달여의 투병 끝에 마마 귀신을 이기고 편전에 나선 소전의 첫 물음도 그것이었다.

"이봐, 김강하. 회영이 단독범이라 하지 않았어? 헌데 이제 떼도둑이 된 거야? 놈의 도적질이 어째 이리 잦아?"

강하는 소전의 무릎 가까이 다가들어 그간의 경위를 속삭여 주었다. 소전이 모처럼 환히 웃고 나서 전라도 관찰사가 올려 온 장계를 읽어 보라 했다. 한 달여 만에 보는 정무의 내용을 내보이며 소견을 물을 정도로 강하에 대한 소전의 신임이 막강해진 것이었다. 그 장계의 내용은 지난 섣달 초에 전라도 함평 바닷가에 한 척의 배가 표착했는데 그 배에 여덟 명의 이국인이 타고 있더라는 것이었다. 말이 전혀 통하지 않는 자들이라 가둬 놓고 우리말부터 가르치고 있는바, 이들을 어찌해야겠냐는 장계였다.

표류하다 조선의 함평 땅까지 밀려온 자들을 어찌할 것인가. 그에 대해 조당이 여러 차례의 논의를 거듭하는 와중에도 화반들은 효맹의 움직임을 감지하기 위해 신경을 돋웠다. 정작 진짜 회영인 효맹은 일체 움직이지 않았다. 제 상전인 이록 곁에만 한사코 머물렀다.

효맹이 움직이지 않으므로 증좌가 없었다. 두 달 넘게 팔자에 없는 강도 행각을 계획하고 실행한 화반들의 노력이 무위로 돌아갈 판이었다.

설상가상, 효맹이 이록을 따라 도성을 떠났다. 김강하가 소전한테 회영을 삼월 말까지 잡아 대령하겠노라 하였는바 시한이 달포 정도밖에 남지 않은 즈음이었다. 암담해하는 사이 며칠이 또 흘렀다. 소전 앞에서 큰소리 친 강하야말로 난감했다. 혹여 정효맹이 아니었는가. 다른 자인데 처음부터 효맹에게만 혐의를 두고 회영을 꿰어 맞추려 한 건 아닌가. 수없이 돌아보며 놓친 것이 있는지를 찾았다. 하지만 아무리 달리 생각해 보려 하여도 효맹이 회영인 게 맞았다.

단서가 생긴 건 오늘 강하가 퇴청하여 비연재로 들어갔을 때였다. 가마골의 정덕이 혜정원을 찾아와 편지 한 통을 놓고 갔다고 했다. 삼덕의 조무인 정덕은 강하가 평양에서 구해 와 얌전네의 막내아들로 들여놨던 김문수와 혼인했고 산달에 이른 참이었다. 깨금네 내외와 얌전네 내외는 이미 가마골을 떠났다. 배불뚝이 정덕이 아침에 비어 있는 깨끔네를 둘러보러 들렀더니 사립짝에 편지 한 통이 꽂혀 있더라고 했다. 겉봉에 김강하라고 쓰여 있으므로 정덕은 편지 봉투를 혜정원으로 가져다 논 것이었다.

창의문에서 인달방으로 들어서는 첫 번째 삼거리 오른쪽 첫 집. 안채 대청에 주의 요망.

누가 어떤 목적으로 인달방의 그 집을 지목했는지 알 수 없는 글귀였으나 봉함편지를 깨금네 사립문에 꽂아 놓고 간 사람이 있었다.

그 사람은 김강하가 세자익위라는 사실이며 깨금네를 흔히 출입하는 것을 아는 자였다. 그걸 알고 있는 자가 누구인가. 강하는 혼란스러웠다. 효맹은 작년 유월 말에 소소원까지 강하를 미행한 적이 있지만 이후 접근해 오지 않았다. 편지는 어쩌면 그날 효맹을 뒤쫓아 소소원까지 왔던 이중 미행자가 보내온 것일지도 몰랐다. 그날 강하는 효맹이 아니라 효맹 뒤에 붙은 그 미행 때문에 그들을 역 미행하지 못했지 않은가.

강하의 기별에 화반들이 적선방 수풍재로 모였다. 강하에게 전해진 편지를 돌려보던 백일만이 먼저 나섰다.

"대보름이라 달빛도 밝겠다, 달 따러 헤매고 다니는 사람들 흔하겠다, 당장 인달방의 그 집으로 가 보지요? 정말 대어를 낚을 수도 있지 않겠습니까?"

최갑이 응수한다.

"이게, 그 도적놈이 우리를 잡기 위한 덫일 수도 있지 않을까?"

"우리가 저 캐고 다닌 걸 알고 역으로? 그놈이 우리가 저 캐는 걸 어찌 알고요?"

"우리가 제 놈 흉내를 여러 번 냈으니 와중에 알게 됐는지도 모르지."

"덫인지 아닌지도 가 봐야 확인할 수 있지 않소? 이러니저러니 하지 말고 그냥 냅다 가 봅시다. 엎어지면 코 닿을 데 아닙니까? 그렇더라도 우리가 다 같이 갈 필요는 없겠지요. 제일 젊고 날쌘 제가 두물이하고 다녀오겠습니다. 연만하신 나리들께서는 술이나 자시고 계십시오."

백일만의 우스갯소리에 웃음판이 벌어진다. 두물은 어떻게 해석

해도 물이 되는 강하의 이름에서 비롯된 별칭이다. 백일만과 강하가 사랑마당에 서니 안채 쪽에서 웃음소리가 울렸다. 설희평의 안식구들이 마당에 나와 달구경을 하는 것 같았다. 소원을 빌고 있는지도 몰랐다. 백일만이 안채 쪽을 향해 히죽 웃어 보이고는 대문간에 닿더니 대문간 설주의 등을 떼어 들고 나섰다.

적선방과 인달방은 이웃한 동리지만 엎어지면 코 닿기에는 좀 먼 삼사 리 길이다. 갓 초경에 들어선 시각이라 거리에는 달빛에 홀려 다니는 사람들이 많다. 골목골목에서 조무래기들이 뛰어다닌다. 어디선가 폭죽 터트리는 소리도 났다. 강가에서는 소원을 적은 풍등을 띄워 올리고 들판 어디선가는 달집을 태우고 관솔불을 휘두르기도 할 테지만 도성 안에서는 불놀이가 금지되어 있다.

걷는 동안 강하는 편지를 누가 보냈을지를 궁리한다. 효맹은 지금쯤 상림에 있을 것이다. 이록이나 효맹이 알고 갔는지 모르지만 상림에는 그들 입장에서의 이변이 생겨 있을 터이다. 정초에 화개에서 올라온 다루에 따르면 지난 동짓달에 혜원 무진과 화산 대장이 칠요를 죽이러 온 상림의 화씨를 죽이고 그가 이끌어온 스물네 명의 만단사자들을 천치로 만들었다. 화씨의 주검은 국사암 아래쪽 양지바른 곳에 평평하게 묻었다. 천치가 된 만단사자들은 화개장터에다 풀어 놓았다. 그들이 장터에서는 사라졌으나 제 곳으로 돌아갔는지는 확인하지 않았다고 했다.

강하는 결국 이온과 윤선일에게 혐의를 뒀다. 그들이 더불어 자식을 낳게 될 것인즉 자신들의 행각에 가장 큰 걸림돌이 될 효맹을 제거하기로 작정한 게 아닌가. 작년 칠월 초사흘 밤 효맹을 따라 소소강원까지 왔던 자는 선일이었던 것이다. 그 밤에 필운방 역관 집에 회영이 나타났는바 그림자도둑은 곧 효맹이고, 선일은 회영의 정체를 그날 밤에 알게 된 게 아니겠는가.

짐작일 뿐, 동료나 사형제나 스승을 제거한다는 것은 상상으로도 불가능하다. 강화도 수국사의 무량스님과 그곳의 승려들이 강하의 무술 스승이자 사형제들이다. 열한 살 때부터 열다섯 살 때까지 한 달에 절반을 그들과 함께 숨쉬며 지냈다. 그들을 통해 몸을 키우고 마음을 키웠다. 피붙이나 같았다. 누구에게나 스승과 사형제들이란 그런 존재다. 그런 스승과 사형제들을 어찌 없앤단 말인가. 그렇지만 또, 내 목숨보다 앞선 사람을 위해 피붙이 같은 사람들과 맞서야 한다면, 피붙이를 버릴 수도 있긴 할 것이다. 작금 이온과 윤선일에게는 서로가 피붙이보다 앞설 테고 그들이 낳을 아이가 그런 존재일 것인데, 어쩔 수 없다면 스승을 버리지 못하랴.

인달방 그 집의 대문 앞에 이르렀다. 백일만이 대문을 밀었다. 안에서 빗장이 걸린 대문은 꿈쩍 하지 않는다. 사람이 없는데 문이 안쪽에서 잠겨 있다면 쪽문이 따로 나 있다는 뜻이라 두 사람은 담장을 한 바퀴 돌아보았다. 집 왼편의 조붓한 골목에서 숲으로 이어진 담장 끝에 쪽문이 있다. 안채 뒤란으로 이어진 모양인 쪽문에는 자물쇠가 달렸다. 백일만이 등불로 자물쇠를 비쳐보다 강하를 돌아보았다.

"어이, 두물. 자물쇠를 좀 뜯어 보지 그래?"

"자물쇠를 뜯고 들어가잔 말씀이세요?"

"군자대문행이라고 했어."

"대로행이든 대문행이든, 선생님이나 저는 군자 운운하기에 좀 쑥스러운 처지가 되지 않았습니까? 쪽문이 대문도 아니고요."

"뒷간 들 때와 날 때 달라진다더니 자네가 그렇구먼. 일껏 동참해 주었더니 한 푼 만져 보지도 못하게 하고, 이제 이깟 문도 못 열어 주겠다는 거야?"

화반들이 가짜 회영 노릇으로 모은 돈과 금품이 무려 사천백이십 냥어치였다. 모두 입맛을 쩝쩝 다시다가 진저리치며 웃고는 칠성부원들을 위해서나 쓰라고 방산 무진에게 건넸다. 방산 무진이 사양도 없이 돈을 받으며 사신계에 여섯 번째 부로 도둑부를 신설해야겠다고 농담해 허리가 아프게 웃었다. 방산은 차후에 그 돈을 나누어서 활인서와 혜민서에 가져다줄 것이라 했다. 그 바람에 강하는 혜정원이 매해 활인서와 혜민서 등에 기부해 온 것을 알게 됐다.

"제 집 문이면 언제든 활짝 열어 드리지요. 지금은, 누가 보기 전에 그냥 넘으시지요."

"어이구! 다 늙어서 이게 무슨 짓이람. 동수 놈을 빨리 키워 데리고 다녀야겠어."

한탄한 백일만이 등불을 강하에게 떠넘기고 담을 넘어간다. 동수는 지난 동짓달에 사품으로 승품한 뒤 강화도 수국사로 들어갔다. 무량스님의 제자가 되었으므로 강하의 사제가 된 것이기도 하다. 동수의 조부가 서자 출신이라 동수도 현실의 어디에도 부접하기 힘든 신분이었다. 신분에 관한 나라의 법도가 그만큼 엄격했다. 동수를 세상에 나서게 하려면 현실의 법을 뛰어넘을 수 있는 기량을 갖춰 줘야 하고 그건 계가 할 일이다. 무녀의 아들로 자라 중인 집에 입적된 강하가 무과에 급제한 것과 같은 과정을 치르게 하려는 것이었다.

강하는 등불을 든 채 담장을 넘었다. 대문채와 사랑채와 안채와 곳간과 별채로 이루어진, 제법 규모 있는 집이다. 사람 기척이 나지 않으나 버려진 집도 아니다. 누군가 일정하게 드나들며 보살피고 있는지 가장집물家藏什物이 가지런하다. 강하는 등불을 비추어 마당 이곳 저곳의 상태를 살핀다. 겨울 화단에는 마른 풀이 없고 마당은 낙엽 몇 장이 굴러다닐 뿐 말끔하고 비질 자국이 선명하다. 침입자의 흔적을 알기 위해 조심한 흔적은 없다. 집주인이나 청지기는 침입자에 대해 가정조차 하지 않은 듯하다. 집주인이 그만큼 꼭꼭 숨겨온 은거지라는 뜻인데 이곳을 제보한 자는 여기를 어떻게 알았을까. 결국 윤선일이란 말인가. 강하가 궁리하는 동안 벌써 안채 기단으로 올라간 백일만이 안방과 건넌방을 향해 연신 말한다.

"실례합니다, 주인장 계십니까? 소생은 포청에서 나온 백씨입니다, 주인장 잠깐 뵙지요?"

남의 빈집에 들어와 하릴없는 장난을 늘어놓던 백일만이 휙 돌아선다. 강하도 인기척에 놀라 돌아선다. 오른손에 등불을 든 채 왼손에는 어느새 표창을 빼들었다.

"우리야, 우리."

저쪽에서 화급히 신분을 밝히며 나섰다. 설희평과 최갑과 이무영이다. 백일만이 속삭이듯 외쳤다.

"하마터면 표창을 날릴 뻔했잖습니까?"

이무영이 다가들며 이기죽거렸다.

"공마恭亇, 자네 표창, 언젠가 보니 파리도 못 잡더구먼? 우리가 그걸 알고 안심하고 들어온 게지."

공손한 망치라는 뜻의 공마는 백일만의 호다. 한바탕 소리죽인 웃음판이 끝난 뒤 다섯 사람은 신을 신은 채 안채 대청으로 올라서려다 멈칫한다. 대청마루가 흙 묻은 발로 올라서기에는 너무 깨끗해서

다. 모두 신발을 벗고 대청으로 올라섰다.

백일만이 안방의 문을 살그머니 열어 보다 아이구, 죄송합니다, 인사한다. 강하가 문안으로 등불을 비쳤다. 자개농들과 문갑과 경상과 경대 등이 일습으로 놓인 여인의 방이다. 문마다 꽃수 놓인 비단 가리개가 드리웠고 문갑에는 황촉이 얹힌 나비촛대가 놓였고 약하나마 온기가 있다. 향내도 은은하다. 사향내다.

"이거 뭔가 잘못 된 게 아니야? 금세라도 곱디고운 안주인이 들어올 것 같은 방인데?"

백일만이 슬그머니 문을 닫더니 건넌방으로 향한다. 그가 연 문 안으로 강하가 등불을 들이 밀었다. 북쪽 창 양쪽으로 책을 가득 품은 책장 두 기가 정돈되어 있다. 문갑위에는 지필묵 등이 가지런하다. 사대부가의 사랑 같은 방에는 역시나 냉기 대신 온기가 들었다.

"역시 뭔가 잘못 됐어. 도둑놈 집이 아니잖아. 책으로 보면 선비 집이야."

강하는 문턱을 넘지는 않고 등불을 높이 들어 책들을 살핀다. 흐릿하나마 보이는 몇 권의 제목이 병서들이다.

"선비라기보다 무관의 집일 수 있겠습니다. 병서들이 보이거든요."

"그러지 말고 들어가 보지?"

"나리님이 들어가세요."

"그대가 시작한 일이잖아!"

"오늘 밤에 여기 오잔 분은 스승님이시죠."

"이봐 두물. 나리든 선생이든 스승이든, 호칭을 통일하지 그래. 정신 사나워 죽겠다."

"수년 동안 아무 말씀 아니 하시던 호칭을 지금 따지십니까? 어떤 호칭이 좋으신데요?"

"그대나 나나 같은 나리인데 내가 그대한테 나리라 불리는 건 우습고, 먼저 태어난 것으로 선생이라 하기 계면쩍고, 그대한테 가르친 게 없으므로 스승이라 불릴 자격이 없으니 다 싫어. 그냥 백가야 해. 공마야 하든지."

"제가 정말 백가야 하거나, 공마라고 부르면 어쩌실 건데요?"

"주둥이를 북 찢어 놓겠지."

두 사람이 설왕설래 하는 사이 대청을 꼼꼼히 디뎌 보고 다니던 설희평이 우뚝 섰다.

"쓸데없는 소리들 그만하고 등을 가져와 봐. 이 밑에 뭔가 있는 것 같아."

강하가 등불을 들고 다가서 마루에 반나마 엎드린 설희평을 비친다. 대청 가운데 마루판이 육각으로 깔린 우물마루다. 설희평이 행전에서 단검을 빼어들고 한가운데 마루판자를 조심스레 들썩인다. 그 곁에서 단검을 꺼내든 최갑도 거들어 판자를 들어낸다. 판자 하나를 들어내면 나머지를 밀어 빼낼 수 있는 게 마루의 구조다. 열세 개의 판자를 들어내자 가로 세로로 짜인 마루받침대 사이에 묻힌 궤짝들이 드러났다. 보이는 궤짝만 해도 네 개이고 궤짝 뚜껑마다 쇠불알자물쇠가 걸려 있다.

"도적놈들 것을 도적질해 온 도적놈이 도적 맞을까 봐 자물쇠들을 잔뜩 채워 뒀구먼."

뇌까린 최갑이 한 궤짝의 자물쇠를 잡아채기 전에 강하가 그의 손을 붙든다.

"어찌할지를 먼저 결정해야지요. 이 집과 이 궤짝을 아는 척할지, 아무것도 모르는 척 기다릴지를요."

이무영이 강하를 거들었다.

"두물 말이 맞네. 열어 보려면 흔적 없이 해야 하고 그럴 수 없으면 그냥 놔두는 게 나아."

"확인을 해봐야 다음을 계획할 수 있잖나. 어이 공마, 아는 쇳대장이 없나?"

최갑의 질문에 백일만이 고개를 끄덕였다.

"있지요. 그가 집에 있다면 데려오는 데 한 시간은 걸리지 않을 겁니다. 제가 잽싸게 가서 데려올 테니 나리들은 방에나 들어가 계시든지, 부엌 아궁이 앞으로들 가 보시든지. 장부들 체면에 그리 못 하실 것 같으면 마당이나 데우시든가."

백일만이 끝까지 우스갯소리를 하고는 마당의 달빛 속으로 사라진다. 아닌 게 아니라 춥다. 신을 벗은 버선발들이 시리다. 방으로 들어가지 않고 한 시간을 기다리려면 아궁이 속에서 잔불을 뒤적이든가 마당에다 불을 피워야 할 것 같다. 그럴 수는 없으므로 남은 네 사람은 눈짓으로 뜻을 맞춘 뒤 모꼬지 하려는 사람들처럼 마당으로 나선다. 양손을 털어 손목을 풀고 어깨를 들썩여 근육을 풀며 수박 대련을 준비한다. 상대를 이겨 넘길 필요가 없는 대련이므로 운동이자 놀이다. 한참 놀고 나면 몸이 더워질 터이다.

연화당

전주 희구재熙九齋의 주인 진하원과 강경상단 도방 황환의 교분은 선대로부터 이어졌다. 양반과 중인이라는 신분의 차이가 있음에도 양쪽의 부친들이 한 스승 아래서 수학했다. 동문수학의 시절을 지나 진하원의 부친은 과거에 급제하여 벼슬길로 들어섰고 황환의 부친은 가업을 물려받아 장사치로 나섰다. 삶의 형태나 방식은 달랐어도 두 집안의 인연은 대를 물려 두 사람에게도 이어졌다.

어린 시절의 황환은 진하원의 부친에게 글을 배우느라 희구재에서 이태가량을 지냈다. 당시 이미 장성하여 소과에 급제해 있던 진하원이 부친과 함께 어린 황환에게 글을 가르쳤다. 진하원이 가르친 것이었다. 그렇게 사제지간이 되었으나 그들 또한 신분이 다르고 하는 일이 달랐으므로 자주 오가지는 않았다. 매년 설이면 말린 해물이며 싱싱한 생선들이 수레를 타고 강경상각江景商閣에서 희구재로 건너갔다. 답례로 희구재에서는 집안 내림의 음식들과 새해 덕담을 쓴 문구를 강경상각으로 보내왔다. 황환은 전주를 지나는 길이면 이따금 한번씩 희구재를 찾아뵈었다.

진하원이 고희를 맞아 잔치한다는 기별이 왔으므로 황환은 이월 초사흘에 맞춰 말미를 빼두었다. 스승의 고희연이므로 천리길이라도 갈 터, 전주와 강경 사이는 이른 아침 먹고 말을 달리면 새참에 도착할 만한 거리였다. 진하원이 편찮으므로 고희연을 열지 못하게 되었다는 인편이 다시 다녀갔다. 어제였다. 기별을 가져온 통인에게 어른께서 얼마나 편찮기에 잔치를 못하느냐 물으니 선뜻 대답을 못했다. 중환이라는 말을 못하고 머뭇거린 것이었다. 이왕 만들어 둔 말미이므로 황환은 잔치 참석을 대신하여 문병을 하기로 했다.

희구재에 와 보니 과연 진하원은 연석은커녕 금세 빈소를 차리게 생긴 형국이다. 열흘 전쯤에 고뿔이 드는 것 같더니 사나흘 만에 기력이 완전히 쇠하여 일어나지 못하게 되었다고 했다. 지난가을 찾아뵀던 그 정정하던 어른인가 싶을 만큼, 진하원은 쇠잔하게 누워 황환을 맞이했다.

"스승님, 갑자기 이게 무슨 변고이십니까?"

"살 만큼 살다 가려는데 변고는 무슨. 오래 살았지. 저쪽 세상에 이미 한 발을 걸쳤으나 내 첫 제자인 자네를 한 번 더 보고 갈 수 있게 되어 좋구먼. 석초晳硝, 자네 올해 몇인가?"

"쉰다섯입니다, 스승님."

진하원이 빙긋이 웃더니 일으켜 달라고 한다. 곁을 물린 탓에 황환이 노인을 일으켜 벽에 기대 앉히고 등에다 베개를 대어 준다.

"어찌 웃으십니까?"

"자네가 참 좋은 나이라는 생각이 들어 웃네."

"이미 백발이 가깝습니다. 손자가 여럿이고요. 젊은 사람들이 들으면 우습다 할 겁니다."

"저희들도 살다 보면 알게 될 터, 우스워하라고 하지. 어쨌든 나는 미구에 저쪽 세상으로 넘어갈 모양이네."

"이리 총총하시면서 무슨 그런 말씀을 하십니까?"

"벼슬보다 학인의 삶을 그리며 평생 살면서 자네를 비롯하여 여러 제자들을 두었지. 다들 한 몫을 하며 살므로 여한이 없어야 하는데, 내게 남한테 드러내지 못할 부끄러운 과거가 있어 회한이 남는구먼."

"당치 않는 말씀이십니다. 밖에 와 있는 스승님의 제자들이 들으면 서운할 말씀이시고요."

"하여 그들에게 말을 못하지."

"무슨 말씀을요?"

노인이 방문 쪽을 건너다보고 한숨을 쉬었다.

"부끄러운 말을 해도 되겠나?"

"말씀하십시오."

"내 아직 젊을 때였지. 한양 거하던 시절에, 남몰래 딸 하나를 낳았어. 그 아이를 돌봐주지 못했네. 아이 어미가 내 벗의 부인으로서 과부가 된 이였던지라 소실로도 못 삼고 모녀를 버렸어. 장부답지도, 선비답지도 못하고, 심히 비겁했지. 모녀가 숨어 살았는데 그나마 아이 댓살에 어미가 열병으로 돌아가고 아이는 무녀 집에 맡겨진 게야. 아이의 존재 자체가 금기였던지라 일가들 집으로도 못 들어간 것이지. 내 그 아이를 제 열 살에 마지막 보았네. 아이는 무녀가 되어 제 평생을 떠돌며 살다가 아비를 찾아왔는데, 무녀가 된 아이니 여전히 내 자식이라고 떳떳이 밝힐 수 없지 않은가. 자네한테 부탁이 있어 곁을 물렸네."

반족뿐만 아니라 중인, 상민 집에서도 자식한테 신이 내리면 그 사실을 숨기고 자식을 버린다. 숨기지도 버리지도 못할 때는 죽일 수밖에 없다.

"말씀하십시오."

"그 아이가 신기가 제법 높은 무녀인 모양이라 절 버린 아비임에도, 아비 죽을 줄 예견하고 죽기 전에 한번 보겠다고 찾아와 있다네."

"그렇습니까?"

"헌데 자네 알다시피 내게 자식들이 여럿이어도 그들에게 그 아이를 부탁하기가 민망해. 안사람이 먼저 갔거니와 그 사람 생전에도 집안 살림은 벌써 며느리가 맡아왔는데 무녀를 시누이로 봐 달라고 어찌 말하겠나. 아비 집이라고 찾아왔으나, 집이 좁지도 않건만 단 며칠이라도 편히 쉴, 방 한 칸 내어 주기도 눈치가 보이네."

"자부께서 그리 각박한 분이 아니시지 않습니까."

"우리 이정당易貞堂이 각박한 사람이 아니니, 내원에 못 들일 아이한테 바깥채나마 내주었겠지. 헌데 바깥채에다 내도록 아이를 둘 수는 없지 않나. 게다가 아이 몸이 허약해. 제 말로는 점사로 제 권속을 여나무나 거느리고 잘 산다 하는데, 그 말이 믿기지 않을 만큼 약해 보이거니와 서른네 살이나 되었는데 여태 혼인조차 못해 봤다는 게야. 석초 자네가 그 아이한테 맞춤할 짝을 찾아주게."

"예에?"

황환은 다섯 해 전에 내당을 잃었다. 재취하는데 처녀장가를 들자니 처자들이 너무 어려 곤란했다. 쉰 살이 넘은 마당에 스물도 못되는 내자를 어찌 감당할 것인가. 내자가 해야 할 살림 또한 커서 그리

할 수도 없었다. 더 나이든 처자들은 시집도 가기 전에 퇴물이 된 듯 해 눈에 차지 않았다. 오죽하면 시집을 못 갔으랴, 싶었다. 또 중인들도 양반 흉내내느라 어지간한 과부들은 재가하지 않으므로 그 축에서도 마땅한 사람이 없었다. 이래저래 세월 지내노라니 그럭저럭 살만하여 홀몸으로 지내는 참인데 스승이 느닷없이 당신 딸을 들이밀고 있지 않은가.

"소실 자리는 아니 되고, 나이 좀 든 홀아비가 좋겠네. 아이가 점사 보는 것 말고는 할 줄 아는 것이 없다니 그 점을 감안해 무던한 성정으로, 제 식구 감싸며 살 만한 사람이면 좋겠어. 우리 이정당이 연화한테 자그만 집 한 채는 마련해 줄 성싶네."

노인네 참! 황환은 속으로 쓴웃음을 짓는다. 딱 황환을 겨냥한 말이지 않는가. 황환은 아는 무녀가 있었다. 강경에서 익산으로 막 들어선 어량 땅에 거하는 삼딸이었다. 삼딸은 황환의 돌아간 내당 상모당祥募堂이 귀애하던 무녀이자 만단사자이기도 했다. 삼딸의 신기가 제법 높다고, 인근에서는 그만한 무녀가 없다고 상모당이 곧잘 불러들이곤 했다. 상모당이 돌아간 뒤 황환은 계집이 필요해 두어 해에 걸쳐 이따금 삼딸을 품었다. 그렇지만 삼딸을 소실로라도 들일 형편은 못 되었다. 만단사에 칠성부가 새로 생기면서 각부에 속해 있던 여인 사자들이 칠성부로 배속되었고 며느리 봉선당이 상모당을 이어 일성사자 노릇을 했다. 삼딸이 무녀가 아니었더라도 며느리한테 휘하를 서모로 섬기라 하긴 어려웠다.

솔직히 삼딸에게 싫증이 났다. 복성스러운 관상이 못되거니와 사뭇 영악한 게 고와 보이지 않았다. 자그마하나마 마련해 주고 드나들었던 삼딸의 집에 발길 끊은 지 두 해가 넘었다. 근자의 삼딸이 칠성부령 이온에게 불려가 쓰이고 있다는 소식은 듣지 못했다. 요즘 어찌 사는지는 몰라도 물잇구럭이 사라졌으므로 궁핍할 터이다. 연화처럼 숨은 아비라도 있을 리 만무하니. 어쨌든 무녀 연화가 시집을 가자면 무녀 노릇은 그만두고 여느 아낙들처럼 예사 지어미로 살아야 할 터인데 점사 보는 것 말고 할 줄 아는 게 없는 여인을 어쩌란 말씀이신가.

반족은 아닐지언정 중인으로 큰살림을 운영하는 황환도 무녀를 내자로 들일 수는 없었다. 내자가 없는 대로 살고 있지만 새로 들인다면 내자는 팔도에서 몇 손가락 안에 드는 거대 상단의 안주인 노릇을 해야 한다. 그 일이 작지 않거니와 만단사 거북부의 안어른 노릇도 해야 하는바 그만한 재목이어야 했다. 또 재취를 하게 된다면 새 사람은 며느리로부터 의당 살림을 앗으려 할 터이고, 그게 마땅하며 마땅히 그리하기 위해서는 자식들 앞에서 권위가 있어야 한다. 여러 자식들을 아울러야 함은 물론 수많은 권속을 다스릴 수 있어야 하는데 무녀를 어찌하겠는가.

"알아보면 있겠지요. 소생이 찾아보겠습니다."

"약조하나?"

"예, 스승님."

"허면, 내 아직 정신이 남았을 때 얼굴이라도 익혀 두게, 밖에 내다보고 연화를 좀 들어오라 하게."

아예 떠넘길 셈으로 보챈다. 아비 마음인 것이다. 황환에게도 동재와 동보, 동구 등의 세 아들과 세 딸이 있었다. 만단사령의 보위부에 들어가 있는 동보와 이제 열일곱 살인 막내 동구가 혼인하지 않았으나 손자손녀가 여덟이었다. 딸들은 혼인하여 친정을 제 집인 양 드나들고 있음에도 어쩐지 안쓰러웠다. 친정어미가 없는 탓인 것 같았다. 황환은 방밖을 내다보며 어른께서 연화 아씨를 찾는다고 전했다.

찾아보면 그에게 맞춤한 홀아비가 없겠는가. 엄지머리 늙은 총각도 쌔고 쌨다. 오죽하면 나라에서 노총각과 노처녀들에게 쌀과 돈을 주면서 혼인을 시키겠는가. 몇 년에 한 번씩 나라에서 벌이는 그 일이 올 들어서도 시작되었다. 과부, 홀아비라도 노총각, 노처녀라고 관에다 이름 올려놓고 기다리면 장가들고 시집갈 수 있으므로 관가가 요새 북적였다. 나라에서 그런 일을 할 제 장사치들이 호구라 강경상단에서도 일천 냥 값에 해당하는 양곡을 내놨다. 그런 판에 집과 호구지책을 해결해 주겠다 하면 늙은 무녀일지라도 받아 안을 사내가 어찌 없겠는가. 처음이자 마지막일 게 틀림없는 스승의 부탁을 못 들어드릴 까닭이 없다. 황환이 주변에 홀아비가 누가 있으며 엄지머리는 누가 있는지를 떠올려보고 있는데 밖에서 기척이 났다.

"연화당 아씨 드십니다."

문이 열리더니 연화가 사뭇 조심스런 걸음으로 들어온다. 연화가 제 부친의 명에 따라 황환에게 절한다. 맞절하는 황환의 가슴은 이미 쿵 떨어져 버렸다. 황환은 연화가 무녀로 태어나 아비에게 버려지고 천지를 굴러다니며 살다가 호구지책을 위하여 부친을 찾아온 계집일 것으로 여겼다. 천한 기운을 온몸에 누덕누덕 달고 있을 줄로 예상했다. 서른네 살 창창한 나이에 허약하다기에 삼딸처럼 바싹 말라 얻어먹을 것이 없나 두리번거릴 것이라 짐작했다. 헌데 사태라 부를 만한 일이 벌어졌다. 연회색 치마에 연분홍빛 삼회장저고리를 입고 쪽진 머리에 매화잠을 꽂고 들어와 절하고 앉은 연화는 제 이름의 형상이다. 연못에 오롯이 핀 연꽃인 양 아스라이 곱다. 황환의 가슴이 설레는 게 아니라 아프다. 연화의 눈길이 가만히 건너오는데 화살이나 비수처럼 황환의 눈으로 들어와 박힌다. 눈으로 들어온 연화의 눈길이 황환의 가슴을 후비고 온몸을 헤집는다. 황환은 떨지 않으려 주먹 쥔 손을 도포 속에 넣는다.

"석초, 내 딸 연화가 좀 곱지?"

스승 진하원이 황환의 반응을 예상했던 것처럼 물었다. 힘이 떨어져 목소리가 떨리지만 얼굴엔 주름 깊은 웃음이 서렸다.

"그, 그렇군요."

"계집이란 고우면 고운 대로, 덜 고우면 덜 고운 대로 걱정 많은 족속들이라. 석초 자네가 오라비 누이 살피듯, 저 아이를 살펴주기 바라네."

"예, 스승님."

"믿겠네. 그리고 연화야."

부친의 부름에 연화가 "예, 아버님" 하고 대답한다.

"이분은 강경에서 오신 황환 도방이시다. 호가 석초이시고. 이 아비의 첫 제자인바 내게는 유다른 사람이다. 내가 힘이 없어 너를 석초한테 부탁했으니 앞으로 오라비처럼 의지하며 살거라."

"그리하겠습니다, 아버님. 하옵고, 기운이 몹시 밭으신 듯한데 좀 누우시어요. 밖에 있는 의원을 들어오게 하겠습니다."

"그러자꾸나. 이보게, 석초. 내가 좀 쉬어야겠으니 의원을 들여 주고 자네는 그만 돌아가게. 오래지 않아 부고가 가게 될 터인즉 그때 다시 오게나. 연화 너도 건너가 있거라. 석초를 배웅해 드리고."

문안온 제자한테 문상이나 오라 말하는 스승은 쇠잔한 대로 흔연하다. 황환은 내일 다시 뵙겠다는 인사를 남기고 방을 나선다. 문밖에 진하원의 큰아들이며 손자 등이 있다가 의원과 함께 방으로 들어간다. 연화는 느린 걸음으로 나와 대청 끝에서 기단을 굽어보고 있다. 황환이 신을 신고 내려서는데도 저는 가만있다.

"어이 그러고 계십니까?"

"제 아이가 아니 보여 그렇습니다. 아, 저기 오는군요."

스무 살 남짓 되어 보이는 처자가 중문간에서 재빨리 다가와 연화의 신발을 마루 끝에 놓아 주고 신을 신긴다. 부축하여 섬돌을 딛게 하고 기단으로 내려준다. 흡사 소경을 부축하는 사품이다. 기단에 선 연화가 저를 지켜보고 있는 황환을 향해 미소 지었다.

"아버님께서 석초님을 배웅해 드리라 하였으나, 잠시 제게 시간을 내어 주시겠습니까?"

"그렇잖아도 스승님께 들은 말씀이 있어 이야기를 나누고 싶던 참입니다."

"하오면 잠시 제 거처로 가시어요."

연화가 아이에게 부축되어 기단의 계단을 내려가더니 마당에서는 아이의 팔을 잡고 걷는다. 대문이 아니라 사랑채 왼쪽의 측문으로 나간다. 딸자식의 몸이 허약하다는 스승의 말씀은 눈이 어둡다는 뜻이었던 걸 황환은 비로소 깨친다. 연화가 완전한 소경은 아닐지라도 홀로는 거동이 쉽지 않을 정도로 눈이 불편한 것이다. 황환의 가슴이 저릿하다.

신분이 어떠하든 규모가 큰 집 주인들의 정식 손님은 사랑이나 안채에서 묵는 게 법도다. 바깥채란 객식구들의 임시 거소다. 객식구는 대개 남의 집을 떠돌아다니며 기식하는 남정들이다. 하므로 희구재의 바깥채는 연화의 거처로 어울리지 않다. 연화가 앉은 방도 그러하다. 여러 사람이 한꺼번에 묵는 방이라 넓기만 할 뿐 변변한 가구 하나 없는 실내는 삭막하기 그지없다. 황환은, 아랫목을 비워 놓고 들창 쪽으로 앉은 연화의 건너편에 멀찌감치 떨어져 마주앉는다.

"이 댁에 언제 오셨습니까?"

"오늘이 나흘째입니다."

"스승님께서 스스로 며칠 못 가실 거라고 말씀하시던데, 연화당이 그리 말씀하신 겝니까?"

"제가 그런 말씀을 드릴 리 있겠습니까. 당신께서 스스로 그리 느끼시는 듯하고, 의원도 그리 보는 것 같습니다. 석초께서도 그리 보시는 듯한데요?"

"제 얼굴이 보이십니까?"

웃는다. 한 오라기의 잡기도 섞이지 않은 연꽃인 양 순연하다. 다시금 황환의 가슴이 절절히 아려온다.

"제가 거지반 소경인 걸 알아보셨나 봅니다. 맞습니다. 제 눈이 사뭇 어둡습니다. 가만히 앉거나 섰을 때는 사물의 형상이 어렴풋이 보이는데 제가 움직이면 사물도 덩달아 움직여 어지럽습니다. 까딱하면 넘어지는지라 홀로는 무엇도 못합니다. 하나에서 열까지 주변의 도움을 받으며 살지요. 아버님께서 저의 이런 정경을 보시고 근심이 깊으신 듯합니다. 석초께 저를 부탁하신 것도 그 때문이시고요. 허나 저는 나름대로 잘 살아왔고 앞으로도 그럴 것입니다. 석초께서 아버님 말씀 때문에 저를 걱정하실까 싶어, 그리하시지 않아도 된다는 말씀을 드리고, 다른 청을 드리려고 이리 모셨습니다."

"혼인도 아니 하셨다면서 무엇으로 생계를 꾸리시는 겝니까?"

"제가 무녀라고 듣지 않으셨습니까. 점사로 호구지책을 삼고 있지요. 제가 사는 곳에서는 제법 잘 보는 것으로 호가 나 제 권속 아우르며 살 만하게 손님이 듭니다."

"어디서 사십니까?"

"하동과 구례 사이 화개협에서 살고 있습니다. 장터에서 멀지 않아 손님이 들기도 임의로운 곳이지요. 벌어먹고 살 만하다는 것입니다. 제가 의논드리려는 것은 호구지책에 관한 것이 아니라 다른 것입니다."

"그게 무엇입니까?"

"저를 데려다 쓰려는 사람들이 이따금 찾아듭니다."

"연화당을 데려다 쓰려 한다는 게 무슨 뜻입니까?"

"계집으로써의 제 몸을 취하고, 무녀로써의 제 신기를 취하여 자신의 욕망과 야망을 동시에 채우려는 자들이지요. 대개 반족 남정들이고요. 제 평생 그같은 자들을 피하며 살아온 셈입니다만 저도 이제 나이가 든 탓인지, 분이 나고 꾀도 나서, 아버님 생전에 딸자식으로 인정을 받고 싶어 왔습니다. 서출일지라도 반족 가문 딸이라는 명패하나 얻고 싶어서요. 감사하게도 아버님께서 기꺼이 당신 딸로 맞이해 주셨지요. 헌데 제가 너무 늦게 와 아버님 곁에서 지낼 날이 며칠 되지 않습니다. 아버님은 내일 밤에 별세하시게 될 텝니다."

"예?"

"딸자식으로서 어찌 그런 말을 할 수 있는가 싶으실 테고, 제가 단정하는 것을 믿기도 어려우실 테지만 그건 내일 되면 아실 일이고, 아버님이 가시어도 저는 상청에 나가 머리 풀고 곡을 할 수 없지 않습니까?"

연화가 무녀가 아니라 해도 내내 숨겨왔던 딸이 상청에 나설 수는 없다. 인근 고을의 유림들이 몰려들 터이고 그들은 내남없이 상례喪禮 자체에 몹시 엄격한 사람들이다. 연화의 말대로 스승께서 내일 별세하신다면 구일장을 치르는 내내 집안이 북적거릴 것이므로 연화는 이 방에서나마 머물 수 없을 터이다.

"저는 내일 아침 아버님께 하직인사 올리고 이 댁을 떠날 참입니다. 이 댁 며느님이신 이정당께서는 제게 별채로 들어오라 하시지만 제 처지에 어찌 차마 내원으로 들어가겠습니까."

"허면 어디로요? 화개로 돌아가신단 말씀입니까? 연화당을 데려다 쓰려는 무지막지한 자들이 찾아온다면서요?"

"화개로는 못 가겠기에 새로이 살 곳을 찾고자 합니다. 그걸 석초께 부탁드리려는 것이고요. 제가 집 한 채 값은 지니고 있는바 석초께서, 민촌에서 멀지 않으면서 번잡하지도 않은 집 한 채를 알아봐 주십사하고요. 이 댁에서 가까운 쪽도 좋겠고, 석초 댁에서 아주 멀지 않은 곳이어도 좋겠습니다. 마음으로나마 두 분을 의지하며 지낼 수 있도록요."

"그야 무에 어렵겠습니까만, 홀로 무얼하며 지내시게요?"

"점사를 봐야지요."

"점사를 보는 탓에 연화당을 탐내는 자들이 생기는 게 아닙니까?"

"그렇더라도 제가 무녀인데 그 외에 무슨 일을 하며 호구를 감당하겠습니까?"

"좀 전에 스승께서 연화당에게 짝을 찾아주라 소생한테 말씀하시었어요."

소리 없이 웃는다. 어여쁘다. 황환의 맘이 씀벅씀벅 아프다. 어여쁨에 황홀한 게 아니라 눈이 시리고 마음이 저릴 수도 있었다.

"제가 혼인하여 지아비를 감당할 수 있었다면 애초에 저를 버리신 아버님을 이 나이 먹고 찾아왔겠습니까. 저는 신령들을 모시는 몸이라 한 남정을 섬기는 지어미로 살 수 없습니다. 만 사람을 섬기며 살아야 하는 게 저의 업인바 홀몸으로 사는 것입니다. 그러함에도 저를 데려다 쓰려는 사람들이 있기에 이리 달아나며 사는 것이고요."

"대체 어떤 자들입니까?"

"벼슬아치들이 있지요. 관가의 서리도 있고, 큰 점포를 운영하는 장사치도 있습니다. 사대부가의 장주도 있고요. 작년 상달 말에 저를 찾아와 신년 정월에 올 터이니 준비하라 호언한 사람이 그입니다. 사대부가의 장주. 그동안 제가 그를 여러 차례 거절했으나, 그가 더 이상의 거역을 용납지 않겠노라 호언하였습니다. 가마를 보낼 터이니 그의 집으로 옮겨오라고요. 그의 집으로 가야 할 날이 임박하여 더 이상 버틸 수 없겠기에 그로부터 달아나고자 우선 아버님께로 왔고, 석초께 이리 청하는 것입니다. 석초께서 저를 누이로 대하여 주신다면 그가 저 사는 곳을 알게 되어도 억지로 끌고 가지는 못하지 않겠습니까?"

"어디 사는 어떤 자입니까. 화개 근방에 사는 자입니까?"

"함양 분입니다. 기개가 몹시 높고 제게 복채를 듬뿍 낼 만큼 맘씀도 넉넉한 분이시긴 하지요."

함양 사대부가의 장주라는 말에 황환은 대번에 상림 이록을 떠올린다. 만단사령인 그는 함양에서 가장 넓은 전답을 가진 지주이자 왕가 후손이다. 함양뿐이랴. 팔도에 전답이 있을 터이고 한양 약방거리에는 팔도에서 가장 큰 약방도 거느렸다. 그의 집안이 함양에다 향리를 만든 시초가 만단사에 있었다. 그의 조부가 만단사령을 지냈으므로 만단사를 운영하기 위해 도성에서 먼 곳에다 본원을 만든 것이었다.

"그런 사람이 연화당을 위협하여 자신의 집에 들이려 한단 말입니까? 무녀를 집에 들여서 어떻게 쓰려고요?"

"외형으로는 외동따님의 선생으로 오라는 것입니다만 그 따님이 영민한 데다 무녀의 자질이 없고, 이미 장성하여 큰살림을 꾸리는데 선생이 필요하겠습니까. 제 몸을 쓰고 제 신기를 쓰려는 것이겠지요. 점사를 보면서 알게 된 그분은 아주 큰 뜻을 품으셨고, 거느린 사람이 셀 수도 없이 많으시더이다. 그런 분의 명을 한갓 미출일 뿐인 제가 이미 네 차례나 거절하였는데 더 이상 어찌 거스르겠습니까. 따르던가, 도망을 칠 밖에요."

"그가 품은 큰 뜻이란 게 대관절 무엇이게요?"

"제가 무녀인바 점사를 통해 알게 된 손님의 개인사에 대하여 발설할 수 없습니다. 하와 그 말씀은 드릴 수 없습니다만 겉으로 온유한 그분의 속내에는 강철 같은 의지와 사자와 같은 용맹이 들어 있는 듯하였습니다."

이록이 틀림없다. 동보가 전해온 소식에 따르면 상림에서 안주인 노릇을 하던 사령의 소실이 실종되었다고 했다. 지난 동짓달, 이록이 한양에 가 있을 때의 일이다. 삼 년 전에 부인을 잃고 정실 내당을 비워 뒀던 이록이 소실의 실종에 기인하여 내당 들일 채비를 하는 모양이다. 그가 연화를 탐내어 데려가도 무녀를 정실에 앉힐 리는 없으나, 또 모르는 일이다. 연화가 저리 맑고 고운 데다 영민하기까지 한데 신분이 무슨 상관이겠는가. 내당의 신분쯤 감추면 그만이고 이록은 필요하면 얼마든지 내자의 신분을 바꿀 수 있는 능력을 가졌다. 더하여 이록은 황환보다 젊다. 그가 분명하므로 연화가 그에 대하여 말하는 내용이 황환은 몹시 거슬린다. 이록이 그런 사람인 게 맞으나 연화가 그리 말하므로 심사가 꼬이는 것이다.

"그런 사람이라면 따라 살아도 무방하지 않습니까? 그가 지아비가 될 제, 몸이든 마음이든 같이 하는 게 마땅하고 무엇보다 안전할 테고요. 부귀와 영화도 따르겠지요."

이번에는 연화가 낯을 찡그리듯 웃는다. 어찌하여 고운 것이 가슴을 저리게 하고 마음을 아프게 하는지 모를 일이다.

"사람마다 부귀영화의 기준이 다를 것이라 생각합니다. 저는 안전하게는 살고 싶습니다만 고대광실, 산해진미 등을 바라지는 않습니다. 그리할 것이었으면 벌써 얌전히 그를 따라 갔지, 아버님을 찾아왔겠습니까."

"말씀하신 대로 사람마다 부귀영화의 기준이 다른바 그의 곁에서도 자신의 삶을 살 수 있지 않습니까? 더구나 그가 사대부인 데다 외유내강의 군자라면 남정으로서는 더할 나위없는데 누구나 천히 보는 무녀의 삶보다 못할 까닭이 있겠습니까?"

"좀 전에 말씀드렸습니다. 저는 신령들을 모시는 몸이라 한 사람을 섬기는 계집으로 살 수 없다고요. 그가 사대부 아니라 지존이시라 해도 마찬가지입니다. 어쨌든 말이 곧 그 사람이라 하였지요. 석초께서 그리 말씀하시니, 제 돈으로 집 한 채 구해 주십사 하는 청이나마 거두어야겠습니다. 오늘 저는 아버님의 제자 분과, 석초께서는 스승의 여식과 수인사를 나눈 것으로 치지요."

그냥 뻗대 보는 것이 아니라 사뭇 단호하다. 눈을 마주보고 있음에도 시선이 자꾸 어긋나는 연화의 눈길이 사늘해졌다.

"아닙니다. 소생이 말을 잘 못했습니다. 당장 집을 알아보겠습니다. 급하신 듯하니 집을 새로 지을 수는 없고, 내놓은 집을 수소문하겠는데 그래도 시간이 좀 걸릴 것입니다. 그 사이에는 어디서 묵으실 겁니까?"

칠팔 년 전, 기사년 겨울과 경오년 여름에 연이어 돌아친 돌림병이 워낙 드세어 백만 명 가량의 백성이 쓸려 나갔다. 한 집안 식구가 몰살하거나 온 동네 사람이 떼죽음을 당하다시피 한 경우도 허다했다. 그 바람에 전국 곳곳에 아직도 빈집들이 드물지 않았다.

"제 아이한테 근방 객점을 알아보게 하고 있습니다. 아버님 떠나실 제 머리 풀고 곡을 하지는 못하여도 발인할 때까지 근동에서 머물 참입니다. 가까운 절이나 다니며 아버님의 명복을 빌다가 대상 끝난 뒤에 제 곳으로 돌아가 차후를 궁리하겠습니다."

"잘못했다 하지 않습니까. 어찌되든 오늘은 예 계십시오. 소생이 일단 나가 객점 먼저 찾아 놓고 돌아와 알려 드리겠습니다."

"아니오, 되었습니다. 석초께서는 맘 쓰지 마십시오. 괜한 심려를 끼쳐 죄송합니다."

"스승께서 제게 부탁하신 바, 연화당의 거처부터 해결해 달라는 말씀이셨을 겁니다. 쉬십시오. 해 지기 전에 다시 들르지요."

황환은 연화가 더 냉정해 지기 전에, 그만두라는 말을 또 듣기 전에 서둘러 방을 나선다. 뒤늦게 가슴이 벌떡거린다. 어린 날 만단사를 처음 알았을 때 같다. 어두운 세상의 아침을 열고 그걸 이어가는 만단사자들. 넓고 높은 세상과 그 세상을 이루어가는 사람들이 이 땅에 있다는 사실을 깨쳤을 때 대번에 반했고 평생 그 안에서 살아왔다. 그 아름다운 세상에 그늘이 드리워진 게 이록이 사령 자리에 앉으면서부터였다. 아니 그가 봉황부령이었을 때도 그런 자였는데, 황환은 이록이 만단사에 대한 순정을 지닌 군자로 착각하고 그가 사령자리에 앉는 데 찬성했다.

"아버지, 어디로 가시는데요?"

희구재 대문 밖에서 막내아들 동구와 시위 승운이 기다리고 있었다. 작년까지 무예만 익히게 했던 동구에게 상단 일을 가르칠 셈으로 데리고 다닌다. 황환이 말에 오르며 승운에게 전주부내에서 제일 좋은 객점이 어디냐고 묻는다.

"완산객관이 가장 큰 것으로 알려져 있습니다."

"허면 일단 그쪽으로 가 보자. 앞장서라."

"예, 어르신."

만단사령 이록이 품은 큰 뜻, 황환도 짐작했다. 그는 임금이 되고 싶은 자였다. 제 아무리 왕가의 후손인들 천만부당한 것이라 여겼는데 그는 어느새 부령들을 제 사람들로 세워 만단사를 제 것인 양 만들었다. 심지어는 전례 없는 칠성부를 새로 만들어 제 딸을 부령에 앉혀 놓았다. 이록이 거북부를 기어이 제 손에 넣어야 하는 까닭은 만단사 네 부에서 자력으로 화약 무기를 제조할 수 있는 곳이 거북부뿐이기 때문이다. 거북부가 가진 무기 생산력을 제 것으로 하여 지존이 되는 일을 벌이겠다는 것이었다. 그리하기 위해서 다른 부의 부령들을 모조리 갈아치운 그는 거북부령도 제 사람으로 세우기 위해 공작하고 있을 터, 황환을 제거한 뒤 부령으로 앉힐 자를 모색할 게 틀림없었다. 이미 의중에 둔 자가 있을지도 몰랐다.

만단사는 원래 세상 사람들과 더불어 살자는 아름다운 세상이었다. 해서 황환은 만단사자로서 사령한테 충성해 왔다. 만단사령이 사자들 위에 군림하는 사람이 아니라 사자들을 이끌며 세상을 보살피는 사람이기 때문이었다. 그런 만단사를 이록은 제 야욕을 위해 사유화하고 있었다. 나주목사를 지내던 전대 용부령 이하징이 역모에 휩쓸려 스러진 까닭이 무엇이랴. 이하징이 이록에게 동조하지 않은 탓이었다.

황환 차례였다. 이록에게 승복하여 그의 야심을 도울지, 그에 대서서 이하징과 같은 결말을 맞이할지 결정해야 할 때가 왔다. 황환은 첨부터 만단사가 이록 개인의 것으로 되어가는 걸 마냥 지켜보기만 하지는 않을 작정이었다. 이제 연화를 이록의 야욕을 위한 도구로 쓰이게 내버려둘 수 없었다. 무엇의 도구나 수단으로 쓰이기에는 연화가 너무 연약하지 않은가. 더하여 연화가 이록의 내당으로 들어앉는 꼴은 절대 보고 싶지 않았다.

사신계 전대 백호부령 진하원이 타계했다. 이월 초나흘 밤이었다. 부고가 돌았고 인근고을 사람들이 죄 희구재로 몰려든 듯 북적거리며 아흐레간의 초상이 시작되었다. 상여가 나가는 날 희구재에서 시오리 거리인 보림사에서 사신계 오령 회합이 열리기로 됐다. 문상을 계기로 전주에서 정축년 오령 회합을 갖기로 한 덕이었다. 이번에는 새 부령이 났으므로 사신경인 이한신도 참석했다. 사신경이 참석함으로 오령 회합이 아니라 경령卿令 회합이 됐다.

이월 십이일. 이한신은 어제 낮에 전주에 도착해 희구재 문상하고 보림사로 왔다. 보림사 주지는 현무부 열외 무진인 당각스님으로 이한신과는 사십 년 지기다. 당각스님이 이번 경령 회합을 위해 천수당을 내놓았다. 부령들이 모이매 기세가 넘칠 것을 저어한 당각스님은 새벽에 보림사 일대에다 결계를 쳤다. 경계 지점을 돌아다니며 군데군데에다 보이지 않는 기둥을 세우고 기둥과 기둥 사이에 장막을 치는 것처럼 공기막을 두른 것이었다.

오령 회합이나 경령 회합이 계에 속한 사찰에서 이루어질 때면 큰스님들이 보이지 않는 결계를 치기 마련이다. 사물이 달라진 게 하나도 없는지라 보이는 건 똑같되 안에서 일어나는 기세가 공기막 같은 범주 밖에서는 느껴지지 않는 땅에 대한 결계. 오늘 보림사는 이 산속에 존재하지 않는 것처럼 되는 것이다. 그게 어떻게 가능한 것인지. 이한신은 알 수 없는 기의 작용이되 가끔 궁금하기는 했다. 서른다섯 살 때 현무부령에 오르고 마흔 살에 사신경으로 추대되었으니 오부령 회합이나 경령 회합에 이십여 년을 참석한 셈인데 매번 불가사의하기 때문이다. 최고수 무절들이나 도통한 스님들이라고 다 가능한 건 아니다. 허공과 지상과 지하의 기를 운용할 수 있고 정령들을 느낄 수 있는 특별한 기질과 은밀한 수행이 이루어진 소수의 사람들만 가능하다. 반야나 당각스님 같은 기이한 사람들.

"대감, 정민입니다."

당각스님 처소에서 차를 나누고 있을 때 사신경의 호위대장인 정민이 밖에서 기척한다. 어제 전주에 든 뒤로 호위들에게 황환의 근황을 파악하라 지시한 참인데 이제 돌아온 모양이다.

"천수당에 손님이 드셨습니다."

정민은 주작부령 구영출의 손자로서 사신경의 호위부에 임했다. 청룡부의 각우, 백호부의 모개, 현무부의 기림 등도 모두 부령들이 사신경의 본원으로 올려 보낸 인재들이다.

"벌써 오셨어? 누구신데?"

"별님이십니다."

곧 나가겠다고 답한 이한신은 당각스님을 건너다보며 미소 짓는다.

"스님, 함께 천수당으로 가시어 손님과 인사를 나누시겠습니까?"

"별나라의 그님께서 사뭇 곱다는 소문을 들었기로 내 몹시 궁금은 합니다만 말년에 낄 데 안 낄 데도 구별치 못하는 땡초라는 소리를 듣게 될까 싶어 참으려오."

"법랍을 그렇게 잡수시고도 아직도 그런 분별이 필요하십니까?"

"그런 분별심을 초탈했더라면 벌써 피안에 갔지 아직 차안에 있겠소? 그나저나 별나라 그님이 그처럼 고우시오?"

"그 사람 곱다는 소리를 누구한테 들으셨습니까?"

"누구한테 들었으면 어쩌시려시고?"

"눈알을 도려내던가, 혀를 뽑아내던가 해야지요."

당각스님이 나무관세음보살, 읊조리곤 웃는다.

"십수 년 전쯤에 원각사에 들렀을 때, 그 며칠 전에 거기 다녀간 별나라 젊은 여인에 대해 들었지요. 절 안이 뒤숭숭하고 들뜬 것 같기에 까닭을 여쭀더니 사형이신 경산스님께서 그러십시다. 그 여인이 며칠 묵고 간 뒤에 젊은 중 늙은 중 할 것 없이 죄 설레 허공을 걷고 있다고요."

반야가 칠성부령에 오른 뒤 첫 부령 회합을 원각사에서 치렀다. 당시 반야는 경각지경인 어린 세자의 열화를 다스리다 화마를 뒤집어쓴 채 회합을 위해 원각사로 갔다. 원각사에서 며칠을 앓은 끝에 부령 회합을 치렀다. 그때 반야가 스물한 살이었으니 얼마나 고왔으랴. 중들이 죄 설렜을 법했다.

"그땐 그 사람이 젊어서 고왔지요. 지금은 하나도 곱지 않습니다. 궁금해하지 마시고 도나 닦으십시오. 한참 더 닦으셔야겠습니다."

사십 년 지기이나 열댓 살은 연장인 노장스님한테 농담 삼아 면박을 안긴 이한신은 당각스님의 방을 나와 천수당으로 향한다. 날이 흐리긴 하나 비가 쏟아질 것 같지는 않다. 걸으며 정민에게 묻는다.

"황환은 지금 어디 있다고?"

반야가 황환과의 교통을 통해 만단사 내부로 들어가겠다고 뜻을 전해 온 게 지난 섣달이었다. 백호부령 진하원이 부령 자리에서 물러나겠다는 뜻을 표명한 뒤였다. 황환과 교통해 만단사 내부로 들어가겠다니? 일면식도 없이 지내온 남녀가 어떻게 사귄다는 뜻인가! 이한신은 그때 반야의 뜻을 전하러 온 화산에게 차마 반야의 속뜻을 묻지는 못했다. 호위대장한테 물을 사안이 아니기 때문이었다. 그렇지만 긴장했다. 혼인한 적 없는 삼십대 중반의 여인이 오십대 중반의 척신 남정과 사귄다는 뜻은 결국 남녀지정을 의미하는 것 아니겠는가.

"황환은 현재 희구재에서 장례를 지원하고 있고, 그의 수하들은 강경과 전주 사이에서 빈집을 알아보는 중인데, 황 부령의 큰아들 황동재가 익산 새룡동이라는 곳에서 빈 저택을 찾아낸 듯합니다. 새룡동은 미륵산 남동쪽 자락에 붙은 곳입니다."

"게가 별님께서 사실 집이다? 집이 얼마나 한 규모인데?"

"돌림병을 맞아 폐족한 집이라 여러 해 버려져 있던 곳이긴 해도 칠십여 간이나 되는 큰 저택이라 합니다. 별님을 뒤따라 절 밖에 와 계시는 감화산 무진의 말씀에 따르면 그렇습니다. 방금 들었습니다. 별님께서는 아직 모르신다 하고요."

희구재에서 며칠 머무르고 나온 반야의 근 며칠 숙소가 완산객점이라는 사실을 어제 희구재에서 들었다. 어제 희구재에서 들은 소식에 의하면 반야는 이미 황환과 만났고 그의 주선으로 완산객점으로 옮겨갔다. 그러니까 반야는 힘없는 여인 흉내를 내고 있는 것이다. 이른바 미인계다. 아름답고 총명하나 가녀린 데다 타고난 신분은 미천하여 아무 힘이 없는 여인. 그 같은 여인을 만났을 때 사내들은 노소고하를 막론하고 두 부류가 된다. 사랑함은 기본이되 내가 그에게 사랑받고 싶거나, 한 시절 품을 대상으로 취하거나. 그에게 사랑받기 위해 그가 원하는 건 무엇이든 해주는 건 물론이고 그를 지키기 위해 자신의 최선을 다한다. 한 시절 취하고 싶을 경우에도 우선 상대가 원하는 대로 해주긴 할지라도 그의 평생을 지키는 것에는 관심 두지 않는다. 이 며칠 황환이 반야가 살 집을 찾아 수하들을 물론 자식들까지 동원했다면 반야의 미인계책이 이미 효력을 부리기 시작했다는 의미다. 칠십여 간이나 되는 큰 집이라 하니 황환이 자신의 남은 평생을 반야와 함께 하겠다는 뜻이기 십상이다.

"사온재께서 드십니다."

정민의 말에 천수당에서 반야의 시좌 둘이 나와 읍한다. 혜원은 없고 스무 살 안팎의 처자들이다.

"자네들 이름이 뭔가?"

늘씬 호리한 처자는 칠성부 칠품 자인이라 하고 아담한 처자는 육품 단아라고 한다.

"그래, 자인과 단아. 고생이 많구나. 다른 손님들이 드시기 전에 내가 자네들 상전과 사사로운 얘길 좀 나누어야겠네."

"예, 대감마님."

두 처자가 동시에 읍하는 소리를 듣고 이한신은 천수당 안으로 들어선다. 반야는 밖에서 나는 소리를 다 듣고 있었는지 선 채 미소 띤 얼굴로 두 손을 내민다. 장님이 된 뒤의 반야는 처음 만나거나 오랜만에 만나는 사람을 향해서 손을 뻗는다. 상대를 보기 위함이다. 이한신은 반야의 두 손을 잡아 앉히고 반야의 손이 빠져나갈 때까지 기다리다 입을 연다.

"다른 분들이 오시기 전까지는 사사로이 말하고 싶은데, 그래도 되겠느냐?"

"그렇잖아도 간밤에 아버님께서 예서 묵으셨다는 말씀 듣고 다른 분들보다 앞서 왔습니다."

"허면, 말해 보아라. 황환에게 네 심신을 다 써야 할 만치 일이 크게 벌어질 것이라 보는 게야?"

"아버님께서도 아시다시피 만단사의 기세가 예상했던 것보다 훨씬 큽니다. 만단사령 이록만의 문제가 아니라 만단사의 체질이 이미 이록의 성향, 혹은 의지대로 변해가고 있습니다. 만단사의 대세가 그러할 제 아직은 이록에게 동조하지 않고 있는 황환도 결국은 대세를 따를 수밖에 없을 테고요. 저는 그 고리를 끊으려는 것입니다. 우리가 추정하기로 만단사에서 거북부의 위세가 가장 크지 않습니까. 거북부에서 무기를 생산하고 있고요. 거북부가 동조하지 않는다면 이록이 함부로 움직일 수 없지요."

"그렇더라도 네 몸까지 써야 하겠느냐, 묻는 게다. 찾아보면 다른 방법이 있지 않겠느냐는 것이고."

이한신에게 반야는 딸이자 며느리 같은 존재였다. 딸이든 며느리든 내 자식이 모종의 목적을 위해 제 몸을 쓰는 게 싫은 것이다. 자식한테 그런 일을 시켜 놓고 네 알아 하라고, 멀거니 지켜만 본다면 그게 무슨 아비이랴.

"다른 방법도 얼마든지 있겠지요. 하지만 제가 생각하기로는 그 무수한 방법들 중에서 제가 하는 것이 빠르고 효과가 좋으리라 여겼습니다."

"네가 서둘러야 한다고 여겨서 그렇지, 지금까지 우리 세상이 견지해 온 방식 안에서 생각한다면 다른 방법이 있지 않겠어?"

"천천히, 차분히, 당면한 일들을 해결해 가면서 우리 세상에 미칠 영향을 최소화시키는 게 지금까지 우리가 존속해 온 방식이었지요. 하온데 제가 보기에는 우리가 지금까지처럼 은밀하게 숨어 살기가 어렵게 되었습니다."

"어찌 그리 보는 것이야?"

"이록이 우리 세상을 찾고 있기 때문입니다. 그가 실체 유무도 확인하지 못한 우리 세상을 찾는 까닭은 우리를 적으로 설정한 뒤 만단사를 결집시키고, 결집된 그 힘으로 현 조선을 갈아엎겠다는 의도이지요."

"조선은 이록이 무너뜨릴 수 있는 나라가 아니야."

"군아와 단군 이래 국호가 바뀌고 왕조가 바뀌고 무수한 왕들이 명멸했을지라도 조선은 조선입니다. 이후 국호가 무엇으로 바뀌든 역시 조선으로 존재할 것입니다. 이록이 왕이 된다 해도 조선은 조선이지요. 하지만 이록이 왕이 되겠다고 나서면서 조선 안에 사는, 넓게는 온 조선 사람들, 좁게는 우리 세상, 더 좁게는 바로 아버님과 제 주변에 있는 사람들의 삶이 위험하게 되었습니다. 이록이 만단사령이 오르면서요."

"허면 이록을 제거하자꾸나."

"이록 한 사람을 제거하여 될 일이 아니라는 게 문제입니다. 좀 전에 말씀드렸다시피 만단사의 체질이 바뀌었고, 조선의 운세도 달라진 것으로 보이기 때문입니다."

"조선의 운세가 어찌 달라졌다는 것이야? 국호가 달라질 것이라고? 만단사 때문에? 아니면 청이나 왜로 인해?"

"청이나 왜로 인한 영향이 없지는 않겠으나 조선이 너무 오래 웅크린 탓에 내부가 심각히 곪은 게 더 큰 문제이겠지요. 백성들에 대한 억압과 핍박의 세월이 너무 오래되어 터지고 있다는 겁니다."

"민란이야 어느 시대건 있었던 일 아니냐. 그리고 조선은, 전대 어느 시절보다 금상 대에 이르러 헐벗고 굶주리는 백성이 줄었다. 공신전 같은 면세 토지가 줄면서 세수는 늘었다. 화폐가 일반화되면서 백성들의 삶이 활발해 졌고 그 덕에 각 분야가 더불어 발전하고 있다."

"그 사실을 부인하는 게 아니라 이면을 봐야 한다는 겁니다. 전대 어느 임금 시절보다 금상 대에 들어 돌림병이 잦고 이향하는 백성들은 많습니다. 이향한 백성들이 밀려드는 도성만 커지고요. 팔도의 백성들이 고루 살 만해야 하는데 그들이 땅을 버리고 도성과 성저 쪽으로 모여들지 않습니까. 더하여 저는 민란보다 청국으로부터 유입되고 있는 서역 종교 천주교가 백성들의 신음의 표현이라는 데에 주의하고 있습니다. 그 천주교에 대해 들어 보셨습니까?"

"들어 봤다. 조상에 대한 제사를 거부한다고 하더구나."

"지난 섣달에 전라도 함평 바닷가에 이국인들이 표착했다면서요?"

"전라도 관찰사가 장계를 올려왔더구나. 말이 통하지 않는 자들이라 가둬 놓고 우리 말부터 가르치게 했다 하더라. 네가 지금 그들 얘길 하는 까닭은, 그들이 천주교를 믿는 나라에서 왔을 것이라 여기기 때문이냐?"

"그 이국인들이 표류 끝에 조선 땅으로 밀려온 건 우연이겠으나, 그러한 이국인들의 움직임이 조선 밖에서는 이미 활발할지도 모른다는 말씀을 드리고 있는 겁니다. 청이나 왜에서는 이미 그와 같은 이국인들과 이국의 문물과 종교를 받아들여 순화시키는 과정에 있는 게 아닐까. 헌데 조선은 어떻게 대처할지 염려라는 것이고요."

"그 이국 종교의 내용이 어떻든 그들의 제사 거부가 언젠가 조정으로부터 토평 당할 구실이 되고 말 터이지. 토평 당하고 말 그들이 조선의 국체를 흔들 만큼 클 수는 없을 테고."

"천신을 섬기던 삼국에 불교가 처음 들어올 때 고구려나 신라는 어렵지 않게 받아들인 셈이지만 백제는 불교에 대한 핍박이 훨씬 심했던 걸로 전해집니다. 천신에 대한 섬김이 고구려나 신라보다 훨씬 깊었기 때문이고, 천신을 섬기는 신궁의 신권이 왕권에 크게 작용했기 때문이겠지요. 세 나라의 불교가 공히 백성들로부터 시작된 건 같겠고요. 어쨌든 불교는 이 땅에 들어와 조선의 백성들에게 퍼졌고 천신과 결합되어 현재에 이르렀습니다. 현 조선이 불교를 배척하고 유학을 숭상한다고 해도 실상은 유학과 불교가 서로를 배척하지 않으므로 공존합니다. 그 두 가지를 아우르는 건 물론 천신이고요. 헌데 천주교는 그 모든 걸 거부하고 오로지 천주라는 하늘주인만 섬긴다고 합니다. 그런 천주교에 빠지는 백성들은 죽음도 불사한다고 하고요. 죽음도 불사할 정도로 천주교가 백성들의 맘을 파고든다는 건,

천주교가 가진 사상의 매력이 그만치 강력하다는 뜻이겠지요. 역으로 백성들의 삶에 누적되어 온 피폐가 크고 깊다는 의미겠고요."

"너는 천주교가 들어와도 무방하다는 것이냐?"

"무방하지요. 자연스레 흘러 들어와서 뒤섞여야 한다고 보고요. 그런 흐름과 더불어 조선이 변해야 할 시점에 이른 게 아닌가. 그리 여기는 와중에 이록이 왕실을 엎고 자신의 왕실을 설립하겠다는 것일 제, 그 반작용이 생길 걸 우려하는 거고요. 왕실은 천주교를 핑계하여 한층 경화硬化되어갈 테니까요. 제 권력을 누리고자 하는 조정의 인사들은 강상의 기강을 핑계로 무고한 백성들을 잡아댈 것이고요. 그런 건 좀 나중에 벌어질 일이라 하더라도 당장은 우리가 볼 피해가 현실적으로 나타나고 있지 않습니까. 남보다 앞서 그런 사실을 봐야 하고, 보고 있는 제가 멀건 얼굴로 명만 내리고 있을 수는 없지요. 제 몸 아껴서 백 년을 살 것도 아니고요."

"네 말, 네 맘을 이해하지 못하는 것은 아니나 사사로이는 네가 나를 아비로 부를 제 아비된 자로서 자식을 위태지경에 내놓고 어찌 지내겠느냐. 그래서 하는 말이다. 차분히 의논하여 다른 방법을 찾은 뒤에 내가, 또 우리가 같이 대처하자는 것이다. 그리하기 위해 오늘 우리가 만나는 것 아니야?"

"제가 황환과 어떤 관계로 지내게 되든, 제가 할 수 있는 일은, 우리가 다 같이 해야 할 일의 일부일 뿐이지 않습니까? 아버님께서는 아버님 몫의 일이 따로 계시고 이제 하실 일이 더 많아지시겠지요. 제 걱정은 마시어요. 저, 희생하는 거 아닙니다. 사는 형태를 바꾸는 것일 뿐입니다. 지금까지와 달리 살아 보고 싶기도 합니다. 달리 어찌 살게 될지는, 저도 지금은 모르는 것이고요."

모른다 하지만 제 안에서 이미 결정된 그 삶의 형태를 이한신도 안다. 황환과 벗으로 지내는 정도로는 만단사 안에 들어갈 수 없지 않은가. 반야 성정에 황환을 기만하지도 않을 터. 반야는 제가 하고자 하는 일에 최선을 다하기 위해 황환과 혼인하려는 것이다. 반야가 작정했으므로 의당 그러함이 맞긴 한데 딸의 아비로서나 아들의 아비로서의 걱정은 아니 할 수 없다. 때문에 무영이 제 정인의 혼인을 모르고 살았으면 싶다.

"알겠다. 내 아비로서의 걱정은 이쯤에서 내 심간에 넣어 두고 지낼 것이다."

"예, 아버님. 그리고 경령 회합이 벌어진 자리에서 말씀드리게 될 터인데, 이달 안에 국상이 날 것입니다."

"뭐? 대전에?"

"아닙니다. 곤전 국상입니다. 곤전 승하 후 한 달여쯤 뒤에는 왕대비전에서도 국상이 날 것이고요."

"겹상이 난다고?"

"예. 그래서 황환과의 인연의 형태를 지어 논 뒤에 잠시 상경하려 합니다. 아버님께서는 오늘 경령 회합 치르시고 내일이라도 상경하시어 여러 추이를 살피시어요. 저도 상경한 뒤에 상황을 보아 아버님을 찾아뵙거나 기별을 드리겠습니다. 아버님과의 사사로운 얘기는 이쯤에서 접어야겠습니다. 청룡부령께서 들어오고 계시는 것 같습니다."

"그럼 우리끼리 할 얘기는 차후에 하기로 하자."

청룡부령 감선동은 반야의 호위대장인 감화산의 부친이다. 주작부령 구영출은 정민의 조부이고, 현무부령 김상정은 반야의 자식들인 강하와 심경을 자신의 자식들로 키운다. 새 백호부령 임현도는 마흔여덟 살로 나주평야에 너른 토지를 두었다. 이제 나주가 백호부의 본원이었다. 만단사 용부령 김현로가 나주목사직을 수행하고 있으므로 오늘 사신계 경령 회합의 화제는 주로 만단사와 사신계의 얽힘에 대한 것으로 이어질 터이다. 이름이며 관직, 직책, 거소 등에 관한 정보들. 각부의 계원들이 만단사자들과 어떻게 얽혀 있는지.

작년부터 시작된 사신계의 주된 목표는 만단사령 이록을 고립시키는 것이었다. 이록이 거북부령 황환을 제외한 네 부령을 제 사람들로 세워 놓았으므로 이록을 제거해도 이전의 만단사가 될 수 없었다. 이록 같은 자가 또 돋아나 사령 노릇을 하려들 것이다. 죽이려면 이록의 사람들을 모두 죽여야 하므로 그건 결국 전쟁이다. 그런 사태가 벌어지기 전에, 그리하여 두 세상의 숱한 사람들이 피를 흘리기 전에 만단사를 분열시켜 주저앉히자는 게 칠요 반야의 계획이다. 그 계획이 오늘부터 본격적으로 현실화되는 것이다.

경령 회합이 마무리된 뒤 반야는 예불드리러 왔다가 돌아가는 사람처럼 완산객점으로 향한다. 눈이 좀 뜨였다고 해도 걷기에는 어두울 때가 나았다. 완전 소경이었을 때처럼 자인의 팔을 끼고 사물을 보려 애쓰지 않으며 걷는다. 이월 중순, 초봄의 저녁나절 기운이 사뭇 차가워도 냉기 속에 아련한 훈기가 스며 있다. 어디선가 피기 시작한 꽃들의 향기도 섞여 있을 터이다. 이번에 혜원은 배행시키지 않았다. 쌍둥이가 아직 젖을 먹고 있거니와 어미아비를 한꺼번에 아이들 곁에서 떼어놓기가 안쓰러웠다. 복분과 연덕도 마찬가지. 이번에 위태로울 일이 생기지 않으리라 여겼지만 어찌 알랴. 귀신 속은 알아도 사람 속은 알기 어려웠다. 만단사 거북부령 황환의 속내도 알 수 없었다. 황환이 척신인 데다 진하원의 제자인 걸 알고 일을 시작했다. 황환이 경계심 강한 인물이라 예상해 진하원의 숨겨둔 딸이 되어 다가들었다.

그는 느닷없이 나타난 스승의 딸을 경계하지 않았다. 그는 객점의 외진 방을 얻어 연화의 임시거처를 만들고 연화가 살 집을 알아보기 위해 수하들을 동원했다. 스승의 초상을 빙자하여 강경과 전주 사이의 몇 고을을 날마다 건너다녔다. 밤마다 연화가 묵는 객점에 와서 묵으면서도 안부만 챙길 뿐 범접하지 않았다. 큰상단의 주인이자 만단사 거북부령이며 쉰다섯 살인 그가 사뭇 따뜻하고 순진했다. 연화를 숫저워했다. 그가 진심으로 연화를 아끼는 것 같으므로 반야는 그에게 미안하면서도 의심스러웠다. 계집으로서 황환에게 다가들고 있으므로 그는 사내였다. 반야가 지금까지 만난 적지 않은 남정들 중 그의 나이가 제일 높다. 신기하게도 그의 속에는 소년이라 부를 만한 어린사내가 들어 있었다.

객점에는 황환이 돌아와 있다. 어쩌면 오늘 여러 번 객점으로 돌아와 방을 살폈을지도 몰랐다. 반야는 객점 주인을 불러 건너채의 어른 방에 가벼운 주안상을 차려 드리라 일렀다. 씻은 후 잠시 쉬고 나니 황환의 시위 승운이 기별을 전해 온다.

"저희 어른께서 잠시 아씨 뵙기를 청하십니다."

"내 오늘 절에 오래 머물다 온 탓에 기진하였소. 내일 뵙고 싶다더라고 아뢰세요."

기진한 게 사실이려니와 종일 경과 부령들 사이에서 지낸 덕에 그들 기세의 여운이 아직 마음에 남아 있었다. 각자 할 바를 하며 살고 그걸 확인한 시간들이었으나 칠요에 대한 그들의 염려가 깊었다. 반야가 황환을 직접 상대하는 것에 대해 사온재 대감은 물론 현무부령 김상정의 걱정이 몹시 컸다. 반야가 계집으로서 사내인 황환의 중심으로 들어가려는 것을 알기 때문이다. 그 맘을 먹기까지 오래 걸렸다. 오래 전에 떠난 동마로를 거듭 생각했다. 반야가 자신의 몸을 무기나 방패로 사용한 결과로 그를 잃었고 어머니를 잃었고 나무와 끝애와 꽃님을 잃었다. 당시 도고 관아에서 죽은 자들 중 김학주를 제외한 사람들은 모두 무고했다. 다시금 몸을 무기와 방패로 쓰려고 나서매 혹시 같은 비극이 또 일어나지 않을까 저어했다. 반야도 스스로 시작한 일에 대해 아무것도 하지 않고 명만 내리며 살 수는 없기에 나섰으나 걱정이 없는 건 아니었다.

작정하기까지 오랜 시간 생각을 거듭하며 한 가지를 깨달았다. 스무 살 무렵의 반야가 교만과 독기로 세상에 맞섰다면 서른네 살의 반야는 물인 듯 바람인 듯 세상으로 스며들 수 있으리라는 것이다. 스스로를 위한 욕심에서는 제법 놓여난 것 같아 결심할 수 있었다. 마음에 걸리는 것은 황환의 수명이 그리 길어 보이지 않는다는 점이었다. 잘해야 두 해쯤 남은 성싶었다. 그런 그를 이록의 만단사를 넘어뜨리기 위한 방편으로 삼기가 안쓰러운 것이다.

"잠시 들어가겠습니다."

문 밖에서 황환의 기척이 나더니 문이 열린다. 그의 뒤에서 자인과 단아가 어찌할 줄 몰라 황망해한다. 반야는 그들에게 고개를 끄덕여 보인다. 스승의 장례를 치르고 난 참이라 황환은 흰 두루마기를 입고 흰 갓을 썼다.

"내일 뵈면 될 것을요."

"늦으시어 걱정했습니다. 혹시 아니 돌아오시는 게 아닌가 싶어 놀랐고요."

"아버님이 아주 떠나가시는 날이라 절에 머무는 시간이 길어지더이다. 이왕 들어오시었으니 잠시 앉으십시오."

"저녁은 자셨습니까?"

"절에서 요기하고 내려왔습니다. 석초께서는요?"

"저는 상가에서 먹고 나왔지요."

반야가 앉은 채로 그를 향해 절했다. 그가 놀라 맞절하고 나서 왜 이러시느냐 묻는다.

"아버님 가시는 길을 끝까지 살펴 주시어 감사하는 절입니다. 주안상도 그 맘으로 올리게 한 것이고요."

"의당해야 할 제 몫을 했을 뿐인데요. 주안상을 받았습니다만 혼자 무슨 청승으로 술을 마시겠습니까. 무례를 무릅쓰고 건너왔습니다. 연화당께 맞춤한 집을 찾았다는 말씀도 드려야겠고요."

"벌써 찾으셨어요?"

"어젯밤에 수하가 와서 말하더이다. 익산 땅 미륵산 자락 새룡동에 있는 집이랍니다. 산을 등지고 새룡동을 내려다보게 지어진 집인데 경오년 역질로 식구의 태반이 세상을 뜨고, 남은 식구는 전주로 옮겨갔다 합니다. 몇 해간 비어 있던 터라 집이 낡긴 했으나 수선하면 살 만할 것 같다 하더이다. 예순 칸 남짓하다 하고 앞이 훤히 트여 눈이 시원하다 하고요."

황환으로 하여금 집을 알아보게 하는 과정에 화산은 전혀 관여하지 하지 않고 내막을 살피지도 않았다. 혜원과 그렇게 의논이 된 듯했다. 모든 과정을 순전히 황환의 뜻으로 이루어지게 하라. 이왕 시작한 일 잘 하자면 그게 낫지 않겠는가.

"그리 넓은 집이 제게 당키나 합니까. 저는 신당 겸 처소 한 칸이면 되고, 열 대여섯 되는 제 권속은 방 너덧 개이면 충분한 것을요. 게다가 점사를 보러 드나들 손님들은 그리 큰 집을 어려워할 것이라 제 일에도 이롭지 못합니다. 제가 건네 드린 돈에 맞춤할 집을 찾아 주셨더라면 좋았을 텐데요."

"연화당이 건네 오신 액수에 딱 맞춘 집이 그 집입니다."

그 말을 믿을 거라 여기는 황환이 귀여워 반야는 미소를 짓는다. 반야가 그에게 건넨 돈이 오백 냥이었다.

"현재 저와 제 권속이 사는 집들을 다 합하여 열댓 칸인데, 그 여러 집을 다 합쳐도 시가가 사백여 냥쯤 된다고 들었습니다. 그나마 산속에 있는 집이라 그렇다고요. 제가 아무리 물정에 어두운들 예순 칸 남짓한 집을 오백 냥에 살 수 있으리라 여기겠습니까? 그만한 규모의 집은 아무리 헐해도 삼사천 냥은 줘야 할 것입니다. 저와 제 권속이 감당할 집이 아닙니다. 다른 집을 알아봐 주십시오."

"아까 수하가 와서 보고하기를 이미 매입을 했다 하는데 어쩝니까. 도로 물리라 하리까?"

한시라도 바삐 연화를 들여앉힐 요량으로 서둘러 놓고도 시치미를 떼고 있다.

"그리 큰 집에 저를 들여 놓으시고 나서 석초께서는 어찌하시려고요?"

뜸을 들이는 그의 표정이 보이지 않는다. 너무 고단한 탓에 눈이 흐려진 것이다.

"솔직히 말씀드리겠습니다. 소생이 몇 해 전에 내자를 떠나보내고 홀몸이라는 사실을 알고 계실 텝니다. 소생은 소실을 들여 본 적 없고 현재는 어떤 여인도 곁에 없습니다. 제 나이가 많아 면구스러우나 받아주신다면, 소생은 연화당의 지아비가 되고자 합니다."

"그런 뜻을 가지신 것 같기에 여쭸습니다. 저는 지아비를 섬길 수 없다 말씀드리지 않았습니까."

"섬겨 달라 아니하겠습니다. 제가 섬기지요. 점사든 무엇이든 하고 싶은 일 하시면서 사십시오. 강경과 익산이 이웃 고을이니 제가 양쪽을 오가며 살겠습니다."

반야는 그를 떠보는 짓을 멈추기로 한다. 자인을 부른다. 문 열고 읍하는 자인에게 어른 처소에 있는 주안상을 옮겨오라 한다. 상이 들어와 두 사람 가운데에 놓였다. 눈앞이 흐린 탓에 술 한 병과 잔 하나, 증편 한 접시와 산적 한 접시, 장아찌 한 접시가 올라 있는 것은 어렴풋한 형체와 냄새로 알아챘다. 상을 놓고 나가는 자인의 마음에 꽉 찬 근심을 기운으로 느낀다. 반야가 벌이는 일에 대한 자인의 걱정이 몹시 큰 것이다. 객점 근방에 있을 호위들도 안절부절 못하고 있을 터이다.

"숨 좀 돌리시라고, 저도 숨 좀 돌리기 위해 상을 이리 가져오라 하였습니다. 한 잔 하십시오. 제가 술을 따라 드리겠습니다."

한 손으로 술병의 목을 잡고 한 손으로 잡은 잔을 병 주둥이 대고 가만가만 계량해 가며 따른다. 술이 나오는 소리는 들리는데 술잔에 술이 얼마나 채워지는지는 볼 수 없다. 어느 순간 술병 든 손과 잔 받친 손이 황환에게 잡힌다. 반야의 두 손을 잡은 그가 웃음소리를 내며 술병과 술잔을 상에 내려놓게 한다.

"술을 따라 보신 적이 없는 겝니까?"

술을 따라 본 적이 없다. 차를 끓이거나 따른 적이 없고, 마실 물을 직접 떠 본 적도 없다.

"눈이 어두워진 지 오래라 기회가 없었습니다. 제가 술을 쏟은 것 같지는 않은데요?"

"넘치기 전에 소생이 잡았지요. 고맙습니다. 우선 목 좀 축이겠습니다."

그가 잔에 든 술을 마시고 그 잔을 다시 채우더니 내민다.

"한 모금 하시겠습니까?"

반야는 술을 마셔 본 적도 거의 없다. 미타원 시절에 신단에 노상 술을 올렸으나 어머니가 올리셨고 퇴주잔도 어머니가 비우셨다. 어머니는 술맛을 아는 여인이었다. 술맛을 알고 술을 빚는 어머니를 자신으로 하여 잃었으므로 소소원이나 유수화려에서 신단에 술을 차리지 않았다. 반야는 술잔을 두 손으로 받아 입에 대어 본다. 소주와 청주와 탁주 냄새를 구분할 수는 있었다. 지금 술은 청주다. 반야는 어머니를 부르듯 나무관세음보살을 속으로 외며 술잔에 반나마 담긴 술을 모두 마신다. 영 맛이 없지 않을 것이라 짐작은 해왔다. 나름의 맛이 있으리라 여기면서도 마시지 않았던 건 영기를 흐리지 않으려 함이었다. 또 술에 취한 자신이 어떻게 될지 알 수 없어서였다.

"혹시, 술도 처음 드시는 겁니까?"

"한 모금도 마셔 보지 않았다고는 못합니다만, 매양 귀신들과 사는지라 취하면 그들한테 심신을 앗길까 저어하여 못 마시었지요. 겁쟁이라서요. 향기롭거나 달콤하지는 않아도 그리 험한 맛은 아닌 듯합니다."

황환이 유쾌하게 웃고는 또 술을 따라 마시고는 물었다.

"한 잔 더 해보시겠습니까?"

"석초께서 석 잔 드시고 제게 한 잔씩을 주십시오."

석 잔을 거푸 마신 그가 술잔을 내민다. 반야는 어이없어 웃고 난 뒤 그가 내민 술잔을 받는다. 그와의 수작이 뜻밖에도 재미있다. 그의 성정이 순연한 덕이다. 연만한 나이에 장사꾼으로 평생을 살아왔으면서도 잃지 않은 덕성. 그를 위해서도 만단사를 위해서도, 또 사신계를 위해서도 몹시 다행이다. 그가 이런 사람이므로 만단사를 거꾸러뜨리거나 해체시키지 않아도 될지 모른다. 만단사가 황환처럼 덕스러운 원래의 만단사로 돌아갈 수 있다면 그보다 좋은 일이 없지 않은가.

"이왕 적셨으니 저도 석 잔은 마셔 보겠습니다."

술잔을 비워 내려놓고는 말을 잇는다.

"제가 술을 따라 드리기 어려우니 자작하시면서 들어 주세요. 저는 석초께서 보시다시피 술 한 잔도 제대로 못 따르는 불구입니다. 저는 아주 어린 날에 신내림을 받은 터라 바느질을 배우거나 음식을 만들어 본 적 없습니다. 누구의 시중도 들어 보지 않았고요. 어릴 때부터 무녀 노릇을 한 탓에, 무녀로서의 수련을 하고, 책을 읽으며 컸습니다. 모든 시중을 받으면서요. 그 탓에 제게는 무격 아닌 권속이 많습니다. 눈을 잃은 건 스물두 살 때입니다. 눈이 어두워진 후에는 책 읽어주는 사람을 곁에 두고 지냅니다. 그 또한 무녀 노릇을 잘 하기 위해서입니다. 무녀 노릇은 제게 호구지책일 뿐만 아니라 타고난 업이라서 무녀 노릇을 못하게 되면 저는 아무것도 아니게 됩니다. 선비가 책을 읽지 않고 글을 쓰지 않으면 선비일 수 없듯이, 무녀는 산천을 돌며 기도를 올리고 굿을 하며 사람을 만나야 신기를 유지하며 무녀 노릇을 할 수 있습니다. 그런데 무녀는 굿을 하기 위해서든, 기도를 하기 위해서든, 집을 자주 비웁니다. 이 조선에서 무녀가 사람으로서든 여인으로서든 그토록 천시 받는 가장 큰 이유가 그 때문일 것입니다. 더하여 저는 수양 자식과 제자가 숱하게 많습니다. 앞으로도 계속 늘어날 것이고요. 그들을 돌아보러 자주 나다니거니와 그들이 제 곳으로 수시로 찾아와 몇 달씩 함께 지내기도 합니다. 아예 곁에 두기도 하고요. 이런 제가 어찌 지어미 노릇을 하겠습니까."

"허면 소생은 어찌하면 좋겠습니다. 이제금 연화당 이외에 아무도, 그 무엇도 보이지 않게 된 것을요. 다 늙어 그리움 따위 사라진 줄 알았던 심신 가득히, 당신을 향한 그리움이 꽉 찬 것을요."

"제 마음도 석초로 인하여 설렙니다. 그 때문에 평생 마셔 보지 못한 술을 두 잔이나 마셨습니다. 저의 미욱함을 용인하시고 무녀로서의 저를 감싸 주신다면 석초께 저를 안아 달라 말씀드리고 싶을 정도입니다, 하지만."

"무엇이든 당신 원하는 대로 해도 된다고 하지 않습니까."

반야는 그의 눈빛을 보려 상을 밀어내고 그 가까이 다가든다. 가까워진 그는 한층 흐릿하므로 눈을 감고 그에게 손을 뻗는다. 그의 가슴팍이 두 손바닥에 닿는다. 술기운이 퍼지는지 몸에 열이 나는 성싶다. 그의 가슴이 몹시 뛴다.

"뭘 하시는 겝니까?"

"오늘 종일토록 절을 하며 부처님을 뵙고 온 데다 난생 처음 술을 마셨더니 눈이 아주 깜깜합니다. 이럴 때는 아예 눈을 감고 만져야 상대를 볼 수 있는 탓에 당신을 보기 위해 만지고 있습니다. 가만 계셔 보시어요."

그의 가슴팍에 댄 두 손을 양쪽으로 옮겨가며 그의 어깨를 만지고 목을 감싸 어루만진 뒤 그의 턱과 얼굴을 받치듯이 샅샅이 매만져 본다. 턱밑에 묶인 갓끈을 풀어 갓을 벗겨 놓고 인중을 더듬고 코 양쪽의 볼을 손가락 끝으로 더듬고 눈과 눈썹을 만졌다. 반야의 손가락들이 이마에 닿아 더듬거리기 시작하니 그가 한숨을 내뱉지 못하고 삼킨다. 그의 수명이 얼마나 남았든지 함께 하는 동안 최선을 다하여 어우러져 살면 될 것이었다. 반야라는 계집도 그 어떤 것을 위한 방편으로 지어졌고 그 방편으로써 살고 있지 않은가.

스무 살 가을, 강화도 수국사에서 칠요가 되라는 사신총령을 받았다. 총령을 받은 뒤 지금의 흔훤사로 옮겨가 전대 칠요인 흔훤 만신과 오원五苑들로부터 칠요가 그 자체로 만파식령이라는 말을 들었다. 모든 무격들이 간구하는 그것. 만단사에서 존재를 찾느라 혈안이 된 만파식령은 물건이 아니라 사신계 칠요를 의미했다. 칠요이며 만파식령인 무녀 하나를 만들기 위해 흔훤 만신과 칠성부는 삼십여 년을 공들였다. 그 끝에 지금의 칠요 반야가 생겨났고 여기 있는 것이었다. 자리 값을 해야 했다.

반야는 양손으로 황환의 양볼을 받친 채 그에게로 다가들어 입술을 맞댄다. 혀로 그의 입술을 적시며 간질인다. 순간 이무영이 떠오른다. 그는 교접할 때면 짐짓 입술을 벌리지 않고 장난을 칠 때가 있었다. 입술을 맞대고 한참을 간질여도 뻗대며 장난을 칠 때 그를 넘기는 방법은 그의 무릎으로 올라앉는 것이었다. 살들이 맞닿는 순간이면 그는 버티지 못하고 신음을 내며 반야를 끌어안곤 했다. 지금 눈을 감고 있는 반야에게 황환은 이무영이다. 몸피가 다르고 살 내음이 다를지라도 이 순간만은 같은 사내다. 계집이 갖은 교태를 부리매 얼어붙은 듯 움직이지 못하는 황환과 입술을 맞댄 채 양손을 그의 목 뒤로 드리운 반야는 그의 무릎 위로 올라앉는다. 살이 맞닿자 그가 입술을 열었다. 반야는 그의 입 속으로 혀를 넣어 그의 혀를 감아 흡입했다. 그의 혀가 응수하는 동시에 그의 한 손이 반야의 등으로 들어가 받쳐지고 다른 한 손이 저고리 고름의 매듭을 잡아당겼다. 반야의 저고리를 벗겨내며 황환이 긴 숨을 토했다. 반야도 호흡을 고르며 긴 숨을 쉰다. 무영이 그리워 콧날이 시큰하다.

문 너머 비밀

지난 정월 도성을 출발한 이록이 상림에 도착했을 때 화씨가 없었다. 작년 동짓달에 화씨가 상림 인근의 사자들을 거느리고 떠났다고 했다. 그런데 화씨와 함께 떠났다가 돌아왔다는 자들이 죄 반편이가 되거나 바보가 되어 있었다. 그들은 자신들이 화씨를 따라 나선 것을 기억하지 못했다. 화씨가 어떻게 되었는지도 몰랐다. 만수산이 어떻고 명화당이 어떻고 중얼거릴 뿐이었다. 봉황부 이봉사자인 복태마저도 그 꼴이었다.

만수산은 윗녘의 송도에 있거니와 아랫녘의 부여에도 있다. 팔도를 뒤져 보면 몇 개의 만수산이 더 있을 것이므로 복태 등이 말하는 만수산은 어디에든 있거나 없는 산이었다. 명화당도 마찬가지. 이록은 아무리 다그쳐 봐야 나올 것 없는 자들을 내버려두고 상림 안팎을 단속했다. 화씨의 신당 물건이며 증심당에 있던 화씨 물건들을 걷어내 남김없이 태우게 했다. 김씨 부인 사후 내내 비어 있던 안방을 단장시키고 세 채의 전각을 정리하게 했다. 마치 화씨가 없을 걸 예상하기나 한 듯 새 사람과 그 하속들 맞을 준비를 마친 이록은 직접 화개로 향했다.

작년 시월 하순, 도성으로 향하는 길을 에둘러 유수화려에 들렀을 때 이록이 무녀 중석한테 선언한 바가 있었다.

"내 도성에서 설을 쇠고 내려오는 길에 들를 것이니 이거移居를 준비하고 있게. 정월 보름쯤이 될 것이네."

그때 중석은 찌푸리듯 웃었으나 대답치 않았다. 효맹은 중석의 무응답을 거절로 여겼으나 이록은 자신의 뜻을 좇겠노라는 것으로 해석한 듯했다. 시종 부드러웠던 말투며 유수화려를 순순히 물러난 게 그러했다.

두어 달 만에 찾아간 유수화려에 중석은 간곳없고 낯선 무녀와 식구 몇이 들어 있었다. 스물댓 살 남짓해 보이던 그 무녀는 자신이 중석의 제자로서 제 스승이 한양으로 갔다고 했다. 무슨 일로 갔느냐는 이록의 물음에 무녀가 벌벌 떨며 답했다.

"쇤네 스승인 중석의 태생이 원래 반가의 서녀라 하나이다. 그 부친께오서 세상을 뜰 것 같은 예감에 생부를 보러 가셨으나 언제 돌아올지는 쇤네가 모르옵니다. 다만 시일이 꽤 걸릴 터라 쇤네가 대신 신당을 봐 드리려 와 있나이다."

중석과 한 식구처럼 사는 것 같던 화개약방에는 의원 내외가 있고, 화개객점의 식구도 그대로였다. 그들이 아는 것도 무녀와 다르지 않았다.

연전에 상림 외무집사 박은봉이 이록의 명으로 화개장터 위쪽에 주막을 열었다. 그 주막 주인으로 인남이 들어 사는데 그가 중석의 소식을 확인해 주었다. 반반골 사람들이 말한 것과 같은 소문이 장터에 퍼져 있다는 것이었다. 그 모든 게 교묘히 꾸며진 이야기 같되 중석이 이록을 피해 귀신처럼 달아났다는 것은 분명했다.

이록은 자신이 중석 저를 그토록 아끼고 존중했건만 끝내 복명치 아니하고 달아났다는 사실에 분노했다. 좀처럼 화를 터트리지 않는 그인지라 달아난 중석에게도 그러했지만 그가 흠, 하는 소리를 세 번이나 내며 분노를 삼키는 걸 효맹은 분명히 봤다. 그는 화씨가 사라진 이유도 중석의 조화라고 단정했다. 중석이 보통 무녀가 아님을 알므로 욕심냈고 아꼈으되, 비범함을 넘어선 무엇이 있으리라는 것을 그제야 깨친 것 같았다.

참담한 얼굴로 화개에서 돌아선 이록은 그 길로 온양으로 향했다. 온양 문암골 김창현의 집에서 영고당과 간단한 혼례를 치렀다. 중석이 사라졌다는 걸 확인한 지 닷새 만에 네 번째 장가를 든 것이었다. 영고당은 김창현의 딸 격으로 상림의 정실에 들었다. 이록이 만단사 용부의 일룡사자인 김창현 집안과 사사로운 연분을 맺은 까닭은 김창현이 유림을 움직일 수 있는 유생이기 때문이었다. 그는 사령이 놓친 조엄을 대신할 인물인 것이다.

닷새 전 이록은 효맹에게 보위부의 막내 넷을 내어 주며 명했다.

"온이 돌아오는 대로 도성에서 부령 회합을 가질 것이니 너는 내 앞서 도성으로 가 중석을 찾아라. 도성에 도착하는 즉시 문성국을 만나 빈궁전에서 무녀 소소를 언제 만나는지 살피라 일러라. 지금까지의 행적으로 보아 중석이 도성으로 갔다면 한 번은 궁에 들 것이다. 중석이 이미 빈궁전을 다녀갔다 하면, 예전 소소 무녀가 살던 가마골 웃실로 가 보아라. 가서 중석이 살던 집에 들어 있는 족속을 족쳐 봐. 어떻든 중석을 잡아라. 중석이 필시 사신계와 연관이 있으리니 신중해야 할 것이고, 살려서 못 데려올 것이라면 목이라도 대령해야 할 것이다."

지금까지 정효맹은 사령으로부터 숱한 명을 받았고 쉽건 어렵건 모두 수행했다. 이번 명이 가장 어려운 것이었다. 문성국과 가마골 웃실이라는 단서가 있다 해도 마찬가지였다. 십여 년 동안 효맹이 사령의 명에 따라 죽인 이십여 명은 실체가 분명했다. 그들은 자신들이 위험에 빠진 걸 몰랐고 위험을 예감해도 위험이 언제 닥칠지 몰랐다.

중석은 무녀 주제에, 왕족이자 사대부이며 조선에서 몇 손가락 안에 꼽힐 부자인 이록을 마다할 정도로 기이한 여인이다. 한 남정으로서의 이록이 불구이거나 망측하게 생겼거나 저 앞에서 무슨 폭력을 행사하여 무서운 꼴을 보인 것도 아니지 않은가. 그렇기는커녕 만날 때마다 깍듯이 예우하며 온화하게 대화를 나누었다. 효맹이 보아온 바 지금까지 이록이 여인을 대할 때 그처럼 정중한 적이 없었다. 중석을 사모하는가, 여겼을 정도였다. 그런 여인인지라 한갓 무녀임에도 첩실이 아니라 정실부인으로 삼겠다고 했다. 중석은 무녀 노릇 대신 부인으로서 지아비를 도우며 살기만 하면 된다. 잘만 풀리면 궐의 안주인이 될 가능성도 없지 않다.

그 모든 것이 싫은 중석은 자신에게 위험지경이 닥친 걸 알고 도망칠 수 있는 무녀였다. 중석이 사신계와 연관이 있다면 필경 칠성부령일 터. 그런 중석을 무슨 수로 찾으며 시신이라도 가져갈 것인가. 중석을 찾아 데려가지 못할 시 효맹은 사령 앞에 나설 수 없었다. 비휴의 아이 둘을 잃은 것으로 십여 년 공들인 비휴가 효맹의 손을 떠나 선일에게로 넘어갔다. 한 번 더 실수하면 끝이었다.

실행해야 할 명령이 어려웠으므로 효맹은 상림을 떠나 곧장 상경하는 대신 강경으로 향했다. 지난겨울부터 이번 봄에 이르기까지 황환의 동태를 살필 겨를이 없었다. 그의 아들 동보가 사령 보위부에 임해 있는바 이록은 황환을 사뭇 경계하면서도 실상은 느슨했다. 황환이 아들을 인질처럼 맡겨 놓고 있는 동안은 딴생각을 품지 못하리라 여기기 때문이다. 효맹의 생각은 달랐다. 동보는 모자란 게 없이 자라 현재에 이르렀다. 제 부친이나 집안에 대해 일말의 불만도 없는 동보는 보위부의 다른 무사들과 달리 사령을 통해 제 미래를 일구려는 욕망이 없었다. 그가 사령 곁에 있는 건 제 부친과 집안을 위해서였다.

무슨 일이든 내가 직접 하는 게 빠르고 정확하듯 황환을 살피는 일도 그랬다. 알아야 할 걸 알고 있어야 힘이 생기는 법. 효맹은 강경에 잠입하여 황환의 동정을 살폈다. 강경상각은 강경읍과 나루가 한눈에 내려다보이는 옥녀봉 중턱에 있었다. 옥녀봉은 나지막한 봉우리지만 산마루에 봉수대인 용영대가 섰을 만치 주변이 트였다. 그 아래에 있는 강경상각은 조선에서 몇 손가락 안에 드는 강경상단의 본원이다.

그저께, 평소 강경상각에서 일하고 상각 안쪽의 집에서 거하는 황환이 일을 마치고 집을 나서는 것을 발견했다. 서둘다 들킬 위험이 있으므로 뒤따르지 않았다. 어제 아침 상각으로 되돌아온 황환이 저녁나절에 다시 집을 나서는 걸 보았다. 효맹이 살피지 못하고 지낸 사이 황환은 첩실을 들여앉힌 성싶었다. 따라가 봐야 별 볼 일 있으랴 하면서도 수하들을 강경에 두고 홀로 뒤를 밟았다. 막내아들과 시자 하나만 데리고 집을 나선 황환은 오십여 리를 달려 이웃 고을 익산의 미륵산 아래 새룡동에 도착했다.

황환이 들어선 새룡동의 맨 윗집은 칸 수가 많은 넓은 집으로 새 살림을 만드느라 사뭇 어수선하면서도 활기찼다. 아무리 대상단의 주인이 사는 집이라 해도 첩실 앉힐 집으로는 규모가 너무 컸다. 몇 해 척신으로 살던 황환이 새 장가를 든 것이었다. 효맹은 늦은 밤까지 저택 뒤쪽 별채 밖의 커다란 참나무에 올라앉아 집안이 차츰 고요해지면서 잠들어가는 걸 지켜보다 강경으로 돌아왔다.

오늘 아침 주막에서 원철과 욱진, 석호와 경출 등 네 사람한테 먼저 도성으로 떠나라 일렀다. 상경하는 길에 동하면 계집질도 하라고 네 사람 각자에게 닷 냥씩 주었다. 희희낙락 나서는 그들을 배웅하고 강경상각 어름으로 갔다. 간밤을 새룡동에서 묵었을 황환은 오전 내내 강경상각으로 돌아오지 않았다.

탐찰에는 아무래도 어둠이 유리하지만 낮에는 사람 많은 곳이 편하다. 근동에서 어둠을 기다리기에 포구만 한 곳이 없었다. 강경상각 주인인 황환의 신상 변화에 대해서 알아보기에도 강경포구는 맞춤했다. 포구 거리에는 황환에 대한 이야기가 파도처럼 넘나들었다. 그가 새 장가 들었다는 사실을 온 강경사람이 다 아는 성싶었다. 황환이 재취한 여인은 반가의 미혼과부라느니. 그 과부는 전주에 사는 황환의 스승의 딸이라느니. 이월 보름날 전주 스승의 집에서 혼례식을 했다느니. 미륵산 밑에다 새살림을 차렸다느니. 그 살림을 며느리 봉선당이 다 차려주었느니. 봉선당이 또래 격인 시모 자리한테 살림 앗기지 않으려 먼 곳에다 살림을 내준 것이라느니.

효맹은 해가 진 뒤에 새룡동으로 들어왔다. 황환의 저택은 안팎에 매달린 등불들로 불야성이다. 대문이 활짝 열렸고 대문 앞 공터에 깔린 멍석에는 저녁상을 받은 수십 명의 노인들이 앉아 있다. 그들을 수발하느라 드나드는 집안사람들은 부산하다. 혼인식에 따르는 잔치이자 새 사람을 맞이하기 위한 소란이다. 그러니까 오늘 황환은 강경상각에 일하러 오는 대신 전주로 가서 엿새 전에 혼인한 새 부인을 데려오는 친영례를 하고 있는 것이다.

황환의 새 집은 동리 위쪽으로 다른 집들과 떨어져 있었다. 대문 앞 공터 왼쪽은 밭이고 오른쪽은 야산이라 몸들일 곳이 마땅치 않다. 야산에는 앙상한 소나무 몇 그루와 미처 잎을 틔우지 못한 키 낮은 관목들뿐이다. 효맹은 어둠에 의지하여 소나무에 올라 앉아 황환이 나타나기를 기다린다. 저녁을 대접받은 노인들이 멍석에서 일어나 마을로 내려가거나 대문 주변에서 서성거린다. 그들도 저택의 안주인을 기다리는 것이다. 집안에서 나온 사람들이 노인들의 저녁상 자리를 말끔히 치우고 멍석을 정돈해 다시 깐다.

한참이나 더 지나 말발굽 소리가 들리기 시작하더니 달려온 말이 대문 앞에서 멈춘다. 황환의 막내아들 동구다.

“지금 오십니다. 행차가 마을로 들어서셨어요.”

동구가 소리치며 대문 안으로 들어간다. 효맹은 대문을 더 잘 보기 위해 옹색한 옆가지로 옮겨 앉는다. 황동재와 봉선당 등 집안에 있던 사람들이 줄줄이 대문을 나와 시립하듯 벌려 선다. 하속들이 횃불이며 등롱을 더 들고 나와 주변에다 걸어댄다. 불빛이 훨씬 밝아진다. 와중에 효맹은 대문 앞에서 천만뜻밖의 낯익은 얼굴을 발견한다. 엄하고도 조요한 분위기로 중석을 시좌하던 혜원. 틀림없는 그다. 혜원을 알아보고 나니 화개에서 잠깐씩 낯을 익혔던 처자며 할멈 등이 눈에 들어온다. 한돌 할아범도 있다.

중석의 하속들이 죄 여기 나타나다니. 대체 이게 무얼 뜻하는 광경인가. 맙소사! 효맹은 전율한다. 이록을 피해 달아난 중석이 익산으로 와서 황환과 손을 잡았다. 아니 중석이 황환을 손에 넣었다고 봐야 한다. 어떻게 이런 일이 가능한가. 하필이면 이록과 부합하지 못하는 황환과 결합하다니. 왜? 무얼 위해서?

효맹이 혼란으로 머리를 흔들고 있는 사이 마침내 황환과 가마 행렬이 대문 앞에 당도했다. 말에서 내린 황환이 가마 앞쪽에 선다. 혜원이 가마로 다가들어 몸을 숙이더니 몇 마디 나누는 것 같다. 이윽고 가마 안에 있던 사람이 나와 선다. 흰 두루마기를 입고 흰 아얌을 쓴 여인. 불빛에 한층 창백해 보이는 낯빛. 틀림없는 중석이다. 중석이 나서자 사람들 틈에 끼어 있던 대여섯 살짜리 아이가 나와 중석의 옷자락에 감겨든다. 앙증맞은 색동두루마기에 색동 휘양을 쓴 유수화려의 아이다. 중석이 아이 머리에 손을 얹는데 대문 앞에 있던 황동재며 봉선당 등, 집안사람들이 엎드려 절하며 내뱉는다.

"어서 오십시오, 어머님. 어서 오셔요, 마님."

중석이 마주서 절을 하고는 일어들 나시라는 손짓을 해 보인다. 효맹은 어이없는 사태에 헛웃음을 웃는다. 홀아비로 살던 황환과 홀몸으로 나이든 중석. 나이든 남녀가 각각으로 만나 결합한 것이야 전혀 이상할 것 없다. 중석이 반가의 서출 출신이라 하고 그 아비가 황환의 스승이라면! 그 진위가 어떻든 썩 자연스럽다. 개별적인 두 사람의 결합을 종합하면 결과가 달라진다. 이록을 전복하기 위한 음모라 할 만하다.

어둠 속에서 누가 웃건 말건 황환은 한 팔에 아이를 안고 다른 손으로 중석의 손을 잡고 대문 안으로 들어간다. 내외가 안으로 들어

가자 절한 채 엎드려 있던 집안사람들이 일어나 안으로 들어간다. 하속들 몇이 멍석들을 말며 대문 앞을 정리한다. 횃불들을 끄고 등불을 떼어낸다. 대문 처마에 수박등 하나를 걸어 놓은 채 모두 집안으로 들어가더니 문이 닫힌다. 효맹은 어둠 속에서 한참이나 실실 웃다가 새롱동을 빠져나온다.

전쟁 전에 승리를 본다

지난 이월 보름날 곤전에서 국상이 났다. 곤전인 대조전 안에 빈전殯殿이 생기고 그 안에 마련된 거려청居廬廳에 소전이 살게 되었다. 더하여 왕대비전이 환후患候에 들어 열흘째였다. 왕대비 연치가 일흔이 넘었으므로 다시 일어나리라 보기 어려웠다. 미구에 또 국상이 날 수 있으리라는 조심스런 상황에서 경춘전의 빈궁이 반야를 불러들였다. 반야가 귀신이야 얼마든지 쫓겠지만 소전에게 들러붙은 건 귀신이 아니므로 문제였다. 속으로라도 차마 하지 못할 말이나 이번 국상이 대전에 난 것이었다면 소전의 병이 벌써 사라졌을 것이다. 소전의 갈피 없음은 병이 아니기 때문이다. 그걸 누구나 다 알고 있고 빈궁 스스로도 잘 알았다. 오늘 빈궁이 반야를 불러들여 묻고 싶은 건 대전께서 얼마나 사시겠느냐, 소전이 언제 대전으로 옮겨갈 수 있겠느냐는 것일 터이다.

흰 옷에 흰 족두리 쓴 빈궁의 낯빛이 파리하다. 얼굴 가득 반가움이 번져 있음에도 크게 미소 짓지는 않는다. 상중에는 미소조차도 조심해야 하는 법이다. 반야가 내인들의 부축을 받지 않고 무릎걸음으로 다가들었다.

"자전慈殿께서 승하하시기 전에 그토록 그대를 찾았거늘 이제야 들어오셨는가. 몸도 불편하면서 어딜 그리 멀리 다녔어?"

"망극하옵니다, 합하. 멀리 떠돌다 보니 이리 되었나이다."

"고개를 들어 보게나, 소소. 얼굴 좀 찬찬히 보세."

반야가 고개를 들자 눈이 마주친다. 반야가 미소를 짓자 빈궁의 눈이 커진다.

"소소, 눈이 보이는가? 그래?"

"예, 합하. 근자에 소인의 눈이 약간 밝아졌나이다. 아직 홀로 맘대로 걸어 다닐 수 없사옵고, 다 보이지도 않으오나 밝은 곳에 가만히 앉은 채로는 사물의 윤곽을 대강이나마 보옵니다."

"세상에나. 소경이 눈 떴다는 말은 청이 아비 이후로 처음이네. 자전께서 보시었더라면 반가움에 눈물도 흘리셨을 법하네. 반갑고도 고맙네. 이보오, 한 상궁. 이 사람이 눈을 떴다는구려."

빈궁 침소에 들어와 있던 한 상궁이 미소 지으며 고개를 끄덕였다.

"예, 마마. 소신도 몹시 놀랍고 기쁘옵니다. 그 사람이 마마를 뵈러 와 준 것도 반갑고요. 고맙습니다, 소소."

"합하의 은혜가 하해와 같나이다."

빈궁이 말했다.

"이제 도성 안에서 지내도록 하시게. 해서, 이따금 나를 찾아와 스승이 되어 주시게. 동무도 되어 주고. 승하하신 자전마마의 말씀이시네. 그 말씀을 그대에게 전하시는 징표를 남기시기까지 하셨다네. 한 상궁, 가져오오."

한 상궁이 제 품안에서 주황색 비단 주머니를 꺼내더니 빈궁 앞에 놓아준다. 빈궁이 주머니를 열어 두 개의 노란 물건을 내놓았다. 침침한 눈에는 조그만 돌멩이처럼 보이는 물건인데 시선을 맞추다 보니 한 쌍의 노란 새 같다.

"잘 아니 보이는 모양인데, 금으로 빚은 봉황새 한 쌍이야. 그 옛날 자전께서 곤위壼位에 오르셨을 적에 친가 어마님께오서 금처럼 단단한 곤전이 되시라는 기원을 담아 만들어 주신 것이라 하네. 이걸 그대에게 내리고 가신 자전마마의 성심을 깊이 헤아려 주기 바라네."

메추리 알만 한 두 마리의 봉황새가 반야의 손에 쥐어진다. 작으나 단단하다. 섬세하게 세공된 것이다. 어마님의 지극한 마음을 안아 곤위를 지켰던 그분은 평생 지아비의 굄을 받지 못했고 단 하나의 자식도 직접 낳지 못하였다. 여러 다른 여인들이 지아비의 자식을 줄줄이 낳고 기르는 것을 감당하며 살았다. 다른 여인들이 낳은 아들 둘을 당신 자식으로 삼았으나 첫아들 효장세자를 제 아홉 살에 잃었고 둘째 아들이 작금의 소전이다. 곤전께서 소전을 몹시 사랑하셨으므로 어린 날의 소전을 구했던 반야도 아꼈다. 그 마음을 승하하면서도 증표로 남겼다.

"황공하옵니다, 합하."

반야도 소전을 향한 연민이 남다르기는 했다. 전생의 연을 차치하고도 그의 아홉 살 적에 그의 심화를 끄려다 도리어 뒤집어썼던 화마. 그로 하여 원기를 잃고 내도록 허약하게 지내는 터수이되, 그때 세자와 심장이 맞닿은 채 죽음의 고비를 함께 넘겼던 탓에 그에게 유다른 정이 있었다.

"자전마마의 성심을 전할 겸, 내 답답한 심경을 토로코자 자네를 찾았네. 소전께서 대체 어찌 저러시는가? 귀신이 드신 게 아닌가?"

곤전 국상과 더불어 왕대비의 환후가 깊어지니 소전의 궐 내 행보가 한층 어지러워졌다. 왕대비전 나인인 병희 때문이다. 세자가 어지간한 나인은 품는 것이 그릇된 일은 아니다. 다만 웃전의 나인을 건드리지 않는 게 궁중 법도다. 소전의 웃전은 왕대비전과 대전과 곤전이다. 소전은 웃전의 나인을 건드린 것으로 모자라 곤전 빈청에서 읍하며 지내야 할 시각에 문후를 핑계로 왕대비전을 드나들었다. 대조전 바로 뒤 전각이 왕대비전인 집상전인 까닭에 내왕이 더 잦았다. 그렇게 소전이 거려청과 왕대비전을 오가는 요즘 대전께서도 병문안 때문에 하루 한두 차례 왕대비전에 납시었다. 부자가 마주칠 때마다 대전은 소전의 허물을 잡고 심한 꾸지람을 내렸다. 아직 병희의 일을 모르고도 아드님을 보기만 하면 무슨 꼬투리라도 잡아 야단을 치므로 빈궁의 나날이 가시방석이었다.

"귀신이 드신 게 아님을 합하께서도 아시지 않나이까. 저하께오선 뜬것들이 감히 침범할 수 없는 강성한 기세를 지니셨음을요."

시원하게 대답해 줄 수 있으면 좀 좋으랴. 하지만 사람마다 그 스스로 바라는 미래가 준비되어 있는 게 아니다. 무녀가 아는 소리를 함부로 할 수 없는 까닭이다.

"강성한 기세를 지니셨다는 분이 어찌 저리 맘을 못 잡으시고 귀신 형상으로 나부대시는지. 내 도저히 모르겠어서 그대한테 묻지 않는가. 상주인바 거려청에서 다섯 달을 곡하며 지내셔야 하는데, 저녁 곡을 하고 나서 계집을 찾으시니, 그 증상이 귀신이 든 게 아니라면 어찌 납득하리. 소전께선 지금도 왕대비전에 계시다고 하네. 그곳에 병희라는 계집아이가 있어. 자전 생존해 계실 적부터 그 아이한테 미쳐 찾아다니신 것도 모자라 상중에 저리 하시니, 이 사실을 대전께서 아시면 그 곤욕을 어찌 감당하겠나. 자네가 내게 부적을 써 준 적이 있지 않은가? 그 덕에 내가 우리 원손을 보았고. 혹여 그 때처럼 부적을 쓰면 소전께서 점잖이 복상服喪을 하시지 않겠나?"

"부적으로 할 수 있는 일이 아니옵니다. 그때도 소인의 부적이 아니라 합하께옵서, 온 마음을 담은 편지를 저하께 쓰시어 된 일이었지요. 부적은 부적을 지닌 사람으로 하여금 스스로를 믿게 하고 그 믿음이 의지로 발현되어 움직이게 하는 것입니다. 그리해서 부적의 힘이 나타나는 것이지요."

"하면 나는 어찌하리?"

"그의 태생이 어찌되는지 아시옵니까?"

"안국방 내 친가 곁의 허원정에서 들어온 아이라 하네. 그 아비가 경오년의 역질 환란 때 죽은 이연 대감이매 그의 서녀로서, 왕대비전에 들어오면서는 이대감의 안사람인 녹은당의 이질녀로 위장했다 하이. 그러니 이대감 집에서 아이를 궐에다 심은 셈인데, 부러 심은 아이라면 그 성정이 오죽하겠어?"

온양댁이 방산에게 알려준 내용에 따르면 병희의 원래 이름은 유원이다. 허원정의 서출이었다. 귀히 대접받지는 않았으나 이록의 모친을 어머니로 부르며 어린 아우를 보살피며 크다가 이록의 명을 받고 입궐했다. 이록이 제 사람을 궐에 넣은 이유는 뻔했다. 그는 지존의 자리를 넘보고 있는바 병희를 대전과 소전의 사이를 이간하는 소용품으로 심은 것이었다.

"만나 보시었나이까?"

"내 몇 해 전에 양제 임씨를 두호하다 대전께 심히 꾸지람을 들은 일이 있어. 궁중의 여인이 투기하면 아니 된다 하기로 임씨를 고이 대접하였더니 대전께옵서는 되레 내게, 어린 사람이 어느새 곤전 행세하느냐며 심히 나무라시데. 철없는 지아비를 그리 오지랖 넓게 감싸 봐야 네게 득 될 게 무에 있겠냐 하시면서. 이 지경에 내가 또 병희를 감싸 숨기다가 웃전께서 아시는 날이면 그 화를 어찌 감당하겠나? 그래서 내 그 아이의 존재를 아예 모른 양 하고 있는 중이야."

궐내 여인들 세상인 내명부에는 오백여 명의 궁녀들과 잡일을 하는 무수리 오백여 명을 아울러 천 명이 훨씬 넘는 여인들이 산다. 곤전이 돌아가고 왕대비가 소생키 어려운 환후에 들어 있으므로 작금 내명부의 실제 권력이 경춘전에 사는 빈궁이다. 소전의 모궁母宮이 있긴 해도 내명부의 권력은 봉작의 품계나, 대전이나 소전의 총애에서 나온다. 왕비나 세자빈은 정비며 정빈이라 품계가 없거니와 임금의 교명敎命을 받은 왕족이므로 내명부 품계 위다. 소전의 모궁은 종일품의 귀인인 데다 작금 대전의 총애는 정사품의 소원 문씨에게 닿아 있다. 숙종대왕 이후 후궁이 왕후가 되지 못한다는 법이 세워졌다. 그에 따라 소전의 모궁은 왕후가 될 수 없으므로 국상이 지나 탈상하고 나면 대전은 새로운 왕비를 들이게 될 터였다. 그때까지는 빈궁전이 내명부를 통솔하게 된다. 힘이 생겼으므로 그 힘을 최선의 방향으로 쓰면 될 것이되 현 상황에서 빈궁전의 최선이 무엇일지는 빈궁 자신이나 무녀 반야가 알지 못한다.

"하여도 이미 생긴 일일 제 그 일이 저하의 일이므로 합하께옵서 맘을 쓰시어야 하지 않겠습니까. 당금에 저하께옵서 병희라는 내인에게 맘을 붙이고 계시는바, 우선은 합하께오서 병희를 감싸셔야 할 듯하옵니다. 저하께서 복상 중에라도 병희를 찾지 않고도 견디실 수 있게, 합하께서 그 아이를 불러 타이르심이, 급한 불이라도 끄는 방법이 아닐까 하옵니다."

"내 말을 들을 아이이겠어?"

"우선 만나 보시옵소서. 만나야 성정을 알게 되실 테고, 성정을 알아야 대처할 방법도 생기지 않겠습니까. 불러 보시고 부드러이 이르소서. 너와 내가 한 지아비를 모심에 그 지아비가 소전이시라. 작금 상황에 소전께서 네게 다니시는 건 저하는 물론이고 네게도 이롭지 못하다고. 하니 상중에라도 소전께서 상제답게 처신하시도록 너와 내가 힘을 합하자고, 조근조근 가르치소서. 그 아이가 바보가 아니라서 저하께서 굄하실 터인데, 바보가 아닌바 합하의 말씀도 알아듣지 않겠나이까."

빈궁이 한숨을 쉰다. 양제 임씨에 대해서는 무던히 넘겼던 마음이 내인 병희에게는 다스려지지 않는 모양이다. 빈궁이 소전의 위태로운 행실을 병희 탓으로 모는 이유는 병희를 향한 소전의 마음이 양제 임씨 때보다 깊기 때문일 터이다. 삶의 자리 때문에 생긴 투기가 아니라 맘으로 질투하는 것이다.

"알겠네. 내 일단 한번 만나 보기는 하리니. 원손아기씨를 한번 뵈려나?"

"가까이 계시옵니까?"

"옆방에서 주무시는 중이니, 자네 모처럼 들어온 김에 한번 뵙고, 강령히 자라실 수 있는 경문이나 읊어 주시게나."

빈궁이 일어서는 것에 맞춰 반야는 한 상궁을 향해 부축해 달라고 손을 내민다. 한 상궁이 반야를 부축해 옆방으로 이끈다. 가만히 문이 열리고 빈궁이 들어서자 원손을 뉘어 놓고 다독이던 보모상궁이 일어나 읍한다. 원손이 잠든 방에는 불이 켜져 있지 않다. 주변에서 비쳐든 어슴푸레한 빛뿐이라 반야에게는 암흑과 비슷했다. 한 상궁이 반야를 원손 옆에 앉힌다. 곁에 앉은 빈궁이 반야의 손을 원손의 가슴에 놓아준다. 다섯 살이 된 원손을 만지니 반야의 눈시울이 뜨거워진다. 원손이 태어나게 하기 위해 얼마나 깊은 소망과 간절함을 담아 부적을 그렸던지. 그때 품은 소망대로 아기는 맑고 강한 영을 지녔다. 잘 자랄 것이고 자라며 겪을 숱한 고난을 이겨낼 터이다. 반야는 목이 멘 채로 신묘장구대다라니를 나직나직 읊는다.

경춘전을 물러나자 한 상궁이 반야의 너울을 씌워 주고 오래 전 반야가 드나들던 요금문曜金門 밖 다리 건너까지 인도해 준다. 요금문 밖에서 기다리던 자인과 단아가 다가든다. 주변 멀리 칠요 호위대가 포진해 있다. 가까이 어둠 속에서는 낯선 듯 익숙한 시선 하나가 이쪽을 주시하고 있었다. 한 상궁이 반야의 손을 잡았다.

"소소 무녀, 부디 강령하시어 우리 마마를 자주 찾아주시오."

한 상궁은 계원이 아니다. 중궁전에 임하던 주 상궁이 나인 넷을 계원으로 만들었다고 했는데 어느 전각에 임하고 있는지 방산은 알 것이나 반야는 모른다. 주 상궁은 환갑이 되었으므로 국상이 지나고 나면 퇴직하여 궐을 나설 터이다. 칠성부원으로서 평생 궐에서 살아온 주 상궁한테 여년을 어디서 어떻게 살고 싶은지 물어 그 준비를 해줄 책임은 사신계 칠성부에 있었다.

"예, 마마님. 다시 뵙겠습니다."

한 상궁이 돌아서자 자인이 반야의 손을 제 팔에 끼운다. 가까운 거리를 걸을 때면 누군가의 팔을 잡고 걷는 게 오랜 습관이라 호위들은 아직도 으레 팔을 내민다. 단아가 등불을 들고 곁에 섰다.

"별이 많이 떴느냐?"

"예, 마님. 은하수도 흐르고 있나이다."

화개를 떠나 익산 땅 미륵산 아래 새룡골로 옮겨 앉았고 집 이름을 숲에 든 집이라는 뜻으로 임림재臨林齋라 부르기로 했다. 임림재로의 이거가 결정되면서 혜원은 반야에 대한 호칭을 아씨에서 마님으로 바꿨다. 화개객점 식구들과 약방의 안도와 두레 내외는 화개에 두었다. 유수화려는 사신계 칠성부의 선원으로 자리잡게 될 것이었다.

임림재로 옮기면서 혜원은 두레, 안도 내외를 대신하여 도성에서 예님, 기붕 부부를 끌어왔다. 예님은 한양 칠성부 칠품이고, 예님의 지아비 기붕은 한양 백호부의 칠품이었다. 그들의 자식이 화개객점에서 지석 내외의 아들처럼 살던 효진이다. 그가 앞으로는 다루를 대신해 한양과 익산 사이의 인편을 하게 되었다.

"스승님, 건너 숲에서 우리를 지켜보며 움직이는 자가 있는 듯합니다."

자인의 말에 반야는 나무관세음보살을 읊는다.

"임림재에서도 우리를 보던 그 눈인 성싶은데 여전히 살기를 지니고 있지는 않구나. 한치 앞을 모르기는 그나 우리나 같으니 내버려 두자."

"누구인지 아시옵니까?"

"글쎄다. 너는 누군지 짐작하겠니?"

"스승님께서 말씀을 아니 하시는데 소제가 어찌 아옵니까?"

저도 짐작한다는 말이므로 반야는 흐흥 웃는다. 수십 수백의 눈과 귀들이 세상과 사람을 보고 듣고 나서 말을 해준다. 반야는 그 말들을 분석하면서 기를 통해 느끼는 것들을 아울러 미래를 예시한다.

영기나 심안으로만 칠요의 소임을 감당하는 것이 아니다. 사람들을 통해 들은 내용들을 조합하고 분석해가며 사람들의 미래를 보기도 한다. 그렇지만 사람이 하는 일이라서 한치 앞을 못 보는 일은 비일비재하다.

황환과 관계 맺으면서 이무영 앞에 나서지 못하게 될 자신조차 몰랐다. 황환과의 인연은 소임에 따른 과정일 뿐이라 여겼다. 이번에 도성에 와서야 이무영에게 나 왔노라, 기별할 수 없는 자신을 느꼈다. 그에게 부끄럽고 미안했다. 그러면서도 그에 대한 그리움이 차올라 어찌해야 할지 몰라 때로 안절부절 못했다. 정인으로서의 인연을 접어야 하므로 한 번은 만나야 한다고 여기지만 인연을 접고 싶지 않으므로, 그를 만나고 싶지 않았다. 차라리 만나지 않은 채로 무영에게 오롯한 여인으로 남고 싶은 욕심이 있는 것이다.

"하오면 그냥 양덕방으로 가오리까?"

반야는 고개를 끄덕인다. 양덕방에 있는 의녀 문성은 내의원에서 물러난 뒤 칠성부 의녀들에게 의원 수련을 시키고 있었다. 흔휜사모올 무진의 사형인 문성은 연덕의 스승이자 안도의 모친이기도 하다. 지금 어둠 속에서 뒤를 따라오는 자가 문성의 집을 안다 해도 상관없을 듯하다. 누군지 알겠기 때문이다. 이록을 따라다니는 효맹이 아닌가. 반야는 자신이 노파 같다는 생각에 미소 지으며 눈을 감는다. 도성에 왔으니 무영을 만나기는 해야 할 터였다. 그리움이 너무 깊으면 분별력이 약해진다. 그건 모두에게 이롭지 못하다. 반야는 무영을 만나기 위한 핑계를 찾는 스스로를 느끼고는 속으로 웃는다.

복상服喪중인 소전이 궐 밖으로 나설 일이 없으므로 요즘 세자익위들의 퇴청 시각이 정확했다. 세자는 강하에게 그림자도둑을 잡으라고 명한 이후 이따금 경과만 물을 뿐 결과를 채근하지 않았다. 강하가 아뢰는 것 이상을 묻지도 않았다. 소전이 믿으며 기다리고 있기에 강하가 오히려 초조했다. 이록이 상경해야 회영인 정효맹이 따라올 것인데 그들이 한성으로 들어오지 않았다. 효맹이 들어와 인달방의 그 집으로 들어서야 잡을 수 있을 것 아닌가.

요즘 밤마다 인달방의 수풍재에 들렀다가 밤이 깊어지기를 기다려 정효맹의 집을 살피고 비연재로 돌아가는 게 강하의 행로다. 반대로 비연재에서 정효맹의 집을 돌아 수풍재로 오기도 했다. 이무영이나 최갑, 백일만도 수시로 그렇게 드나들었다. 익명의 제보가 가리킨 인달방 집이 누구 소유인가 알아보았다. 호조에 등기된 집주인은 정효맹이 맞았다. 팔 년 전쯤 매입한 것이었다. 이전 주인은 내시부의 상약을 지내다 노환으로 궐에서 물러난 자였다. 그는 은퇴한 뒤 효맹에게 집을 팔고 향리로 내려갔다. 효맹의 집 청지기 노릇은 대문 맞은편 집 늙은 내외가 하고 있었다.

이경이 가까운 시각, 수풍재에는 백일만이 먼저 와서 바둑판을 마주하고 있다. 이제 막 시작했는지 바둑알은 몇 점 놓이지 않았다. 직선의 줄이 종횡으로 교차하는 바둑판과 그 위에서 수를 다투는 흰 돌과 검은 돌. 강하는 바둑을 즐기지 않았다. 바둑돌을 잡고 있노라면 자신이 누군가의 손에 쥐어 진 바둑돌인 것 같았다. 백일만이 인사인 양 묻는다.

"원동궁주가 오늘 복궐 하자마자 자네한테 집적거렸다며?"

원동궁주는 화완이다, 화완 옹주는 두어 달 전에, 태어난 지 다섯 달된 딸을 놓쳤다. 지난달 곤전께서 승하하셨다. 국상이 난 지 이레 만에 화완은 지아비를 잃고 과부가 되었다. 딸을 잃고, 지아비가 병을 앓는 동안에도 가끔 문병을 다녔을 뿐인 그였다. 부마가 돌아간 뒤 그 치상治喪하느라 궐을 나가 제 궁에 거했던 화완이 오늘 다시 궐로 돌아왔다. 세 겹의 상복을 입고도 화완은 여전히 철이 없었다. 대전께서 곤전의 빈청을 차려 놓고 들여다보지도 않으시면서 부마의 빈소에 거둥하실 정도로 화완에 대한 자애가 편벽되므로 그 딸이 그 꼴이었다.

“그런 일 없습니다. 괜한 말씀 마세요.”

“괜히 하는 말이 아니라 옹주가 과부가 되었으니 참말 조심해야 한다고. 명랑하고 무구한 것처럼 보일 수도 있으나 제 지아비가 죽는 지경에도 간병이 아니라 문병을 다닐 정도로 철이 없는 여인이 아닌가. 이제 저는 시집갔다 왔으니 다시 시집갈 일이 없고, 더 이상 자식도 낳지 못할 것인데 부친이 임금이시고, 다음 임금이 오라버니이시니 세상에 무서울 일이 무에 있겠어. 자넬 농락하려다 맘대로 되지 않을 시 자네한테 괜한 누명을 씌워 궁지로 몰아넣을 수도 있으니 각별히 조심하라고. 견원지간 같으신 부자가 어찌 그 철부지는 한결로 귀애하시는지 몰라.”

백일만이 체머리를 흔들다가 부르르 진저리를 친다. 오늘 소전은 승하한 왕후의 고부사告訃使로 청국에 보낼 사신들을 결정했다. 결정하기 전에 서연관들을 거려청으로 불렀다. 조정을 열기 전에 서연관들에게 사신단 정사와 부사를 누구로 정할지 의견을 물으려는 것이었다. 정무에 임할 때 소전은 측근들과 먼저 의논하여 마땅한 소견을 정한 뒤에 신료들을 만났다. 고부사 행단에도 노소론이 고루

낄 수 있도록 처결했다. 신료들 앞에서의 소전은 현명하고 의젓했다. 그만큼 신중하고 과감하기도 한 소전이 부왕과 여인들과 신료들에 뒤엉켜 헤매고 있었다.

"그럴 경우 조심이란 대체 어찌해야 합니까? 나타날 줄 미리 알아 피할 수가 있습니까. 다가들지 말라고 메어던질 수가 있길 합니까. 말을 걸어오는데 대답을 아니 할 수 있습니까. 옹주를 조심하라는 말씀은 귀가 닳도록 듣고 있으니 부디, 어찌 조심해야 하는지나 일러 주십시오."

"딴은 그렇겠네."

백일만이 바둑돌을 내던지듯 수긍하자 설희평이 크하하 웃는다. 웃음판이 그치기 전에 문밖에서 기척이 났다. 의금부 도사 최갑이다. 재빠르게 들어선 그가 상기된 얼굴로 소리 낮춰 말했다.

"인달방 그 집에 사람이 들었습디다. 지켜보려다가 살피는 걸 들킬까 봐 냅다 도망쳐 왔지만, 틀림없어요. 네댓 사람 이상의 기척이 납디다."

이록이 한성에 돌아왔다는 소식을 듣지 못했다. 그가 지난 몇 시간 사이에 도착해 기별 들을 겨를이 없었다면 효맹도 이록 곁을 떠나지 못했을 터. 효맹 홀로 도성으로 들어와 허원정에 들르지 않고 이화헌에서 머물다가 제 집에 들어간 것으로 봐야 하는 것이다.

"숨겨둔 물건들을 처분하려는 것 아니야?"

설희평의 말에 백일만이 고개를 젓는다.

"포청과 의금부와 한성부가 저를 잡으려 눈이 벌게져 있는 걸 알 텐데 그럴 리 없잖습니까?"

"효맹이 이록으로부터 모종의 명을 받고 제 수하들과 함께 왔다가 제 집을 공개하기로 한 것 아닐까요? 집을 보여줌으로써 수하들에게 신뢰를 얻기 위해서요. 어쩌면 예전부터 그리해 왔는지도 모르고요."

강하의 말에 최갑이 손사래를 친다.

"지금 문제는 그게 아니지. 그놈을 당장 치고 들어갈지, 며칠 지켜볼지 그것부터 결정합시다. 난 지금 잡아야 할 거라 봅니다."

"두물, 반장인 자네가 결정해."

백일만의 말에 강하는 잠시 망설인다. 놈은 꼭 생포해야 한다. 죽이기는 쉬우나 살려 잡는 건 간단치 않다. 효맹은 고수다. 생포하는 과정에 화반들이 다칠 수도 있다. 효맹의 집에 몇 명이나 있는지 알 수 없으나 각처의 군졸들을 불러들이기에는 시간이 없고 와중에 일이 틀어질 수도 있다. 네 사람으로도 가능할 수는 있을 터이나 효맹을 반드시 사로잡아야 하므로 문제다. 살려 잡지 않으면 소전이 도둑을 조작했다는 누명을 쓸 수도 있다. 대전께서는 그러고도 남을 분이다. 효맹이 자진하려 들 수 있으므로 그것도 막아야 한다. 강하는 상황 따라 독침으로 효맹을 제압할 생각을 해왔다.

두 해 전 유수화려를 떠날 때 혜원 무진은 열 가지 독이 든 침통針筒과 피리총 세 자루를 건네주었다. 피리총의 외양은 일곱 개의 구멍이 뚫린 보통 세피리와 같았다. 내부는 전혀 달랐다. 정련된 순철純鐵로 만들어진 용수철이 공이를 밀어내고 공이가 피리 관을 관통하여 바늘을 쏘게 되어 있었다. 평상시 바늘이 날아가는 거리는 칠십여 보나 되었다. 혜원은 필요할 때 극히 조심하여 쓰라 했고 지금까지 독을 쓸 일은 없었다. 효맹이 단순한 도둑이 아니라 만단사령의 보위대장이므로 요즘 강하는 미혼독침迷混毒針이 든 피리총을 소지

하고 다녔다. 미혼독은 사람이 죽지는 않되 하루 이틀쯤 정신을 잃는 것이라 했다.

“제가 먼저 다녀오겠습니다. 상황을 살피고 돌아와 말씀드리겠습니다.”

강하의 말이 끝나기 전에 검은 바둑돌이 날아와 강하의 이마 한가운데를 쳤다. 바둑돌이 비수처럼 예리하게 이마를 치고는 강하의 무릎으로 툭 떨어진다. 설희평이다.

“그처럼 무모한 짓은 버드나무집에서 벌인 것으로 족해.”

평양 감영에 들어가 박고준을 구한 일로 어른들한테 칭찬을 받으리라고는 생각지 못했으나 어쩔 수 없었겠지, 끄덕여주실 줄 여겼다. 그렇기는커녕 방산은 네 이놈 종아리를 걷어라, 소리쳤다. 방산은 무예로 무진에 오른 여인이었다. 강하의 종아리에 피멍이 들었다. 그 닷새 뒤 강화도 수국사에 계시는 무량스님이 소소강원으로 찾아왔다. 당신의 제자들이자 강하의 알머리 사형들을 셋이나 거느리고 나타나신 노스승께서 막 퇴청한 강하에게 종아리를 걷으라 했다. 세 사형들로부터 회초리 열 대씩을 맞고 나니 종아리가 터져 피가 낭자했다. 재작년 칠월 말 경의 일이었다.

“정말 살피고만 오겠다는 겁니다.”

이마를 어루만지며 중얼거리는데 이번에는 백일만이 흰 돌을 튕겨 날린다. 다시 맞으면 정말 이마가 터질 것 같아 강하는 날아오는 흰 돌을 왼손으로 잡는다. 최갑이 놀리듯 클클 웃는데 쩟, 혀를 찬 백일만이 입을 연다.

“버드나무집 일도 그렇거니와 예전 도고 관아 일을 생각해 봐. 동마로가 홀로 진입함으로써 어떤 사태가 벌어졌는지. 당시 그대가 어려 잘 모르는 것 같은데, 그때 그대는 형을 잃었지? 나는 동료를 잃었어. 그날 밤 그가 홀로 나간 건 자신의 일에 동료들을 끌어들이지 않겠다는 갸륵한 마음이었겠으나, 그를 잃은 나 같은 사람들에게 그날 밤의 일은, 아직 뼈에 사무쳐. 잠에 빠져 동마로가 홀로 나간 것을 놓친 나는 지금도 부끄러워 소스라칠 때가 있다고. 부끄러움이 슬픔의 한가지일 수 있음을 그대는 아직 모르지? 모를 테니 지금 홀로 가겠다고 하는 것일 테지. 화반의 대장인 그대가 지금 결정할 건, 우리가 당장 같이 들어갈지, 며칠 두고 볼지, 그거야. 알겠어?"

강하는 도고 관아의 그 밤에 백일만이 함께 있었다는 사실을 지금 알았다. 모르는 것투성이다. 그러므로 스승이고 선진이며 동료인 이들의 말을 따르는 게 옳다.

"지금 다 함께 가지요. 일단 상황 먼저 보는 겁니다. 제게 계량이 있으니 따라 주시고요."

이무영이 자리에 없기 다행이다. 그는 아마 전임 좌의정 댁인 충정재에 가 있을 것이다. 그의 장인이 오늘 생일이라 했다. 국상중이라 생일잔치는 못하되 찾아뵙기는 해야 하는가 보았다. 반야가 도성에 들어온 지 사흘째인데 이무영은 아직 그 사실을 몰랐다. 반야가 유수화려를 떠났으되 어디로 옮겼는지는 강하도 아직 알지 못했다. 해서 강하는 무영에게 반야가 도성에 들어왔다는 사실을 알리지 못했다. 지금쯤은 이무영도 반야의 상경 사실을 알게 되었을 것이다. 처가에서 궐 안 이야기를 주고받을 것이므로 빈궁한테 불려 들어간 무녀에 관한 이야기도 나올 게 아닌가.

정인이 도성에 들어왔으되 기별하지 않는다는 사실을 알게 될 때의 마음은 어떨까. 한 여인을 향해 그처럼 깊은 사모의 정을 품어 보지 못한 강하는 무영의 마음을 헤아릴 길이 없다. 한때 이온을 향한 마음이 자못 뜨겁다고 느꼈는데 돌이켜보니 그를 만나지 못해 괴로웠던 것 같지는 않았다. 이온과 윤선일이 예사 관계가 아니라고 느낀 순간 허룩한 한편으로 이온으로부터 벗어났다는 사실에 안도했다. 요즘은 이온이 무사히 살기를 바랄 뿐이다. 사통으로 회임한 그가 다치는 일이 없기를. 아기를 순산하기를. 그리하여 그들은 그들대로, 나는 나대로 만나는 일 없이 살아가기를. 적선방에서 인달방까지의 샛길 주변에는 꽃이 지천으로 피었다. 바야흐로 봄이라고 꽃들이 향기를 마구 날린다. 꽃피는 춘삼월. 도성의 밤은 꽃향기로 은성하다. 밤이 깊어 가는데도 꽃향기에 홀려 돌아다니는 사람들이 드물지 않다.

효맹은 한양으로 와 이록이 만나 보라 했던 문성국을 만났다. 이록은 문성국을 만나면 도성에서 중석을 찾을 수 있으리라 했으나 효맹은 이미 중석을 찾았으므로 요식 행위였다. 혹시 앞으로 빈궁을 찾아 입궐하는 무녀가 있거든 알려 달라 해놓고 기다리면서도 기대치 않았다. 가마골 웃실도 시늉으로 찾아가 비구니들과 아낙 몇이 드나드는 걸 먼빛으로 봤다. 그런데 기다린 지 이레 만에 문성국으로부터 기별이 왔다. 오늘 오후였다.

문성국에 따르면 국상으로 어지러운 판세 속에 세자빈이 예전 소소원의 무녀를 불러들였다. 소소 무녀가 요금문을 통해 입궁했으므로 나갈 때도 그러하리라는 말에 효맹은 요금문 밖을 지켰다. 해 질녘에 입궁했다던 중석이 캄캄해지자 요금문을 나왔다. 어스레한 등롱 빛에 비친 무녀는 틀림없는 무녀 중석이었다. 황환의 내당이 된 그. 유수화려에서부터 보았던 처자 둘이 중석을 싸안듯이 하여 걸었다. 광화방을 지나 양덕방의 한 집으로 들어갔다. 사립 바깥에 의방醫房이란 현판이 있는 아담한 집이었다. 의방은 의원이 사는 자그만 약방인바 중석의 몸이 편찮은 것일 수도 있고 그저 아는 의원의 집일 수도 있었다. 어쨌든 즉시 진입하여 못 잡을 것도 없지만 효맹은 신중하기 위하여 물러났다.

지금까지 사령은 사신계에 대한 경계의식이 약했다. 상식을 벗어난 기이한 일이 종종 벌어졌어도 사신계와 연관 짓지 않았다. 눈이 그렇게 밝은 사령이 가끔 천치이거나 맹문이 같았다. 이제 달라졌다. 사신계에 주목했다. 그들에 대한 호기심과 경계심이 생긴 건 물론이려니와 국면전환을 위한 방편으로써도 사신계가 필요했다. 중석이 진짜 사신계인지 아닌지, 정말 사신계가 있는지 없는지도 이제는 중요하지 않다. 이록에게 중석은 사신계다. 중석은 이제 만단사의 공적公賊으로 존재하면서 사령이 만단사를 완전히 장악하기 위한 명분으로 쓰일 것이다. 그러므로 효맹이 중석을 잡기 위해 서두를 필요가 없었다. 사령이, 사신계의 칠성부령임에 틀림없는 중석을 좇는다는 사실이 만단사 부령들에게 전해지기만 하면 된다. 이번에 효맹이 수행해야 하는 명령의 배경이 그랬다.

효맹이 평생 사령의 숱한 명을 어김없이 수행해 온 보상은 일봉사자로서 보위대장에 오른 것이 다다. 사령이 정효맹을 더 키울 생각이었으면 어떻게든 관직으로 나서게 했을 것이다. 사당패의 개똥이를 평민으로 만들었으므로 중인이든 반족으로든 만들 수 있었다. 양자로 들이든 족보를 사든. 선일 등이 들어간 양연무는 일봉사자 윤경책의 집이었다. 육 년 전 돌림병 직후 사령이 그 집에 주목한 이유도 그 집 식구가 돌림병으로 몰사하다시피 한 뒤 윤경책의 노모가 홀로 남았기 때문이다. 대가 끊긴 윤경책 집안의 양자 자리를 샀던 것이다. 그 자리에 자신을 꽂을 거라 효맹은 기대했다. 십 년 전인 병인년과 십삼사 년 전인 임술년과 계해년에도 사령은 반족 집안의 족보와 집을 가졌다. 그때마다 효맹은 기대했으나 번번이 다른 놈을 그 자리로 밀어넣었다.

그들이 정효맹보다 나은 자들인가. 낫다면 뭐가 나은가. 계해년의 그놈은 아직 과거에도 급제치 못했고, 임술년의 그자는 경오년에 돌림병으로 죽었다. 병인년의 그는 무과에 급제했으나 저 웃녘 변방의 병영에서 군관 노릇을 하고 있다. 그자들이 반족 신분으로 바뀔 때 효맹은 서운하지 않았다. 그자들보다 나은 자리에 올려 주려니 기대했기 때문이었다.

기대했던 게 무색하게 세월이 흘러왔다. 사령은 정효맹을 사냥개 부리듯 자신 곁에만 두었다. 백정 자식들로 이루어진 통천, 곡산의 비휴들과 다를 게 없었다. 통천과 곡산의 비휴들은 백정 태생이되 현실에서는 그들이 세상에 살고 있다는 흔적조차 없었다. 아무 곳에도 존재가 새겨져 있지 않은 그들은 사령을 떠나서는 아무것도 아니었다. 효맹도 똑같다. 효맹이 공을 더 세우려 애쓸 필요가 없어진 지는 오래됐다. 중석을 찾는 데 두달 간의 말미를 받았고 상림에서 떠나온 날로부터 치면 겨우 보름째. 중석은 한양에서 머물다가 새롱동으로 돌아갈 게 분명하므로 효맹이 당장 움직이지 않아도 된다. 중석이 어디에서 누구와 있는지 알게 되었으므로 효맹이 혼자 움직일 필요도 없다.

'황환의 계실繼室이 중석이더라.'

사령에게 그리 고했을 때 그가 어떤 얼굴일지 몹시 궁금하지만 서둘지 않기로 한다.

온이 심양으로 간 지 다섯 달째다. 반년을 예정하고 갔으므로 사월 하순에 돌아올 터이다. 온이 귀환할 날짜가 한 달이 훨씬 넘게 남았으나 그 안에 언제라도 돌아올 수 있다. 심양은 압록강 건너 쪽 국경인 책문에서부터 칠백여 리다. 효맹은 이록의 명을 수행하느라 심양에 세 번 다녀왔다. 한 번은 이록이 죽이라 명한 표적을 따라갔고 두 번은 심양 운진약방에 사령의 명을 전하러 갔다. 운진약방은 만단사에 속해 있었다. 운진약방 주인 심양보는 봉황부 일봉사자로서 휘하에 오십여 명의 봉황사자를 거느렸다. 그의 딸 강원은 칠성부 일성사자로서 계원을 늘려가는 중이었다. 이번에 온이 갔는바 만단사 심양 칠성부의 힘이 커질 터였다.

어쨌든 심양은 그리 먼 곳이 아니다. 온이 돌아오기로 맘만 먹으면 날짜 채우지 않고도 돌아올 수 있고 출발만 하면 오래 걸려도 보름이면 이쪽에 닿는다. 효맹은 온의 귀환에 대비해야 한다. 정효맹의 세월이 하릴없이 흘러가고 있지 않은가. 온이 정효맹에게 그저 안겨올 턱이 없음을 인정하기로 했다. 아끼다 똥 된다더니 사령에게 연거푸 그런 일이 일어났다. 조엄의 딸아이를 놓쳤고 화씨가 그랬고 중석이 그러했다.

효맹은 온이 돌아오는 즉시, 감금하여서라도 취하기로 작정했다. 마음 먼저 얻기는 첨부터 그른 일이었는데 그걸 인정하기까지 너무 오래 걸렸다. 금번 도성에 머무는 동안 그 일을 마무리 지을 것이었다. 그리하지 않을 수도 없었다. 지난겨울 두어 달을 도성에서 보낼 때 사령은 모친과 딸에게 맡겨두고 사는 보원약방으로 몇 번이나 걸음 했다. 약방거리에 나갈 때마다 주변 약방들을 돌아보며 약방주인들에게 안부를 건넸다. 그중 한 곳이 평양의주 유상에 속한 금강약방이었다. 천가라는 약방 행수에게 악수까지 청하며 주인어른한테 보원약방의 이록이 인사 전하더라고, 한성에 오실 일이 있으면 한번 뵙기를 청하노라, 당부했다. 온이 돌아오면 김강하와 짝지어 평양의주 상단을 수하에 두려는 사령의 계획이 시작될 게 분명했다. 중인 집안인 유상이 왕의 후예이며 공신 가문 집안과의 혼사를 마다할 까닭이 없지 않은가.

효맹은 일이 그렇게 흘러가게 둘 수는 없었다. 그전에 어떻게든 온을 취할 것이로되 사내로서는 어엿하게 보이고 싶었다. 오래도록 이온을 만단사령 자리에 이르는 발판이라 여겼으나 한편으로는 연모했다. 삼십오 년을 사는 동안 유일하게 마음에 들인 여인이 이온이었다. 온이 제 열네 살에 당시 오위도총관의 막내아들과 혼약을 맺을 때, 효맹은 그간 온이 어리다고 여겨 모른 척했던 자신의 마음을 느꼈다. 일 년 뒤 계례를 받은 온의 혼인 날짜가 정해졌을 때, 혼례를 닷새 앞둔 예비 신랑의 방에 잠입하여 혈을 짚었다. 그날까지 기다린 건 온을 다시 시집갈 수 없는 과부로 만들기 위해서였다. 그 때로부터 팔 년째, 효맹은 온에게 사랑받고 자식도 낳으며 살 수 있기를 바랐다. 그리하기 위해 도적질을 했고 집을 마련해 가꿔왔다. 그 뜰에 다시 봄이 와 꽃들이 만발했다.

이화헌에 있던 원철과 경출, 석호와 욱진을 인달방 집으로 데려왔다. 불이 켜진 집을 보여주자 놀라는 한편으로 즐거워한다. 이화헌에서 더불어 지내는 대장에게 따로 집이 있다는 사실에 환호하는 것이다. 스무 살 안팎 나이라 아직 순진했다.

사령은 그들로 하여금 효맹을 돕는 동시에 감시하라는 뜻으로 매달아 보냈다. 사령 나름의 사람 관리 방식이다. 하지만 사령은 수하들이 함께 움직이면서 사사로운 관계를 맺을 수도 있다는 사실에는 등한했다. 원체 관리해야 하는 사람이 많은바 그 점까지는 미처 신경 쓰지 못한 것이다. 각부에서 뽑혀온 보위부의 네 조원들로 하여금 각기 다른 부의 내막을 살피게 하면서도 정작 사자들의 충심을 의심하지 않았다. 어쩌다 틀어지는 일들은 과잉 충심에서 비롯되는 것이라 여겼다. 스스로를 믿는 것이고 대개 그렇기도 했다.

효맹은 함께 움직이는 수하들에게 한껏 베풀었다. 여유가 있을 때는 자유로이 놔두었고 며칠간이나마 푼푼이 쓸 돈을 줬다. 그들은 각부 부령들의 아들이거나 조카이거나 최측근의 아들이라도 되는 보위부의 네 꼭두, 홍남수와 황동보, 나경언, 김양중 등과 달랐다. 그들은 효맹이나 비휴들처럼 의지가지없는 자들이거나 종의 자식들이었다. 그들은 효맹이 베풀고 보여주는 현실을 그들의 미래로 꼽았다. 막내들은 특히 그랬다.

"대장님의 아씨께서는 친가에 사신다면서요? 왜요?"

"내가 노상 떠나 사니 마냥 홀로 지내라 하기가 안타깝지 않은가. 더욱이 처족이 단출해 내자가 친정 살림을 하고 있어. 나중에 자네들도 만나게 될 것이야."

"그럼 우리가 먹은 음식들은 아까 그 청지기 할머니가 다 하신 거예요?"

어젯밤 들어와 잔 효맹이 아침에 나가며 청지기 내외에게 밤에 손님들을 데려 오겠다고, 차비를 해놓으라고 일러두었다. 준비해 놨던 음식을 청지기 댁이 차려주고 나간 참이었다.

"다 먹고, 취하기까지 하고 나서야 누가 차린 음식이냐 묻는구먼. 내자가 어멈 등을 데리고 와서 해놓고 갔지. 할멈이 차려준 것이고. 나는 배가 불렀네. 마저들 먹고 술 마시며 놀다가 오늘 밤은 예서 자도록 해. 나는 옷 좀 갈아입고 잠시 일 좀 보고 다시 나오겠네."

청년들에게 이른 효맹은 안채로 들어온다. 집안은 언제나 골고루 말끔하고 온화하다. 청지기 내외가 드나들며 어지르는 사람 없음에도 먼지가 쌓이는 집을 청소하고 방방의 불을 때는 덕이다. 돈으로 원하는 신분을 살 수 없을지라도 힘이기는 했다. 청지기 내외는 효맹이 외직에 나가 있는 어느 고관의 비장 노릇을 하는 상민이라고 알고 있으면서도 깍듯하고 공순했다. 효맹이 언제 들어오든 편히 쉴 수 있게 집을 가꿨다.

효맹은 안채 건넌방을 썼다. 안방은 언젠가 들어올 주인을 위해 가꾸기만 했다. 사실 온과 혼인하게 되면 허원정으로 들어가 살게 될 것이므로 이 집에서 살림을 할 일은 없었다. 이 집은 그저 정효맹이 어엿한 집을 지닌 남정임을 과시하기 위한 것이자 온에게 내가 그대를 이만큼 사모해 왔노라, 보여주기 위함이었다. 언젠가는 사랑에 서사書士와 상노와 비복장을 두고 내원에 반비와 찬비와 침모와 시녀들을 둘 것이나 현재는 따로 지내는 청지기 내외만이 집을 가꿀 뿐이다. 돈이 없어서가 아니라 그 모두를 주관할 안주인이 아직 없기 때문이다.

대청의 우물마루를 디뎌 보며 이상 없음을 확인한 효맹은 안방으로 들어서서 나비촛대에 얹힌 세 개의 황촉에 불을 붙인다. 허원정 온의 방만큼 넓지는 않을지라도 그 방보다 화사하게 꾸몄다. 타고난 자리가 높고 부릴 권력이 크고 할 일이 많은 온은 제 방 치장에 공들일 줄 몰랐다. 금오당이 꾸며준 방에서 차려준 집기들만 사용했다. 자잘한 것들에 신경쓸 만큼 온이 한가하지도 않았다. 효맹은 온을 대신하여 이 방에다 농과 문갑, 경상과 경대 등의 가구를 자개 일습으로 들여놨다. 문마다 꽃과 나비를 수놓은 가리개를 드리웠고 봄가을로 창호지를 새로 발랐다. 이따금 들를 때마다 새 사향갑을 놓아 늘 은은한 향내가 나게 했다.

온의 방을 밝혀 놓은 효맹은 건넌방으로 들어서 서안등과 촛대의 불을 밝힌다. 푸새되고 다림질돼 벽장 속 횃대에 걸려 있던 옷가지들을 내려놓고 옷을 갈아입는다. 가끔 와서 묵는 집일망정 내 집이라 세상 어느 곳보다 편했다. 북쪽 창 양쪽으로는 책장이 둘씩 짝지어 섰고 육십여 권의 책이 놓였다. 문갑 위에는 지필묵 등만 놓아두었다. 안석이며 보료 등의 나른한 물건들은 들여놓지 않았다. 잠을 잘 때면 벽장 속에서 이부자리를 꺼내 쓰고 아침이면 말끔히 개어 올렸다.

집에 들면 우선 책을 읽는다. 책을 읽노라면 내 집에 든 게 실감난다. 『육도』며 『삼략』, 『손자병법』, 『위료자』, 『오자병법』, 『사마법』, 『이위동』, 『통감』, 『병요』, 『장감박의』, 『소학』 등 무관들의 필독도서라고 알려진 책들은 거의 갖춰 놓았다. 어젯밤에 『손자병법』을 읽었으므로 다시 그 책을 가져다 서안에 펼치고 촛대를 당겨다 놓는다. 아무데나 펼쳐 나타난 곳을 소리 내어 읽는다. 오늘은 「군형軍形」 편이 나타난다.

"손자孫子가 말하였다. 용병을 잘하는 자는 먼저, 적이 승리하지 못하도록 만전의 태세를 갖추고 아군이 승리할 수 있는 기회를 기다린다. 적이 승리하지 못하도록 하는 것은 아군에 달려 있고, 아군이 승리하는 것은 적군에게 달려 있다. 그러므로 용병을 잘하는 자는 능히 적군이 승리하지 못하도록 할 수 있으나, 적군으로 하여금 이편이 반드시 승리하게 할 수는 없는 것이다. 따라서 내가 승리할 계획은 세울 수 있으나 이것을 실행하기는 어렵다."

맞는 말씀이다. 내가 만전의 태세를 갖추고 기다린다고 반드시 승리하는 건 아니다.

"적이 승리하지 못하는 이유는 아군이 방어하고 있기 때문이고, 아군이 승리할 수 있는 까닭은 적이 공격당할 빈틈을 가졌기 때문이다."

당연한 말씀을 특별하게도 늘어놓았다. 책에는 대개 당연한 말들이 담겼다. 지금 당연한 온갖 것들이 공자나 맹자나 손자 등의 옛사람들이 책을 쓸 때는 특별했던 것이다. 당연한 것이 유달라 보이는 순간을 잡아채어 특별하게 만들어 놓은 것이기도 할 터. 언젠가 정효맹이 만단사령인 것이 당연해지고, 그 안해가 칠성부령 이온인 것도 당연해질 것이다.

그리되기 위해서는 내가 공격할 적의 빈틈을 찾아야 할 뿐만 아니라 그 빈틈을 적시에 공격해야 한다. 당금에 황환의 빈틈은 소소무녀 중석이다. 중석의 빈틈은 황환이자 정효맹이다. 이록의 빈틈은 황환과 중석이 결합한 사실을 모르는 것이다. 그들의 빈틈을 아는 정효맹은 빈틈들을 이용해 승리할 것이다.

"이른바 용병을 잘하는 자는 먼저 승리할 수 있는 조건을 만들어 자연스럽게 승리한다. 따라서 용병을 잘하는 자의 승리에는 지모나 용감하다는 공적 따위가 두드러지게 나타나지 않는다. 하여 그의 전

승에는 오산이 있을 수 없다. 왜냐하면 그는 전쟁 전에 이미 승리를 보았던지라 처음부터 패자와 싸우고 있었기 때문이다."

『손자병법』에서 효맹이 가장 좋아하는 구절이다. 충분히 준비하므로 오산이 없으매 전쟁 전에 이미 승리를 본다는 말은 가슴을 울린다. 웅크리며 살아온 지난 세월을 보상받는 듯했고 다가올 세월을 밝혀 주는 것 같았다. 특별한 것이 세월 지나며 당연해 졌다가 다시 특별해지는 순간들이 문장들 안에 들어 있다. 내 집에 처음 들인 수하들에게 이런 이야기를 해주어도 좋을 터이다. 황환과 중석과 이록을 익명으로 바꿔서 옛날이야기, 아군과 적군의 빈틈에 대해서 설명하는 것이다. 그러다 보면 빈틈을 어떻게 사용할지에 대한 방안이 생길 테고 젊은 수하들한테서 재밌는 발상이 나올지도 모른다.

음?

효맹은 책에서 고개를 들다가 문득 귀를 기울인다. 책을 읽은 지 일각이 채 안됐을 터다. 사랑채의 청년들이 사뭇 조용하다. 놈들이 그 사이에 취해 밖으로 나가지는 않았을 것이다. 각부에서 재능이며 성정을 보고 뽑아 온 놈들에게는 함부로 나대는 습관 같은 게 없다. 그럼에도 기척이 들리지 않는다. 놈들이 장난치기 위해 안채로 다가오고 있는 게 아니라면 뭔가 잘못되었다. 효맹은 불들을 끄고 검을 잡고 문 앞에 선 채 어둠을 익히며 귀를 기울인다. 잘못 들었나. 혹은 귀가 좀 어두워진 것인가.

효맹은 잠시 숨을 죽이다가 대청이 아닌 방 뒤편의 문을 가만히 열고 뒷마루로 나선다. 인경이 넘어 통행이 금지되었으나 집 밖의 어디에선가 사람 소리가 건너오고 개 짖는 소리도 난다. 청지기 집의 며느리가 내는가. 이 야심한 시각에 다듬잇돌을 두드리는 방망이 소리도 들린다. 효맹은 맨발로 뒤란을 나와 담장 밑을 걸어 사랑으로 난 중문 앞에 멈춘다. 귀를 기울이다 실소한다. 사랑채에서 청년들이 웅얼거리는 소리가 나고 있지 않은가.

"그게 아니지!"

원철이 낸 소리다.

"그럼 뭔데요?"

따지는 목소리는 제일 어린 육진이다. 석호가 아무려면 어떠냐고 소리치고 경출이 그만들 두라고 세 사람을 말린다. 술이 제법 된 목소리들이다.

효맹은 신발을 신고 사랑으로 건너가기 위해 안채 쪽으로 돌아섰다. 순간 왼쪽 목이 따끔하다. 왼손에 검을 들었으므로 오른손으로 무심코 왼쪽 목을 만진다. 손끝에 잡히는 게 있다. 바늘이다. 이게 왜 하는 의혹에 고개를 드는 찰나 미세한 뭔가가 날아온다. 역시 바늘인 것 같아 피하려 몸을 틀자 다른 방향에서 날아온 바늘이 목울대 아래 꽂혔다. 그것들을 뽑을 새 없이 효맹은 칼을 빼들고 두리번거린다.

지붕 위에 복면을 쓴 검은 형체 하나가 우뚝 서 있다. 키가 육 척 반은 됨직하면서 호리하고 젊은 몸피다. 꼭 선일 같다. 심양에 가 있는 선일이 어찌 지붕에 나타난 것으로 여겨지는지 몰라도 정말 그 같다. 그에게 비휴를 넘겨주었으나 그가 선일인지라 섭섭지 않았다. 첫 제자인 데다 나와 같은 처지로 살게 될 게 뻔한 윤선일이라 그에 대한 마음은 달랐다. 선일에게 통천과 곡산의 비휴들, 가평과 단양의 무극들에 대해 알려 준 까닭이다. 사령은 유사시에 세 곳의 비휴들이 서로를 공격하게 하거나 두 곳의 무극들이 서로를 치게 하거나 비휴들과 무극들이 서로를 죽이게 할 수 있는 사람이었다. 사령이 그런 사람이므로 유념하고 살라는 의미였다. 그만치나 선일을 믿었는데 시방 지붕 위의 놈은 꼭 그 같다.

"네 이놈, 선일아."

효맹은 사랑채의 청년들이 들을 수 있도록 크게 외치면서 뒷걸음쳐 중문간 쪽으로 물러난다. 서른 살 넘으면서 몸이 무거워지긴 했다. 서른다섯 살에 이른 지금은 훨씬 둔해졌다. 홀로 선일을 상대하지는 못한다. 선일의 무공은 제 열여덟 살쯤에 이미 효맹을 넘었다. 온에게 선일을 붙인 게 잘못이었는지도 모른다. 개똥이로 굴러다니던 놈이었으나 그는 비휴였고 젊었다. 입이 굼뜬 데 비해 머리는 비상했다. 제 여덟 살 때 화도사에 들여 놓고 석 달 만에 효맹이 보러 갔을 때 녀석이 이미 천자문을 떼고 경문을 읽는다고 표회스님이 고개를 저었다. 자랑스러워할 만한데 고개를 저은 까닭이 뭔가. 효맹이 여쭈자 스님이 말씀하셨다.

"어린놈이 너무 속을 드러내지 않는다."

이제야 그 생각이 나지만 효맹은 아직은 선일을 믿는다. 사제이자 제자 아닌가. 형편 따라 만나지 않고 살 수는 있을지언정 제자가 스승을 치는 법은 없다.

"네 이놈, 당장 내려오지 못하니?"

지붕 위의 놈이 새처럼 비상하는가 싶더니 안 행랑채 앞의 마당으로 사뿐히 내려선다. 착지하면서 약간이라도 소리가 날 법한데 괭이나 되는 양 고요하다. 효맹이 아는 한 그렇게 내려설 수 있는 자는 선일이 유일하다.

"이 무슨 해괴한 짓이냐. 언제 돌아왔기에? 네게 이 집을 가르쳐 주지 않아 이 소동을 벌이는 게야?"

말을 늘이면서 효맹은 사랑채에서 수하들이 뛰어오기를 기다린다. 그쪽에서 무슨 기척이 일고 있기는 하다. 대련하는 게 아니라 침입자들에 맞서 대응하는 소란이다. 사랑채의 수하들은 한껏 풀어져 술을 마시던 중이므로 침입자들과 맞서기 쉽지 않을 터다. 그러니까 지붕에서 내려온 놈은 선일이 아니고 혼자 침입한 것도 아닌 것이다. 효맹의 등에 비로소 한기가 끼쳤다.

"누구냐? 정체를 밝혀라."

"윤선일은 연경에, 아니 심양에 가 있는 것 아닙니까? 그런 선일을 어찌 자꾸 들먹이십니까? 허원정 몰래 딴살림을 하시므로 찔리는 게 있으신 모양입니다?"

젊고 낯선 목소리다. 모르는 자가 선일을 알고 사령을 알고 있다. 정효맹에 대해서 다 알고 있다는 뜻이다. 뭔가가 아주 크게 잘못되었다. 이 지경에 이르도록 아무것도 몰랐다는 게 더 잘못되었다.

"정체를 밝혀라. 네 혹시 사신계냐?"

"사신계가 뭡니까? 귀신들 세상입니까?"

꼬박꼬박 공대하며 비아냥거리는 놈을 향해 효맹은 몸을 날리는 동시에 검을 빼든다. 놈이 맞서는 대신 비켜선다. 헛손질을 한 효맹은 잽싸게 돌아서며 놈을 치고 들어간다. 놈이 뒷걸음질하는 듯 몸을 틀어 피한다. 동시에 놈의 방향을 느낀 효맹이 찌르고 들자 놈이 위로 솟구쳐 효맹의 뒤쪽으로 몸을 날린다. 놈이 피하기만 할 뿐 공격의지가 없다는 사실에 분노한 효맹은 다시 놈을 향해 달려들다 느닷없는 현기증에 휘청한다. 그제야 목에 두 개의 바늘이 꽂혀 있다는 사실을 깨친다. 등에도 하나 박혔을 터이다. 독침인 것이다. 무사들은 독술 따위를 쓰지 않는다. 만단사 무사들도, 비휴들조차도 독술 따위를 배우지 않는다. 헌데 놈은 선일에 못지않은 무공을 지니고도 독침을 날렸다.

분기탱천한 효맹이 숨을 가다듬으며 놈을 향해 다가든다. 놈은 한 걸음 물러설 뿐 달아나지도, 대응하지도 않는다. 효맹은 놈에게 미치지 못하고 비틀거리다 발이 꼬이면서 넘어진다. 온몸의 기운이 일시에 모조리 빠져나간 것 같다. 손에 잡은 검이 스르르 빠져나가 마당으로 떨어진다. 동시에 모로 무너진다. 놈이 거리낌없이 다가와 칼을 줍더니 칼집에 꽂아 기단에 올려놓고 돌아왔다. 한 무릎을 접고 바싹 다가든다. 효맹이 놈에게 물었다.

"누구냐. 대체 내게 왜 이러는 게야?"

"꼬리가 길면 밟힌다! 삼척동자들도 아는 상식이며 만고불변의 진리 아닙니까? 적당한 선에서 강도질을 멈췄더라면 이런 일이 생겼겠습니까. 어쨌든 저도 일일뿐 당신한테 사감은 없습니다."

그 말을 끝으로 놈이 효맹의 목에서 바늘 두 개를 뽑고 등에서도 바늘 한 개를 뽑고는 일어섰다. 뽑은 바늘을 품에서 꺼낸 침통 속에 갈무리하는 모습이 자못 여유롭다. 멀리서 문 열리는 소리가 나는 성싶다. 중문간에서 나지막한 소란과 함께 몇 놈이 들어온다. 그중 한 놈이 복면을 벗으며 효맹에게 사감 없다는 놈한테 묻는다.

"어찌 이리 오래 걸려?"

사감 없다는 놈이 복면을 벗으며 응대한다.

"일을 곱게 하려니 그렇지요. 내남 없는 처지라 그런지 선진 대접도 해드려야 할 성싶고요."

안방에서 비쳐 나온 흐린 빛 속에서 효맹은 놈의 얼굴을 알아본다. 김강하다. 작년 칠월 초, 사령이 알아보라 하여 세자익위사의 국치근을 찾아갔을 때 보면 저절로 알게 되리라 하던 그놈. 놈의 집까지 따라갔다가 미행을 들켰다는 사실을 깨닫고는 서둘러 물러나왔다. 사령이 그에 대해 물었을 때 사실을 바로 고하지 못했다. 사령의 의중에 그가 사윗감으로 들어 있는 듯하여, 아무 움직임도 느껴지지 않은 자라서 더 알아본 뒤 보고하겠다고 아뢰었다. 이후 포도청과 의금부 등에서 회영을 잡겠다고 설치는 데다 가짜 회영이 판치는 바람에 김강하를 잊고 지냈다. 그러는 사이 놈의 주동한 판이 여기서 벌어졌다. 김강하와 이야기 나누던 자가 효맹에게 걸어와 바싹 다가든다.

"정효맹, 상림 이록의 비장이자 그림자도둑인 회영. 나는 의금부 도사 최갑이다. 소전께옵서 친히, 지난 십여 년간 온 도성을 소란케 한 너를 추포하라 명하신 바, 그 명에 따라 너를 체포한다. 네가 곧 의식을 잃을 것인즉 지금 똑똑히 잘 들어라. 너는 내일이나 모레, 의금부 옥청에서 깨어날 것이다. 네가 회영으로 불리는 도적이라는 증좌들을 우리가 모조리 가지고 있으므로 너는 굳이 심문을 당하지 않을 것이고 자백할 필요도 없다. 그래도 네가 하고 싶은 말이 있으면 언제든 해도 된다. 이록이 대역 모반을 꾀하고 있다든지, 그 때문에 네게 도적질을 하게 했다든지 등등, 할 말이 있으면 하라는 것이다. 네가 하고 싶은 말이 있어 하든지, 하고 싶은 말이 없어 하지 않든지, 너는 참수형에 처해질 터, 국상 중인바 네 참수형은 고요히 치러질 것이다. 그리될 것이나 네 이름은 내일 아침 온 도성에 좍 퍼지겠지?"

소전이 이런 자들을 거느렸다는 건 믿을 수 없다. 소전은 반편이라고 소문난 자다. 한편으로는 계집들에 미쳐 산다는 위인이다. 언젠가 임금이 되고자 하는 이록이 밀어넣은 계집에 빠져 골골거리며 제 앞날을 재촉하고 있는 작자. 이들은 소전의 사람들로 위장한 그 무엇이다. 그게 사신계가 아니라면 무엇일까.

"누구냐, 너희들은?"

"금방 읊어 주었잖아?"

"사신계냐?"

"거 참, 사신계가 뭔데 아까부터 그 타령이냐? 너 그 사신곈지 뭔지 하고 원수진 일이 있어?"

"내가 여기 있는 걸 어찌 알았느냐?"

"그게 궁금해?"

"말해라."

"내가 그걸 말하면 너는 내게 무슨 말을 해줄 테냐? 네가 이록의 비장이라고, 그의 명으로 도적질을 했다고 토설할 테냐?"

"그건 사실이 아니……."

혀가 굳었다. 묻고 싶고, 하고 싶은 말이 많은데 혀가 움직이지 않는다. 숨은 쉬어지는데 몸도 움직이기 어렵다.

"이록이 시킨 일은 아니라고 말하려던 거구나. 그리 충성을 바칠 만한 상전이냐, 이록이? 그도 너의 무고함을 주장하며 나서 줄까? 혹은 그가 너를 구하려고 파옥을 시도할까?"

그럴 리 없다. 정효맹은 이록의 사노가 아니고 친인척도 아니다. 문서상으로 이록과 정효맹은 연결된 게 전혀 없다. 그러므로 혹시라도 누가 물으면 이록은 정효맹 따위는 일절 모른다 할 것이다. 참수형 당하기 전에 옥청 안에서 사령이 보낸 자들에 의해 죽을지도 모른다. 어찌하여도 죽을 수밖에 없다면 이대로 여기서 죽는 게 나을지도 모르는데, 그렇게 해주지는 않을 모양이다. 죽음으로 가는 과정을 소상히 설명해 주고 있지 않은가. 혀라도 깨물고 싶은데 그럴 수도 없다. 만수산에서 행방이 묘연해진 화씨도 이렇게 사라졌을지도 모른다. 아득하고 고요하게.

팔삭둥이

온양댁 집에 은거한 지 넉 달 만에 온이 예정보다 한 달 이른 산통을 시작했다. 수십 명의 의원과 수백 명의 약방하속을 거느린 조선 최대의 보원약방주가 의원 한 사람 부르지 못한 채 오전 내 혼자 기를 썼다. 오후에 산파가 왔으나 아이는 나오지 않고, 오기로 한 의녀도 아직 나타나지 않았다. 온양댁은 자신의 애오개 집에 한 달에 한 번 꼴로 다녀갔다. 지금 당장 온양댁이라도 나타나 준다면 좋으련만 기별할 방법이 없다.

"아기씨가 나오려면 아직 멀었고, 좀 이따 와 줄 사람이 있을 것이니 서방님은 밖에 계시면서 아궁이에 불이 적당한지나 살펴주시오. 방이 너무 덥지 않도록 살살 때시되 꺼뜨리지는 말고요."

예님네는 선일이 방문을 열어볼 때마다 그렇게 내쫓았다. 여인들의 일이므로 남정네는 밖에서 걱정이나 하며 대기하고 있으라는 말이다. 온도 창백한 낯빛을 한껏 찡그린 채로 나가라고 눈짓했다. 선일은 방문을 닫고 나와 방금 살핀 아궁이의 불과 물이 가득 찬 채 끓는 솥 안을 들여다보고는 하릴없이 마당으로 나섰다. 삼월 열나흘 달이 벌써 떴다. 대문 앞에 텃밭이 있고 텃밭머리에 큼지막한 자귀나무 두 그루가 형제처럼, 부부처럼 서 있어 자귀나무집이라 불리는 온양댁 집은 상민들이 주로 모여 사는 동리에서는 그나마 번듯했다. 그 덕에 몇 달간 별 어려움 없이 지냈다.

대문 밖에서 무슨 기척인가 났다. 잠겨 있는 문이므로 누군가 두드리려니 기다리는데 헛기침소리가 들린다. 선일은 불안을 다스리며 대문 밖을 내다보다 몹시 놀란다. 그렇게 꼭꼭 숨어 살았건만 허점이 있었던가. 들킨 것 같다. 우포청 포군으로 일하는 자선이 집 앞에 버티고 있지 않은가.

"내가 여기 있는 줄 어찌 알았어?"

선일의 물음에 자선이 제 입에 손가락을 세우더니 따라오라 신호한다. 자선이 선일을 이끌고 들어간 곳은 온양댁의 집 뒤 애오개의 숲속이다. 아기들의 무덤이 많아 애오개로 불린 고개답게 깊지도 않은 숲은 음산하고 고요하다. 마을에서 깜박이는 불 몇 점이 보일 뿐이다.

"형님의 아씨가 그 자귀나무 집에 계셔?"

자선은 선일보다 한 살 아래다. 어린 날의 선일이 화도사로 들어가 두 해쯤 되었을 때 자선이 그곳으로 왔다. 혼자였다가 둘이 되었을 때의 기쁨과 든든함을 선일은 아직 기억한다.

"내가 여기 있는 걸 어찌 알았는지 먼저 말해."

"형님네, 허원정에 바보 도령하고 그 종자 녀석이 있지?"

유곤과 늠름을 말하는가 보다. 허원정에 거한 지 삼 년째임에도 선일이 유곤을 본 건 몇 차례 되지 않았다. 집안사람들이 유곤을 바보라 칭하는 말을 들었으되 선일이 몇 번 본 유곤은 바보 같지 않았다. 유곤이 나뭇가지로 마당에다 그림을 그리며 늠름에게 글자의 뜻을 설명하는 모습은 자못 영민해 보였다. 녀석이 제가 마당에 그린 그림과 글자를 말끔히 지우는 걸 보며 바보가 아닌 걸 확신했다. 자신을 숨길 수 있는 아이가 어떻게 바보일 수 있겠는가. 늠름이는 집 안팎 아무 데서나 출몰하는 것 같았다. 녀석의 몸이 꽤 날랜 성싶었다. 유곤이 그리 움직일 수 있는 건 늠름이 덕일 것이다.

"난 안국방의 허원정을 잘 몰라. 그런데 선축이 언젠가 형님의 아씨에 관해 말하더라고. 형님의 아씨께서 수련 때문에 밤나들이가 잦으므로 한밤중에 순라 돌다가 무사복색의 여인을 발견하면 그 아씨 아니신가 살피어 뒤를 봐 드리라고. 그리 듣고 있다가 지난 정월 대보름 밤에 번이 들어 그쪽을 돌게 됐소. 채 이경이 못됐을 때였는데 그 집 후원 쪽에서 어린 그림자 둘이 담을 넘어오는 거요. 그 녀석들이 대문 쪽으로 오더니 대문에서 막 나오는 한 여인의 뒤를 따르데. 나는 녀석들의 뒤를 따랐지. 이쪽이었소. 자귀나무 집. 여인이 제 집인 양 쑥 들어가고 나니 녀석들은 오던 길을 되짚어 서대문을 통과하데. 그리고 허원정으로 돌아가는 게 아니라 정선방으로 갔어. 태묘 왼쪽에 있는 사뭇 큰 집의 뒤쪽 담장을 넘더라고. 행랑채에 사람 기척이 있는데도 녀석들은 빈집인 양 거리낌 없이 안채로 들어갔어. 녀석들의 움직임이 도둑괭이들처럼 익숙하여 한두 번 다닌 길이 아니라고 짐작하며 물러나왔지."

유곤과 늠름이 갈 만한 태묘 왼쪽에 있는 집은 이화헌일 것이다. 집안사람들이 천치라고 여기는 유곤은 열두 살이고 늠름은 열네 살이다. 심신들이 봄날 나무처럼 자라고 있었다. 저희들이 유모처럼 여기며 따르는 온양댁의 뒤를 밟아 보기도 하고 제들이 태어난 집을 찾아다닐 만큼 자라 있었는데 집안의 누구도 몰랐고, 선일도 몰랐다. 어쨌든 온양댁이 온을 숨겨준 사실이 들통났다면 벌써 사령의 보위들이나 허원정 하속들이 들이닥쳤을 것이다. 아직까지는 온양댁이나 유곤으로부터 아무 말도 나간 게 없다고 봐야 한다.

"그 사흘 뒤 여기 다시 왔다가 형님을 봤소. 형님이 여기 계시니 아씨도 계시겠구나 싶었지만, 무슨 까닭이 있겠거니 모른 체하고 돌아섰지. 국상 나던 이월 보름밤에도 왔고. 그때도 형님이 마당에서 홀로 수박을 하고 있는 모습을 잠깐 보다 돌아갔소. 헌데, 영 모른 체할 수 없는 상황이 생겼기에 오늘 내가 온 거요."

"무슨 상황?"

"우리 사부가 그림자도둑 회영으로 잡혀서 의금부 옥청에 감금되어 있는 걸 아오?"

선일은 회영에 관한 소문을 마포나루 저자에서 들었다. 도성 안을 휘젓고 다니던 회영이 잡혀 의금부 옥청에 들어 있다고 했다. 차꼬와 족쇄가 채워졌고 목에는 쇠줄이 감겨 있다던가. 이달 그믐날에 시구문 밖에서 참수형에 처해질 것이되 참수형 시각은 아무도 모르므로 그날 파루가 울리기 전에 시구문으로 가 봐야겠다는 말들로 왁자했다. 온갖 말들을 듣고도 선일은 아무 말도 듣지 못한 듯 지낼 수밖에 없었다. 지금 자선 앞에서도 아는 체 못한다.

"그게 무슨 말이야?"

"우리 사부가 그림자도둑 회영이었다고 하오. 닷새 전 한밤중에 인달방의 한 집에서 수하들과 함께 잡혔대. 그 집이 사부 댁이었고."

회영의 인달방 집을 세자익위인 김강하한테 제보한 사람이 선일이었다. 효맹이 도성을 비운 사이 인달방 집에 들어갔다가 여인의 방이 꾸며져 있는 것을 보았다. 그 방이 허원정 온의 처소와 흡사하다는 사실을 깨닫는 순간 피가 사늘하게 식었다. 효맹이 온에게 가진 야심이 야심만으로 지나갈 것이었다면 지금까지 그랬듯이 모르는 체 넘어갔을 것이다. 그 방을 본 순간 효맹이 오래지 않아 온을 향한 야심을 드러내리라는 걸 깨달았다. 그렇더라도 온이 수태만 하지 않았다면, 효맹이 회영이라 해도 그가 스승이므로 제거할 생각은 못했을 것이다. 인달방 집에 온의 방이 버젓이 만들어져 주인을 기다리고 있으므로, 온의 배가 점점 불러와 위험도 커지므로 어쩔 수 없었다. 선일은 스승을 해하는 자신을 그렇게 합리화했다.

"해서, 파옥을 하자고?"

"파옥은, 솔직히 우리한테 명분이 없잖아. 사부가 회영이라는 걸 아직 믿을 수 없지만 그동안 곳곳에서 강탈한 돈과 물건들이 인달방 집 대청 아래서 한 수레 분량이나 쏟아져 나온 터라, 증좌들이 워낙 명명백백해. 설령 명분이 있다고 해도 우리끼리의 파옥은 어림도 없소. 어른께서 작정하고 명이나 내리신다면 모를까. 의금부, 오위영, 좌우포청 군사들이 철옹성처럼 둘러서 있거든. 그보다 더 시급한 게 있어서 왔소."

"더 시급한 거라니?"

"어른께서 엊그제 도성으로 들어오셨어요. 국상 소식을 뒤늦게 들으신 때문이시겠지. 그런데 회영 소식을 들으셨고, 남수라고, 보위부에 있다는 사람이 나를 찾아와 어른께서 양연무에서 보자 하신다고 하여 갔지. 도성 안에 있는 우리 전부를요. 밤에 양연무에 모였는데 어른께서 물으시는 거요. 너희들은 효맹이 도둑질한 사실을 알고 있었니? 혹여 선일을 비롯한 너희들이 함께 한 게 아니니? 그렇게요. 우리야 꿈에도 몰랐지만 어른께서 그리 물으시니 당황할 수밖에요. 형님이 심양이 아니라 여기 있는 걸 아는 나는 특히 당황했지. 그래도 모른 척하느라 진땀 좀 뺐는데, 진땀 빼는 나를 어른께서 알아보시는 것 같았소. 물론 내 자격지심이었지. 그래도 심상치 않은 건 분명해요. 대체 뭐요? 사부나 형님, 대체 왜들 이러시는 거예요? 형은 어찌 심양이 아니라 예 있는 거냐고요."

사실대로 다 토설하고 도움을 구하는 것 이외에는 달리 방법이 없는 것 같다.

"내 아씨가 회임하셨고 지금 그 아기를 낳고 계시다."

"뭐요?"

"아씨가 낳으실 아기가 내 자식이야."

"뭐?"

"이미 알겠지만 내 아씨는 왕가의 후손이시다. 나와 같은 놈과 어울렸다는 사실이 알려지는 날엔 죽음보다 더한 곤욕을 치르셔야 한다. 내 자식을 낳았다는 게 알려지면 나는 말할 것도 없고 아기도 죽게 되겠지. 그러니 자선아, 도와다오."

"어, 어찌 도와요?"

"아기가 태어나면 유모 붙여 놓고 아씨는 심양에서 돌아오시는 양 허원정으로 귀환하실 거야. 아씨가 제자리로 돌아가실 때까지 너는 아무 것도 모르는 듯이만 해줘. 부탁이다."

"나는, 형님의 아기가 태어난다는데, 무슨 일이든 하고 싶고, 할 수 있는데, 문제는 어른께서 영 모르고 지나가실까 하는 거지. 호기심 많아 보이는 그 바보 도령과 이집 주인 어멈이 허원정에 있는바,

언제 들통이 날지 어찌 아오? 해서, 내가 온 거예요. 형님한테 얼른 자취 감추라고. 이제금 아씨에 대한 사항을 알게 되었으니, 아씨와 더불어 옮기셔야 할 것 같은데 아기를 낳고 계시다니 몸을 추스르고 서둘러 이동하구려."

"그래야겠구나."

어디로 가야 할까. 온과 아기를 데리고 어디로 가야 아기의 삼칠일이 지날 때까지 둘을 안전하게 숨겨 놓을 수가 있을까. 아기의 삼칠일 날에 유모에게 맡기기로 한 참인 데다 몇 달 동안 온양댁의 집이 안전하고 넉넉했던 탓에 다른 궁리를 하지 않고 지내온 터였다.

"그런데 형, 어른과 형의 아씨는 무슨 관계요? 형은 어찌 그 아씨를 호위하고, 어른께서는, 형이 반년이나 아씨를 따라 심양 가 있는 걸 당연하게 여기시는 게요? 어른과 무슨 상관이시라고?"

"내 생각을 다 말하면 불경의 죄를 짓게 되는 바, 나는 이미 불경을 넘어서 자진해야 할 죄를 지었어."

"아우로서만 들을게. 형의 아씨가 왕족 후예로서 작금 보제원 약방거리의 최고 부자인 것 말고 또 뭔데요?"

"내가 모시는 아씨는, 우리 어른의 외동따님이시고, 부사령이시고, 칠성부령이시다."

듣고 나니 반문할 의지도 없는가, 자선이 가만하다. 한참 후에야 무릎 사이의 풀을 뚝뚝 잡아 뜯는다. 제 무릎 사이의 풀이 죄 뜯겨나간 뒤에야 입을 연다.

"선신과 선해가 끝끝내 돌아오지 않은 이유를 지금 깨달은 기분이야. 사부가 도적질을 한 까닭도. 형처럼, 마음속의 아씨를, 그와 같은 대상을 만났을 것 같다는 생각이 들거든. 그와 같은 대상, 그와 같은 세상을 만나면 우리가 몸담은 세상도 아니 뵐 수도 있겠구나, 싶어. 어쨌든 오늘은 여기까지만 생각할게. 나는 형과 아씨에 대해 전혀 모르는 것으로 할 거야. 나중에 혹시라도 나나 아우들의 도움이 필요하면 따로 기별해 줘요. 오늘은 나 먼저 일어날게. 몸조심하고요."

말을 마친 자선이 올라온 길이 아니라 숲 속으로 휙 사라진다. 선일은 잠시 더 앉아 있다가 숲을 나와 온양댁 집의 대문 앞에 이른다. 동리의 집들이 질서 없이 앉은 탓에 고샅들도 어지러이 나 있었다. 어지러운 고샅들을 오히려 안전하리라 여겼다. 지금 달빛이 들지 않는 골목 구석구석에 음험하고 불길한 기운이 서려 있는 듯하다. 자격지심인가. 누군가 온양댁네를 주시하는 성싶다. 아무래도 이 집을 당장 벗어나야 할 것 같은데 종일토록 산통하고 있는 사람을 어찌해야 할까.

부러 큼, 헛기침을 하고 마당으로 들어서니 온의 방에서는 앓는 소리가 난다. 출산의 통증이 어마어마하다는데 온은 아침부터 앓는 소리를 할 뿐 비명을 지르지 않았다. 잠시 나갔다 온 새 섬돌에 낯선 신발 한 켤레가 더 놓였다. 예님네가 말한 의녀가 들어온 것이다. 그들이 온을 달래고 힘을 내라 부추기고 있었다. 밖의 기척을 느꼈는지 예님네가 나와 선일을 아래채 앞으로 이끌었다.

"온양댁이 주선한 의녀와 유모가 왔소. 헌데 서방님, 아씨가 쉽게 아기를 못 낳으실 것 같다 합니다."

"그게 무슨 말인데요?"

"모녀의 목숨이 위태로울 수도 있다는 뜻이지요."

"위태롭다니요. 그리고, 모녀라니요. 낳지도 않았는데 딸이라는 걸 어찌 알고요?"

"산파하고 의녀가 그리 말하니 그런가 보다 하는 게지요. 알고나 계시라는 겁니다."

"혹시 다른 데로 옮겨갈 상황은 못 되지요?"

"왜요? 무슨 일 생겼습니까?"

"아씨가 여기 계시는 걸 아는 사람이 온양댁 말고도 몇이 더 있습니다. 방금 제 아우가 찾아와 해준 말입니다."

"아우님이 여기를요? 허! 허면 당장 옮겨야지요."

"저리 앓는 사람을 어디로 어떻게 옮기지요?"

"그러면 서방님, 아예 아기씨의 유모 집으로 갑시다."

"게가 어딘데요?"

"문안 청계 변 모동帽洞에 있는 집이랍니다. 등하불명燈下不明이라고 외려 문안으로 들어가 은거하면 낫지 않겠습니까?"

"옮겨간다 치고, 무슨 수로 데리고 옮깁니까?"

"가마를 준비해야지요. 그건 내가 알아볼 방법이 있을 것 같소. 찬성하시오?"

가부를 따지고 있을 한가한 계제가 못 되었다.

"아씨만 괜찮다면 물론입니다. 그런데 저는 뭘합니까?"

"내가 들어가 아씨며 의녀한테 말하고 나가 가마를 빌려오는 사이에 서방님은 떠날 채비를 하세요. 방을 비우시고 짐을 챙겨 말들에 실으시고, 어엿한 행차처럼 문안으로 들어갑시다."

"준비하겠습니다."

"서방님과 아씨 흔적을 지우시고요."

예님네가 방으로 들어갔다가 유모와 함께 나온다. 유모가 앞서 가서 아씨 맞을 채비를 하겠다며 쌩하니 대문 밖으로 나갔다. 예님네도 뒤따라 나간다. 예님네는 환갑이나 될까. 온양댁이 온의 수발을 들라고 데려온 예님네는 겪을수록 신기했다. 예님이라는 딸이 있어 예님네라 불린다는 그는 온과 선일이 내외가 아닌 걸 알아보고도 남았을 텐데 아무것도 묻지 않았다. 스스로에 대해 말하는 법도 없었다. 그리고 평생 온을 보살펴온 듯이 익숙하게 모셨다. 선일을 상전인 양 깍듯이 대하면서도 필요한 것을 사오라고 척척 일을 시켰다.

지난 넉 달 동안 선일이 지내온 아랫방은 사랑 격이기는 하지만 안채와 마당을 같이하고 있었다. 내담도 없어 밤이면 안방의 온과 건넌방 예님네의 일상이 손바닥 들여다보듯 훤히 느껴졌다. 온은 하루 세 번 밥을 먹고 하루 한 번 몸을 씻었다. 사이사이 책을 읽고 마당을 거닐고 낮잠을 자고 다시 책을 읽고 마당을 거닐고 밤잠은 선일에게 안겨 잤다. 갇혀 지내는 갑갑함과 외로움의 반작용인지 배가 봉산만 해가지고도 색정을 나누어야 깊은 잠에 들었다.

그렇게 날마다 물고 빨며 살지만 앞날에 대한 약속 같은 건 없다. 아기를 낳고 허원정으로 돌아가면 아무 일도 없었던 양이 될 터. 두 사람이 평생 함께 할 수 있는 시간을 넉 달 동안 다 산 것이었다. 짐은 원래 지닌 옷가지 몇 벌과 그 사이 생긴 책 몇 권뿐이다. 안방에 있는 온의 살림도 비슷하다. 봇짐을 싸 등에 지면 될 만큼이다. 짐을 꾸리고 난 선일은 부엌으로 들어가 아궁이 속에다 뜨거운 물을 뿌려 불을 껐다. 솥 안에 남은 물을 모두 퍼 뒤란에 뿌렸다. 찬물을 아궁이에 부어 솥을 식힌 뒤 그 물도 퍼 뒤란에 뿌렸다.

예님네가 나간 지 두 식경이나 됐을 때 가마를 멘 교꾼들이 대문 앞에 섰다. 동리마다 공용 가마가 있고 교꾼들도 정해져 있다지만 사뭇 빠르다. 세를 내어 온 것일 텐데 마치 가마를 준비해 놓고 있었던 것 같다. 예님네와 여인들이 가마 안에 요 등을 깔고 선일에게 온을 안아 가마로 옮기라 했다. 선일에게 안긴 온은 신음을 삼키느라 진땀을 흘렸다.

“오늘 밤만 지나면 괜찮을 겁니다, 아씨.”

선일은 온을 가마 안으로 들여놓고 속삭이고 문을 내렸다. 선일이 말을 타고, 짐 꾸러미가 실린 온의 말의 줄을 잡고 앞섰다. 예님네가 선일에게 다가들었다.

“국상 중이라 경계령이 내려져 있는 걸 아실 겝니다. 나가는 행차는 놔두지만 문안으로 들어서는 행차는 검문하기 일쑤랍니다. 돈의문 들어설 때 혹시 수직군들이 누구 행차냐고 물으면, 견평방 윤대감 댁 내당 행차라고 대세요.”

선일은 견평방 윤대감이 누군지도 모르는데 예님네는 태연하다. 예님네와 산파가 가마의 앞 양쪽에서, 의녀라는 여인이 가마 뒤쪽에서 배행한 채 이거가 시작되었다. 기껏해야 칠팔 리 남짓한 거리일 뿐이나 위급한 사람을 움직이는 일이라 서둘러야 하고 조심해야 했다. 돈의문 앞에 이르렀을 때 과연 수직군들이 선일에게 누구 행차인지를 물어왔다. 선일이 예님네한테 들은 대로 말하자 길을 내주었다.

경희궁 앞 대로를 비켜 샛길을 통해 서학西學 앞길로 들어선 뒤 서학고개를 넘어 유모될 이의 집 앞에 순조로이 당도했다. 유모가 기다리고 있었다. 위 아래채와 헛간채 등으로 이루어진 아담한 초가로 집 앞쪽 둑 너머로 시내가 흘렀다. 청계였다. 시내 인근에 초가들이 다붓다붓 붙어 있고 시내 둑길을 오가는 사람들이 드물지 않다. 선일이 온을 안아내어 유모가 가리키는 안채 건넌방으로 옮겼다. 말끔히 치워지고 따뜻하게 데워져 있다. 여인들이 들어와 즉시 산실을 새로 차리기 시작했다.

선일이 밖으로 나오니 그 사이에 가마가 사라졌다. 선일은 말에서 짐을 내려 온의 방앞 마루에 놓고 말들을 데리고 시냇가로 내려가 풀밭에다 매어 놓고 앉는다. 내달 말에 혜음령 적치객점에서 사비 일행과 만나기까지 최소한 한 달간은 더 숨어 지내야 하는데 허원정이 지척인 이 집은 사립문조차도 없이 세상을 향해 나앉아 있다. 허원정에서 가장 주의해야 할 사람은 이록이 아니라 금오당이다. 금오당은 온의 이모 격이거나 보모라기보다 엄격한 모친 같았다. 그이는 온을 조카가 아니라 상전으로 모신다. 그이는 온의 일탈을 방지하는 수문장이기도 하다. 온이 세상에 내놓지 못할 자식을 낳은 걸 알게 되면 그 자식을 쥐도 새도 모르게 빼돌리거나 죽일지도 모른다. 온이 자신의 수태를 금오당에게 의논치 못한 까닭이다. 만월에 가까운 달이 시냇물 위에서 반짝인다. 달빛이 밝은 데다 다사로우니 이미 늦은 밤임에도 빨래하는 아낙들이 보인다. 오늘 하루가 몹시도 길었건만 그 하루나마 온이 무사히 출산을 해야 저물 터이다. 뒤에서 인기척이 났다. 한 사내가 다가들어 안고 있던 베개 같은 것을 쑥 내밀며 말했다.

“애오개에서 오신 서방님이시지요? 저는 아기씨 유모가 될 아낙의 바깥이고 강담 아비입니다. 이놈은 강담이고요.”

선일이 얼결에 베개 같은 것을 받아 든다. 베개처럼 싸맨 포대기 위쪽이 열렸고 그 안에 아기가 들어 있다. 자세히 볼 수는 없어도 아기인 건 분명하다. 강담 아비가 흐흐 웃더니 선일이 엉거주춤 들고 있는 아기를 팔 안쪽에다 폭 안겨준다.

"오늘 밤 안으로 아기 아버지가 되실 거라니 연습 삼아 안아 보시라고요. 서방님의 아기씨하고 젖형제로 자라게 될 놈이니 구경이나 하십시오."

"자는 겁니까?"

"아기들은 먹고 자는 게 일이라 노상 자지요. 방금 젖 먹어서 젖비린내가 날 겝니다."

듣고 보니 품에 안긴 아기한테서 젖비린내가 난다. 처음으로 안아 보는 아기이고 처음 맡아보는 젖비린내다. 젖비린내는 비리지 않고 달큼한 듯 눈물겹다. 눈물겹다 여긴 게 곧 눈물인가, 선일의 코끝이 시큰해지면서 눈물이 난다. 오늘 밤 태어나는 아기를 몇 번이나 안아줄 수 있을 것인가. 선일은 아기를 제 아비 품으로 돌려준다.

"저나 아씨가 댁에서 얼마간이나 지내게 될지 모르겠습니다만, 우리 아기를 잘 부탁합니다. 저희가 최선을 다해 사례 하겠습니다."

"아기를 떼어 놓으실 수밖에 없을 두 분의 심정을 헤아릴 길 없지만, 저희 품으로 돌아온바 저희 자식도 되는 것 아니겠습니까. 형편되시면 찾아 주십시오. 헌데 서방님, 혹시 아기씨 이름을 지어 놓으셨습니까?"

생뚱맞은 질문에 놀란 선일은 자신도 모르게 눈을 감았다가 뜬다. 아기 이름 짓겠다는 생각 같은 건 일순간도 해본 적 없다.

"저는 아들인 걸 보고 지은 이름입니다만 사흘쯤 궁리했습니다. 흙을 섞지 않고 돌로만 쌓는 담, 강담. 아비라고 가진 것이 없는지라 해줄 것도 없어서, 그저 튼튼히 오래 살기를 바라 욕심내어 지었지요. 오늘 밤을 어찌 지낼지 모르실 서방님께서도 아기씨 이름 생각이나 해보십시오. 시간을 보내는 한 방법 아니겠습니까? 밤공기가,

서늘합니다. 저는 애를 데려다 눕혀야겠습니다."

돌로만 쌓는지라 백년, 천년도 간다는 강담을 자식 이름으로 삼은 그가 일어난다. 제 자식을 심장에 붙여 안고 언덕을 올라가 집 안으로 사라진다. 선일은 느닷없이 닥친 숙제를 생각한다. 나와 봐야 아는 것일 테지만 우선 딸이라 친다면 이름을 뭘로 지어야 할까. 제 어미 이름인 온蘊은 뭐든지 쌓고 모은다는 뜻이다. 제 아비 선일宣一은 먼저 베푼다는 뜻이지만 사실은 먼저 생겼다는 뜻으로 첫 번째 비휴라는 의미뿐이다. 이제금 딸자식에게 이름을 붙인다면 어미처럼 무겁거나 아비처럼 아무 뜻 없는 이름이 아니라야 할 터이다. 보름달밤에 태어나니 달님이라 할까. 삼월이니 삼월이라 할까. 시냇가에 왔으니 시내라 할까. 봄밤 만산에 핀 꽃님이라 할까. 숲이라 할까. 하늘이라 할까. 땅이라 할까. 온의 딸 온녀라 할까. 선일의 딸 선녀라 할까.

아이 이름을 짓지 못한 선일은 일어나 유모 집의 마당으로 들어선다. 문 닫힌 건넌방에서는 온의 낮은 신음과 그를 달래고 부추기는 소리들이 연신 났다.

"아니오, 아씨. 지금 말고 세 숨참을 참았다가 힘을 쓰십시오."

"하나, 둘, 셋. 예, 지금 힘을 주세요."

"기운을 내셔야 합니다, 아씨."

"낳지 못하시면 아기는 물론 아씨도 살지 못합니다. 부디 힘을 내십시오."

온이 아침잠에서 깨어나며 배가 찌릿하다고 했다. 그때부터 차츰 잦아진 통증을 예님네가 산통인 것 같다고 한 게 오전, 진중시辰中時 경이었다. 예님네에 따르면 산통의 양상은 산모마다 제각각이라 했다. 산통 한두 시진 만에 쑥쑥 낳는 여인들이 있는가 하면 사오 일 만에 간신히 낳는 이도 있다고 했다. 만삭을 채운 경우였다. 더러 칠삭둥이나 팔삭둥이가 태어나는데 칠삭둥이는 살기 어렵고, 팔삭둥이는 부실하게 태어나기 일쑤라 살아도 반편이로 자라기 십상이라고도 했다. 온전하게 태어나도 위태롭게 살아야 할 아이가 지금 팔삭둥이로 태어나면서 제 어미의 목숨을 위협하고 있었다.

"저 좀 보시지요."

의녀라는, 서른 남짓해 보이는 여인이다. 산실에서 나온 의녀가 할 말이 있다며 선일을 둑 너머 천변으로 이끈다. 의녀가 제 왼손을 달빛을 향해 펼치고 오른손 검지로 가리킨다.

"보세요, 사람 손가락이 세 마디씩으로 되어 있지 않습니까?"

"그렇지요."

"손톱이 붙은 끝마디가 그중 짧고 중간마디가 그중 길고, 손등에 붙은 마디가 중간 길이입니다."

"예."

"출산 시에 자궁 문이 열리게 되는데, 산모 본인의 가운데 손가락보다 한 마디 더, 즉 손톱마디만큼이 더 열려야 합니다. 자궁 문이 산모의 가운데 손가락 길이에 더해 손톱마디만큼 더 열려야 아기가 나올 수 있다는 것이지요. 헌데 아씨의 자궁 문이 열려야 할 넓이의 삼분지일밖에 열리지를 않습니다. 아씨가 이미 기진하시어 정신을 거의 놓으셨는바 자력으로는 못 낳으실 것 같습니다."

"하면 어찌되옵니까?"

선일의 목소리가 떨렸다.

"양수가 이미 거의 흘렀으므로 아기가 살지 못하고 산모도 살기 어렵지요. 이대로 가면 아기씨는 물론 산모도 이 밤을 넘기기 어렵습니다."

"저, 저대로 둘이 다 죽는단 말입니까?"

"저대로 두면 죽지요. 마지막 방법이 있긴 합니다."

"그게 뭡니까?"

"자궁절개술, 산모의 아랫배를 열고 자궁을 절개하여 아기를 꺼내는 것입니다."

"뭐라고요?"

"분노하실 계제가 아닙니다. 잘 들으세요, 서방님. 세상이 잘 모르고 있고 금기시되어 있지만, 자궁절개는 소수의 여의들에 의해 가끔, 은밀히 시행되고 있는 출산법입니다. 하복부를 열고 자궁을 절개하여 아기를 꺼낸 뒤 자궁과 복부를 봉합하는 시술인데, 산모도 살고 아기도 살 수 있습니다."

"둘 다 살 수 있다면, 하셔야죠. 당장 하십시오."

"저는 아직 그 시술을 못합니다. 하므로 서방님께서 아씨와 아기를 살리고자 하신다면 그 시술을 할 수 있는 의녀를 당장 모셔 와야 합니다. 산모와 아기를 살리시렵니까, 내버려두시렵니까? 그걸 서방님께서 결정하십시오."

솔직히 그동안 선일은 태아가 저절로 죽기를 여러 번 바랐다. 태아가 제 모체 안에서 스러져 눈물이나 땀이나 오줌처럼 배출되었으면 했다. 산모와 태아가 한 몸이고 한 목숨이라는 것을 몰랐기 때문이었다. 어제까지도 그걸 알지 못했다. 지금은 안다.

"당장 어디서 그런 의녀를 모셔옵니까?"

"잘 들으십시오. 예서 탑골 쪽으로 가서 관상감 옆길로 쭉 올라가면 양덕방이 나오지요. 양덕방 끝자락에서 원동 못 미쳐 삼청골 방향으로 시내 옆에 오래된 회화나무가 있습니다. 그 고목의 오른편에 의방이 있는바 제 스승 댁입니다. 제 스승과 사형들께서 자궁절개시술을 하실 수 있습니다. 속발이 가시어 제 스승님과 사형들을 모셔와 주십시오. 제자 백화가 간청하더라고 말씀드리시면 와 주실 텝니다. 한시가 급합니다. 서둘러 주십시오."

너무 오래 살아 반쯤만 생존해 있는 양덕방 끝자락의 회화나무와 그 밑에 있는 의방을 선일도 알고 있었다. 선일은 도성의 중심을 지나야 하는 위험을 무릅쓰고 백화의 스승 댁으로 내달았다. 인경이 가까워 오므로 백화의 스승 댁은 이미 불이 꺼져 있었다. 선일은 의방 대문을 흔들어 사람을 불러낸 뒤 들어섰다. 안채에 불이 밝혀지면서 나이 지긋한 여인이 대청으로 나와 선일을 맞이했다. 선일은 마당에 무릎을 꿇는다.

"소인은 윤선일이라 하나이다. 의녀 백화님의 말씀에 따라 실례를 무릅쓰고 찾아뵀습니다. 소인의 내자가 산통 중인데 자력으로는 아이를 낳지 못할 것 같다 하옵니다. 부디 청하오니 어르신, 소인의 내자를 살려 주십시오."

환갑을 넘음직한 여인이 덧저고리를 껴입으며 묻는다.

"산모가 언제부터 산통을 했소?"

"지난 아침 묘중시卯中時 경부터입니다. 백화님에 따르면 산모의 자궁이 삼분지일밖에 열리지 않는다 하옵고, 산모는 기진했으며 양수는 거의 흘렀다 하더이다."

고개를 끄덕인 백화의 스승이 자신의 곁에 있는 여인에게 사세가 급하다, 하더니 대청을 내려섰다. 그 둘뿐이 아니었던가. 옆채에서 여인 둘이 큼지막한 등짐을 메고 나왔다. 등짐을 받아 멘 선일이 여인들을 이끌고 어둠 속을 걸어 청계 변 유모 집에 도착하자마자 인경 종이 울리기 시작했다.

사위가 잠든 시각. 유모 집만 부산했다. 끓은 물이 연신 들어가는 사이 강담 아비와 방으로 들어가지 않은 여인들이 산실이 든 대청 앞에다 차일을 쳤다. 차일 안으로 등불들과 한 아름은 될 법한 초들이 들어갔다. 차일에다 검은 장막을 둘러 씌웠다. 앞문에도 장막이 둘러졌다. 밖에서 보면 컴컴하기만 한 장막 안쪽에서 경문 읊는 소리가 나지막이 울려나오기 시작했다.

"나모라 다나다라 야야 나막알약 바로기제 새바라야 모지사다바야……."

스무 살까지 절에서 자란 선일이 알아들을 수 있는「신묘장구대다라니」다. 장막 밖으로 밀려난 산파와 유모와 예님네도 선일 옆에 서서 합장하며 경문을 읊조린다. 나지막하되 간절하게 읊는다.

"존귀하신 분께 귀의하오니 우리를 불쌍히 여기시고 어여뻐 하소서. 일체의 괴로움과 두려움에서 건져 주소서. 옴 아로계 아로가마지로가 지란제 혜혜하례……. 모든 사물을 지혜로이 보시는 관세음이시여 우리를 해탈의 경지에 이르게 하소서. 사다야 사다야 도로도로 미연제 마하 미연제 다라다라 ……. 위대한 분이시여, 불꽃같은 분이시여, 부디 우리를 기억하여 주소서."

선일은 여인들이 기이하다. 이 밤에도 세상 처처에서 아기들이 태어나고 있을 터, 모든 아기들이 이렇게 태어나지는 않을 것이다. 모르는 여인들에 둘러싸인 채 모르는 여인들의 간절한 염원 속에서. 여인들의 정성에 가슴이 저릿하게 고마운 한편으로 선일은 이 밤에 벌어진 일들의 전후를 따져볼 수밖에 없다. 흔훤사에 들어가 셋이나 되는 무녀를 죽이고 난 직후 온의 몸에 태기가 생겼다. 온양댁의 도움으로 예님네의 수발을 받으며 지내다 오늘 밤 애오개에서 청계변으로 왔다. 온이 경각에 이르렀으므로 백화 의녀가 제 스승 의녀를 모셔오게 했다. 산모의 배를 갈라 아기를 꺼낼 수 있는 의녀. 그런 의녀가 세상에 존재하리라는 상상을 해본 적 없는 선일은 인과관계를 짓지 못한다. 이 밤에 할 일조차도 없다.

잠이 오지 않아 하릴 없이 떠도는 사내처럼 선일은 유모 집 주변을 돌며 경계를 서면서 신묘장구대다라니를 읊조렸다. 같은 경문을 쉰 번쯤 읊조리며 마당으로 들어섰을 때 산실의 기색이 달라진 걸 느꼈다. 경문 소리가 그쳐 있었다. '도로도로 미연제 마하 미연제 다라다라.' 선일도 외고 있던 경문을 그치고 차일 안으로 들어섰다. 고요한 평화가 방 밖으로 스며 나왔다. 아기 울음소리는 들리지 않는데 예님네가 눈물어린 눈으로 선일에게 다가들며 속삭였다.

"어여쁜 아기씨가 나셨다오. 아씨도 무사하시고."

선일은 터지는 울음을 삼키느라 손등을 문다.

봄날 도솔사

비구니들만 사는 도솔사는 수백 년 전부터 사신계 칠성부원들의 요람이자 그들의 도솔천이다. 현실 세상에서 살 수 없는 여인들이 사신계를 만나게 되면 도솔사로 들어와 수련하고 입계하여 다른 사람이 된 뒤 현실 세상으로 돌아와 새로이 산다. 사신계에 들어 있는 여인들도 스스로 수련이 필요하거나 수련을 명받으면 도솔사로 들어가 수행한다. 무영의 손위 누이 알영은 열여덟 살에 혼인하기 전까지 몇 차례나 도솔사를 찾아가 몇 달씩을 지냈다. 현재 용인 칠성부 무진인 누이는 기사년 겨울 돌림병 환란에 시부모와 자식 둘을 잃었다. 그때도 도솔사에 들어가 반년을 지냈다. 세 자식 중 둘을 잃은 애통을 묵언수행으로 견뎌낸 것이었다. 칠성부원들은 누구나 들 수 있는 도솔사에 사내는 계원이라 해도 좀체 들어갈 수 없다고 했다.

도솔사는 상상했던 것만큼 큰 규모는 아니다. 산 속에 든 마을처럼 스무 채 남짓할 크고 작은 집들이 대웅전을 중심으로 띄엄띄엄

퍼져 있다. 절이라기보다 마을 같다. 회색 승복 차림의 여인들은 흔히 오가는데 말소리는 일체 들리지 않는다. 그럴 것이 도솔사는 묵언 수행이 기본이었다. 말은 정해진 장소에서만 할 수 있거니와 의사표현은 거의 손짓이나 눈짓으로 이루어진다고 했다. 글쓰기도 말인 까닭에 그도 금지되어 있다.

도솔사 일주문 밖에서 무영을 맞이한 사람은 이태 전 쌍계사 수정암에서 반야를 수발하던 자인이다. 서로 얼굴을 아는지라 허리 숙여 인사할 뿐 자인은 입을 닫은 채 무영을 안내했다.

자인을 뒤따라 이른 곳은 도솔사의 가장 위쪽에 자리한 두 간 초가이다. 외떨어진 데다 삼면이 숲에 싸여 있어 매우 고요하다. 해 질녘 마당가에 낮고 너른 바위가 평상처럼 놓여 있고 그 주변은 화단이다. 화단 앞에 회색 승복 차림의 여인이 있다. 뒷모습으로 쪼그려 앉아 있으나 한눈에 알아볼 수 있는 반야다. 무영을 안내해 온 자인이 두 손으로 화단 앞에 있는 반야를 가리켜 보이고는 물러갔다. 꽃을 만지는 것 같은 반야의 손끝은 꽃잎에 닿아 있지 않다. 손가락 끝이 흰 꽃잎들에 닿을 듯 닿을 듯 곰실거린다. 반야가 돌아보지 않은 채 묻는다.

"서방님, 이 꽃의 이름을 아십니까?"

화단에 모닥모닥 피어난 흰색과 분홍색의 꽃은 같은 풀꽃인데 꽃잎이 여덟 닢이다. 흰 꽃은 눈처럼 희고 분홍 꽃은 진달래처럼 선연히 곱다. 꽃술들은 노랗다.

"모릅니다. 어찌 만져 보시지는 않고 놀리고만 계십니까?"

"꽃들이 저희들을 만지지 말라하기에 시늉만 하고 있습니다."

"꽃들이 하는 말도 들으십니까?"

"살아 있는 것은 무엇이건 소리를 내지 않습니까. 그 곁에 앉아 눈 감고 가만히 있으면 누구라도 그 소리를 들을 수 있고요. 저도 이번에 여기 들어와 알게 된 이름인데 노루귀라 불린답니다. 꽃잎들 낱낱이 노루의 귀처럼 생겼다고 해서 붙은 이름이라 해요. 꽃잎이 지고 나면 잎사귀가 피는데 잎사귀는 노루의 귀하고 더 닮아 그렇다고 하고요."

"지금만 해도 꽃 한 송이가 여덟 개의 귀를 열고 있는 셈이네요. 당장 수백 개의 귀가 우리 하는 말을 다 듣고 있겠습니다."

반야가 흐흥, 웃고는 일어나며 손을 내민다. 머리채를 땋아 늘어뜨리고 회색 육합모를 쓰고 있긴 해도 영락 비구니 같다. 그래도 바지차림인 반야는 이태 전 수정암에서 봤을 때보다 밝고 생기롭다. 수정암에서도 그 네 해 전과 다르지 않다고 느꼈는데, 지금은 그때보다 젊어 보인다. 바깥에 한참 있었는지 손은 서늘하다. 무영은 반야의 두 손을 끌어다 자신의 양볼에다 붙인다. 반야가 눈을 감고는 무영의 얼굴을 더듬는다. 무영이 두 손으로 반야의 양볼을 받쳐 입술을 맞댔다. 격하지 않게, 조심히 입술을 열어 입맞춤을 나눈다. 조금 짙어지는 무영의 움직임을 느낀 반야가 무영을 가만히 밀어내며 웃는다.

"옆에 있는 평평한 바위 이름이, 돌 반 자를 써서 반암般巖인데, 제가 자인한테 반암에다 찻상을 차려 달랬어요. 자인이 듣는 척도 아니 하고 방에다 준비해 놓더이다. 몇 시간 달려 오셨을 테니 목이 마르실 거예요. 방으로 들어가세요."

"집에는 편액이 없고, 바위에는 각자刻字가 없는데 바위 이름, 당신이 지으신 겝니까?"

"오래 전에 여기 처음 왔을 때 이 집에서 묵었어요. 그 바위에 나앉노라면 생각이 자꾸 돌더이다. 생각이 돌고, 생각이 돌려지고, 옮고, 옮아가고요. 그땐 묵언수행이었던지라 수행 끝난 뒤에 주지스님하고 이야기 나눌 때 그런 얘길 했지요. 주지스님이 이 바위를 반암이라 이름하고 이 자그만 집을 반야오般若廒라 부르기 시작했다 합니다."

반야가 칠요가 되기 직전의 일일 것이다. 막 입계하여 묵언수행에 들었을 때.

"당신이 처음 여기 들어와 묵언수행을 치렀을 뿐인데 주지스님하고 이야기를 나눴어요? 당신이 특별한 사람이라는 걸 주지스님은 그때 이미 알고 계셨던가요?"

반야가 싱긋 웃고는 대꾸한다.

"당신도 첨부터 내가 특별한 사람이라는 걸 알고 반한 거 아니에요? 저를 첨보고 아! 아아! 그러셨잖아요."

천연덕스런 농담에 무영은 웃음을 터트린다. 반야는 농담을 한 것이지만 실상이 그랬다. 그 즈음 무영은 성균관 유생이었다. 반야는 온양에서 무영의 부친을 따라 상경하여 진장방 사온재에 머물고 있었다. 한창 도성 구경을 하고 다니던 반야가 성균관을 찾아왔다. 혼자서 성균관으로 들어와 무영이 책을 읽고 있던 존경각尊經閣까지 찾아왔다. 서재西齋 이웃 방에 사는 유생이 무영의 어깨를 건드리며 말했다.

"이봐, 이생, 아우님이 찾아오셨어."

돌아봤더니 도령복색의 반야가 있었다. 아! 무영이 그랬다. 반야가 아? 반문했다. 아아! 무영의 두 번째 소리에 반야가 소리 없이 웃었다. 두 사람의 첫 대면이 그랬다. 며칠 뒤 아침 사온재 별당에서 마루에 나앉아 있던 반야를 만났다. 그 아침의 반야는 금박물린 검은 말군바지에 검은 회장의 연분홍빛 저고리를 입고 검은 육합모를 쓰고 있었다. 무영은 화단에 피어 있던 희고 붉은 수국꽃을 꺾어 반야한테 내밀며 말했다.

"아침 꽃이 아름답습니다."

그 며칠 뒤 반야는 이 도솔사로 들어와 입계했고 묵언수행을 치르고 칠요가 되었다. 그때의 시영이나 지금 반야나 이무영에게는 똑같이 아침 꽃처럼 보인다.

"그랬죠. 아! 아? 아아! 뭐든지 그때 다 결정난 거였어요."

"그러니까요!"

반야가 돌아서더니 홀로 마당을 건너 반야오의 토방을 오르고 툇마루 아래서 신을 벗고 방문을 연다. 무영은 어리둥절하다. 꼭 눈이 멀쩡한 사람 같지 않은가. 방문을 열어 놓은 반야가 돌아보며 말했다.

"왜요? 제가 부축도, 지팡이도 없이 멀쩡하게 움직이는 게 기이하서요?"

"혹시 눈이 보이십니까?"

"개안하였습니다."

"예?"

"그만 놀라시고 들어오세요."

객이 도착할 시간에 꼭 맞춰서 찻물을 끓이고 있었던가. 방안 화로에 얹힌 흰 사기 주전자가 김을 풀풀 피운다. 반야가 화로 옆 찻상 앞에 가부좌로 앉아 있다. 개안했다는 말이 사실이든 아니든 반야에게 뜨거운 주전자를 만지게 할 수 없는 무영은 스스로 찻잔을 데우고 차를 만든다. 당연한 듯이 무영의 손놀림을 지켜보던 반야가 입을 연다.

"상경하여 있으면서도 금세 기별치 않아 섭섭하셨지요?"

섭섭하기보다 끝내 기별치 않고 떠날까 봐 두려웠다. 반야가 이번에 상경한 목적이 무엇이고, 살피는 눈이 아무리 많다 해도 스스로 이무영을 보고자 하면 통기할 수 있을 터인데 그리하지 않는다면 어쩌나. 못내 서성였다. 더구나 삼월 이십일이 집안의 큰 제사인 불천위제이라 며칠 뒤에는 온양으로 가야 했다. 최소한 닷새는 도성을 떠나 있어야 하는데 그 사이에 반야가 도성을 떠나 버리면 어찌하나. 심히 맘을 졸였다.

"예."

"여유가 없었습니다. 당신도 그러셨지 않습니까."

그렇기는 했다. 재작년 여름 수정암에서 무영이 반야에게 그림자 도둑에 관한 이야기를 꺼냈다. 그때 반야는 무영에게 당신이 그 도둑을 잡게 될 것 같노라, 예시하였다. 소전 곁으로 가게 될 것 같다고도 했다. 그 두 가지 예시가 한 치도 틀리지 않아 무영은 형조에서 세자시강원으로 옮겼고, 화반으로서 회영을 잡는 일에 동참했다. 효맹을 붙잡고 그의 집에 있던 증거품들을 파내어 의금부로 옮기고 효맹이 회영이라는 것을 확정하여 참수형을 선고하기까지 과정을 무영이 이끌었다. 십 년 가까이 형조에서 일한 경력이 이번에 톡톡히 쓰였다. 회영을 잡기 위해 준비한 기간이 길었던지라 잡고 난 뒤의 일은 속발하게 진행할 수 있었다. 그러느라 여유는 없었다. 반야가 왜 여유가 없었는지는 알 수 없고 물을 수도 없다.

"이태 전 저 남녘의 암자에서 당신이 말씀하시길, 제가 화양 곁으로 가게 될 것이고 그림자도둑을 잡게 될 것이라 하셨지요. 그 말씀 그대로 되었습니다. 새삼 신기해하며 어찌 그런 예견을 하실 수 있는지 여쭙지는 않겠습니다. 개안하셨다는 말씀이 사실인지 농인지나 말씀해 주십시오."

차를 따라 주자 찻잔을 들어 받친 반야가 무영을 바라본다. 웃음 기서린 눈길이 곧장 이어진다. 눈동자가 흔들리지 않고 눈빛이 흩어지지 않는다. 개안한 것이 사실인 것이다.

"보고 계시는 대로예요. 지금 당신이 보입니다."

"제가 어찌 보이는데요?"

"녹두 빛깔의 철릭을 입으셨고, 검은 갓을 쓰셨고 가슴띠는, 누런 호박색이네요. 코밑과 턱에 짧은 수염을 기르셨고요. 주름살은, 보이지 않는군요. 당신 주름살의 유무가 아니라 미세한 건 못 본다는 뜻입니다. 당신 눈빛도 못 봅니다. 홀로 걷는 것도 잘 못해요. 좀 전에 마당을 걸어서 들어온 것은 걸음 수를 계산하여 움직인 덕이고, 사실 눈을 감고 있었어요. 움직일 때는 소경이고 앉아 있을 때는 반소경이니 태반의 시간을 소경으로 보내지만 눈이 약간 뜨인 것은 사실입니다."

반야가 반소경만큼이라도 볼 수 있다는 것은 감격할 일인데 무영은 몹시 기쁜 한편으로 불안을 느낀다. 반야가 소경이거나 아니거나 무영에게는 똑같았다. 소경 아닐 때 만나 소경이 된 뒤 더욱 맘이 깊어졌다. 다시 눈을 떴다고 해도 무영에게 반야는 똑같은 여인이었다. 반야도 자신을 향한 무영의 그런 맘을 잘 알고 있었다. 그럼에도 사람을 불러 앉혀 놓고 개안한 사실을 차근히 알려 주는 까닭이 뭔

가. 그 까닭을 무영은 묻고 싶지 않고 듣고 싶지 않다.

"홀로 잘 걸을 수도 있을 만큼 눈이, 더 밝아지실 것 같습니까?"

"이만큼이 다일 듯 싶어요. 더 욕심내면 안 되고요."

"그래요. 더 욕심내지 마십시오. 일도 욕심내지 마시고요. 저도 욕심 키우지 않겠습니다. 이만큼만, 딱 이만큼만 당신을 바랄 터이니 당신도, 어디에서 무슨 일을 하시건 저를 당신 밖으로 밀어내겠다는 생각만 마세요. 혹시라도 그런 의중이라면, 그 말씀을 하시기 위해 저를 부르신 것이라면요. 만 사람을 보살피는 당신 아닙니까. 저도 살펴 주세요. 더불어 당신 자신도 좀 보살피시고요."

언제라고 반야 앞에서 허언한 적이 없지만 지금은 정말 온 마음을 다해 말했다.

"당신도 점쟁이가 다 되셨네요. 맞아요. 자꾸 커지려는 욕심과 그로 하여 조급하여 지는 제 자신을 다스리느라 여러 날 걸렸어요. 당신을 청할 수 있게 된 건 그 욕심을 간신히 다스려 당신과 저를 보살필 여유를 되찾았기 때문이고요. 또 한 가지, 아버님이 올해 안에 관직에서 물러나시는 게 좋으실 것 같다는 말씀을 당신을 통해 아버님께 전해 드리기 위함입니다."

"왜요? 아버님께 무슨 일이 생길 것 같습니까?"

"아버님께서 지금 그 자리에 그대로 계시는 건 어쩐지 이로울 것 같지 않습니다. 급박한 것은 아니지만 아버님이 그대로 계신다면 소용돌이에 휘말릴 수도 있을 듯합니다. 아버님을 겨냥하는 사람들이 여럿이거니와 이록이 올해 안에 조정으로 다시 들어갈 것 같거든요. 그들과 부딪치지 않는 게 아버님께나 우리한테 좋을 것 같고요. 하니 당신은 아버님과 의논하시어 올해 안 적당한 시기에 사직하시는 게 어떨까, 제가 여쭈더라고 말씀드려 주시어요. 이후는 아버님께서 결정하실 일이시고요."

반야가 칠요인 이유, 사신계에 칠요가 존재하는 까닭이 이런 일을 예비하기 위한 것이다. 무영으로서는 재우쳐 물을 일도 아니다.

"아버님께는 그리 말씀드리겠습니다. 저는요? 저한테 해주실 말씀은 없으십니까?"

소리 없이 웃더니 말한다.

"저는 내일 제 곳으로 돌아가요. 당신은, 오늘 밤 예서 묵어가실 수 있어요?"

소경 무녀가 빈궁을 독대하였다는 말을 닷새 전 그 밤으로 들었다. 회영이 잡힌 밤이었다. 회영에 관한 일을 처리하느라 날마다 강하를 만나는데도 그는 반야에 대해 말이 없었다. 끝내 나를 만나지 않고 가려는 것인가 하여 무영은 속이 무너지는 듯했다. '스승님, 유시 말경에 수락산 누에골 지나 도솔사 입구로 가시면 반가운 일이 생기실 거예요.' 오늘 낮에야 강하가 넌지시 속삭였다.

"그냥 가라 하시면 저 아래 법당으로 쳐들어가 부처님께 소리소리 외치며 따질 참이었습니다. 그냥 쫓아내시려면 왜 불렀냐고요."

반야가 훗흐 웃으며 찻잔을 내려놓는다. 무영은 찻상을 한쪽으로 밀어내고 반야 손에 들린 빈 찻잔을 가져다 상에 올려놓고는 반야를 끌어당긴다. 내일 새벽 예불 종소리가 나면 헤어져야 할 사람이다. 반야가 가마골을 떠났듯이 화개에서도 떠난 것 같은데 어디로 옮겨 갔는지는 무영이 알지 못한다. 알려 해서도 안 된다. 그러므로 언제 다시 보게 될지도 모른다. 모르는 것 천지이되 지금은 오롯이 이무영의 여인으로 품에 들어와 있다.

살려 주랴

중석이 달아났다. 상림의 안방, 이록의 정실부인 자리를 마다하고 종적을 감췄다. 그 사실을 확인하고서야 이록은 중석이 그저 한 무녀일 수만은 없다는 것에 생각이 미쳤다. 그 뒤에 분명히 무엇이 있었다. 그게 무엇인지 백방으로 따져 보아도 알 수 없으므로 사신계라는 결론에 이르렀다. 그동안 사신계와 부딪친 적이 없고, 앞으로도 부딪칠 필요가 없다 여겨 파고들지 않았다. 사신계가 현존하는지도 불분명했다. 옛날에는 분명히 존재했다.

이록이 어린 한 시절을 보냈던 양주 화도사에서 노스승으로부터 만단사와 연원을 같이하는 사신계라는 조직이 있음을 들었다. 청룡, 백호, 칠성, 주작, 현무 등의 오부로 이루어진 사신계. 사신계에도 그 안에 칠성부가 있으며 그 칠성부가 사신계와 만단사의 모태라고도 했다. 현 왕조 초에 두 세상의 모태였던 사령계가 와해되면서 만단사로 부활했는바 만단사에 합류하지 않았던 잔재세력이 사신계로 뭉쳤을 것이란 말이었다. 사령계 칠성부령이었던 무녀가 살아남아 사신계를 이끌었을 것이란 말도 있었다.

사신계에 대해 아는 건 그게 다였다. 그들을 만났다는 사람이 없거니와 떠도는 소문조차 없었다. 그때는 이록이 어렸으므로 노스승의 말씀을 유념하지도 않았다. 이록이 봉황부령으로 있을 때, 전대 만단사령과 그가 사령 자리를 물려주려 했던 당시의 기린부령을 죽여 없앤 터라 그들이 알고 있었을지도 모를 만단사와 사신계의 관계에 대해서도 듣지 못했다. 이래저래 이록은 사신계에 대해 아는 바가 없었다. 그에 대해 여쭤볼 노스승의 제자 표회스님은 세상에 존재치 않았다.

아는 게 없음에도 중석을 사신계의 중심에 있는 칠성부령이라 상정하고 보면 많은 수수께끼가 풀렸다. 십여 년 전의 도고 관아와 명화적이 그랬고, 육 년 전 북악 일대에서 사라진 포도청 군졸들과 당시 도성을 침범했던 명화적이 그랬다. 함화루 곳집 화재와 화씨의 실종까지, 중석이나 명화적이 연결되어 있지 않은가. 중석이 화개에서 감쪽같이 사라진 것도 예사롭지 않았다. 도성으로 갔다는 사실도 믿기 어려웠다. 그나마 중석의 꼬리를 잡기 위해서는 도성에서 시작해야 한다고 여겨 효맹에게 중석을 찾으라 명했다.

효맹을 도성으로 먼저 보내 놓고 뒤따라 상경하였더니 난데없는 일이 벌어져 있었다. 효맹이 의금부 옥청에 들어가 있지 않은가. 세자가 주동하여 그림자도둑을 잡았다고 했다. 이록은 그림자도둑 회영이 효맹이라는 사실보다 세자가 주동했다는 데 더 놀랐다. 중석은 소소원에 살던 소소였다. 소소는 곤전을 수시로 드나들며 세자를 접했다. 효맹이 세자한테 잡혔다는 사실이야말로 그동안 미심쩍던 사건들의 배후가 중석임을 방증했다. 효맹은 도적놈으로 잡힘으로써 이록으로 하여금 중석과 사신계를 연결시키게 해준 것이다.

오랜만에 궐 안 풍경을 볼 겸 궐 안에서 그림자도둑에 대하여 뭐라 하는지 들어보기 위해 곤전 빈전殯奠에 문상을 했다. 폐조의 후손이라 왕족으로서는 멀어졌을지라도 종친으로서의 명맥은 유지하고 있으므로 체면치레도 해야 했다. 빈전에 엎드려 문상하고 임금의 얼굴이나마 봐두지 않으면 뒤끝 질긴 늙은이가 언제 무슨 트집을 잡고 나설지 몰랐다. 그렇지만 빈전에는 늙은 임금도 젊은 임금도 없었다. 알현을 청했더니 대전에서는 불가하다는 답이 나왔고 소전으로부터는 그나마 응답조차 없었다.

홀로 빈전 문상을 마친 이록은 왕대비전으로 가서 병문안을 한 뒤 병희를 찾았다. 세자의 승은을 입고 있으되 아직 회임을 못한 병희는 여전히 왕대비전의 침방나인으로 지내고 있었다. 간신히 왕대비전의 방 한 칸은 갖게 된 듯했다. 이록은 이종사촌 오라비 자격으로 병희 방으로 들어왔다. 소전의 근황에 대해 묻자 병희가 답한다.

"저하께옵선 평소 사나흘에 한 번쯤 소녀의 처소를 찾으시는데, 회영이라는 도둑을 잡으시고 나서는 들르신 적이 없습니다."

보름 전쯤 빈궁과 독대하였다는 중석이 모종의 작용을 했을 터이다. 빈궁과 중석이 나눈 말이 새어나오지 않아 내용을 알 수는 없었다. 그들이 무슨 모의를 했건 열여덟 살 병희가 곱기 그지없으므로 세자의 총애가 그치지는 않을 것이다.

"그러셔야 마땅하지. 국상이 지나면 다시 찾으실 게다만, 좀 전에 왕대비전 어른을 뵈옵자니 조만간 겹 상복을 입을 수도 있겠더구나. 왕대비전에 일이 나면 내명부 최고 어른은 빈궁전이다. 왕대비 환후가 저리 깊으시니 작금에도 빈궁전이 내명부 최고 어른인 셈이고.

허니 너는 아무쪼록 순하게 지내거라. 빈궁전 눈 밖에 나지 않도록 조심하면서. 알겠느냐?"

"예, 태감마님."

이록은 병희에게 은전 삼백 냥이 든 주머니를 건네준다.

"무엇이옵니까?"

"궐 안에 살아도 돈이 필요할 때가 있을 게다. 필요할 때 요령껏 쓰고, 도움이 필요하면 언제든 집으로 연락하거라. 수시로 안부 기별도 하고. 그리고 예전에도 말했지만 네 아우 걱정은 하지 않아도 된다. 네 아우는 내 집 사람인바 내 나름 키울 것이다. 앞으로는 지금까지와 달리 더 신경을 쓸 것이고."

병희의 눈자위가 발개진다. 돈 삼백 냥보다 제 아우를 돌볼 것이라는 말에 비로소 마음이 움직이는가.

"은혜 잊지 않겠습니다, 태감마님."

울먹이는 인사를 들으며 이록은 병희의 처소를 나선다. 해가 저물어가고 있었다. 삼월 이십삼일, 온이 돌아오려면 아직 한 달은 더 있어야 할 터이다. 효맹이 어찌 도적질을 시작했을까. 효맹의 도적질에 관해 들었을 때 그 의문이 먼저 떠올랐다. 상림과 이화헌에 어엿한 제 처소가 있거니와 필요한 경비를 임의롭게 쓸 수 있는 권한을 주었지 않은가. 그는 그동안 사령의 뜻에 어긋나는 행동이나 눈에 거슬릴 일을 한 적이 없다. 그런 효맹이 도적질한 돈으로 집을 사서 살림을 차려 놓고 그 안에다 몇십만 냥의 금품을 깔고 있었다고 했다. 정확한 액수가 밝혀지지도 않은 그 돈이 모조리 세자의 궁방인 용동궁 내탕고로 들어간 모양이었다. 효맹을 체포한 익위사의 설희평과 김강하, 우포청의 백일만, 의금부의 최갑 등이 한두 품계씩 승차했다.

효맹과 함께 있다가 잡힌 놈들은 곤장 백 대씩의 태형을 받고 전옥서 밖에 내버려졌다. 이록은 주검처럼 늘어진 그들을 주워 들이게 했다. 놈들은 시방 이화헌에 누워 앓고 있었다. 십 년 넘게 도적질하여 이룩한 집과 재산을 모조리 소전한테 바친 효맹은 내일 새벽 시구문 밖에서 참수될 것이라 했다. 어리석은 놈 같으니라고! 쩟쩟 혀를 찼을망정 효맹이 이록이나 만단사에 대해 일언반구도 하지 않은 채 죽음을 기다리고 있으므로 가여웠다.

좌우 포도청에 포도군졸로 있는 자선과 선축에게 옥청의 효맹에게 길을 내라 명했다. 한성부 종사품 서윤庶尹인 박승원이 봉황부 이봉사자이고 보위부 박두석이 그의 서자였다. 이록에게 서자를 떠넘겨 놓고 있는 셈인 박승원에게 효맹 건을 지시할까도 했으나 말았다. 서윤 자리를 그렇게 써먹기는 아깝고 조심스러웠다. 박 서윤이 일을 만들자면 또 누군가를 통해 다리를 놔야 할 것이므로 수선스러워질 수 있었다. 포도청에 있는 자선과 선축을 시험해 보고 싶기도 했다. 겉으로야 포도군졸일 뿐이지만 그 정도쯤은 해낼 것이라 믿었다. 믿은 대로 그들이 효맹에게로 길을 놓았다.

옥청 안에서 차꼬를 쓰고 목에 쇠줄을 걸고 두 발에 족쇄를 차고 있는 효맹의 낯빛은 담담하다. 몹시 야위었다. 참수형이 확정된 중죄인일지라도 하루 두 끼니의 주먹밥은 먹일 터이고 고신도 받지 않았다는데 효맹은 옥청에 든 지 십여 일 만에 피골이 상접하다. 스스로 굶고 있는지도 모른다. 이록이 옥청 쇠창살 안쪽을 향해 나지막이 물었다.

"살려 주랴?"

대답이 없다. 이록이 다시 물어본다.

"살려 주라느냐?"

효맹이 비로소 고개를 돌리며 눈 맞추더니 미소 짓는다. 그뿐 입을 열지 않는다. 눈빛을 보기에는 거리가 멀고 빛이 모자라다. 도적질을 했을망정 주인을 배신한 적 없고 내린 명을 수행하며 실패한 적이 없는 그였다. 효맹만큼 이록에 대해 많이 아는 자가 또 있으랴. 외무집사 박은봉의 업무부터 비휴들, 무극들, 상림과 허원정의 살림, 이록이 중석으로부터 당한 치욕까지. 효맹은 실상 이록에 대해 너무 많이 알았다. 특히 그가 이록의 명을 수행하여 죽인 자들 거개가 만단사 내부 인물들이라는 건 언제든 문제가 될 수 있다. 언젠가는 치워야 할 골칫거리가 효맹이긴 했다. 그렇지만 아직은 쓸모가 많았다.

"살려 줄까 하고 물었다."

효맹이 말간 얼굴로 쳐다만 본다. 이록은 효맹이 살려 달라 하면 보위들과 비휴들로 하여금 파옥하게 할 생각이 없지 않았다. 현재 도성 안에 있는 보위들과 비휴들을 합치면 스물 남짓 됐다. 그들 모두는 효맹의 수하거나 제자들이다. 하루면 도성 안팎에 있는 만단사 무사 백 명쯤은 소집할 수도 있다. 백이십여 명으로 대궐을 갈아엎지는 못해도 의금부 옥청에서 효맹을 꺼내오는 정도는 해낼 것이다. 그들이 얼마만큼 해낼 수 있는지, 의금부나 포도청의 방비가 얼마나 단단한지 시험해 보는 것도 나름 의미 있을 터. 살려 주겠다고, 살고 싶으냐고 묻는데 효맹은 잠자코 미소만 짓는다.

"허면 이대로 갈 테냐?"

한 번 더 물으니 몸을 약간 움직이더니 입을 연다.

“소인을 살리신 뒤 따님과 맺어 주시렵니까?”

“응? 뭐라고?”

크륵크륵 낮게 웃는 소리가 새어나온다.

“네, 방금 뭐라 한 게냐?”

“들으셨으면서 되물으십니까. 저를 사위로 삼아 주시겠는지, 여쭸습니다.”

흔히 왕후장상王侯將相의 씨가 따로 있냐고들 한다. 왕후장상의 씨가 따로 있는 건 아니다. 왕후장상의 자식으로 태어나면 왕후장상 재목으로 자라는 것뿐이다. 왕후장상의 자식으로 태어나지 않은 자들이 왕후장상이 되거나 그에 버금가려면 천지가 개벽할 정도로 특출해야 한다. 그만치 특출한 놈들은 어떠한 곳에서도 제 스스로 빛을 낸다. 효맹은 그렇게 특출하지는 않다. 부단히 애쓰고 주변의 눈치를 보는 데에 기민했을 뿐이다. 제 정도의 애씀은 왕후장상의 씨로 태어난 이록과 이온도 해왔다. 그러매, 광대의 자식인 저를 상민으로 만들어 줬다손, 그리 특출한 게 없어 빛나지도 않는 저를 이온의 짝으로 생각해 봤으랴.

“네 그 말이 오래 전부터 한 생각이냐, 거기 차꼬 쓰고 앉은 뒤부터 한 생각이냐?”

효맹이 찡그리듯 웃고는 대꾸한다.

“오래 전부터 한 생각이든, 차꼬 쓰고 앉은 뒤부터 한 생각이든 다를 게 없지 않습니까. 죽음을 앞둔 참이라 그저 시부렁거린 말이었습니다. 여기 있으나 산에 있으나 똑같아진 참이라서요.”

얼토당토않기는 하나 더 이상 세상에 미련이 없다는 말을 그렇게 표현한 모양이다. 사나 죽으나 똑같아졌다는 효맹의 그 맘을 이록은 이해한다. 현재 어떤 꼴이든 효맹은 무사다. 무사에게는 나름의 도가 있다. 명분과 체면이 제일 중요하다. 만단사 봉황부 일봉사자로서는 물론 보위대의 제 수하들이나 제자들인 비휴들, 제가 아는 사람들 모두에게 체면을 잃었으므로 그가 살아나도 설 자리가 없다.

"내게 다른 할 말은 없느냐?"

마지막으로 하고 싶은 말이 있느냐고 물은 게 아니다. 저를 무사로 대접하여 떠나보낼 것이로되 이록은 효맹에게 명한 것이 있었다. 중석을 잡아라! 보름 전의 문성국은 효맹에게 소경 무녀가 요금문을 통해 입궁한 사실을 정확히 알려 주었다고 했다. 문성국은 빈궁처소인 경춘전의 나인 하나를 간자로 두고 있는바 틀림없는 사실이었다. 요금문은 창덕궁 서쪽에 있는 문이다. 장님인 중석이 요금문에서 창경궁의 빈궁전까지 건너가려면 한 식경은 걸어야 했을 터이다. 나올 때도 마찬가지. 중석이 요금문에서 나온 걸 확인했을 효맹이 그날 밤 인달방의 제 집에서 맘놓고 있었던 까닭은 중석의 소재를 파악했기 때문일 것이었다.

"내게 할 말이 있지 않으냐?"

말이 없다. 건너다보기만 한다. 저를 살려 달라 말하는 대신 온과 혼인시켜 주겠느냐는 황당한 언사를 내놓은 효맹은, 제가 알고 있는 것에 대해서 입을 다물기로 작정한 것이다. 효맹을 따라다녔던 놈들은 곤장 백 대씩 맞고 어지러워진 심신을 아직 추스르지 못한 상태였다. 젊은 놈들이라 곧 털고 일어나겠지만 그들은 시키는 것이나 할 줄 아는 수준들이라, 물어봐야 나올 것이 없을 게 뻔하다. 효맹은 놈들에게 그런 내막을 전혀 알게 하지 않았을 터이므로 제가 파악한 것을 말해야 하는 것이다.

"다시 묻겠다. 내게 남길 말이 있느냐?"

효맹이 비웃음처럼 한숨을 내쉰다.

"저를 살리려 하셨다면, 이처럼 저를 보러 오시어 제게 살고 싶냐고 묻는 대신, 수하들에게 파옥을 명하셨겠지요. 저는 지금쯤 바깥 어딘가에 있을 것이고요. 그랬더라면 분명히 드릴 말씀이 있었을 것이고, 벌써 말씀드렸겠지요."

파옥하여 저를 살려 낸다면 그가 할 말은 무엇일까. 물론 중석에 관한 것일 테지만 효맹이 온과의 혼인을 운운하며 내놓을 만한 내용이 단순히 중석의 행방만은 아닐 것이다. 그보다 훨씬 큰 것, 작금의 이록이 반드시 알아야 할 그 무엇일 터이다.

"거래를 하자는 것이냐?"

"감히 그런 뜻이겠습니까? 태감께서 저를 살리실 생각이 애초에 없으신데요."

"뭐가 있긴 하나 말해 줄 순 없다?"

"이미 삶에 의지를 버린 제가, 저 없는 세상 살아갈 사람들을 걱정할 필요가 없지 않은가, 드린 말씀입니다."

제 아홉 살에 광대 패거리에서 떨어져 함화루 앞에 남아 있는 걸 주워 들였다. 화도사로 보내 무예를 연마케 하였고 곁으로 부른 뒤에는 내도록 가까이 두었다. 사람 아랫것으로 태어나 평생 그리 살았을 종자를 사람으로 키워 나름 위세 부리며 살게 했다. 이후로도 그리 살게 할 참이었다.

"네 이후 살아갈 사람들 중, 네가 걱정할 사람이 단 하나도 없단 말이냐?"

"차꼬 쓰고 여기 들어앉은 내내 수천 번 생각해 봤습니다만, 제가 걱정할 사람도, 저를 안쓰러워할 사람도 없더이다. 그렇더라도 태감을 향한 제 도리는 다해 왔다고 생각합니다. 해서 감사했다는 인사는 아니 드리겠습니다, 태감."

함께 한 세월 동안 각별한 정을 느낀 적은 없을지라도 서로 할 도리를 했다. 그건 인정할 만하다.

"내가 다시 청해도 소용없겠지?"

묵묵하다.

"거래도 싫고?"

역시 답이 없다.

"알겠다. 잘 가거라. 너는 내게 고맙지 아니하다 한다만, 나는 진정, 고마웠다."

눈길이 마주친다. 눈빛을 볼 수 있을 만치 불빛이 밝지 못해도 보이는 듯하다. 고드름처럼 싸늘히 맑은 눈빛. 웃음기인가 싶은데 눈이 캄캄하게 닫힌다. 분명히 중석에 대해, 사신계에 대해 알아낸 게 있음에도 입 다물고 가겠다는 게 괘씸할 것까지는 없다. 그가 죽을 게 서운하지도 않다. 이록은 효맹을 돌아보지 않고 옥청을 나선다.

어찌해야 거북부령 황환을 승복케 하고 거북부를 장악할 수 있을지, 아직 방법을 찾지 못했다. 만단사 다섯 부 가운데 기세가 가장 큰 거북부의 일귀사자가 육십여 명이고 그 아래 사자들이 오백이 넘을 터, 그들은 사령이 아니라 저희들의 부령한테 충성한다. 황환에게는 아우가 둘이고, 아들이 셋이고 사위가 셋이다. 그들이 다 만단사자로서 황환을 보필하며 강경상단과 거북부를 이끌어 가고 있다. 번족이 곧 힘이었다.

이록에게는 혼인하기 어려운 딸자식 하나와 천출의 어린 아우가 하나 있을 뿐이다. 정실로 맞아들인 영고당이 아들이라도 하나 낳아 준다면 다행이겠으나 지금까지 생기지 않은 아들이 영고당에게 맺힐 성싶지 않았다. 온을 혼인시켜 사위와 외손을 얻는 게 나을지도 몰랐다. 진작부터 그렇게 생각했지만 도무지 마땅한 자리가 없었다. 사윗감 아비의 벼슬이 높지 않아도 명망이 있다면, 재물은 많지 않아도 되었다. 사윗감의 재능과 됨됨이만 고려했다. 그런데도 쓸 만한 놈 하나 발견하기가 어려웠다. 간혹 눈에 드는 자가 있으면 당연히 혼인했거나 정혼했다. 상처한 젊은 놈들도 처의 무덤에 흙이 마르기 전에 새장가를 들므로 마찬가지. 그렇다고 이록의 딸을, 광해의 유일한 육대손을 늙은 홀아비나 되지 못한 놈과 맺어줄 수는 없었다. 그러느니 홀로 늙히는 게 나았다.

이래저래 최측근을 잃게 된 이록의 심사가 몹시 복잡했다. 황환을 돌려세우지 못한다면 죽일 수밖에 없다는 결론에 이른 것도 그래서였다. 복잡하게 엉켰을 때는 엉킴의 근원을 아예 도려내는 게 나았다. 황환을 도려내고 그 자리에 내 사람을 세우면 되는 것이다. 거북부 일귀사자 중 거북부령 자리에 올려놓을 자가 누구인지를 따져야 할 때였다. 그런 문제를 해결할 수 있는 유일한 인물이 지금까지 효맹이었다. 그가 입 다물고 죽기로 했다 하므로 효맹을 대체할 인물부터 찾아야 할 판이다.

스스로 빛나는

효맹이 참수된 이틀 후, 왕대비가 승하했다.

이중의 국상으로 도성의 경계가 살벌해졌다. 팔천의 족속들은 밝은 날에 거리를 활보할 수 없었고 어두워지면 반족班族들도 함부로 나다니기 힘들었다. 중석이 도성 안에 아직 있다손 돌아다니지 않을 것이라 이록으로서도 중석을 찾을 길이 막연했다. 이록은 다시 입궐하여 왕대비 빈전 문상을 했으나 이번에도 왕과 세자는 만나지 못하고 퇴궐했다.

집으로 돌아온 이록은 보위부의 홍남수를 사랑으로 들라 명한다. 남수는 봉황부령 홍낙춘의 서자이자 사령보위부 한 조를 맡고 있다.

"효맹을 어디다 묻었느냐?"

효맹의 참형은 일백 명의 군사와 기백 명의 구경꾼이 지켜보는 가운데 진행되었다. 효맹은 옥청에서 나올 때부터 눈을 감기로 작정했는지 형장에 나와서도 눈을 뜨지 않았다. 구경꾼들이 놈에게 눈을 뜨라고 야유하고 침뱉고 돌팔매질도 했지만 반응이 없었다. 효맹은 끝내 눈을 뜨지 않은 채 목이 떨렸고 날이 밝기 전에 형이 끝났다. 구경꾼이 흩어지고 군사들이 철수했다. 사람이 떠난 자리에 짐승들이 모여들거나 쇠파리 등의 날것들이 나타날 터였다. 잠을 포기하고 형장에 나갔던 이록은 보위들로 하여금 효맹의 수급과 몸을 수습하여 적당한 곳에 묻어 주라 명한 터였다.

"영미동 산자락에다 눕힐까 하여 수습하는데, 좌포청 나군인 유자선이 나타나 주검과 자신과의 인연이 깊다면서 목멱산에다, 양연무 뒤쪽에다 모시고 싶다 청하였습니다. 하여 그의 말을 따랐습니다."

효맹과 자선이 사제지간인바 유다른 소회가 있을 법하다. 이록으로서는 수하들 간에 깊은 정을 나누는 게 바람직하다 할 수 없으나 내 맘이 어떻든 수령된 자로서 그 정도는 눈감아 줘야 한다는 건 안다.

"잘했다. 그건 그렇고 대장 자리가 비었으니 홍남수 네가 그 자리에 앉거라."

"예, 태감."

"네가 하던 조장 노릇은 네 아래 박두석을 앉히고."

"예, 태감."

"네가 새로운 보위대장으로서 맡을 일은 그동안 효맹이 해온, 사신계 실체를 파악하는 것이다. 사신계가 뭔지는 아느냐?"

"우리 세상과 같이 조선 안에 존재하던 또 하나의 조직이라고, 들은 적이 있나이다. 작금에는 그 존재 여부가 불분명하다고도 들었습니다."

"어디서 들었느냐?"

"대장 효맹으로부터 들었나이다."

"언제?"

"지난해 태감께오서 도성에 거하실 때 대장이, 앞으로 우리가 찾아야 할 존재라 하면서 사신계에 대해 알려 주었습니다."

효맹은 언제나 이록의 의중을 읽었고 그에 따른 제 할 일을 이록의 명에 앞서 찾아내곤 했다. 두고두고 아쉬워할지도 모를 아까운 존재를 너무 쉽게 떠나보낸 게 분명했다.

"그동안 우리가 등한시 하여 파악치 못했을 뿐 그들, 사신계는 분명히 있다. 이제부터 우리는 그들을 찾을 것이다. 그들을 찾되 너는 우선 세자의 측근들, 그림자도둑 회영을 잡은 공로로 자리가 높아진 자들을 샅샅이 파서 그들 서로간의 연결 고리를 찾아라. 그들과 세자시강원의 이무영 필선 등이 어떤 내밀한 관계를 맺고 있는지도 추적해라. 특히 이번에 효맹을 잡은 공으로 좌부솔로 승차한 김강하 주변을 샅샅이 조사해라."

"예, 태감."

"내 내일 밤 이화헌으로 건너가 네가 대장이 되었음과 앞으로 너희들이 할 일 등을 이를 터이니 보위부 전원을 불러 모아라. 우선은 익위사의 국치근, 제용감의 문성국한테 통기하여 오늘 퇴청 길에 내게 들라 해라."

"예, 태감."

"나가면서 청지기 들라하고. 금오당께도 이리 드시라 전해라."

효맹에게 지시했으나 유야무야 되고 만 김강하에 대한 조사의 의미는 좀 다르다. 그는 세자의 측근 중 유일하게 미장가이고 급제한 지 삼 년도 채 못 되어 정칠품 좌부솔에 올랐다. 그의 최근 승차가 비록 그림자도둑을 잡은 공로로 이루어진 것이라 해도 그는 자력으로 제 신분을 높여가고 있었다. 그를 온의 짝으로 가정해 봄직했다. 그 아비인 평양의주 유상의 주인인 김상정이 평안감사보다 못할 것이 없었다. 세자한테 가장 가까이 있는 놈을 내 식구로 삼아 놓는다면 장차 필요한 날에 얼마나 요긴할 것인가. 더하여 유상을 만단사로 끌어들임으로써 사령으로서의 보폭을 훨씬 넓힐 수 있을 터였다. 황환을 제거할 것이매 그 재력을 보충할 수도 있을 것이고.

"찾아계시옵니까, 태감마님."

들어와 읍한 청지기 평호에게 유곤이 어디 있냐고 물으니 안채에서 마님과 함께 낮잠 자고 있을 것이라 한다.

"다 큰 놈이 대낮에 무슨 낮잠이야?"

평호가, 새삼스럽게 왜 그러시냐 반문하고 싶은 얼굴로 고개를 든다.

"이제 아이가 아니기에 하는 말이지 않느냐?"

"예, 태감."

"나가서 아이를 내게 들여보내도록 하고, 연후, 자네는 원행 준비를 해야겠다."

"예, 태감."

"강원도 통천 땅에 가면 우동산이라고 있느니. 통천에서는 그중 높은 산인바 그 산 안에 국사암이라는 유명한 암자가 있다. 근방에 닿아 아무한테나 물어도 길을 알려줄 터. 내 편지 한 장을 써 줄 터이니 내일 출발하여, 우동산 국사암으로 가서 정건 대사한테 전하라."

"예, 태감."

그동안 효맹이 맡아온 가장 큰일은 보위대장 노릇보다 이록의 내밀한 명을 수행한 것이었다. 그 일에 앞으로는 윤선일을 쓰기로 작정했다. 효맹에 따르면 자신보다 선일의 무공이 높다 했다. 글도 제법 읽은 덕에 시야가 넓고 식견이 깊다고도 했다. 애초에 온의 호위로 삼은 까닭이었다. 효맹이 그리 말할 정도면 쓸 만한 놈일 터였다. 선일을 데려오면 온의 곁이 비게 되는바 그 자리를 채울 놈이 필요했다. 통천에 있는 비휴들을 데려올 때가 된 것이다. 언젠가를 대비하여 키워온 종자들이되 효맹을 잃고 쓰게 될 줄은 예상 못했다.

효맹이 사라진 게 서운할 것은 없으나 일상의 한 조각이 도려나간 듯 허룩한 건 사실이다. 그래서인지 요즘 이록은 화씨의 몸이 그립고 중석의 말과 정신이 그리웠다. 아니 중석의 몸이 그립고 화씨의 말이 그리운지도 몰랐다. 그 두 사람을 합쳐 놓은 것 같은 존재가 나타났으면 싶었다. 중석을 놓친 것이 분하기보다 애석한 이유였다.

화씨가 사라지면서 상림의 살림을 관장할 사람이 필요하여 이왕에 알고 있던 영고당을 서둘러 맞아들였다. 영고당의 친정언니의 시부가 온양 온율서원의 임원 유사 김창현이다. 김창현은 초시급제하고 만 유생일지라도 삼남 유림의 한 가운데에 있었다. 조엄 집안만큼의 명문은 아닐지라도 유림에서의 정치력은 조엄보다 김창현이 나았다. 그가 며느리의 아우 얘기를 한 게 전 부인 김씨를 잃고 난 몇 달 뒤였다. 당시 중석을 갓 알게 된 데다 조엄의 어린 딸이 신기를 타고났음을 느끼고 있던 터라 영고당을 의중에 두지 않았다. 화씨와 중석을 다 놓치는 바람에 초조해져 영고당을 취하게 되었다.

영고당은 반족 태생이라는 것을 제외하면 화씨보다 나은 게 하나 없었다. 인물은 보잘 것 없거니와 심신이 탁했다. 화씨만큼 공순하지 않았고, 밤일은 청맹과니와 다를 게 없었다. 방사술은커녕 수줍은 듯 가만히 누워 있는 게 여인의 도리인 줄로 아는 맹탕이었다. 한

글은 읽는 것 같으나 이야기책이나마 읽는 기색은 없었다. 집안 살림을 익혀가는 동시에 사치를 시작했다. 영고당이 마음에 드는 게 있다면 단 하나, 그의 욕심이었다. 상림의 모든 것을 제 것이라 여기므로 제 몸처럼 돌볼 것이기 때문이었다.

"태감마님, 저는 유곤입니다. 찾으셨나이까."

"들어오너라."

유곤이 쭈뼛쭈뼛 들어와 절하고 일어선다.

"네 지금 몇 살이냐?"

"열두 살이옵니다, 태감마님."

"이리 건너와 내 앞에 마주앉아라."

유곤이 아랫방으로 건너와 서안 앞에서 무릎을 꿇고 앉는다. 이록은 서안에 놓여 있던 『효경孝經』을 유곤의 방향으로 돌려놓고 아무렇게나 넘긴다. 「천자장天子章」이 펼쳐진다.

"읽어 보아라."

"예?"

"읽을 수 있는 글자를 골라 읽어 봐."

이록은 아이한테 글자 공부를 시키려 한 적이 없었다. 봄날 대낮에 열두 살이나 되는 놈을 끼고 오수를 즐기는 노친인들 아이한테 글자 가르치려 했을 턱이 없다. 온이라고 달랐으랴. 그렇지만 놈이 어느새 열두 살이나 되었으므로 정말 천치가 아니라면 천, 지, 인天地人이나 상, 하, 좌, 우上下左右, 가, 불가可不可, 일日자와 왈曰자 등의 쉬운 글자는 알아볼 줄 알아야 마땅하다. 그렇지 못하면 사람이 아니라 녹은당이 데리고 노는 강아지일 뿐이므로 이록도 맘을 쓸 필요가 없다. 병희에게 약조한 대로 맘을 쓸 것인지, 여태까지 그랬듯 내버려둘 것인지를 결정하기 위해 읽게 해 보는 것이다.

"읽어 보래도!"

놈이 서안 앞으로 바싹 다가들더니 손은 제 무릎에 둔 채 책을 내려다보며 소리를 낸다.

"자왈子曰, 애친자愛親者, 불감오어인弗敢惡於人. 경친자敬親者, 불감만어인弗敢慢於人. 애경진어사친愛敬盡於事親, 연후덕교가어백성然後德敎加於百姓, 형어사해刑於四海. 개천자지효야蓋天子之孝也, 여형운呂刑云, 일인유경一人有慶, 조민뢰지兆民賴之."

놈이 한 단락의 문구를 천연덕스럽게 읽고 나서 계속 읽을지 말지 몰라 이록을 건너다본다. 여느 아랫것들과 달리 제가 종이 아니라는 건 아는지 마주한 눈길에 아무런 거리낌이나 조바심이 없다.

"네가 방금 읽은 문구의 뜻을 알고 있느냐?"

"잘 모릅니다."

"모르는 대로 말해 보거라."

"공자가 말씀하시기를, 부모를 사랑하는 사람은 다른 사람을 미워하지 아니한다, 부모를 공경하는 사람은 다른 사람을 업신여기지 아니한다, 부모 섬김과 사랑과 공경을 다하면 그 교화가 만민에게 널리 퍼져서 천하 사람이 본받게 된다, 이것이 천자의 효이다. 소인은 이렇게만 아나이다. 뒤에 나오는 여형운, 일인유경, 조민뢰지에 대해서는 모르옵니다."

"여형운呂刑云이라는 건, 『서경書經』의 「여형편呂刑篇」에 나온 문구라는 뜻이다. 즉 『서경』의 「여형편」에 천자가 훌륭한 행실을 하면, 천하 만민이 그에 의해 복을 받게 된다, 고 쓰여 있다는 의미다. 문장의 전거를 표시하고 있는 것이지."

"예, 태감마님."

"네가 이 책을 읽은 적이 있더냐?"

"글자만 읽었나이다."

"언제?"

"누이가 대궐에 가기 전에 글 읽기를 가르쳐 주었습니다."

"네 누이 언제부터 네게 글자를 가르쳤는데?"

"잘 모르겠사오나 예닐곱 살적부터였던 것 같나이다."

"책을 어디서 구했고?"

"누이가 중사랑의 아씨 처소 청소하러 다니면서 한 권씩 가지고 나와 필사한 뒤에 되돌려 놓고 저한테 읽혀 주었습니다."

"네 누이는 글자를 언제 익혔다고 하더냐?"

"모르옵니다."

"해서 너는 어떤 책들을 읽어 보았느냐?"

"누이는 책을 통째로 주지 않고 매번 몇 구절씩 베껴 쓴 낱장만 읽게 하였사와 저는 잘 모릅니다."

점입가경이다. 어린 것들이 골방 같은 내원 뒤채에서 더불어 자라며 도둑공부를 하고 있었다니. 이록은 내친김에 책장을 듬뿍 넘겨 놓고 읽어 보라 한다. 「삼재장三才章」이 나타나 있다. 공자가 증자에게 효의 원리에 대해 설명하는 장으로 『주역周易』 문구들이 예문으로 나타나 해석은커녕 글자만 읽기도 어려운 대목이다. 그런데 아이가 또박또박 읽어 낸다.

책 읽는 아이를 바라보는 이록은 자신의 몸속에 웃음이 이는 것을 느낀다. 공들이기는커녕 한번 돌아보지도 않고 방치했던 것들이 저절로 커서 제들 존재를 밝히고 있지 않은가.

"잘 읽는구나. 해석해 보겠느냐?"

놈이 고개를 젓더니 말한다.

"증자가, 효도가 그렇게 큰 것이냐고 물으니, 공자가, 효라는 것은 하늘의 변하지 않은 법칙이고, 만물을 기르는 땅의 영원한 질서이고, 사람이 마땅히 행해야 할 것이다, 라고 해놓은 것만 압니다. 글자 뜻은 알아도 속뜻은 모르옵니다."

"왜?"

"누이도 모른다고 하였습니다. 누이가 모르는 건 저도 모릅니다."

"네 누이는 저도 모르는 문자를 어찌하여 그리 열심히 네게 가르친 것 같으냐?"

"모르옵니다."

"허면 작고하신 아버님은 기억하느냐?"

"예?"

"이화헌에 살던 때의 아버님을 기억하느냔 말이다."

"생각나지 않나이다."

"네 어미는?"

"어미도 생각나지 않나이다."

아이가 네 살에 부모를 잃고 허원정으로 들어왔으므로 그때를 어렴풋이라도 기억할까 싶어 물었는데 일체 생각나지 않는다 한다. 그게 당연키는 하다. 아이가 이렇게 맹탕이 될 때까지 한 번도 돌보지 않았으니 무얼 기억하겠는가.

"너한테 글자를 읽게 한 네 누이의 노력이 갸륵하여 묻겠다. 글 선생을 붙여 줄 터이니 글공부를 본격적으로 해보려느냐?"

"모르겠나이다."

"글 읽기가 재미있느냐?"

"모르겠나이다."

"하면 너는 뭐가 재미있느냐?"

"모르옵니다."

『효경』 문구의 뜻을 모른다고 해도 글자를 막힘없이 읽을 정도면 어느 정도의 문리가 터져야 하고 약간의 이치라도 깨달아야 하는데, 놈은 그저 글자만 읽을 뿐이다. 문맹은 아니되 천치와 다를 게 없다. 열두 살이면 장가도 들 법한 나이거니와 그 나이의 반가의 아들들은 적자서자를 막론하고 글공부하느라 눈이 벌게져 살 때이다.

"내가 좀 전에 여형운呂刑云에 대해서 설명하였지? 여형운이 뭐라고 하였더냐?"

"여형운이라는 건, 『서경』의 「여형편」에 나온 말이라는 뜻이다. 즉 서경의 여형편에, 천자가 훌륭한 행실을 하면, 천하 만민이 그에 의해 복을 받게 된다고 쓰여 있다는 의미다, 라고 하셨나이다."

한음절도 어긋나지 않게 읊어대는 놈이 기가 막혀서 이록은 웃음을 터트린다. 웃으며 책궤를 가리켰다.

"저 책궤 안에 『이십사반무예』라 쓰인 책이 있을 터이다. 찾아와 보거라."

유곤이 일어나 책궤로 가더니 덮개를 열고 책을 뒤적인다. 몸피는 제법 컸으되 하는 짓은 영락없는 땅강아지 형세다. 병법과 무예에 관한 서적만 모아 놓은 책궤였다. 『이십사반무예』는 조선내의 대표적인 무술을 사뭇 세세히 기록한 두툼한 책이되 저자가 표기되어 있지 않았다. 인쇄본은 없는 채 필사본만 부중에 돌아다녔다. 책값이 몹시 높은 탓에 누가 만들었는지 궁금해 물으니 책방주인이 알지 못한다고 했다. 책을 책방에 내다파는 필사자도 우연히 입수하여 돈이 될 듯해서 베끼기만 하는 자라던가. 그림 많은 책이 너무 두꺼워 베끼기 힘든 터라 자주 나오지도 않는다고 책방주인이 말했다.

"이 책이옵니까?"

유곤은 책을 찾아 들고 자랑스레 외쳤다.

"맞다. 글자 익혀 놓으니 쓸모가 있기는 하구나. 네가 무얼 해야 할지 모르고, 나도 너에게 무얼 시켜야 할지 아직 결정할 수 없으니 일단, 그 책을 네 처소로 가져가서 구경하고 그림은 그리기 어려울 것이니 거기 나온 글자들만 틀리지 않게 베껴 보아라. 그리고 통째로 외워 봐라. 네가 암기는 잘하는 것 같아 하는 말이다."

"고, 곤란하옵니다, 태감마님."

"곤란하다니? 어찌?"

"저는 붓을 들고 종이에다 글자를 써 본 적이 한 번도 없나이다."

"뭐라?"

"종이가 없는 데다가 옷이며 손에 먹물이 묻으면 쉬이 지워지지 않는다고 누이가 저한테 벼루나 붓을 일체 못 만지게 하였나이다. 그래서 땅바닥에다 그리며 놀았나이다."

이록은 할 말을 잃는다. 계집아이가 그토록 안간힘 쓰며 산 걸 어찌 알았으랴.

"금오당한테 네 방에다 문방구를 차려 주라 할 터이니, 그림이나 되는 대로 그려 보아라. 틈나는 대로 그려 보다 아니 되면, 그냥 글자 외기나 하여라. 시한은 한 달 뒤쯤 온이 돌아올 때까지다. 알겠느냐?"

"예, 태감마님."

"책 들고 나가 보아라."

"예, 태감마님."

대답은 달랑달랑 잘하되 제가 든 책이 제 앞길에 어떤 작용을 하게 될 줄은 모르는 천치가 가벼이 일어서서 읍하고 나간다. 뒤늦게 이록의 가슴이 설렌다. 존재조차 의식하지 않았던 놈이 저리 귀엽다니. 열려 있는 문으로 금오당이 들어와 읍하고 선다. 이록이 내려와 앉으라 하니 경상 건너까지 다가와 곡좌한다.

"곤이가 글자를 잘 읽더이다. 금오당께서도 아이가 글을 읽는 걸 아셨습니까?"

"유원 아가씨가 가르쳤지요. 소첩은 알지 못하는 양 지켜보기만 했나이다."

금오당으로서도 어쩔 수 없었을 것이긴 하다. 그렇지만 이록은 새삼 금오당이 참 정 없는 여인이다 싶다. 아이들이 그늘에서 그리 애쓰고 사는 걸 알았으면 넌지시 종이라도 들여 줄 것이지 유곤이 땅강아지처럼 흙에다 그림을 그리게 할 일인가.

금오당은 온을 낳다 세상을 등진 내당의 친정 사촌아우이자 반족 가문의 과부다. 미혼과부도 아닌, 명백한 가문의 과부 출신이라 내놓고 첩실로 앉힐 형편도 못됐다. 금오당이 외별당外別堂에서 사는 까닭이었다. 그렇더라도 살가웠더라면 이록은 지금도 외별당을 드나들지도 모른다. 여인으로서의 금오당을 기리지 않은 지가 오래 되었다. 그의 수발을 받거나 지금처럼 지시할 일이 있을 때 이외에는 그가 외별당에 있다는 사실조차 잊기 일쑤다. 온을 번듯하고 강하게 키워 냈거니와 조강지처에 버금가는 세월이 있어 안살림을 맡겼지만 도무지 속내를 읽을 수 없는 사람인 탓에 마주할 때면 답답하기만 했다.

"일단 아이 방에 문방구를 갖춰 주세요. 종이를 쓰기 쉽게 잘라 듬뿍 넣어 주고 아이 입성에 신경을 쓰시고요. 또 비어 있는 작은사랑을 깨끗이 손봐서 곤의 처소로 만들어 주세요."

"그러지요. 하온데 한 가지 여쭙겠습니다."

"말씀하세요."

"곤이 도령을 작은사랑으로 들이시겠다는 태감의 의중에 대해섭니다."

계집인 온이 중사랑에 거하는 까닭은 없는 아들을 대신하고 있기 때문이다. 작은사랑은 들어가 살 사람이 없어 지금까지 비어 있었다. 금오당은 이록이 서제인 유곤을 작은사랑에 들여 놓겠다 하는 말의 의미를 알아들었지만 확인하고 있는 것이다. 이록의 태도에 따라 앞으로 아이를 어떻게 대할지 정하겠다는 뜻이다.

"부인은 어찌 생각하십니까?"

모처럼 의향을 묻자 비로소 고개를 들고 바라본다. 처음 사용한 부인이라는 호칭 때문인 모양이다. 함께 나이 들어왔으므로 부인으로 대접해도 될 법한데 너무 방치했다. 내 사람을 방치하매 어떤 결과가 생기는지 효맹으로 인해 충분히 깨달았다.

"소첩의 소견을 말씀드려도 되오리까?"

"당신 의향을 묻지 않습니까."

"태감께서 장차 아드님을 얻으실 텝니다만, 그에 앞서 곤이 도령을 양자로 들이셔도 무방하지 않을까 싶나이다. 남의 핏줄이 아니거니와 언젠가 태어날 아드님에게도 이미 장성한 형이 있다면 든든한 언덕이 되어줄 게 아닙니까. 태감께도 물론 그렇고요."

언젠가 아들을 낳을 수 있을지는 알 수 없어도 양자를 들이면 그 양자가 장차 이록이 물려받아 쌓아온 모든 것을 물려받는다. 한 방울 피도 섞이지 않는 놈이 들어와 이 모든 걸 고스란히 차지한다고 가정하면 등골이 서늘해진다. 제삿밥 얻어먹기 위해서 양자 들이는 남의 이야기를 들을 때마다 그랬다. 남의 자식 손에 제삿밥을 얻어먹는 게 무슨 의미가 있단 말인가. 그런 제사 굳이 지낼 필요는 무엇이며 남의 자식에게 선조의 유산을 잇게 하는 건 또 무슨 소용이 있는가. 결국 현재가 불안한 무자식의 족속들이 당금 누리는 것을 지키기 위해 벌이는 짓일 뿐이지 않은가.

그런 미래를 가정해 보다가 생각을 바꿨다. 딸이면 어떤가. 딸을 자식으로 취급치 않는 까닭은 시집을 보내 남의 집 식구가 될 거라 여기기 때문이다. 사내들이 만들어온 사고방식. 나의 죽음 뒤에도 내 제사를 지내며 내가 쌓은 것을 지켜야 할 제 딸자식은 그걸 못하리라 여기기 때문인 것이다. 손바닥을 뒤집으면 손등이다. 손바닥이나 손등이나 내 손이다. 이록은 손바닥을 뒤집었다. 남의 자식을 들이느니 딸로 대를 잇게 하자! 온의 열다섯 살 무렵이었다. 끝끝내 아들을 낳지 못한다면 온에게 모든 것을 물려주자. 언젠가 아비가 지존에 앉는다면 그 딸도 지존이 되면 어떤가. 그리 여겼다. 그렇게까지 작정한 마당에 남의 자식을 데려다 양자를 삼는 것보다는 곤이 백 번 천 번 낫다. 그 아이는 어쨌거나 이록과 같은 피를 반분이라도 가졌다. 더구나 놈이 오늘 제 존재에 불을 켜고 나섰지 않은가.

“아무래도 그렇겠지요?”

“예, 태감. 하온데, 어떤 인연 같아서 여쭙는 것인데 곤이 도령의 생일을 아십니까?”

뜻밖의 질문이다.

"모릅니다. 언제입니까?"

"태감과 같은 날입니다. 신시경에 태어났고요."

생각해 본 적이 없으므로 몰랐다. 나와 같은 날 태어난 아이라니.

"부인께서는 나와 아이 생일이 같은 게 좋다고 보시는 겝니까, 불길하다 보시는 겝니까?"

"불길하다니요. 동갑만 만나도 반가워하는 게 인정인데, 첨 만난 사이라도 생일이 같다는 걸 알게 되면 헤어졌던 식구 만난 듯 좋겠지요."

"그러면 부인 말씀대로 곤을 우리 양자로 삼기로 하지요."

금오당이 곡좌한 채 반절한다. 반평생을 더불어 지내왔고 미래도 함께 할 사람이다. 젊지는 않아도 요조하게 나이 들어가는 여인이 모처럼 애틋하다. 이록은 경상을 한쪽으로 밀어내고 나가려 일어나는 금오당에게 다가든다. 온이 태어난 직후에 금오당이 외별당으로 들어왔으니 어찌되었건 함께 한 세월이 스물세 해째다. 그 세월 내내 여일하게 반듯했다. 그 반듯함에 정을 느끼지 못했는지도 모른다. 화씨 같은 분방함과 중석 같은 요요함, 그 양극단 사이에서 출렁거리느라 금오당의 반듯함을 멀리해 왔는지도. 다가든 이록이 손을 잡아 끌어당기자 금오당의 눈이 화등잔처럼 커진다.

지나온 자리, 지나갈 자리

사월 이십칠일 저녁참에 온과 선일은 허원정으로 귀환했다. 두 사람이 허원정을 떠나 있었던 반년 사이에 많은 것이 바뀌어 있었다. 귀환인사를 드리는 자리에서 사령은 선일에게 칠성부령 호위에서 물러나라 명했다. 칠성부령 보좌로 난수를, 호위로 즈믄이라는 놈을 놓기로 했으니 선일에게는 양연무로 거처를 옮기라 했다. 더하여 사령 보위부 안에 특별 수비대를 새로 만들었으니 그 대장 노릇을 하라 명했다. 보위대장과 같은 자격으로 수비대장 노릇을 하면서 비휴들을 통솔하라는 것이었다.

양연무로 옮겨 간 선일은 사흘 만에 사령의 부름을 받고 다시 허원정으로 들어왔다. 사월 그믐 날 아침이다. 허원정 큰사랑에서 독대하게 되자 사령이 큼, 헛기침으로 목을 가다듬고 입을 연다.

"네가 온을 떠나 내 곁에서 일하게 되었으므로 너를 일봉사자로 올려놓았다. 양연무의 네 아우들이 네 휘하의 사자들이다. 휘하를 늘리는 건 네 재량임을 알 터이지?"

만단사 각부에서 일급사자를 낼 때는 부령이 사령에게 취품하여 허락 받은 뒤에 이루어진다. 반대로 사령이 의중에 둔 자를 부령에게 물어 일급사자로 만들기도 한다. 사령은 자신의 뜻으로 윤선일을 일봉사자로 만든 것이다.

"예, 태감."

"일봉사자이자 내 수비대장으로서 네가 맡을 큰일은 우리 세상 네 부의 부령들을 다시 파악하는 것이다."

"예, 태감."

"봉황부령 홍낙춘은, 벼슬을 못하고 있으나 그의 조부와 부친은 판돈녕부사와 관찰사까지 지낸 명문이다. 그의 집안은 빈궁전의 사가인 홍문과 가까운 일가이고 홍 부령은 빈궁의 부친인 홍봉한, 숙부인 홍인한 등과 가까이 지낸다. 네 알 터이나 홍 부령의 서장자가 작금의 보위대장 남수다. 남수가 보위대장으로 올라가며 남수가 맡고 있던 일조장을 박두석에게 시켰다. 박두석은 작금 한성부 서윤인 박승원의 서자다."

"예, 태감."

"기린부령 민손택은 의주 사람으로 황해 관찰사를 지내고 있다. 그의 부관 나정순의 아들이 보위부의 한 꼭두인 나경언이다. 민손택은 관찰사로의 직무 틈틈이 제 권내의 만단사자들을 챙기며 늘리기 위해 애쓰고 있고, 나정순은 해주감영의 별장으로 있으면서 민 부령을 대신하여 기린부를 움직이고 있다. 나정순을 유의해 살펴야 할 것이다."

"예, 태감."

"용부령 김현로는 전라도 나주목사직을 연임하고 있으며 그의 형이 좌의정 김상로다. 김현로의 조카가 보위부의 김양중이다. 큰사위가 봉황부의 박천이라는 자로 그는 오위의 정구품 사용이다. 그가 김현로를 대신하여 용부 살림을 하고 있다. 또한 김현로의 둘째 사위 연우용은 기린부의 일기사자 연은평의 아들로서 그도 오위에 재직중이다. 알아 두라는 게다. 김현로가 용부령에 오른 지 이제 삼 년이라 아직 용부 전체를 장악하지 못했다. 유념하여라."

"예, 태감."

"거북부령 황환이 전라도 강경에서 강경상단을 이끌고 있고 그의 아들이 보위부의 동보다. 거북부에서는 화약무기를 생산하는바 훨씬 유념하여 살펴라. 황환은 대여섯 해 전에 상처한 뒤 척신으로 지내던 차 얼마 전에 재취한 성싶다. 홀아비가 새장가 들어, 새 집에서 살림을 시작할 수도 있으나 그가 드나드는 새 집이 예사롭지 않은 것 같다. 보위부의 원철 등에 따르면, 지난 이월 효맹이 상경하기 전에 익산에 들렀으나 그들 넷은 강경상각만 보고 도성으로 향했다고 한다. 효맹이 본 것을 그들은 못 본 것이지. 이제 네가 가서 황환을 살필 제 그 점을 염두에 두어라. 황환의 모든 걸 세세히 살피되 그의 약점이 무엇인지 찾으라는 것이다."

"예, 태감."

"지금 네게 맡기는 일들은 그동안 효맹 휘하의 보위부가 해왔다. 각부의 아들들에게 다른 부를 살피게 하는 방식이었다. 그럼에도 서로 뒤섞여 지내므로 그동안 나한테 전해지는 정보가 뒤섞여 흐릿해지고 제 아비들에게 먼저 전해지기 일쑤였다. 지금까지는 그걸 용납해왔으나 이제 나는 그걸 바라지 않는다."

"예, 태감."

"내가 네게 이 일을 맡기는 까닭은 너나 네 휘하 아이들이 모두 단신이라 믿기 때문이다. 최소한 네 부의 부령과 얽히고설키지 않은 순종자들이라 믿기 때문이라는 말이다. 내 말뜻 알아듣겠느냐?"

"예, 태감."

사령이 탁자 위에 놓였던 책자를 선일 앞으로 밀어 보냈다. 책자 겉에 '단旦'이라 쓰였다.

"이 장부에 각 부령의 인맥과 각부 일급사자들, 사자로서 관직에 들어 있는 자들이 나름대로 정리되어 있으니 숙지하고, 앞으로 그들이 새로 맺는 인맥이나 뒤바뀐 사항에 대해 정리하면서 내게 보고하거라."

"예, 태감."

꼬박꼬박 읍하며 답하면서도 선일은 사령이 내리는 명에 세자익위사의 김강하에 대해 알아보라는 명이 끼어 있기를 바란다. 사령이 금강약방 주인인 유상 도방에게 모종의 호의를 보내고 있다는 걸 금강약방에서 일하는 선오宣午로부터 들었다. 양연무로 옮겨간 사흘 전 밤이었다. 세자익위사의 김강하는 금강약방 주인의 셋째 아들이라 했다. 김강하는 무과시험에서 장원 급제하고 세자익위사에 들어선지 이태 만에 네 품계를 승차했다. 한 번 오른 품계는 역모 등에 연루되어 삭탈되지 않는 한 본인이 죽은 뒤에도 그 집안의 지체가 되는 바 중인 출신의 김강하는 제 집안을 반족 가문으로 끌어올리는 중이었다. 그런 김강하와 그의 집안에 사령이 모종의 신호를 보내고 있다는 게 무슨 뜻이랴. 사령이 온을 김강하와 맺게 하여 평양의주 유상을 휘하에 들이겠다는 의미 아니겠는가.

"양연무는 윤선일, 네 이름으로 돌려놓았다. 양연무가 원래 윤경책이라는 반족 집안의 것이었노라, 네게 이미 말했느니. 그 집이 삼대를 넘는 동안 품계를 갖지 못하면서 기울어진 데다 돌림병을 당해 폐족하고 만 셈이다만, 너는 이제부터 윤경책의 아들 윤홍집으로 살게 될 것이다."

"예, 태감."

"부스러기일망정 네가 반족이 된 것이란 말이다. 곧 네 호패가 다시 나올 것이고."

"예, 태감."

"너를 반족으로 만들어 주었는데도 대답이 그뿐이냐?"

천지가 개벽한 것만큼이나 대단한 일인 게 분명한데 선일은 아무 감흥이 없다. 사부 효맹이 들어갔어야 할 곳에 그를 죽인 자신이 들어가게 되는 것이지만 그에 대한 느낌도 없다. 사부를 죽이고, 딸을 낳아 버리고 나서 살게 된 남의 삶이 아닌가.

"황공하옵니다, 태감."

"뚝뚝하기는! 효맹에게는 이화헌을 줄 참이었으나 내가 그 사실을 그에게 말하지 않고 있었다. 그 사실을 말하든 아니 하든 같은 거라 여겼기 때문이다. 그게 실책일 수도 있다는 것을 깨달은바, 오늘 양연무가 네 것이고, 윤경책의 아들인 네가 앞으로 키울 선원이라고 미리 알려 주는 것이다. 더하여 네 사부 효맹처럼 나 모르는 허튼 짓으로 수명을 단축하지 말라는 것이다. 내 말 알아듣겠느냐?"

"예, 태감."

김강하에 관한 사항은 보위들에게 명하신 모양이다. 차라리 잘되었다. 김강하에 대해 속속들이 알게 된들 어쩔 것인가. 온의 지아비 후보로 나서는 자들 일백 명을 죽인다고 해도 온이 윤선일의 지어미로, 미연제의 어미로 살겠다고 나설 수는 없었다. 윤선일이 한번 본 적도 없는 윤경책의 아들 홍집이 되었다고 해도 달라지지 않는다.

"그리고 앞으로 네가 곤을 가르쳐라. 덤으로 늠이라는 놈도 쓸 만한 구석이 있는지 살펴 보아라. 평생 곤을 따라다니며 시중들 수 있게 만들어 보라는 것이다."

"예, 태감."

아이를 유곤이라 부르지 않고 곤이라 한다. 외자로 이름을 짓는 집안의 전통을 아이한테 내려준 것은 아이를 양자로 들였다는 의미다.

"곤이 그놈이 어지간한 글자는 익혔더구나. 글자를 그 정도 익혔으매 글공부에 자질이 있다면 스스로 문리를 터득할 법한데 그 정도는 아닌 것 같고. 그 물건을 어디다 쓸지는 알 수 없되 한창 자라고 있으니 마냥 버려둘 수는 없는 탓에 네게 맡기는 것이다. 아이한테 글 선생은 따로 붙일 것이다만 여타의 것들은 네가 보살피도록 해라. 내 자식이라고 어려워할 것 없다. 너나 네 아우들이 커 나왔던 대로, 필요하면 얼마든지 냉정히 다루어라. 사람 노릇하게 만들어 주기만 하면 된다."

"언제부터 도련님을 모시면 되오리까?"

"지금 이 순간부터 그 아이들은 네게 맡기마. 앞으로 아이 공부에 필요한 사항은 청지기한테 청하도록 하고, 곤이 아직 뒤채에 있으니 지금 네가 가서 아이를 작은사랑으로 옮겨 주어라. 작은사랑에서 사제지연을 맺으라는 것이다."

"예, 태감."

"나는 내일 상림으로 내려갈 것이로되 자주 오르내릴 계획이다. 너도 네 일을 하되 필요한 대로 상림을 오가도록 해라. 그리고, 앞으로 네가 외무집사 박은봉을 만나게 될 터, 그가 장부를 보여주면서 제 하는 일을 네게 설명할 것이다. 그때마다 너는 장부를 눈여겨보면서 내용을 익혀 두어라. 그리하여 나와 온과 박은봉 사이에 눈이 되라는 것이다. 네 나름의 기록 방법을 찾는 것도 무방할 터이다."

"예, 태감."

"나가 보아. 가서 곤이를 만나 보도록 하고. 아이한테 말은 해놓았다."

"예, 태감."

사령에게 읍한 선일은 만단사 인맥 장부를 품에 넣고 밖으로 나온다. 대청 아래 기단에 보위 넷이 서 있다가 고개를 숙인다. 낯설지는 않지만 특별히 말 섞어 보지도 않은 자들. 경출과 원철과 석호와 욱진이다. 효맹과 함께 있다가 체포되어 태형 백 대씩의 벌을 받고 풀려난 그들은 효맹이 도적으로 잡히기 직전 함께 지내며 알던 사항을 사령에게 보고했다. 상경하기 전 강경에 들렀던 내용을 위시하여 유추 가능한 효맹의 행적을 낱낱이 고했을 터였다. 사령은 그들을 용서한 것은 물론이거니와 그들에게 수행을 겸한 지근호위를 맡겼다. 만단사와 사령을 배신하지 않았을지라도 딴짓을 한 결과가 어떠한지에 대한 양상을 효맹이 충분히 보여주었다. 그들의 충성은 한층 깊어질 것이다.

약방으로 나가려는가. 사흘 만에 보는 온이 난수와 박하와 마타리를 대동하고 처소에서 나온다. 선일을 보고는 멈칫하더니 본 적 없는 사람인 양 지나쳐간다. 그들 뒤를 낯선 자가 따르고 있다. 보통 키에 몹시 마른, 낯빛이 어두운 즈믄이다. 그동안의 윤선일을 대신하게 될 즈믄은 아마도 통천에서 온 비휴의 맏이일 것이다. 즈믄이 앞서 왔으니 미구에 통천 비휴들이 도성으로 들어올 테고 또 언젠가는 곡산에서 자라는 비휴들도 올 터이다. 사령에게는 효맹을 대신할 자들이 얼마든지 있었다. 사령이 효맹을 구할 방법을 찾아보지 않고 죽도록 내버려둔 까닭이었다.

사비는 심양에 가기 전에 예정됐던 대로 일성사자가 되어 수원 청호역에 만들어진 보원약방 분원을 차고 나갔다. 청호약방은 보원약방에서 생산된 약을 유통시키는 동시에 한양 이남을 오가는 칠성부원들의 역참 역할을 하게 될 터였다. 이온은 사령의 딸로서가 아니라 그 스스로 칠성부령이 될 만한 여인이었다. 십 년 안에 칠성부를 만단사 중심에다 세우고 만단사를 거느리겠다는 계획을 가진 온은 달라졌다. 원래의 이온이 되었다고 해야 할 것이다. 아기를 낳고 대강이라도 몸을 추스르기까지, 그 몸으로 혜음령의 적치객점으로 옮겨가 심양에 간 사비 일행이 돌아오기를 기다리는 동안 선일과는 멀어졌다. 호위 따위와 얽힌 적 없는 상전, 아기 같은 것은 낳은 일 없는 스물세 살의 여인이 되었다.

어제 밤 이경 넘은 시각에 선일은 청계 변 미연제의 유모 집에 갔다. 딸아이 미연제가 태어나 삼칠일이 되던 날 떠났던 곳이었다. 어제로 미연제가 태어난 지 사십오 일째였다. 미연제는 포대기에 싸인 채 강담과 나란히 누워 자고 있었다. 난 지 넉 달여 된 강담에 비하면 미연제는 아직 아기라도 부르기도 가여울 만큼 작았으나 핏기가 가셨고 아픈 데 없이 잘 크고 있다고 했다. 유모가 자고 있는 미연제를 포대기째 안겨 주며 말했다.

"이렇게 자그마해도 강담이보다 젖을 많이 먹습니다. 잠도 훨씬 잘 자고요. 심려 마시어요."

유모는 그리 말했지만 미연제는 너무 작아 애처로웠다. 아기 발이 제 아비의 엄지만 했다. 그 작은 왼발의 발등에 좁쌀만 한 점 세 개를 지니고 태어났다. 아기 발등의 점을 만지던 선일은 이대로 아기를 안고 아무도 없는 곳으로 달아나면 어떨까, 생각했다. 사령의 말씀대로 윤선일은 얽히고설킨 것 없는 순종자이거나 얽힌 걸 아무렇지도 않게 버릴 수 있는 잡종, 개똥이었다. 스승조차 죽음으로 몰아버린 마당에 만단사를 버리지 못할 게 무언가. 그리하지 못했다. 새근새근 숨소리를 내는 미연제 때문이었다. 제 어미의 배를 갈라 태어나게 한 팔삭둥이. 당장 젖을 어떻게 먹이며 어디서 재울 것인가.

"양연 대장!"

온양댁이 아지와 함께 안방에서 아침상을 물려 나오다가 선일을 반긴다. 비밀을 공유한 자들끼리의 친밀감이라기보다 온양댁의 성정이 너그러웠다.

"도련님이 여기 계실 것 같아 들어왔습니다."

"노마님과 함께 계시는데, 아, 도련님 처소로 가 계십시오. 내 도련님한테 가시라 할 터이니."

"늠름이란 아이는 어디 있습니까?"

"늠이 놈은 노상 도련님 곁에 있지요. 그렇잖아도 끌고 나와서 밥을 먹일 셈이었습니다."

온양댁이 안방으로 들어가고 선일은 내원 뒤채로 향한다. 뒤채는 뜰이 좁고 안채에 가려져 햇볕도 늦게 들었다가 일찍 진다. 뜰에 변변한 꽃나무 한그루가 없다. 선일은 별채 두 방 사이의 마루에 걸터앉아 마당에 돋아난 제비꽃들을 내려다본다. 밟고 다니는 사람이 많지 않아서인지 곳곳에 제비꽃 포기가 솟아 꽃을 피웠다. 가만 보노라니 풀들이 많고 풀마다 꽃을 매달았다. 언제나, 아무 데나 있음에도 보이지 않았던 것들이 지금 보인다. 새삼스런 발견 앞에서 가슴이 아리고 코끝이 매워진다. 선일은 안채를 넘어온 햇살이 눈이 부셔 눈을 감는다. 스승 효맹이 떠오른다.

"나는 오래도록 아씨를 사모하고 있다. 언젠가는 아씨와 맺어지고 싶다."

그렇게 제자에게 내밀한 속내를 드러내던 스승은 이제 생각해 보면 다시없이 순정한 사내였다. 그런 스승을 저세상으로 떠넘긴 윤선일은 어떤 종자라고 규정할 수 있을까. 선일은 한숨을 삼킨다. 막막하고, 막막하다.

"저어, 스승님. 저는 이곤입니다."

선일이 감고 있던 눈을 뜨니 두 아이가 기단 바로 아래서 올려다보고 있다. 여섯 달 전쯤에 보았던 그 아이들인가 싶게 달라 보인다. 곤은 책 한 권을 안고 있는데 흰 바지저고리에 청색 비단 쾌자를 걸치고 쾌자와 일습인 복건을 쓰고 태사혜를 신었다. 부유한 반족가문의 도련님다운 입성이다. 늠름이 입은 감색 무명 적삼에서 주황빛 옷고름이 달랑거린다. 제 주인의 위치가 달라진 덕에 종자 녀석의 입성도 한결 말끔해졌다. 똑같이 서서 올려다보는 두 아이의 눈이 맑기도 하다. 종적 없이 사라진 선신과 선해 같다. 몸집이 더 작은 곤은 선신 같고 좀 큰 늠이는 선해 같다. 열일곱 살이 되었을 선신과 열여섯 살이 되었을 선해. 그들이 어디로 갔을까. 곤이 쳐다보며 묻는다.

"왜요, 스승님?"

"나는 아직 도련님한테 가르친 게 없는데 스승이라 부르시오?"

"태감께서 그리하라 하셨는걸요."

"제 이름은 아십니까?"

"스승님은 윤가이시고 깊을 홍泓 모을 집輯, 윤홍집입니다."

선일은 처음으로 알게 된 자신의 이름 글자들에 속으로 웃는다.

"태감께서, 나한테 뭘 배우라 하십디까?"

"뭐든지, 가르치시는 대로 다 배우라 하셨어요. 스승께서 시키는 것은 무엇이든 하라 하셨고요."

"도련님은 나한테 뭘 배우고 싶소?"

"그건 모릅니다."

"당장은 뭘 하고 싶어요?"

"음, 말을 타 보고 싶어요."

"말은 왜요?"

"스승님하고 아씨하고 출사와 표표를 타고 나가시거나 들어오시는 걸 많이 보았습니다. 참말 멋지던걸요. 그때마다 저도 타 보고 싶었습니다."

작은사랑의 주인이 되었으므로 이제 곤에게도 말이 생길 터이다. 허원정 마사에 십수 필이나 있는 말 중에 곤에게 알맞을 말을 정하기만 하면 되는 것이다.

"나중에 태워 드리겠소. 가슴에 안고 있는 건 뭡니까?"

"아, 『이십사반무예』예요. 태감께서 제게 주셨어요. 한 달 전쯤에요."

아이가 자랑스레 책을 내밀어 보인다. 정말 『이십사반무예』다. 낱권들로 떠돌아다니는 건 흔하되 전권이 한 책자로 묶인 건 사뭇 귀해 닷 냥은 줘야 살 수 있는 책이다.

"한 달간 그 책으로 뭘 했습니까?"

"글자를 달달 외우면서, 그림을 따라 그렸지요. 늠이하고 같이요."

"그림을 그리다니요?"

"책 안에 그림이 많아서 따라 그려 보았지요. 태감께서 말씀하시기를 저와 늠이는 따라하기 대장이라셨어요."

"둘이 그린 그림은 어찌하셨소?"

"제 방 안에 있지요."

선일은 다박다박 대답하는 곤과 멀뚱멀뚱 하고 있는 늠이를 내려다보다가 행전 속의 단검을 칼집째 꺼내 두 아이 사이로 던진다. 갑자기 날아든 물건에 어찌 대응하는지 보기 위해서다. 칼집이 날아들자 곤은 몸을 뒤로 빼서 피한다. 늠이는 피하는 양 하는 동시에 팔을 뻗어 칼집을 왼손으로 잡는다. 늠이는 선일이 칼집을 빼는 순간에 이미 저희들에게 날아들리라는 것을 예상한 것이다. 선일이 칼을 다시 던지라 손짓하자 늠이가 기단 위로 펄쩍 뛰어올라와 두 손으로 칼집을 내밀며 히죽 웃는다.

"제법들이구나."

칼집을 받아 행전에 꽂은 선일은 신을 벗고 일어나 곤의 방으로 들어선다. 방 가운데 잔뜩 쌓이고 널려 있는 연습지들을 보고는 웃음을 터트린다. 웃으며 그림을 들여다보다 눈을 크게 뜬다. 긴 창을 낚싯대처럼 드리운 모양새가 철번간세鐵翻竿勢로 보이는데, 왼발을 구부려 앞에 놓고 오른발의 뒷꿈치를 들고 창을 드리우듯 겨눈 모양이 제법 흉내를 냈지 않은가. 사령이 아이들에게 따라하기 대장이라 했다더니 맞는 것 같다. 방안에 널린 그림들이 제법 따라 그려져 있다. 잘 따라하는 것이야말로 어떤 자질의 기본이다. 잘 따라하다 그걸 넘어서는 순간부터 몸에 내재되어 있던 재능이 피기 시작한다. 재능의 높고 낮음은 그 순간에 알 수 있게 되는 것이다. 윤홍집의 첫 제자들인 곤과 늠은 어쩌면 제법 재능이 있는 아이들일지도 모른다. 방바닥에 널린 그림들을 모으던 선일은 한숨을 삼킨다.

임림재臨林齋

"오늘 당신께 큰손님이 드실 듯합니다."

먼저 일어나 새벽 예불을 올리고 방으로 들어온 연화당이 이불 속에 들어 있는 황환을 향해 말했다. 강경포구에서 이뤄지는 강경 저자는 경상도 대구 저자와 평안도 평양 저자와 더불어 팔도 삼대 저자 중 하나다. 대구 저자 상권은 감씨 성의 남상藍商이 주도하고, 평양 저자는 김씨 성의 유상柳商이 상권의 태반을 가졌고, 강경 저자는 황환의 강경상江景商이 이끈다. 때문에 황환에게는 노상 손님이 찾아왔다. 도성으로 세곡미며 공물을 실어 날라야 할 관헌들부터 관아의 색리들, 거래를 트고 있는 물주들, 상단 소속의 선주나 선장들, 행수들. 아침에 상각商閣으로 나서자마자 하는 일이 그들을 만나는 것이었다.

"당신이 큰손님이라 말씀하실 정도의 손님이란 누굴까요?"

"근 며칠 아주 고요하고 면밀하게 당신과 저를 주시하는 눈길을 느꼈습니다. 엊그제부터는 사라졌고요. 어쩌면 그와 연결된 손님이 아닐까 합니다."

"그런 걸 느끼셨으면 즉시 말씀해 주시지 않고요?"

"우리를 죽이겠다는 살기를 지니고 있지 않는데 굳이 수선을 피우겠습니까. 우리가 무얼 잘못하고 있는 것도 아닌데요."

황환은 소리 내어 웃고 나서 연화당의 몸을 감아 안는다. 늦복이 터진 것 같았다. 연화당은 고요하고 부드러웠다. 살성이 맑으면서도 깊었다. 어둠 속에서 이뤄지는 방사에 부끄러워하지 않고 적극적이었다. 이미 노년에 접어든 황환이 밤마다 운우지락을 누렸다. 날로 젊어지는 듯했다. 연화당은 물욕이 없었다. 상단이나 본가 살림은 아예 관계치 않겠노라 선언했다. 그렇지만 무녀인바 무업은 계속할 것이라 했다. 일 년쯤 고요히 지내고 난 뒤 동리 입구에다 신당을 차리고 깃발을 세울 것인즉 그 일은 막지 말아 달라 청했다. 오색기를 내걸 게 될 때는 다른 무녀를 데려다 앞세울 것이며 스스로 점사를 볼 때는 너울을 써서 얼굴을 가릴 것이라고도 했다.

그건 처음부터 약속한 바였으나 내심으로는 일 년 뒤쯤에도 연화당이 깃발 세우고 나서지 않기를 바랐다. 요즘 보니 새룡동의 아이들을 모아들여 글을 가르치고 밥 한 끼씩 먹이는 듯했다. 점사를 벌여 돈을 버는 대신 하루 두 끼니 먹기 힘든 아이들을 먹이는 것으로 즐거움을 찾는 것이다. 머지않아 인근 마을의 배곯는 아이들이 죄 몰려 집안이 북새통이 될 수도 있을 것 같지만 당장 점사를 시작하겠노라고 나서지 않는 것만도 고마웠다. 연화가 제 옷 속을 파고드는 황환의 손길을 밀어낸다.

"집안사람들이 다 일어나 당신을 기다리고 있습니다. 아랫사람들을 기다리게 하는 건 윗사람의 도리가 아니지요. 그만 일어나시어 소세하시고 아침 드시어요."

한여름이라 아직 묘시가 되지 않았음에도 날이 새가고 있다. 쌍둥이 어미 혜원이 벌써 문밖에 앉아 있을 터이다. 미사의 아우 제무도 깨어났는지 멀리서 우는 소리가 들린다. 머지않아 백일이 될 제무를 비롯하여 임림재에는 어린 아이들이 여섯이나 되고 머지않아 또 태어난다 했다. 동읍과 동희의 어미가 배불뚝이가 되어가는 즈음이었다. 황환이 어쩌다 늑장을 부리고 있노라면 네 살배기 미사와 동읍이 아장아장 걸어 들어와 아침 문안인사를 했다. 어느새 말문이 열린 아이들이 양손을 배꼽에 붙이고 절하는 시늉을 하다 넘어지는 것을 보자면 황환의 세상이 웃음으로 환해지곤 했다.

연화당은 자신의 몸으로 낳은 자식은 없되 자식이 많다고 했다. 수양 자식은 처처에 있으며 자인과 단아, 성아 등은 데리고 산다. 수양 자식으로 모자라 아이들 중에는 저희 스스로가 연화당의 친생이라 알고 크는 자식이 둘이나 된다 했다. 연화당 이모의 딸과 아들이라 원래 이종사촌 간인데 자식으로 삼아 그렇노라고, 그리 알고 차후 만나게 되거든 배려하고 처신해 달라 했다. 연화당이 자식을 계속 늘려가듯 그의 권속들도 부지런히 자식들을 생산했다. 연화당의 뜻을 받들어 남의 자식들을 먹이고 가르치는 일도 그들이 했다. 연화당의 권속들은 저희들 상전한테 참으로 극진했다. 안살림의 권을 쥔 차집 노릇을 혜원이 하는데 잔잔한 말투며 행동거지로 집안사람들을 꼼짝없이 다스렸다. 그 지아비 화산조차도 제 내자 앞에서는 공순하기 이를 데 없었다.

혜원의 모든 행사는 연화당을 위한 것이었다. 새벽에 황환이 방사를 벌이지 못하도록 눈치하는 것도 그런 까닭이다. 몸이 약한 제 상전을 염려하는 것이다. 아침저녁으로 상을 마주하고 밥을 먹지만 내외가 먹는 음식이 전혀 달랐다. 차려내는 사람도 아예 다르다. 황환의 밥상은 강경상각에서 온 수천네가 차리고 연화당의 밥상은 숙수 외순이 받들었다. 음식이 원체 다른 탓이다. 연화당은 비위가 약하여 비리거나 누린 것을 먹지 못했다. 맵고 짜고 시고 단것 등도 꺼렸다. 몸에 기운이 붙을 턱이 없었다.

"오늘은 석초께 손님이 드시겠거니와 저도 집으로 손님들을 좀 청하려 하니 그쪽에서 주무시어요."

"당신 손님들이 드는데 나는 집에 오지 말라고요? 어떤 손님들이기에요?"

"오늘이 유두 아닙니까. 무녀를 불러 간단한 성주굿을 하려 합니다. 떡을 좀 하여 동네 부녀자들과 나누려고요. 당신 계시면 아무래도 아낙들이 어려워하지 않겠습니까."

"인근 동리 아낙들이 죄 몰려들 터인데 괜찮겠어요?"

"사람 구경을 좀 하려 부러 벌이는 일인 것을요."

"아이들로 모자라 이제 아낙들까지 불러들이시려고요?"

연화당이 스스로 원하지 않아 본가에다 데려다놓지 못했을망정 황환은 자식들과 손자들을 모두 임림재로 불러들여 정실 계모에 대한 예를 갖추게 했다. 계모가 집으로 들어와 이러니저러니 참섭치 않는다 하므로 자식들 입장에서는 연화당에게 불손할 까닭이 없었다. 특히 며느리 봉선당은 제 또래 시어머니에게 최대한 예우를 갖췄다. 온갖 살림살이를 장만해 차려준 건 물론이고 열흘에 한 번 꼴로는 음식이며 식재료를 임림재로 바리바리 실어 보냈다. 그렇게 실려 온 음식들이 집안에서 만들어 내는 음식들과 함께 임림재 인근의 아이들과 노인들에게 나누어졌다.

"집에 사람 많이 드는 게 싫으십니까?"

익산에는 여섯 개의 현이 있고 그중 세 현인 금마와 삼기, 낭산이 미륵산을 두르고 있다. 그 세 고을의 사람을 전부 모아도 강경포구 어름에 깃들어 사는 사람 숫자만큼도 못 될 터이다. 그럴 제 새룡동과 인근 마을에 사람이 몇이나 되겠는가. 험한 일 같은 건 생기지 않을 것이다.

"싫을 까닭이 있습니까. 뭐든 좋으실 대로 하세요. 그런데, 근동에 당신이 불러들여 굿판 벌일 만한 무녀가 있답니까?"

"며칠 전 수천네가 말하기를, 어량 복사골에 사는 삼딸이라는 무녀가 근동에서는 제법 이름이 높다 하기로 그이를 부르라 하였습니다. 삼딸이 기꺼워하였다 하고요."

굿을 벌이겠다는 말을 듣는 순간 예상했던 대로 삼딸이 거명된다. 황황은 한 시절 삼딸의 몸을 취했으나 거두어들이지는 못했다. 그를 거두지 못하고 내버린 황환으로서는 삼딸이 몹시 거리꼈다. 삼딸이 임림재의 바깥주인이 누군지 모를 리 없지 않은가. 연화당에게 제가 황환의 계집 노릇을 한 적이 있노라고 함부로 입을 놀릴 정도로 허튼 여인은 아니나 또 어찌 알랴. 황환은 과거 자신의 행적으로 연화당을 서운케 하고 싶지 않다. 하지만 뭐든 좋을 대로 하라고 한 터수에 말리면 연화당이 언짢아 할 것이다. 이도저도 애매하고 난감할 때는 사실대로 말하는 게 상수다.

"내 당신께 토설할 게 있습니다."

"그냥 말씀하시면 되지 토설이라 하시어요?"

"내가 그 무녀, 삼딸을 좀 압니다."

"그러셔요?"

"돌아간 내당이 가까이하던 무녀인데, 그 인연으로 내당 돌아간 뒤 얼마간 가까이 한적이 있습니다."

"얼마나 가까이요?"

황환은 얼른 할 말이 생각나지 않아 머뭇거린다. 연화당이 흐흥, 웃었다.

"그이를 어여삐 보시고 품고 사신 시절이 있으셨던 게죠?"

"어, 어쩌다 보니 그리 지냈습니다."

"상모당 마님 생전에요?"

"아, 아닙니다. 그 사람 돌아간 후의 일입니다."

"요즘은요?"

"천만부당입니다. 당신 만나기 몇 해 전까지의 일이었어요."

"그런데 무슨 걱정으로 토설까지 하십니까. 예전에 어떤 여인과 어찌 지내시었든 예전 일이십니다. 괜찮습니다. 하지만, 저를 여기 앉혀 놓으신 동안에 다른 여인한테 눈길 주시는 건, 절대 싫습니다."

"무슨 그런 말씀을. 그럴 일 없습니다."

"믿을게요."

"믿으세요. 그, 그런데 당신 지금 투기하시는 겝니까?"

연화당이 흐흐흣 소리 내며 웃는다.

"네, 투기하는 겁니다. 저는 질투가 아주 심합니다. 혹시라도 당신이 다른 여인에 눈길 주시는 기미가 보이면 저는 즉시 천리만리 달아날 겁니다. 제가 얼마나 잘 달아날 수 있는 계집인지는 아실걸요?"

웃기는 해도 황환은 연화당이 사라져 버릴 수도 있으리라는 상상에 가슴이 서늘해진다. 연화당이 없다면, 그를 품을 수 없다면 일은 해서 무엇하며, 돈은 벌어서 뭘한단 말인가. 그런 앞날은 생각하고 싶지 않다. 새롱동에서 낭산과 어량 등을 거쳐 강경포구까지 육십여 리라 말을 탄다 해도 아침저녁으로 오가기에 임의로운 길은 아니었다. 고운 사람, 그리운 사람이 아니라면 날마다 오고갈 턱이 없었다.

"안녕히 다녀오십시오, 주인어른."

쌍둥이 아비 화산과 수천 아비가 대문간에 나와 황환 부자와 승운을 배웅한다. 아침마다 이뤄지는 풍경이다.

"오늘 안에서 큰 행사를 벌일 모양인데, 날더러는 집에 오지도 말라네. 솔이 아비 자네가 신경을 많이 써야겠구먼."

"예, 어르신."

"허면, 내일 보세."

승운의 말이 앞장서고 황환과 동구의 말이 뒤따라 동리를 벗어난다. 동리 밖은 들판이다. 백제 때 지어졌다는 거대한 절 미륵사가 임진란 당시 불에 타 버린 뒤 드넓은 절터가 들판과 연결되어 버렸다. 아직 이른 아침이지만 논이며 밭마다 사람들이 엎디어 김을 메고 있다가 황환에게 인사를 해온다. 직접 면대한 일이 드물어도 황환이 임림재의 바깥이라는 것을 아는 까닭이다. 연화당 덕에 임림재가 어느새 인심을 얻었다. 동리를 벗어나 오거리 주막에서 내달으려 할 때 동구가 불쑥 물었다.

"아버지, 새어머니는 정말 눈이 그렇게 아니 좋으세요?"

"잘 못 보는 게 많지. 왜에?"

"모르시는 게 없는 것 같아, 잘 못 보신다는 게 믿기지 않아서요."

"신발을 홀로 못 찾아 신고 젓가락으로 반찬을 못 집어 먹을 정도면 눈이 많이 약한 게 아니겠느냐? 더 약해지지나 말았으면 좋겠다만. 무슨 아는 소리를 하시더냐?"

대답 없이 딴전을 부린다. 요즘 보아하니 놈이 연화당의 수양딸인 단아를 좋아하는 성싶었다. 동구가 단아를 좋아한다는 걸 연화당이 아는 모양이다. 단아는 열여덟 살이라 하고 심의원 밑에서 의술을 공부하는 모양이었다. 심의원은 한양 보제원거리의 약방에서 일하던 의원으로 지난봄 연화당이 한양에 갔다가 돌아올 때 그 내자와 함께 데려왔다. 연화당이 오래전부터 알고 지낸 내외로 스스로 약방 차릴 궁리를 하던 중이라 연화당을 따라왔고 근동에다 약방 자리를 물색하고 있었다.

요즘은 심의원이 단아며 자인, 효진 등을 제자로 삼고 스승 노릇을 하고 있었다. 연화당에 따르면 대궐 내의원에 내의녀 부가 따로 있는바 단아가 스무 살이 되면 한양으로 보내 내의녀 시험을 치르게 할 계획이라 했다. 단아를 시집보낼 계획 같은 건 없는 성싶은데 동구는 동갑내기인 그 아이를 마음에 들이기 시작한 것이다.

"그 아이도 너를 좋아하는 것 같으냐?"

"예?"

"기껏 말 꺼내 놓고 의뭉을 떠느냐? 네가 단아를 좋아하는데 그 아이도 너를 좋아하느냐 그 말이다."

"모, 모릅니다."

"얼띤 놈. 단아는 한양 가서 내의녀가 될 거라고 하더라. 맘에 들면 영영 날아가기 전에 붙잡아야 할 것이다."

"자, 잡으면요. 혼인시켜 주실 거예요?"

"집안에 의원 한 사람쯤 있는 것도 좋겠지. 수완껏 해봐라. 하되 억지스런 건 추호도 용납 못한다. 맘을 먼저 얻어야 한다는 말이다. 맘을 얻지 못할 시 어떤 짓도 하지 않아야 한다는 것이고. 알겠느냐?"

"예, 아버님."

신이 나 대답한 동구가 휙 내달아 나간다. 황환도 뒤를 따른다. 연화당이 말한 손님이 누구일까. 그 이전에 며칠 동안 임림재를 주시한 눈길은 누구의 것이었을까. 혹시 사령인가. 동보에 따르면 사령 보위대장 효맹이 도둑으로 잡혀 처형되면서 보위부가 개편되었노라 했다. 보위들이 바뀐 게 아니라 특별수비대가 만들어져 부사령의 호위로 있던 윤선일이 그 대장이 되었고 그 휘하가 각부 부령들을 탐찰하는 일을 맡았노라 했다. 그런데 선일을 제외하고는 특별수비대에 든 자들이 누군지를 보위들도 거의 모른다고 했다.

이록의 조직관리 방법이 그렇게 은밀했다. 정보를 공유하지 않는 그 은밀함은 강점이 되는 한편으로 치명적인 약점이 되기도 한다. 누가 같은 편인지를 알지 못하므로 소통이 원활할 수 없다. 이록은 자신이 필요할 때 명만 내리겠다는 것인데 그 명이 도저히 납득하지 못할 것이라면 순종할 수도 없는 것 아닌가. 목숨을 걸어야 하는 명이라면 말할 나위도 없다.

"아버님 나오셨습니까."

대행수 황동재가 옥녀봉 아래 위치한 상각으로 들어서는 부친과 아우를 맞이한다. 늙은 아비가 새장가 들어 딴살림을 나므로 서른세 살의 아들은 아침마다 대문 앞에 나와 밖에서 들어오는 부친을 맞았다.

"오냐. 건어창乾魚倉이나 서도鼠島 등에 밤새 별일 없고?"

강경상이 조심해야 할 부분이 불법 무기제조와 무기 밀거래다. 강경 황씨 집안에서 임진란 때부터 시작된 일이되 무기는 공식적으로는 관에서만 제조할 수 있다. 황환 집안의 무기 공장은 가끔씩 옮겨졌고 현재는 강경포구 건너 쪽 황산포구에 있었다. 황산포구 안쪽에 있는 건어물 창고 지하였다. 화약 실험은 무인도인 쥐섬에 마련한 지하 실험장에서 했다. 지난 며칠간 살피는 눈이 있더라는 연화당의 말 때문에 확인하는 것뿐 이록이 무기 공장이 어디 있는지 알아챘을 리는 없었다. 강경 땅에 사는 백성들은 누구를 막론하고 낯선 자가 나타나 강경상각에 대해 물으면 상각으로 들어와 그 사실을 알리기 마련이다. 강경상각에 대해 뭔가를 알 만한 사람들은 모두 강경상각에 잇대어 살므로 당연한 일인바, 숨겨야 할 내용이 새는 일은 지금까지 없었다.

"별일 없었습니다, 아버님."

"임림재에 나타나 나를 살피는 자가 있는 듯하니, 각별히 조심하기로 하고, 유사시를 대비하여 새 건어창 자리를 알아보도록 하자."

동재는 거북부 일귀사자로서 부령 휘하의 무사들을 거느리는 한편으로 대행수로써 상단 일을 했다.

"아버님을 살피는 자라면, 누구이리까?"

"사령이시겠지."

"사령께서 우리를 왜요?"

"우리를, 나를 아직 수중에 넣지 못했다고 여기는 게 아니겠느냐. 나를 경계 대상으로 간주했다는 뜻일 게고. 해서 생각했느니, 일귀一龜 모임을 가져야겠다. 석 달 안에, 언제 어디서 모일지 궁리해 보아라. 그때까지 일귀들 중에서 사령한테 넘어가 나를 배신하고 치고 들어올 자가 있을지도 생각해 봐야 할 것이다. 회합 때는 그걸 확인해야 할 테고."

"설마 그럴 자가 우리 부에 있겠나이까?"

"작금의 기린이나 봉황, 용부의 부령들이 일급사자로서 제 부령들을 배신하여 죽음으로 내몰고 난 뒤 그 자리에 앉은 자들 아니냐. 그 배후에 사령이 있고. 내가 사라질 제 거북부령 될 가능성이 높은 자가 누구누구인지 그들을 주시해 봐야 할 게야. 특히 사령보위부, 동보 밑에 제 자식을 내놓고 있는 일귀들을 유념할 필요가 있고."

"예, 아버님."

"보아라, 현채 애비야."

"예, 아버님."

"부령 노릇을 하고 싶으냐?"

"아닙니다. 부령자리, 대물림하는 것도 아니고요."

"솔직히 말해 보아."

"솔직히 아닙니다. 부령 노릇이 무슨 권력입니까. 막중한 책임이지요. 부령 노릇 아니 해도 돌봐야 할 사람이 깨알처럼 많은데, 그 사람들을 달리 써먹을 게 아니라면 권력이 무슨 소용입니까."

"그렇다. 책임이 먼저다. 권력인 것도 맞다. 물론 어떻게 사용할 권력인지가 문제이겠으나 권력인 건 사실이므로, 혹시라도 네게 뜻이 있는가 하여 물었다. 뜻을 가질 수는 있다. 그러나 네가 뜻이 있다 해도 나를 이어서 곧바로 부령이 될 생각은 말아야 한다. 그건 우리 세상이 견지해 온 원칙을 위반하는 일이야. 원칙을 벗어나는 순간부터 자신의 삶이 어지러워지고 세상을 어지럽히게 됨을 너도 알게다."

"명심하겠습니다, 아버님. 하온데, 아버님 의중에 둔 차기가 있습니까?”

경상도 상주 땅에 사는 구양견 일귀가 어떨까 싶었다. 사람이 점잖고 깊거니와 품이 넓어 사람들을 잘 아울렀다. 황환이 평생 만단사를 아끼듯이 구양견도 만단사가 원래 지닌 뜻을 지키고 싶어 했다.

“상주 사는 구 생원이 어떨까 싶다. 네 생각은 어떠냐?”

“그분, 연치가 얼마나 되셨습니까?”

“마흔 후반이나 됐을 게다. 마흔여덟인가?”

“아버님이 백 살까지 사신다면, 그분은 아흔 살이 넘으시겠네요.”

“예끼!”

부자가 모처럼 소리 맞춰 웃음을 터트린다.

“어쨌든, 애비야. 너는 처자식에 가솔들, 네 휘하 거느리고, 강경상단의 주인으로서 장사치로서 돈 벌며, 번 돈을 사람들에게 베풀며 살도록 해라. 할 일이 얼마나 많으냐. 그 정도면 장부로서도 충분하지 않겠느냐.”

“물론입니다, 아버님.”

“그러면 오늘 일을 시작하자.”

“예, 아버님.”

금강을 타고 황해로 뻗은 강경포구는 가까이 공주와 부여, 연기, 청양, 청주와 전주 등으로 통했고, 멀리로는 원산과 마산, 경기도와 황해도, 평안도와 청국까지 연결되었다. 각처의 산물들과 어선과 상선들이 끊임없이 포구로 몰려들었다가 나가기를 반복했다. 닷새마다 열리는 장날에는 주변 고을 사람들이 죄 모이는 성싶게 거리가 북적였다. 새로 사들일 물자들과 팔 물자들을 결정하고, 주문해 들어오는 물자들과 주문받아 나갈 물자들을 확인하는 사이 정오가 금세 지나고 신시 말이 가까워졌다. 특별한 일이 없는 한 황환은 신시 중경에 하루 일을 접곤 했다.

하루 일을 정리하며 차를 마실 때에야 황환은 아침에 연화당이 말한 손님을 떠올렸다. 함께 살기 시작한 지 넉 달여. 그사이 이따금 연화당이 오늘은 좋은 일이 생기겠다는 둥, 오늘은 일진이 그리 좋지 않으므로 조심하라는 둥의 예시를 하곤 했다. 그저 집 나서는 지아비에게 당부할 만한 말 정도여서 연화당이 무녀라는 걸 거의 잊어가는 참이었다. 큰손님이 들 거라는 말을 잊은 것도 예사로 들을 만한 것이었기 때문이다. 집으로 돌아가 당신 말씀대로 큰손님이 들었더라고 말해 주면 재미나 할 터인데 오늘은 집에 오지 말라 했으니 아쉽게 되었다.

황환이 그리 생각하며 홀로 웃는 중에 시자 승운이 들어와 손님이 오셨노라고 아뢰어 왔다. 해 질 녘 손님은 과연 연화당이 큰손님이라 부를 만한 이록이다. 효맹이 있을 때는 그 하나만 달고 다니던 사령이 이번에는 뭔가를 과시하려는 듯 열둘이나 되는 호위를 데리고 나타났다. 동보는 끼어 있지 않다. 두 사람이 곁을 다 물리고 마주앉았다. 이록이 누각 난간 너머로 펼쳐진 강이며 포구를 내다보다 입을 연다.

“장날도 아닌데 포구에 배들이 사뭇 많더이다.”

“삼월부터 유월까지는 성어기라 어선들이 하루 백여 척씩 들어오지요. 어찌 기별도 없이 이리 납시셨습니까?”

“아무래도 석초께 먼저 의논을 해봐야겠다 싶은 사안이 생겨, 석초께서 제 곳과 가장 가까이 계신지라 이리 찾아왔습니다. 석초를 뵙고는 나주로 갈까 하는 중이고요.”

"말씀하십시오."

"사신계라고 들어 보셨지요?"

드디어 궐을 향한 야심을 드러내려는 것인가. 황환은 와락 치미는 싫증을 차 한 모금으로 삼킨다.

"들어 보기야 했지요. 그 이름만 남은 것 아닙니까?"

"저도 오랫동안 그리 여겼으므로 관심 두지 않고 지냈습니다. 헌데 아무래도 그들이 실존하는 건 물론이고 우리, 저를 겨누고 있지 않나 싶습니다."

"그들이 실존한다손 우리를, 또 태감을 겨눌 까닭이 무엇입니까? 소생이 알기로 그곳과 우리가 지향하는 바가 다르지 않습니다. 힘없는 백성들과 더불어 잘살아 보자는. 헌데 그들이 새삼 우리를 겨냥하고 나선단 말입니까. 척진 일이 없는데요."

"그들이 우리를 겨냥하고 달려드는 까닭을 지금 알아보고 있습니다. 동시에 제가 그리 느낀 까닭이며 과정을 말씀드리고자 왔습니다."

"예."

"제 곳에서 이백여 거리, 구례에서 하동 가는 길목에 화개 땅이 있지요. 그 화개에 중석이라는 한 무녀가 있었는 바, 소경입니다. 그 소경 무녀는 원래 한성에 거하던 무녀로 궐 출입이 자유로운 이였습니다. 중궁이며 빈궁을 수시로 드나들며 살다가 명화적이라는 도적패와 연루되어 한성에서 사라진 게 예닐곱 해 전입니다. 헌데 둬 해 전쯤에, 제 여식이 화개에 중석이라는 무녀가 있다며 살펴 달라 하였습니다. 중석의 신기가 남다르므로 우리 세상에 도움이 될 만한 무녀인지 봐 달라는 것이었습니다. 제가 찾아갔다가 중석이 한성에 거하던 그 소경인 걸 알게 되었습니다. 중석은 사뭇 온아하고 담박하며 자색 또한 아름답지요. 더구나 그의 말은 얼마나 아름답고 은은한지요. 솔직히 말씀드리면 제가 그 무녀한테 푹 빠졌습니다. 몇 차례나 찾아다녔지요. 와중에 중석이 한 말 중에, 한성에서 점사를 치면서 사신계라는 것에 대해 알게 되었는바 그 세상이 장히 아름다워 그 세상에 들었다는 게 있었습니다. 그러므로 제게도, 함께 하지 않겠냐는 것이었지요. 제가 그동안 사신계에 대하여 관심두지 않고 살았으나 중책을 맡은 자로서 어찌 그 말을 허투로 여기겠습니까. 그를 통하여 사신계를 알아보기로 하였지요. 중석이 나이 들며 신기가 떨어져 가매 무녀 노릇을 접고 안주하고 싶어 하는 눈치기에, 마침 제게 안사람도 없겠다, 여지를 주면서 그를 두고보기로 했습니다. 그러던 중에 제 주변에서 이상한 일들이 일어나는 겁니다. 근래 충청어사를 지내고 있는 조엄이 막역지우였던 저로부터 돌아선 것을 필두로, 제 소실이 사라졌고, 지난 삼월에는 보위 효맹이 도둑으로 몰려 참수되었습니다. 그리고 소경 무녀 본인이 화개에서 사라졌지요."

사실과 거짓이 적절히 뒤섞인 말은 전부 사실이거나 모두 거짓으로 들리기 마련이다. 지금 이록의 말은 모두 사실 같다. 황환이 중석인 연화를 모른다면 한 치의 거짓 없는 참말로 믿었을 것이다.

"중석이 왜 화개를 떠났답니까? 그리고 태감 주변의 사람들이 사라지는 것과 그 무녀가 무슨 상관이고요?"

"중석이 신미년에 도성에 출몰한 명화적의 일원이고, 작금의 사신계가 명화적이기도 한바, 중석이 처음부터 저를 알고 있었으리라는 게 제 말의 요지이지요. 그가 사술을 부려 저를 이끌어 들이면서 제 주변을 보조리 포착했으리라는 것입니다. 우매하게도 제가 중석의 사술에 걸려 은연중에 흔적을 남겼을 것이라 자책하고 있는 것이고요. 제 우매함을 깨닫고 중석을 붙들러 갔을 때 이미 사라졌더라는 말씀입니다."

연화당이 며칠간 아주 고요하고 면밀한 시선을 느꼈다고 했다. 집안까지는 들어오지 못했을 터이고 들어왔다고 해야 특별히 볼 것이나 있으랴. 낮에는 가솔들이 이런저런 일로 소란하고 밤에는 각각의 처소에서 제 할 일들 하며 지낼 뿐이다. 밤이면 황환이 연화당에게 팔을 걸게 하여 별당 마당을 산보하는 게 전부인 잔자누룩한 일상. 그런데 이록은 연화당에 대해 어디까지 알고 온 것일까. 황환은 궁금한 한편으로 두려움을 느낀다. 필경 사령에게 불복하게 될 미래는 각오하고 있으므로 그에 대한 두려움이 아니라 연화당을 잃을지도 모른다는 공포다.

"하면 태감께서는 어찌하시려는 겝니까?"

"중석을 찾아서 사신계의 실체를 확인해야지요. 명화당이라는 화적패와 관련한 사건을 더 거론하자면 열두 해 전 을축년에, 온양 도고 관아 사건이 있습니다. 그때 명화적에게 죽은 수십 명 중에 심리사로 파견된 김학주라는 자가 있었는데, 그는 우리 세상 사람이었습니다. 그 사건을 전후로 하여 우리 세상 사람이 여럿이 넘어갔으나 우리는 사신계를 몰랐는지라 주목하지 못했지요. 신미년에 명화적이 도성에 나타났을 때도 그러했고요. 사신계가 명화당이라는 이름으로 한 번씩 준동할 때마다 우리 세상 사람은 물론 무고한 목숨들이 숱하게 넘어가므로 우리가 그걸 저지해야 하지 않겠습니까. 우리 세상이 존재하는 이유가 그것 때문이니 말입니다."

이록이 무서운 사람이라는 사실을 황환은 새삼 실감한다. 일봉사자였던 그가 봉황부령에 오를 때 전대 봉황부령이 급작스레 유고되었다. 당시 이록은 봉황부령이 될 위치가 아니었으되 갑자기 도드라져 부령이 되었고 몇 해 만에 사령에 오르면서 봉황부령 자리를 홍낙춘한테 넘겨주었다. 그리고 용부령으로 있던 나주목사 이하징이 역모에 휩쓸려 죽고 나자 김현로를 그 자리에 올려놨다. 곧이어 칠성부가 생겼고 약관의 이온이 부령이 되었다. 그 모든 과정이 이렇게 사특한 언변과 교묘한 술책과 효맹 등의 살수들을 동원한 암술로 이루어졌던 것이다.

"사신계를 확인한다고 할 때 그 실마리가 중석이라는 무녀밖에는 없는 것입니까?"

"한양 큰집의 작은 주인 주변에도 사신계가 있는 것으로 생각하고 파 보고 있는 중입니다. 중석이 그 큰집에 드나들던 무녀인바 그와 연결된 자들이 분명히 나올 것이라 여기기 때문입니다."

한양 큰집은 대궐을 말하고 작은 주인이란 세자를 칭하는 것인 모양이다. 이록은 교묘하게 임금과 그 주변을 폄훼하며 스스로를 과시하고 있다.

지난 삼월에 연화당이 신모가 편찮으신 것 같다며 한양에 다녀왔다. 가고 오는 시간을 합쳐 이십여 일이 걸렸다. 연화당에게는 한양이 나고 자란 곳이라 익숙하다 했다. 연화당이 궁궐을 드나들 정도의 신기 높은 무녀였다는 사실을 그때 알게 되었으되 황환은 한양이며 임금 주변 등을 알지 못했다. 일 때문에 일 년이면 서너 차례 오르내리는 한양일지라도 심정적으로 너무 멀었다. 임금은 훨씬, 실재하는가 싶을 만큼 멀었다. 강경이나 여산의 관아, 그 현령들, 그 위의 목사나 관찰사 등을 상대하기만도 바빠 한양의 임금 주변까지 관심둘 여지도 없었다. 그런데 지금 이록이 세자까지 들먹이며 사신계를 도적 집단으로, 연화당을 도적 집단의 수괴로 몰아가고 있다. 어떻게 하여도 죽일 수밖에 없는 목숨으로 규정했다.

"태감께서는 그 일이 시급하다 여기십니까?"

"아직 기한을 정할 만큼은 아니나 마냥 내버려둘 수도 없는 일이라 생각합니다. 하여 석초께 이 일이 당장 우리들이 만나 의논해야 할 것인지, 더 파 보고 난 뒤에 의논해도 될 것인지를 먼저 의논코자 한 것입니다."

"대감께서 결정해 명하시면 우리는 따르는 게지요."

"허면 좀 더 알아보면서, 상달 보름쯤에 한번 회동함이 어떻겠습니까?"

"그리하시지요. 오늘은 이미 석양인데, 어찌하시렵니까. 제 집에서 저녁을 드시고 유하시렵니까?"

"하룻밤 신세를 져도 괜찮겠습니까?"

자고 가려고 저물녘에 나타났으면서 천연덕스럽다. 만단사가 이처럼 간교하고 사특한 자의 손에 놀아나게 된 데 대한 한탄은 나중 일이다. 만단사의 서원이나 불문율, 관례를 다 따져도 사신계와 원수지간이라는 흔적은 없다. 그러므로 연화당이 사신계이든 아니든 그것은 중요하지 않다. 지금은 이록이 사신계를 명화적이라는 도적패로 규정했고 중석인 연화당을 그 패거리로 간주했다는 게 문제다. 그걸 명분으로 제게 복종치 않고 있는 황환을 벌렀다는 것이다. 제가 강경상각에 수차례나 내방하여 알 것 다 아는 마당에 새삼스레 임림재를 살피는 이유가 그 때문인 것이다.

"사랑을 치우라 하겠습니다. 저녁 잡수시면서 한잔하시지요. 원하시면 해어화解語花 몇 송이 불러 술을 치게 하겠습니다."

"꽃송이들은 그만두시고 양쪽 무사들한테 대련이나 시켜 보며 한잔하시지요."

"그도 좋겠습니다."

하룻밤 묵으면서 연화당을 캐고 들 것이 틀림없다. 그가 이미, 황환이 새장가를 들어 나가 살고 있는 것이며 임림재는 물론 연화당까지 알고 왔으므로 거짓말은 못한다. 비켜갈 방법을 찾아야 하는 것이다. 체면이 있으므로 당장 내당을 내어 보이라고 할 수는 없을 게 그나마 다행이다. 겨우 그것을 다행이라 여기게 만든 이록에게 웃어 보이며 황환은 소피를 핑계로 잠시 누각에서 벗어난다. 사령이고 뭐고 내쫓고 새룡골로 넘어가 여인들 노는 것을 보며 떡이나 먹으면 좀 좋으랴 싶다.

유둣날에는 신분에 관계없이 남정들은 물론 아낙들도 물놀이를 즐길 수 있다. 유두날의 보름달빛도 세상을 공평히 비춘다. 달빛을 남녀 모두가 공평히 누릴 수는 없다. 여인들은 핑계가 있어야 집을 나서기가 가능하다. 드문 핑계거리 중 하나가 굿판 구경이다. 임림재가 새룡골에 들어선 지 넉 달 만에 삼딸 무녀를 데려다 성주굿을 벌인다는 소문이 미륵산 어름에 퍼져 해 질 녘이 되자 임림재의 행랑마당으로 가만가만, 지싯지싯 들어서는 여인들과 아이들이 쉽사리 백여 명을 넘어선다. 유두날을 기하여 한양의 방산 무진과 천안의 열음 무진, 전라도 광주의 이소당 무진이 임림재에 온다 하기로 그들의 내방을 가리기 위하여 혜원이 벌인 굿판이다.

무녀인 이소당이 신딸인 구일 무녀를 데리고 여염아낙 행색으로 먼저 왔다. 삼딸과 그 권속들이 행랑마당에서 굿판 채비를 하는 사이 방산 무진과 열음 무진이 임림재 안채로 들어온다. 방산은 혜정원 수직방수 능연을 대동했고 열음은 제자인 중아와 동아를 대동했다. 세 무진은 칠요를 직접 보좌하는 큰 선원을 이끌고 있다. 이소 무진은 어린 날의 반야를 키운 동매 만신의 제자이자 현재 오원五苑의 한 명인 적원赤苑이다. 방산은 전대 혜정원주였던 삼로 무진 사후에 흑원黑苑이 될 것이고, 열음 무진은 전대 경엽 무진을 이어 현재 황원黃苑이다. 열음은 혜원의 사형이고 단아의 스승이기도 하다. 열음이 데려온 중아와 동아는 단아의 사제들이다. 서로 인사를 나누고 난 뒤 방산이 말을 꺼냈다.

"마님, 저쪽 상서로운 숲에 사는 사람이 금강산을 통해 자신의 딸과 우리 아들을 혼인시키자는 청혼서를 넣어왔습니다."

이록이 금강약방을 통해서 유릉원에다 강하와 온을 혼인시키자는 제안을 해왔다는 말이다. 혜원이 놀라 눈을 크게 뜨는데 반야는 고개만 끄덕인다.

"청혼서를 버드나무 집으로 보내긴 했습니다만 결정은 마님께서 해주셔야 할 성싶습니다."

이태 전 혜원은 강하한테 이온의 맘을 잡아 가능하다면 혼인도 하라고 강권한 적이 있었다. 젊은 그들은 어긋났고 온은 다른 사내의 자식을 낳았다. 그 사실을 모르는 이록은 이제금 김강하를 사윗감으로 탐내어 청혼서를 보내왔다. 반야가 싱긋 웃고는 입을 연다.

"그 아들을 끼고 사시는 방산께서는 어떻게 생각하십니까?"

"아이들끼리 정이 깊었더라면, 그래서 저쪽 딸이 지난봄에 낳은 아기가 우리 아들의 자식이나 된다면 모를까, 아니 될 노릇이지요."

"우리 아들의 의향을 물어보셨습니까?"

"그 딸과 혼인하라는 큰명이 내리면 따르겠지만 자신의 의향을 묻는 것이라면, 싫다고 하더이다."

"우리 아들이 싫다 했으면 저도 싫습니다."

반야의 대답이 모처럼 단정적이다. 행여 두고 보자는 식의 답을 들을까 봐 저어했던 혜원의 머릿속이 가지런해진다. 방산도 그러했던가, 개운한 얼굴이 된다. 방산과 함께 오는 동안 이야기를 들었던지 열음이 빙긋이 웃는다. 이소당은 자신은 몰라도 되는 사항이라 그저 짐작하며 미소 짓는다.

"알겠습니다, 마님. 하옵고 저 윗녘 강가 버드나무 집의 딸이 열다섯 살이 되었는바 오는 칠석날에 계례笄禮를 치러 주려 한다 합니다. 그 자친께서, 여식의 비녀 꽂기 의식에 즈음하여 새 이름 하나 지어주십사 청해 왔기로 저는 마님께 부탁드립니다."

낮말은 새가 듣고 밤 말은 쥐가 듣는다 하지만 지금 임림재 내원 안쪽 별당 주변에는 쥐도 새도 없이 호위들뿐인데 방산의 말은 암호와 다름이 없다. 여염 처자들이 보통 정월에 치르는 계례를 사신계 칠성부 처자들은 칠석날에 치른다. 강갓집 딸의 이름을 지어 달라는 말에 반야의 눈길이 문갑 위에 놓인 돋보기로 향한다.

유릉원의 딸로 살고 있는 심경이 지난겨울 연경에 갔을 때 눈 어두운 제 생모를 위해 구입해다 전해준 돋보기는 모란꽃이 새겨진 가죽통 속에 들어있다. 나이 들며 저절로 흐려진 눈들을 환하게 해주는 돋보기는 반야의 눈에는 별 소용이 없는 듯했다. 마음에는 사뭇 쓸모가 있는 성싶었다. 소경 어머니를 위해 돋보기를 사온 딸의 맘이 좋은지 반야는 수시로 가죽통을 들어다 돋보기를 꺼내 만지고 눈에 쓰고 책을 들여다보고 쓰고 일어나 걸어 보며 몹시 아꼈다. 그 딸이 이제 성년이 되므로 이름을 지어 달라는 청에 반야의 눈자위가 발개졌다.

"아이의 계자를 몇 번이나 생각해 봤지요."

"말씀하사이다."

"옥돌처럼 아름답고 단단하라고 수琇, 불빛처럼 환하라고 앙炴을 붙여 수앙이라 부르면 어떨까 합니다."

"수앙. 뜻 좋고 부르기도 좋은 이름입니다. 그리 전하면 되오리까?"

"예, 방산. 더하여 그 자친께 멀리 사는 이 사람이 깊이 엎드려 감사를 드리더라, 전해 주십시오."

칠요의 명도 부령의 명도 아닌 어머니로서의 부탁이라 방산이 앉은절로 반야의 말을 받아 모신다.

바깥마당에서는 굿이 시작되었는지 악기 소리가 높아져 간다. 피리 둘에 대금과 해금, 장구와 북 등 삼현육각을 모두 갖춘 판이다. 성주굿을 해달라 청했을 뿐인데 무녀 삼딸은 열두거리 굿판을 벌이려는 양 삼현육각까지 달고 나타났다. 성주굿이란 부엌에서 벌이는 조왕굿부터 시작하므로 삼딸 무녀와 재비들이 곧 안채로 들어올 터이다. 조왕굿에는 삼신굿과 동자연명굿이 섞이는지라 성주굿은 결국 안채 마당에서 이루어진다. 안채 마당에 먹을거리를 준비해 놓았으므로 아이들은 배를 불릴 것이고, 굿 구경하러 온 아낙들은 한두 푼씩 내놓으며 자식을 낳게 해달라고 빌거나 있는 자식들의 무사안녕을 기원할 것이다.

"저들이 안으로 들어오고 있는 게 아닙니까?"

열음의 물음에 반야가 고개를 끄덕이며 말했다.

"혜원, 저 삼딸 무녀가 집주인더러 마당으로 나오라 할 성싶은데 내 어찌하리까?"

"삼딸에게, 마님께서 나서시지는 않을 터이니 알아서 하라, 말해 두었습니다만."

"알아서 하라 하였으니, 내게 나오라 하지 않겠습니까?"

방산이 쯧쯧, 혀를 차며 혜원를 향해 웃고 이소당이 말했다.

"오늘 밤이 사뭇 재미나겠습니다그려. 혜원, 우리한테는 술이나 한상 들여 주시구려. 주인마님께서야 원래 술을 못하시는 분이나 우리는 술 좋아하는 손님 아니오?"

반야가 팔도를 떠돌던 삼 년여 동안 제일 오래 머문 곳이 이소당이 관장하는 광주 칠성부 선원이었다. 흔휜사만 한 규모는 아닐지라도 무등산 아래 있는 이소 만신의 무등원無等院도 약원과 무원을 겸했다. 혜원이 세 사람에게 읍하며 묻는다.

"삼딸이 그리 나올시 어찌할까요, 마님?"

"혜원 좋을 대로 하세요. 대신 굿판이 끝난 뒤 삼딸이 저를 따로 만나겠다고 나서면, 세 번 거절한 뒤 만나게 해주세요."

"세 번 거절하라 하심은, 말미를 길게 잡으라는 말씀이신지요?"

"그도 혜원께서 알아서 하세요. 그리고 세 분께 술상 들여 주시면서 제 잔도 올려 주세요. 요새 나도 술맛을 좀 알아가고 있지 않아요?"

반야의 웃음어린 대답에 혜원은 한숨과 함께 별당을 나와 안채 쪽으로 돌아온다. 반야가 석초와 더불어 한두 잔씩 마시는 술자리가 잦았다. 석 잔을 넘기지는 않지만 날마다 반야를 진맥하는 기붕과 연덕은 사뭇 걱정했다. 음주 다음 날 반야의 맥이 한결 약하기 때문이다.

석등 한 점 밝혀 놨을 뿐인 별당 뜰과 달리 안마당은 처마마다 등불을 매달아 놓아 환하다. 칠요에 관계된 모든 일들을 계획하고 준비한다고 하지만 가끔 빈 곳이 드러난다. 무녀들의 행태에 관해 어지간히 안다 여기면서도 반야가 여느 무녀와 다르다는 것을 가끔 잊곤 한다. 반야는 이거할 때는 물론이고 며칠간의 외유에서 귀가했을 때조차도 집에 귀신이 들어와 있는지를 살핀다. 주변에 귀신들이 있을 제 반야가 다른 기운을 느끼는데 방해가 되므로 뜬것들부터 제거하는 셈이었다. 임림재에 들면서도 집 안팎에 스며 있거나 떠돌던 귀신들을 다 천도하여 집을 깨끗이 했다. 이 밤에 삼딸 무녀는 집 안팎에서 하나의 귀신도 만나지 못할 것이라 당황할 테고 이미 벌인 판을 이어야 하므로 볼거리를 키워야 할 터. 엉뚱하게 나올 게 뻔하다. 그런 삼딸을 세 번 거절한 뒤에 만나게 해달라는 건 반야가 삼딸을 시험하겠다는 뜻이고 시험이란 곧 삼딸과의 인연이 시작됨을 의미한다.

단아와 중아에게 별당으로 술상을 올려가라 하는 사이 삼딸을 필두로 한 굿판이 부엌 앞으로 뭉게뭉게 옮겨온다. 부엌 안쪽과 부엌 앞에는 각기 조왕상과 성주상이 차려져 있었다. 숙수 외순과 부엌어멈 수천네가 마을 아낙 몇 명을 데리고 종일토록 준비한 상들이다. 안채 마당으로 들어와 부엌 앞에 이른 삼딸이 칠성방울을 흔들며 한바탕 소리를 높인다.

"인간의 차지는 가오행이라 하옵네다아……. 초하루 하귀 조왕님네 열흘에 중개 조왕니임……. 스무하루 팔만사천 제대조왕니임……. 금덕비운 수철 잡던 바래장군니임…….”

북재비가 연신 오오냐, 응수하고 삼딸이 사설을 이으며 부엌으로 들어간다.

“온솥밥 한 솥밥으로 불어서어……. 인간 삼시 고향 수십수납으로 마련하옵시더언…….팔만사천 조왕님네 황오동심 하옵시옵고오……. 주인 없는 공사가 있사오며어……. 번간 모르는 소리가 있사오리까아…….”

자인이 안채 대청 앞에 버티고 선 혜원에게 다가와 속삭였다.

“대장께서 이 판이 언제까지 계속될지 물어보라 하십니다.”

“나도 잘 모른다 말씀드리고 끝날 때까지 그냥 경계만 하시라 말씀드려라.”

자인이 물러간다. 전주 칠성부에다 구경꾼을 가장한 무절 열 명을 보내 달라 청했다. 그들과 능연이 별당을 호위하는 중이다. 여섯이나 되는 아기들과 성아를 웃골에 마련한 안가安家에 데려다두고 연덕과 수여리와 한돌 할아범을 붙여 놓았다. 수천의 누이인 수여리는 열세 살이나 되었음에도 네댓 살 아이들과 다름없이 철이 없다. 한돌 할아범은 평생 나무나 풀만 들여다보고 사는 사람이라 아이들에 서툴다. 젖먹이들부터 서너 살짜리 아이들, 여섯 살 성아까지, 안가도 지금쯤 난리일 터이다. 화산은 구경꾼이 예상보다 많은 데다 삼현육각 소리가 퍼져나가면서 더 모여들 게 뻔하므로 심란한 것이다. 혜원은 삼딸이 말끝을 하염없이 늘이는 버릇을 가졌다는 걸 깨달으면서 심란하다.

“집터 잡은 성주님네에……. 대궁잡던 성주님네에…….”

말을 저리 늘이다가는 시작거리에만 한 시간은 걸리게 생겼다. 부엌 안에서 시작거리를 반만 하고 나온 삼딸은 부엌 앞에서 한바탕 춤을 춘다. 붉은 철릭이 휘휘 날리고 재비들의 악기소리가 두둥두둥 울린다. 외순과 수천네가 불러들인 동리 아낙들이 떡이며 지지미, 주먹밥을 구경꾼들에게 풀기 시작했다. 여러 동이 준비한 탁주도 술술 풀려나간다. 삼딸은 성주상 아래 놓인 술병에서 직접 술을 따라 목을 축이면서 춤을 추다 사설을 풀다 초장부터 법석이다.

혜원은 소소원을 떠나 삼 년간 전국을 떠돌면서 심심찮게 굿판을 구경했다. 어떤 집이 굿판을 크게 벌일수록 떡 한 덩이라도 얻어먹는 사람이 많아지는바 귀신들을 달래는 굿판 자체가 산 사람들을 위한 행사였다. 죽은 자들의 해원解冤임과 동시에 산 자들의 비원悲願을 달래는 것이다.

"밤중 자시에 닭 울어 개명 축시에에……. 한 시간에 선약 주고 두 시간에 단약 줄 제에……. 늙지 않는 불로초오……. 살아나는 환생초오……. 삼신산에 불사약악……. 우황 인삼 불로초오……. 제긴 듯이 귀미도 덩겨 놓고오……."

삼딸은 한 번 뛰고 한 소절 읊고, 또 한 번 뛰고 한 소절 읊는다. 재비가 따라하고 아낙들이 먹고 마시며 비손하며 따라한다.

"시원하고 개운하게 영찰괘찰 시켜 놓고오……. 정성 떡 지성 떡 추원 떡 고사 떡 성공 떡 받들어 주옵기르을 천만축수로 바랍니다아……. 천만축수로 바랍니다아!"

시작거리가 겨우 끝났다. 이제부터 백 가지는 됨직한 조왕신들을 불러낸 뒤 가택발원 성조경을 다 읊고, 안택성조 고사경도 다 읊고, 소지고사를 치러야 조왕굿이 끝날 것이다. 시간이 늘어지게 생긴 것은 이미 어쩔 수 없으나 다른 소란이나 부리지 않았으면 싶은데 틀린 것 같다. 천만축수 바란다고 세 번 읊고 난 삼딸이 병째 술을 들이켜고 나서 휘이이, 휘파람 소리와 함께 칠성방울을 마구 흔들다가 멈추고는 마당 가득 들어찬 구경꾼들을 훑어본다. 시비를 걸어올 작정인 게 틀림없다 싶은데 아니나 다를까. 혜원이 선 기단 밑으로 옮겨온 삼딸이 구경꾼을 향해 돌아서서 외친다.

"이보시오오, 벗님네들!"

구경꾼들이 일제히 "예에." 하고 외친다. 음식이며 술이 푼푼하거니와 삼딸의 연희가 신명나니 덩달아 흥이 올랐다.

"대저 굿은 누가 하는 것이오오?"

곳곳에서 무녀가 한다는 둥, 집주인이 한다는 둥, 귀신들이 한다는 둥 떠든다. 삼딸이 칠성방울을 흔들어 놓고 말한다.

"다 맞는 말씀이십니다아. 헌데 오늘 이 댁에서 주인을 뵌 적이 있소오? 나는 뵌 적이 없는데 여러분은 뵈시었소오?"

"아니, 아아니."

삼딸이 하려는 일이 뭔지를 알아챈 구경꾼들이 신명이 나서 외쳐댄다.

"주인 나오시오오. 주인마님 나오시오오."

반야가 임림재에 든 이후 집 밖으로 나간 건 이사 직후 한성에 갔을 때뿐이다. 마을 부녀들이 심심찮게 드나들지만 반야가 대개의 낮시간을 외부인의 출입을 금한 별당에서 보내므로 그 얼굴을 볼 일은 없었다.

"주인 없이 치르는 굿은 봤소오?"

"못 봤소오."

삼딸이 돌아서서 으름장 놓듯 혜원를 쳐다본다. 네가 주인 아닌 것은 누구나 다 알고 있으니 주인이나 불러내라는 것이다. 혜원은 수천네로부터 삼딸이 황환의 돌아간 내당에게서 귀염 받던 무녀였다는 이야기를 들었다. 제 열세 살에 내림굿을 받고 무녀가 되었고 스무 살부터 강경상각의 안주인이 돌아갈 때까지 무시로 드나들었다고 했다. 그래서 불러들인 삼딸이 임림재에 황환의 새 부인이 있는 걸 모르고 왔을 리 없다. 그게 지금 경우 없이 주인 나오라고 소리치는 까닭이다.

“우리 마님께서 나오실 터이오만, 그전에, 초장부터 주인을 불러내는 까닭이 무엇이오? 설마 삼딸 무녀, 어느 사이 기운이 달리시는 게요?”

혜원의 말에 구경꾼들이 그도 그렇다고 동조하며 웃어댄다. 주인을 대신하는 사람과 무녀 사이의 이쯤 대거리는 예사이다. 와중에 약정하여 건너간 비용 이외의 웃돈이 건네지기도 한다. 혜원은 이미 석 냥이나 되는 돈을 건넸다. 삼딸이 어떻게 나오는지에 따라 한 냥 정도는 더 쓸 용의도 있었다. 그런데 불빛에 비친 삼딸의 표정이 곱지 못하다. 주도권을 뺏겼다 생각하는 모양이다. 무녀를 덧들여 좋을 게 없는지라 혜원은 공순해진 양 기단을 내려가 성주상으로 다가든다. 소맷부리에 넣어 뒀던 돈 주머니를 꺼내 흔들어 보이고는 떡시루에다 올려놓는다. 구경꾼들이 박수를 치며 환호하자 삼딸이 트집 잡기를 그만두고 굿을 재개했다.

춤사위와 함께 백 가지의 조왕신들이 불려 나왔다. 조왕신을 다 불러낸 삼딸이 앉은굿으로 가택발원 성조경과 안택발원 성조경을 읊는 사이 구경꾼들은 음식을 먹고 희희낙락하며 이야기를 나누고 집안을 구경하러 다니고 아무 그늘에서나 오줌을 눈다. 모기를 쫓느라 자신의 뺨을 때리고 잠을 쫓느라 눈을 비빈다. 새로 오는 사람은 있어도 중간에 가는 사람은 없다. 굿판의 끝에 상물림 된 음식들이 나누어지리라는 걸 알기 때문이고 집으로 돌아가 봐야 어둠 속에서 잘 일밖에 없기 때문이다.

삼딸은 좌중의 눈치를 보아가며 두 가지 발원경을 빠르게 외워치웠다. 안택성조발원문은 절반가량을 축약했다. 구경꾼들 중에 그걸 눈치챈 사람이 있는지 모르지만 어지간한 무속 경문들을 다 외고 있는 혜원은 삼딸이 한 짓을 알아보았다. 사신계 칠성부에 속한 무녀가 백열두 명이나 된다. 혜원은 그들 모두를 다 만나 봤다. 무녀들 행위의 어지간한 속성은 안다고 할 수 있다. 오늘은 어차피 귀신들도 없이 치르는 굿이므로 삼딸한테 시비를 걸지는 않는다. 마침내 소지고사燒紙告辭에 이른 삼딸이 일어나 칠성방울을 흔들기 시작하자 삼현육각이 한참 연주되었다. 삼딸이 칠성방울로 삼현육각의 연주를 중지시키고 좌중을 둘러보았다.

"우위 성주님 좌위 성주님 기지신 성주님 대비신 성주님 감상관 성주님! 대도감 북방천리 앉아 약수 삼만 리 강산을 다 알고 계시는 왕거엄 천시인니임……."

성주굿판에 모시기에는 너무 큰 신인 단군왕검과 군아천신까지 불러대는 삼딸의 말꼬리가 의기양양 한참이나 늘어진다. 달빛으로 보아 이경 중간 참이므로 그리 오래 걸린 건 아니다. 삼딸이 혜원 앞에 서서 다시 칠성방울을 흔들고 노래하듯 말했다.

"이제 소지 굿만 치르면 오늘 굿판이 끝나는데에……. 이 댁의 마님은 언제 나오십니까아……. 집주인도 없이… 굿을… 어찌… 끝낸

답니까아? 이런 굿을 뭣 때문에 시작했답니까아? 이년한테에… 어쩌라고요오…….”

삼딸의 말마디마다 삼현육각이 추임새를 넣고 구경꾼들이 따라하므로 그야말로 난장판이다. 소지굿 사설은 계속되지만 사설은 이미 뒷전이다. 판이 어우러지자 삼딸이 펄쩍펄쩍 뛰며 춤을 추고 그에 따라 악기가 장단을 맞추고 구경꾼들이 너나없이 일어나 춤을 춘다. 삼딸은 신기는 떨어졌을망정 굿판의 연희에는 나름 도를 텄다. 신기가 떨어진 무녀일수록 굿판 연희를 화려하게 만드는 속성이 있다. 백 명이 훨씬 넘는 사람들이 모두 무당이 된 양 춤을 추어댄다. 염천의 와중이지만 밤이므로 놀 만하고 배부르게 얻어먹고 악기 소리 흥겨우므로 덩실덩실 춤을 춘다. 비실비실, 흐느적흐느적, 까르르 깔깔 웃으며 춤을 춘다. 눈물겨운 장엄이자 아름다운 화엄이다. 어느 사이 소지굿 사설이 끝났으나 장단소리와 춤은 계속된다. 어쨌든 반야가 나와야만 굿판이 끝나게 생겼다. 혜원이 곁에 와 있는 자인에게 말했다.

“마님을 모셔오렴.”

읍하고 돌아서던 자인이 소스라쳐 혜원을 보았다. 반야와 이소당과 방산과 열음이 어느 사이 나와 사람들 틈에 끼어 있지 않은가. 군중 속으로 뛰어들려는 자인을 혜원이 말린다. 하얀 세모시 옷을 벗고 여느 아낙들처럼 물들인 굵은 올의 적삼과 치마로 갈아입은 반야, 회색 저고리에 검정 치마를 입은 이소당, 흰 저고리에 녹색 치마를 받쳐 입은 방산, 검정 저고리에 회색 무명치마를 받쳐 입은 열음까지. 네 여인은 술 몇 잔씩에 취한 듯하다. 아낙들 틈새에서 그들과 눈 맞추며 어깨를 들썩들썩 두 팔을 너울대며 춤을 춘다. 반야는 눈을 감고 이소당의 손을 잡은 채 흥에 겨워 흐느적이고 있다. 반야가 눈을 감는 건 눈앞의 사물이 마구 움직여 어지럽다는 뜻이다. 어지러운 한편으로 흥이 오른 것이다. 방산과 열음은 여인들과 손을 맞대며 어깨를 부딪치면서 덩실덩실 춤추고 있다. 사람들이 아름다워서, 하늘같은 상전과 선진들이 가여워서 혜원은 코끝이 매큼해진다. 질금질금 눈물이 난다.

무녀 삼딸

강경상각의 안주인이었던 생전의 상모당祥募堂은 사람 그릇이 꽤 컸고 씀씀이도 그만큼 컸다. 상모당은 거북부의 일귀사자로서 휘하에 수십 명의 여사자들을 거느렸고 삼딸도 그중 한 명이었다. 상모당은 매년 정월이면 삼딸로 하여금 강경상각 안팎 사람들의 복을 비는 큰 굿판을 벌이게 하면서 철마다 한 번씩은 작은 굿을 열었다. 그 굿판이 여인사자들의 모임이기도 했다. 만단사에 칠성부가 생긴 몇 해 전 삼딸은 칠성부로 옮겨져 삼성사자三星嗣者가 됐다. 만단사 사자이기는 예나 지금이나 한결인데 상모당이 돌아간 뒤 끈 떨어진 연 신세가 되었다.

상모당을 이어 일귀사자가 되었다가 지금은 일성사자가 된 봉선당이 삼딸을 신기 떨어진 무녀로 취급하는 걸로 모자라 종처럼 부렸다. 특히 원행을 나설 때는 안살림만 하는 집안 아낙들을 제쳐두고 삼딸을 거느리려 했다. 두 해 전 일성사자로서 회합에 갈 때만 해도 한양까지의 팔백여 리 길을 내도록 걷게 만들었다. 넓은 세상을 구경시켜 준다는 핑계였다. 과연 한양 가는 길은 멀고 한양은 넓고 휘황했다. 봉선당이, 솜털 보송송한 칠성부령 앞에서 무녀를 거느리고 다니는 것에 대한 제 위세나 부리고 말았을망정 삼딸은 난생 처음 한양을 구경한 걸로 위안을 삼았다. 그 일이 호사였다 치면 호사는 한 번 누렸을 뿐이다. 이후 봉선당은 삼딸을 거들떠보지도 않았다. 어쩔 수 없기는 했다. 상모당이 살아 있을 때부터 신기가 약해지는 것을 느끼기 시작했다. 신기가 약해질수록 굿판은 점점 화려해졌다. 이따금 치르는 굿판 덕에 그럭저럭 밥벌이는 하고 있으나 나날이 신산해져 가는 건 어쩔 수 없었다.

상모당이 돌아가고 난 이듬해 삼딸은 석초와 인연을 맺었다. 유일한 사내는 아니었을지라도 오래도록 흠모하고 사모하던 그였다. 그와 인연 맺고 지아비로 섬기며 그 그늘에서 살았다. 석초의 그늘에서 사는 동안은 신기 떨어진 무녀로서의 조급함은 느끼지 않아도 되었다. 석초는 집을 마련해 주었고 한 달에 한 번쯤 찾아왔다. 한 달 한 번쯤이 두 달에 한 번, 석 달에 한 번으로 늘어지더니 두 해가 지나자 발길을 완전히 끊었다. 그의 발길이 끊기면서 몸보다 먼저 마음이 남루해졌다. 석초가 재취장가 들어 살림을 따로 났다는 소문을 들은 게 석 달 전쯤이었다. 인연이 그뿐이었던 거라고 진작 포기했던 석초였는데, 재취 소식에 불같은 질투가 일었다. 질투한들 어쩔 것인가. 석초는 하늘처럼 높고 넓은 상전이자 이미 아득히 멀어진 남정네였다.

연화당 만나기를 청한 지 나흘 만에야 그 앞에 인도되었다. 연화당은 얇은 세모시 겹옷을 흰 연꽃잎처럼 차려입고 임림재 안채의 대청마루에 나앉아 있다. 혜원이라 불리는 차집이 삼딸에게 올라오라 하더니 연화당 맞은편 방석을 가리키며 앉으라 한다. 삼딸이 절하자 뜻밖에도 연화당이 앉은 채로 맞절을 해온다. 맞절을 하고 난 두 사람이 마주앉는다. 눈길이 마주친다. 누군가와 눈길이 마주치면 보통 미소 지어 보이며 시선을 슬쩍 돌리기 마련이다. 연화당도 미소를 짓고 있다. 시선을 돌리지는 않는다. 삼딸도 애써 눈길을 맞받는다. 어찌하여 기어이 석초의 새 부인인 연화당을 만나려 했는지 자신의 심사를 명확히 알 수는 없다. 강경상각에 있다가 임림재의 반빗아치로 옮겨왔다는 수천네를 통해 성주굿 이야기를 듣는 순간 연화당을 만나지 않으면 안 될 것 같았다. 그래야 숨쉬기가 편해질 성싶었다. 질투 때문이 아니라고 자신에게 누누이 강조하지만 결국은 그 때문이었다.

"드실거리를 내왔나이다."

부엌으로 나 있는 마루에서 나타난 처자가 혜원에게 소반을 건네주고 사라진다. 유시쯤이나 되었을까. 행랑 쪽에서는 아이들 떠드는 소리가 넘어오고 매미 소리는 사뭇 요란한데, 안채 마당에는 행랑 지붕이 드리운 그늘만 있을 뿐 아무도 보이지 않는다. 임림재 안에는 학당이 생겼다고 했다. 수천네가 굿을 청하러 와서 나불거린 말이었다. 인근 마을의 배고픈 아이들에게 한끼 밥이라도 베풀고자 하는 연화당의 행사인데, 하루 열댓 명의 아이들이 찾아와 글자 공부를 하고 밥을 먹는다고 했다. 그렇게 말할 때 수천네는 새 주인에 대한 자랑으로 입이 닳았다. '월궁항아님인들 그보다 고우시리? 제석부인이신들 그보다 맘이 넓으실까? 우리 마님은 모르시는 게 없다니까?' 수천네가 그리 입 아프게 떠들 때 삼딸은 귀가 아팠다.

혜원이 상을 들어 두 사람 가운데 내려놓더니 백자 주발에 담긴 보리수단 한 그릇을 연화당 앞에 먼저 놓고 또 한 그릇을 삼딸 앞으로 돌려놓는다. 소반 위에는 채 썬 대추와 석이버섯과 쑥잎으로 웃기를 얹은 기주떡 접시가 놓여 있다. 수천네 솜씨인가. 기주떡에 쑥잎 웃기를 얹은 모양새가 강경상각의 내림떡 방식이다. 강경상각의 음식들은 맛은 물론이려니와 색깔 곱기로 유명했다. 혜원이 함께 놓인 작은 접시에다 동그랗게 빚은 기주떡 세 개를 올려 삼딸 앞에 놓는다.

"드십시오."

삼딸에게 음식을 권한 혜원이 앉은걸음으로 연화당 가까이 가서 시좌한다. 합죽선으로 제 주인을 가만가만 부쳐준다. 꼭 어린아이를 보살피는 것 같다. 삼딸은 나흘 전 밤에 성주굿 끝내고 연화당 만나기를 청했다. 어찌하여 집안에 귀신이 전혀 없는지 안주인을 만나 알아보려 청했으나 거절당했다. 네 번째 청을 넣고서야 마주하게 된 참인데, 뭔가가 이상하다. 온몸의 핏줄기들이 모두 앞에 앉은 연화당을 향해 솟치는 것 같다. 발가벗겨져 나앉아 있는 것 같기도 했다. 어찌된 일인지 시선을 피해 눈길을 돌릴 수도 없다. 이런 증세는 신내림을 받을 때와 흡사하다.

"무, 무녀이십니까?"

삼딸의 질문이 말더듬이처럼 나왔다. 연화당은 미소 지을 뿐 대답하지 않는다.

"무녀이십니까?"

거듭한 질문에도 대답 없이 바라만 본다. 눈길이 여전히 이어져 있는데 삼딸은 그 눈길을 맞받기 벅차 숨이 가빠진다. 무격 사이에 서열은 신기의 높낮이로 정해진다. 신력神力은 신력神歷에 앞서고 현실의 나이를 앞선다. 무격들 사이에서는 높은 신기가 힘이고 신분이다.

"무, 무녀이십니까?"

연화당이 비로소 고개를 끄덕이며 입을 연다.

"예, 무녀입니다."

"무녀이신데 어찌?"

"무녀인데 어찌 한 남정네의 지어미 노릇을 하고 있느냐 그 말씀입니까?"

"예."

"인연이 닿아 그리 되었습니다. 삼딸 무녀와 이리 마주하게 된 연유도 그 인연 덕이겠지요. 저를 보자 하셨다고요? 말씀하세요."

속이 울렁거릴 뿐 연화당을 만나고자 한 이유가 무엇이었는지 생각나지 않는다. 상모당처럼 나를 불러 써 달라고 청하기 위한 건 절대 아니다. 한 남정을 가운데 둔 처지, 당장 굶어죽을지언정 그런 구걸을 하랴. 굳이 따지고 보면 연화당이 어떤 여인인지 보고 싶었을 터이다. 어떻게 석초를 차지했는지. 연화당의 무엇이 석초의 마음을 사로잡았는지. 보니 대번에 알겠다. 어디 하나 흠잡을 수 없을 만큼 어여쁘지 않은가. 저 정도의 미색에 넘어가지 않을 남정네가 어디 있으랴. 한 번도 한데에 나앉아 보지 않아 신산도 겪어 보지 않았을 것처럼 온전해 보인다. 삼딸은 입이 열리지 않는다. 그걸 눈치챘는지 연화당은 삼딸을 향해 미소 짓는다.

"삼딸님이 말머리를 풀지 못하고 망설이고 계시니 제가 먼저 이야기하지요. 삼딸님이 알아보셨다시피 저는 무녀입니다. 사람들로 하여금 자신의 설움을 달래고 소망을 빌 수 있게 할 수 있는 능력이야말로 무녀로서의 자질이며 장기일 터입니다. 그런데 저는 무녀라 이름하기 부끄럽게 굿을 하지 못합니다. 평생 점만 치며 살았지요. 해서 며칠 전 밤에 삼딸님의 흥겨운 굿을 지켜보며 부럽고 존경스러웠습니다. 가까이하면 좋을 분이라 여겼지요. 그럼에도 저를 보고자 한 삼딸님의 청을 거듭하여 물린 까닭은 석초, 그분 때문일 겁니다. 제가 명색이 무녀인 까닭에 삼딸님을 보는 순간 석초와 인연이 있었던 걸 느꼈습니다. 한 남정네를 지아비로 섬기는 처지로, 그 남정네를 지아비로 섬겼던 여인과 만날 염이 쉬이 생기지 않더라는 거지요. 저는 그러한데 삼딸님은 저를 투기하지 아니하시고 이리 찾아오셨으니 용하고 장하십니다."

천것으로 태어나길 원하지 않아도 천것으로 태어났듯, 신이 내리기 바라지 않아도 어느 날 신내림을 받아 무녀가 된다. 어미나 시어미가 무녀라서 무업을 이어받기도 한다. 어떤 경우든 어쩔 수 없이 된 사람들이 무격이라 여겼다. 그런 무격들만 만나왔다. 그런데 연화당은 무업에 대한 자부와 자긍을 말하고 있다. 무녀가 사람들로 하여금 자신의 설움을 달래고 소망을 빌 수 있게 하는 사람이라 한다. 삼딸의 내면에 둑같이 혹은 담같이 쌓여 있던 것이 허물어져 내린다.

"그리 말씀해 주시어 감읍입니다, 마님. 쇤네 솔직히, 도방어른께서 잠시 제게 눈길 주신 적이 계신 것을 빌미로, 분수도 모르고 마님을 샘냈습니다. 마님과 상관없이 벌써 인연이 끝났는데도 새삼스럽게 마님으로 하여 그 어른이 제게서 멀어지신 양 서운하고 분하였습니다. 기어이 마님을 뵙고자 한 까닭도 그 분심을 풀어 보려는 것이었고요."

"솔직하시니 유쾌합니다. 고맙습니다."

"또 한 가지, 이 댁은 물론이고 이 댁 인근에 어찌하여 귀신이 전혀 없는지 여쭤보려 함이었습니다. 마님께오서 거둬내신 것이옵니까?"

"그렇습니다."

"무녀이신데 귀신들 없이 무녀 노릇을 어찌하실 수 있습니까?"

대답치 않고 웃더니 수단 그릇을 가져다 한 모금 마시고 내려놓는다. 연화당이 말하지 않으므로 삼딸은 자신의 질문에 대한 답을 스스로 깨닫는다. 무녀 노릇은 귀신이나 뜬것들을 부려 하는 게 아니라 무녀 스스로의 힘으로 하는 것이었다. 삼딸 스스로도 신기가 떨어지기 전에는 귀신들을 부리지 않았고 굿판을 요란하게 만들지 않았다. 그리하지 않아도 충분히 무녀 노릇을 했는데 언젠가부터 그 사실 자체도 잊어버렸다.

"삼딸님."

"예, 마님."

"이제금 삼딸님과 석초의 지난 관계를 돌이키지 못하리라는 걸 아시지요?"

"무, 물론입니다."

"그 까닭이 제게 있지 않음도 아시고요?"

"예, 그럼요."

"그러시면 되었습니다. 남정네하고 무관하게, 같은 무녀로서 말씀드립니다. 제가 점사를 쉬고는 있습니다만 언젠가는 인근에다 따로 신당을 내어 점사를 재개할 것입니다. 그런데 좀 전에 말씀드렸듯이 저는 점사는 해도 굿을 못합니다. 앞으로 한철에 한 번 정도의 굿판을 벌일 터이니 삼딸님이 와서 해주십시오. 더하여 제게 점을 치러 오는 손님 중에 굿이 필요한 손님이 생길 때는 삼딸님께 청하도록 하겠습니다. 그때마다 도와주시고, 또 삼딸님께서도 제 도움이 필요할 때는 기탄없이 청해 주십시오. 성심을 다해 돕겠습니다."

"하니 이대로 가란 말씀이십니까?"

"더 하시고 싶은 말씀이 있으면 하십시오."

"어찌하면 신기를 높일 수 있는지, 신기를 유지할 수 있는지 가르쳐 주십시오."

"그걸 제가 알 리라 여기십니까?"

"아실 것 같습니다."

철없는 아이의 재롱을 본 듯이 소리 내어 웃는다. 비웃음이 아니라 맑고 환한 웃음이다.

"저는 모릅니다만, 안다손, 맨입으로 가르쳐 드립니까? 세상에 공짜가 없거니와 특히 삼딸님과 제가 속한 세상에는 말 한마디도 공으로 하지 않음을 아시면서요?"

"복채를 내면 되오리까?"

"무격들끼리 복채 내는 법도 없지요. 그리고, 제게 내야 할 복채는 사뭇 높은 바 삼딸 무녀가 그걸 감당하실 형편도 아니실 겝니다. 삼딸 무녀에게 신령이나 귀신보다 더 무서운 사람 하나가 붙어 있지 않습니까? 아들일 성싶은데요?"

삼딸은 스무 살에 아들을 낳았다. 이름이 명두였다. 무녀 노릇으로 이름을 날릴 때여서 아들을 직접 키우지 못했다. 제 할머니한테 맡기고 삼딸은 따로 나와 살았다. 무녀의 아들이 커서 할 일이란 게 결국 굿판 언저리에 있었다. 판수가 되지 못한다면 명두를 북재비로나 키우려 했다. 맘대로 되지 않았다. 열여덟 살이나 됐는데도 명두는 제가 하고 살 일을 아무것도 배우려 들지도 않았다. 제 신세가 사람 아랫것이라 맘을 못 잡고 허랑하게 지냈다. 뿐이랴. 비슷한 처지의 젊은 놈들과 어울려 다니며 사흘이고 닷새고 집에 돌아오지 않기 일쑤였다. 이번에도 그저께 나갔다더니 오늘 아침에 삼딸이 어머니 집에 갔을 때도 돌아와 있지 않았다.

"예, 아들이 있습니다. 몸은 이미 다 컸으나 무녀의 아들로 태어난 제 처지를 한탄하느라 길을 찾지 못하는 놈입니다. 그놈을 어찌해야 할지, 어찌하면 마님과 같이 높고 넓은 신기가 생기는 것인지, 부디 알려 주십시오. 도움을 청하라 하시지 않았습니까."

"저는 신기 높이는 방법 같은 것 모른다 하지 않습니까. 그리고 누구에게든 그런 것을 물을 때 진정 간절하다면, 어찌해야 할지 삼딸님 스스로 아실 겁니다. 삼딸님과 내가 속해 있는 세상에는 일반 사람들이 범접치 못할 엄격한 법도가 있지요. 그걸 모르면 무격이 아니거니와 그걸 알면서 모르쇠 하는 무격이라면 제가 상대할 필요도 없고요."

연화당이 무녀라는 것을 깨친 순간에 무릎을 꿇었어야 했다. 그걸 느끼면서도 엎드리지 않고 버텼다. 마지막 남은 자존심이라 여겼다. 아들놈에 대한 아는 소리에도 자복부터 하지 않고 딴소리를 했다. 눈길이 이어져 있다. 온화하게 미소 띤 연화당의 눈동자가 차츰 젖어들더니 발개지면서 양 눈에서 눈물이 흐른다. 삼딸을 가여워하며, 늘 울고 싶은 삼딸을 대신하여 울어 준다. 삼딸은 깜박이지도 않은 채 눈물을 흘리는 연화당을 건너보다 비로소 일어나 그 앞에 큰절하며 엎드린다. 엎드린 채 소리쳐 간원한다.

"부디 쇤네를 거두어 주사이다. 쇤네, 남은 생도 무녀로 살아야 하매 무녀로 살 수 있도록 가르쳐 주사이다. 아들놈을 사람으로 키울 수 있는 어미가 되는 길을 알려 주사이다."

"철철이 굿판을 벌리며 도와드리겠다고 하지 않았습니까. 일어나세요."

"아니오. 굿판 벌려 주시길 바라는 게 아니옵니다. 쇤네를 제자로 거두어 주십시오."

"사제지연이 그리 쉽게 맺어질 수 있는 게 아닙니다."

"부디 쇤네를 거두어 주십시오. 간절히 청하옵니다."

"사제지연을 맺든 동무지간이 되든 얼굴 보며 이야기 먼저 나눈 뒤 결정하게, 일단 일어나 앉으세요."

삼딸이 몸을 일으키자 흰 면포가 다가든다. 눈물을 닦으라는 것인지 혜원이 수건을 내밀었다. 삼딸은 눈물을 훔치고 코를 풀고 자세를 가다듬는다. 연화당도 눈물을 훔쳤는지 손에 수건을 쥐고 있다가 입을 열었다.

"저는 제자가 여럿 있습니다. 그들도 삼딸 무녀와 비슷하게 제 앞에 엎드려 사제지연을 청하였습니다. 영기를 맑히고 높여서 새로운 무녀가 되고자 염원하는 그들을 제자로 받아들일 때 저는 사뭇 가혹한 수련을 명합니다."

"가혹한 수련이라 하심은 무슨 뜻이옵니다. 얼마나 가혹하기에요?"

"지금까지의 자신을 전부 버려야 하므로 가혹하다 하는 것입니다. 자신을 버린다 함은 일생 동안 맺은 사람관계, 약속, 맹세들을 모두 떨쳐 낸다는 뜻입니다. 부모도, 자식도 떨쳐 낼 수 있어야 자신을 버릴 수 있는데 그 아니 가혹합니까. 삼딸 무녀는 현재 어머니와 아들을 부양하고 계시고 그들에 매여 있습니다. 당연하고도 응당하지요.

당연하고도 응당한 일이라 떨쳐 낼 수 없을 것이고 자신을 버릴 수 없겠지요. 그런데 어떻게 제자로서의 수행을 감당하시겠습니까? 때때로 도와드리겠다고 말씀드렸지 않습니까. 이따금 이리 얼굴 보며 살아가기로 하지요."

"마님께 사제지연을 청한 그들은 그 수련을 어찌 감당하였는지요?"

"피눈물 흘리며 감당하더이다. 새로운 삶을 살고자 하는 염원이 그만치 간절한 사람만 견뎠고요. 견디지 못하고 예전 살던 모습으로 돌아간 이들이 태반입니다."

삼딸은 만단사에 들 때 모든 인간은 스스로 간절히 원하는 모습으로 살 권리가 있다는 말을 들었다. 내가 원하는 곳에 내가 있을 것이니 그곳으로 가라고 했다. 그 말이 얼마나 아름다웠던지, 깊이 감동하여 눈물 흘렸다. 거기까지였다. 그때 감동한 결과는 갈 곳을 몰라 갈 곳이 없는 현재였다. 간절함이 모자랐을지도 몰랐다. 아니 간절함은 충분했을지라도 어디로 가야 할지 길을 찾지 못했다. 만단사는 그 길을 알려 주지 않았다.

"간절함이란 무엇입니까? 무엇이 얼마나 간절해야 하는지요?"

"어떤 것에 대한 간절함이란 사람마다 다르겠으나 제자가 된 무녀들의 경우를 보면 그건 결국 사람에 대한 사랑이더이다. 자신에 대한 사랑, 자신이 사랑하는 사람들에 대한 사랑! 자신에 대한 사랑을 이기심이라 하지요. 이기심은 남을 사랑하는 이타심으로 발전하게 되므로 자신부터 사랑해야 하는 것이고요. 신기 높은 무녀가 되고자 할 때 높아진 신기로 더 많은 복채를 받고, 부귀영화를 누리고자 하는 사람은 결코 자신을 버리지 못하더이다. 영기가 맑아질 수도, 신기가 높아질 수도 없고요. 그러므로 자신을 사랑하기 위해서 먼저 자신을 버려야 하는 것입니다."

"자신을 버릴 수 있는 길은 무엇입니까? 기도를 하라는 말씀이십니까? 기도는 날마다 무시로 하고 있는데요. 눈뜨면 기도하고 일하고 밥 먹고 잠들기 전에도 기도하고 자고 일어나면 또 같은 날인데 그런 중에 자신을 어떻게 버리는 겁니까? 그걸 가르쳐 주십시오."

"기도를 달리 하셔야지요. 달리 하기 위해서 우선 이렇게 해보십시오."

"어떻게 말입니까?"

"백 가지 천 가지, 지금껏 살아오신 삶에 대해서 낱낱이 생각을 해 보세요. 생각하면서 글자로 써 보시는 것도 좋을 겁니다. 가령, 삼딸님이 신내림을 받던 날짜라든가, 신이 내렸던 순간의 자신의 느낌이라든가, 내림굿이나 꽃맞이굿을 할 때의 날씨라든가, 신모의 이름이라든가, 부모의 삶이라든가. 아들을 낳을 때 어떤 느낌이었는지. 삼딸님 인생에서 중요했던 것들, 그리하여 기억에 남아 있는 것들을 하나하나 글자로 써 보십시오. 긴 문장이 아니라도 생각나는 낱말이라든가 날짜 같은 것을 써 보시는 겁니다. 쓰다 보면 생각만 할 때나, 늘 하던 버릇으로 기도할 때와 달리 가지런해 지는 게 있을 겁니다."

연화당이 당연한 양 글자를 운운하니 꼭 딴 세상에 들어와 있는 것 같다. 삼딸은 까막눈이었다. 글자를 알지 못해도 열두 거리 사설과 필요한 경문을 모두 외웠으므로 무녀 노릇 하는 데 지장 없었고 사는 데에도 그랬다.

"그렇게 주르륵 써 놓은 대목들 중에서 좋았던 것과 서러웠던 것과 부끄러웠던 것들을 짚어 보세요. 그런대로 괜찮았다 하는 생각이 드실 수도 있고 버릴 필요가 없어질 수도 있을 텝니다. 반대로 기어이 새로운 삶을 살겠다는 염원이 강해질 수도 있고요. 그럴 때 다시 저를 찾아오십시오. 다시 이야기를 나누어 보고 우리가 사제지연을 맺을지 말지 생각해 보기로 하지요. 오늘은 이제 서로 낯을 익힌 무녀들끼리 다과를 함께 한 자리로 여기시고요."

"글자를 알지 못하면 마님의 제자가 못되는 것입니까? 저는 까막눈인데요."

"아! 글자를 알고 모르는 것은 문제가 아닙니다. 하지만 혹시라도 삼딸 무녀가 제 제자가 된다면 먼저 글자부터 익히게 됩니다. 큰글이라거나 한글, 정음이라거나 언문이라고도 불리는 글자가 있다는 것은 아시지요?"

"예. 그런데 이렇게 뵌 김에, 말 나온 김에 제가 여쭤볼 게 있습니다. 어릴 적부터 궁금했던 겁니다."

"말씀하십시오."

"제 눈에는 글자가 전부 부적 같이 생겼습니다만, 그 큰글이라는 글자를 가끔 구경하면서 어째서 큰글, 한글이라고 부르는지 궁금하더이다. 글자를 크게 쓰면 큰글이고 작게 쓰면 작은글 아닙니까? 양반님네나 서당에서 배우는 어려운 글자, 진서라나 한문이라는 글자도 크게 쓰거나 작게 쓰거나 쓰기 나름인 것 같던데요?"

"조선은 아주 오래 전, 오천 년 전쯤부터 있던 큰 나라입니다. 크다거나 중요하다거나 많은 걸 말할 때 우리는 보통 한을 붙여 말합니다. 한길, 한사리, 한강, 한가운데, 한걱정, 한겨울, 한자리, 한참 등등으로 말하지요. 그래서 큰 나라 조선이 쓰는, 조선에서만 쓰는 글자를 한글이라고도 부르는 겁니다."

"큰글, 한글의 뜻은 알겠습니다. 하온데 조선이 그렇게나 오래된 나라이옵니까?"

"달궁 노래, 아시지요?"

"그야 삼척동자도 다 아는 노래 아닙니까?"

"그 노래에 나온 곰 겨레와 범 겨레가 어울려서 달궁달궁 세운 나라가 사오천 년 전에 있던 조선입니다. 달궁달궁 맺힌 아침나라가 조선이라는 뜻이고요."

"그렇습니까?"

"그렇습니다. 지금 우리 살고 있는 나라 조선은 사오천 년 전에 있었던 옛날 조선의 이름을 따서 붙여진 이름이고요."

"아, 예."

"단군왕검, 군아천신을 잘 아시지요?"

"물론입니다."

"알기 쉽게 말씀드리자면, 단군왕검, 군아천신이 사오천 년 전에는 조선의 임금이었습니다."

"두 분이 원래는 한 분이지요?"

"몇천 년이 지나면서 한 분처럼 불리긴 하지만 원래 두 분이었답니다. 두 분이 한 분처럼 더불어 옛 조선을 여시고 이끄셨다고 합니다. 옛 조선, 왕검천신 시대의 조선은 아주 큰 나라였답니다. 옛날 조선의 이름을 그대로 쓰는 지금 조선도 그래서 큰 나라이고, 조선에서 쓰는 글자도 큰글이 되는 겁니다."

"그랬군요. 그런 거였군요."

"그렇기도 하고 조선글자가 큰글, 한글이 되는 또 한 가지 이유는, 우리 입에서 나온 소리는 무엇이든 다 쓸 수 있기 때문입니다. 가령 지금 우리 귀에 들리는 매미소리를 들리는 소리 그대로 똑같이 쓸 수가 있습니다. 매미가 앉아 있는 나무도 나무라고 쓰지요. 풀은 풀이라 쓰고 밥은 밥이라 쓰고, 밥 먹는 소리는 찹찹이거나 우걱우걱이라거나 쓸 수 있습니다. 눈물이 난다 할 때는 똑같이 눈물이 난다고 쓸 수 있지요. 한문이라는 글자로 나무를 쓰려면 '목'이라고 써야 합니다. 글이라는 말은 '문'이라 하고 글자는 '자'라고 쓰지요. 읽는 소리는 다르게 납니다. 그러니까 한문 글자는 글자 모양과 읽는 소리와 뜻이 한 가지가 아니라서 글자 하나하나마다 모양과 읽는 소리와 뜻을 다 익혀야 합니다. 한문 글자를 다 배우려면 십만 개도 넘는다고 합니다. 조선글자인 큰글은 홀소리라고 하는 어미글자 열 개와 닿소리가 하는 새끼글자 열여덟 개만 익히면 됩니다. 어미글자와 새끼글자가 어우러지면서 세상의 모든 소리와 모양과 뜻을 쓸 수 있습니다. 조선글자가 한글인 이유는 큰 세상을 전부 덮을 수 있을 만치 자유롭고 넓기 때문이라 할 수 있는 겁니다."

삼딸은 멍한 채로 연화당을 쳐다본다. 무슨 무녀가 저런 말을 하염없이 할 수 있단 말인가. 무녀가 아니고 사람도 아닌 것 같다. 제석부인인지도 모르겠다. 지금 꿈을 꾸는 중인지도. 삼딸이 입을 못 열고 있으려니 연화당이 눈을 감았다가 뜨며 말을 잇는다.

"한글이 그처럼 배우기 쉬운 덕에 예닐곱 살 아이들도 짧게는 사나흘, 길게는 보름 정도 공부하면 술술 읽고 쓸 수 있게 됩니다. 제 집에 있는 수천네의 아이들, 수천과 수여리가 큰글을 익히는 데에 열흘쯤 걸렸다 하더이다. 큰글을 익히고 나면 한문도 훨씬 쉽게 배울 수 있지요. 글자를 익히면 책을 읽을 수 있는데, 책을 읽음은 높은 곳에 올라가서 세상을 멀리 바라보는 것과 같습니다. 높이, 멀리,

깊이, 널리 봄을 지혜라고 합니다. 무녀는 지혜로워야 하는 사람들이고요. 여하튼 글자 익히는 건 그만큼 쉬운 일이니 그에 대해서는 염려치 마시고 삼딸님이 진정으로 하고 싶은 뚜렷한 일이 있는지, 현재의 자신을 버리고서라도 간절히 닿고 싶은 세상이 있는지 그 세상이 어떤 세상인지 등에 대해서……."

말을 하다 말고 연화당이 와락 눈살을 찌푸리더니 눈을 감는다. 삼딸이 왜 그러시냐 물으려 하니 혜원이 제 입에다 손가락을 세운다. 찍소리도 말라는 것이다. 한참이나 지난 성싶을 때 연화당이 눈을 뜬다. 다시 눈물을 흘린 것도 아닌데 눈동자가 벌게졌다. 연화당이 "혜원!" 하고 부르며 손을 뻗는다. 혜원이 그 손을 잡으며 묻는다.

"무슨 좋잖은 걸 보시었습니까?"

연화당이 혜원에게 잡히지 않은 다른 한 손을 뻗어 내미는데 삼딸에게 잡으라 하는 것치고는 방향이 맞지 않는다. 삼딸은 정면에 소반을 가운데 놓고 있는데 연화당의 손은 어긋나게 뻗어 있다. 혜원이 속삭이듯 말했다.

"상을 치우고 마님 앞에 등을 대고 앉으세요. 삼딸님께 보이고 싶은 게 생기신 듯합니다. 심호흡을 하고 눈을 감으시고 단전에 기를 모으면서 마님의 숨결을 느끼세요."

삼딸은 혜원이 시키는 대로 연화당 앞에 등을 대고 앉아 눈을 감고 심호흡을 한다. 단전이 어디 만큼인지 생각하는데 두 손바닥이 등에 와 얹힌다. 연화당의 숨결이 느껴진다. 몹시 어지러운 것 같은데 삼딸에게 뭔가가 밀려들어오는 듯하다. 아니 보인다. 어두워 선명하지는 않으나 아들 명두인 게 분명한 형상이 나타난다. 놈은 어느 컴컴한 곳에 널브러져 있고 정신을 잃었다. 삼딸의 전신이 터지고 찢기는 듯 아프다. 명두의 상태다. 아들이 곧 죽을 것 같다. 삼딸은 아들을 깨우느라 손을 뻗으며 소리친다.

"명두야, 명두야!"

삼딸은 명두를 부르는데 옆에서는 다른 사람을 불러댄다.

"연덕! 자인아! 여보, 솔이 아버지!"

삼딸은 덜덜 몸을 떨며 눈을 뜬다. 연화당이 혜원에게 안겨 있다. 얼굴이 촛농처럼 희어져 정신을 잃었다. 솔이 아버지라 불린 남정인가. 남정네가 맨 먼저 날듯이 나타났고 연덕인지 자인인지, 아낙과 처자가 나타난다. 아낙이 연화당의 맥을 짚더니 솔이 아비에게 마님을 안으로 모셔 달라 한다. 솔이 아비가 연화당을 두 팔로 받쳐 안고 방 안으로 들어간다. 다 따라 들어가 문을 닫아 버린다.

창망 중에 마당만큼 너른 대청에 삼딸 홀로 남았다. 글자 가르치러 강림한 제석부인처럼 선생 노릇을 하다가 불현듯이 내 새끼가 죽어가는 형상을 보게 하고는 제 새끼도 아닌데 제가 넋을 놓아 버렸다. 삼딸은 기가 턱턱 막힌다. 이왕 보여줄 바에는 내 새끼가 어디서 죽어가고 있는지도 보여줘야 하지 않은가. 어디로 가서 죽어가는 내 새끼를 찾아낸단 말인가.

삼딸은 숨이 막혀서 가슴을 퍽퍽 쳐댄다. 가슴을 치니 눈물이 풀썩풀썩 솟구쳐 나온다. 꺽꺽 울음이 난다. 아이고오 명두야 통곡하는데, 눈앞에 수건이 디밀어진다. 눈물콧물을 훔치고 나니 혜원이 보인다. 그 곁에 자인이란 처자가 서 있다. 혜원은 삼딸이 울음을 추스르기를 기다리고 있다. 뭔 소리라도 더 들어야 하므로 삼딸은 울음을 추스른다. 혜원이 물었다.

"삼딸 무녀, 뭘 보셨습니까?"

“내 아들놈이 죽어가고 있습디다. 우리 명두가 송장이 다 되었습디다. 얼마나 맞았는지 성한 데가 없고, 정신도 없고 그렇습디다. 어쩌면 좋답니까. 게가 어딘 줄이나 알아야 달려가 보지요.”

“아들을 찾으려면 삼딸 무녀, 정신 바짝 차리고 제 말에 따라 생각하며 대답을 하세요. 멀쩡한 아들을 언제 보았습니까?”

“그저께 아침에 보았습니다. 여기 오기 전에 어머니 집에 가서요. 오늘 아침에 갔더니, 아직 들어오지 않았다 합디다.”

“아들은 집밖에서는 보통 뭘하고 다닌답니까?”

“뭘하고 다니는지 따라다닐 수도 없는데 어찌 압니까. 비슷한 놈들끼리 어울려서 놀고 다니겠지요.”

“어떤 놈들하고 어울리는지, 면면은 아시고요?”

“다 백정 새끼들이지요. 우리 복사골 천변에 사는 육고간집 아들놈, 그 이웃에 사는 상여꾼 아들놈, 낭산 샘바위골 단골 아들놈, 그 옆 숲정이마을 진사 댁의 종놈.”

“허면 그놈들을 족치면 어젯밤 명두의 행적과 현재 명두가 있는 곳을 알게 되겠군요. 그전에 생각을 먼저 해야겠습니다. 명두가 떼로 몰려 노는 버릇이 있다면, 어젯밤도 그놈들과 같이 있었을 게 분명한데, 혼자 컴컴한 데서 죽게 된 상황인 것 같잖습니까. 놈들이 어울려 그제나 어젯밤에 무슨 짓하다 걸렸는데 명두만 잡힌 거라면, 놈들은 아마 며칠 동안 명두를 보지도 못했다고 할 겁니다. 또 무슨 짓을 했는지에 따라 놈들이 이미 천리쯤 도망가 있을지도 모릅니다. 그리고, 명두가 다 죽게 얻어맞고 컴컴한 데 홀로 갇혀 있다면 그 죄는 아마 부녀나 처자 약취, 즉, 겁간이었을 겝니다. 더구나 취하려했던 대상이 처지 비슷한 백정의 부녀나 처자는 아닐 테고요. 장정이 다된 명두가 그렇게 곤죽이 되려면 몰매를 맞았다는 건데, 몰매를 쳐서 어둔 곳에 가둬 둘 수 있는 집은 그런 소문이 나는 걸 절대로 용납하지 못할, 나름 위세부리는 집일 게 뻔하지요. 그러므로 댁에 계신 모친도 위험할지 모릅니다. 삼딸 무녀도 아들을 찾으러 나선 순간에 명두의 어미인 게 밝혀져 위험할 것이고요."

듣다 보니 앞뒤가 척척 맞는 게 간밤에 명두 놈들이 한 짓이 다 보이는 듯하다. 어미가 가끔씩 쥐어 주는 몇 푼을 들고 나가 술 퍼마시고 객기부리며 어느 집의 처자나 아낙이 어여쁜데 월담이나 해볼까 농담하고 결국은 월담을 하고 그에 앞장선 놈이 명두인 것이다. 영락없이 그랬을 것 같다.

"허면 이제 나는 어찌합니까?"

"명두가 살아 있다면 꺼내 와야지요. 죽었다면, 죽인 사람들이 내다버릴 때까지 기다려서 수습하는 게 낫고요. 어머니도 아직 무사한지 살펴서 피신을 시키고 이미 붙들어 갔다면 꺼내 와야 하고요."

"무슨 수로요? 제가 무슨 힘이 있어서 어디 있는지도 모르는 아들을 찾아 꺼내오고 노친네를 피신시킵니까?"

"삼딸 무녀가 무녀 연화당께 네 번이나 찾아와 제자 되기를 청하셨으므로, 더구나 연화당께서 명두를 보시다 기진하실 만큼 맘을 쓰셨으므로, 두 분이 아직 사제지연을 맺은 것은 아니지만, 제가 움직여 보겠습니다. 일단 여기 자인이하고 같이 지금 당장 출발해 댁으로 가세요. 우리 식구 몇이 곧 따라갈 겝니다. 가서 자인이가 시키는 대로 하시되, 자인이 시키지 않는 것은 절대 하지 마세요. 그럼 오늘 밤 안으로 해결이 될 겝니다. 일어나세요. 그리고 자인, 방금 대화 들었느냐?"

"예, 스승님."

"허면, 출발하거라. 우리가 곧 뒤따라가리니."

"예, 스승님."

삼딸이 허위허위 바깥행랑 마당으로 나서니 말이 대기하고 있다. 혜원을 스승이라 부르던 자인이 먼저 말에 올라앉더니 손을 내밀며 발걸이에 발을 올리라 한다. 삼딸이 발걸이에 발을 걸고 손을 내밀자 자인이 와락 당겨 제 등 뒤로 올려놓는다.

"제 허리를 안으세요, 아주머니."

자인의 말대로 하니 젊은 처자의 등이 볼에 닿는다. 남정네 둘의 배웅을 받으며 임림재 대문을 나선다. 아직 석양이 시작되기 전이다. 삼딸은 처음 타 본 말 위에서 자인의 등에 볼을 붙인 채 눈을 감는다. 꿈같다. 살아 있는 것 같지 않다. 살아 현실에 있다면 이렇게 이상한 사람들을 만날 리 없고, 아들놈이 그처럼 멍청한 짓을 할 리가 없다. 나쁜 꿈속에 있는 것이다.

– 반야 2부 5권에 계속

사신계 강령(四神界 綱領)

凡人은 有同等自由而以己志로 享生底權利라.
모든 인간은 동등하고 자유로우며 스스로의 의지로
자신의 삶을 가꿀 권리가 있다.

誓願語

不問如何境愚 當絕對沈默於四神界 不問如何境遇 當絕對順從於 四神總令.
어떠한 경우에도 사신계에 대해 침묵하고, 어떠한 경우에도 사신총령을 따른다.

만단사 강령(萬旦嗣 綱領)

人自有其願 須活如其相 有權獲其生.
모든 인간은 스스로 간절히 원하는 바 그 모습으로 살아야 하며
그런 삶을 얻을 권리가 있다.

願乎? 有汝在. 去之!
그대 원하는가. 거기 그대가 있느니. 그곳으로 가라.

誓願語

不問如何境愚 當絕對沈默於萬旦嗣. 不問如何境遇 當絕對順從於 萬旦嗣領令.
어떠한 경우에도 만단사에 대해 침묵하고, 어떠한 경우에도 만단사령의 명을 따른다.

반야 4

초판 1쇄 인쇄일 • 2017년 12월 10일
초판 1쇄 발행일 • 2017년 12월 15일

지은이 • 송은일
펴낸이 • 임성규
펴낸곳 • 문이당

등록 • 1988. 11. 5. 제 1-832호
주소 • 서울시 성북구 동소문로 65-2 삼송빌딩 5층
전화 • 928-8741~3(영) 927-4990~2(편)
팩스 • 925-5406

전자우편 munidang88@naver.com

ISBN 978-89-7456-502-2 04810
978-89-7456-509-1 04810 (전10권)

값은 뒤표지에 표시되어 있습니다.

잘못된 책은 바꾸어 드립니다.
저자와의 협의로 인지는 생략합니다.